Prima parte

BIG

Settembre 2018

PAULA HAWKINS

DENTRO L'ACQUA

PIEMME

La traduzione italiana della citazione di Oliver Sacks in esergo è tratta da *Allucinazioni*, Adelphi, Milano 2013.

Traduzione di Barbara Porteri per Studio Editoriale Littera

www.pickwicklibri.it
www.edizpiemme.it

Dentro l'acqua
di Paula Hawkins
Titolo originale dell'opera: *Into the Water*
© Paula Hawkins, 2017
© 2017 Edizioni Piemme Spa, Milano
© 2018 Mondadori Libri S.p.A., Milano

ISBN 978-88-6836-889-0

I edizione Pickwick BIG giugno 2018

Anno 2018-2019-2020 - Edizione   2 3 4 5 6 7 8 9 10

A tutti i piantagrane

Ero molto giovane quando sono stata spezzata.

Alcune cose devi lasciarle andare
Altre non puoi
Difficile stabilire quali

Emily Berry, The Numbers Game

Oggi sappiamo che i ricordi non sono fissi o pietrificati, come proustiani vasi di conserva in una dispensa, ma vengono trasformati, smontati, rimontati e ricategorizzati a ogni rievocazione.

Oliver Sacks, Allucinazioni

Lo Stagno delle Annegate

Libby

«*Ancora! Ancora!*»

Gli uomini la legano di nuovo. Stavolta, lo fanno in un altro modo: mano sinistra legata al piede destro, mano destra con il piede sinistro. Corda stretta in vita. Stavolta, la calano lentamente dentro l'acqua.

«*Vi prego...*» *li implora. Non sa se ce la farà ad affrontare ancora quel buio fondo e il freddo. Vuole tornare a casa, una casa che non esiste più, al tempo in cui lei e la zia sedevano davanti al fuoco, a raccontarsi storie. Vuole stare nel suo letto, lì al cottage, essere di nuovo una bambina, sentire l'odore delle rose e della legna che brucia, e il tepore dolce della pelle di sua zia.*

«*Vi prego...*»

Va a fondo. Quando la tirano fuori per la seconda volta, le labbra hanno il colore bluastro di un livido, e il suo respiro si è spento per sempre.

2015
Jules

C'era qualcosa che volevi dirmi, non è vero? Che cos'era? Mi sembra di essermi distratta da questa conversazione molto tempo fa. Pensavo ad altro, sono andata avanti con la mia vita, ho smesso di starti a sentire e ho perso il filo. Be', ti sto ascoltando adesso. Però credo che mi siano sfuggiti alcuni dei passaggi più importanti.

Quando sono venuti a dirmelo mi sono arrabbiata, anche se sul momento ho provato una specie di sollievo. Se due poliziotti si presentano alla tua porta mentre stai cercando il biglietto del treno, prima di uscire di corsa per andare a lavorare, pensi subito al peggio. E io ho pensato alle persone a cui tengo, i miei amici, il mio ex, i colleghi. Ho avuto paura. Ma non si trattava di loro: si trattava di te. Così, per un istante mi sono sentita sollevata. Poi però mi hanno spiegato quello che era successo, quello che avevi fatto: eri entrata nell'acqua. A quel punto ero furiosa. Furiosa e spaventata.

Ho pensato alle parole che ti avrei detto al mio arrivo: che di sicuro l'avevi fatto di proposito, per sfidarmi, per farmi arrabbiare, per spaventarmi, per infrangere la calma della mia vita. Il tuo scopo era quello di attirare la mia attenzione e costringermi a venire lì, dove tu volevi che fossi. Eccomi qua, Nel: hai vinto. Sono di nuovo nel posto in cui non avrei più voluto far ritorno, per occuparmi di tua figlia e rimediare al casino che hai combinato.

Josh

Qualcosa mi ha svegliato. Mi sono alzato per andare in bagno e ho visto che la porta della camera di mamma e papà era aperta. Ho guardato: la mamma non era a letto. Papà russava, come sempre. L'orologio sul comodino segnava le quattro e otto minuti. Ho pensato che la mamma fosse andata di sotto. Non riesce a dormire. Neppure papà ci riesce, adesso, ma lui prende delle pillole così forti che dopo non si sveglia nemmeno con le cannonate.

Sono sceso senza far rumore, perché di solito la mamma accende la tv e si mette a guardare quei noiosissimi programmi dove vendono aggeggi per dimagrire, per pulire il pavimento o per tagliare la verdura in mille modi diversi. Così alla fine si addormenta. Però il televisore era spento e sul divano non c'era nessuno. Doveva essere uscita.

È già successo altre volte, per quel che ne so, ma non posso sapere sempre dove sono tutti quanti. La prima volta mi ha detto che era andata a fare due passi per schiarirsi le idee, ma un'altra mattina mi sono svegliato e lei non c'era, e dalla finestra della mia stanza ho visto che la sua macchina non era parcheggiata al solito posto, davanti casa.

Credo che vada al fiume, oppure al cimitero, sulla tomba di Katie. Anch'io ci vado, ogni tanto, ma non in piena notte: avrei paura, con il buio, e poi mi farebbe uno strano effetto, perché è la stessa cosa che ha fatto Katie. Si è alzata di notte, è andata al fiume e non è più tornata. Però capisco perché la mamma lo fa: per sentirsi vicino a lei. È l'unica cosa che le rimane, oltre ad andare nella sua stanza. So che ci entra, ogni tanto: è la camera accanto alla mia e quando piange la sento.

Mi sono seduto sul divano ad aspettare, ma devo essermi addormentato perché quando la porta si è aperta fuori era già giorno. L'orologio sul caminetto segnava le sette e un quarto. Mamma è entrata in casa e si è precipitata su per le scale.

L'ho seguita, mi sono fermato davanti alla camera dei miei e ho spiato dalla fessura della porta. Era inginocchiata vicino al letto, dalla parte di papà. Era rossa in viso, come se avesse corso. Ansimava. «Alec, svegliati. Svegliati.» Lo scuoteva. «Nel Abbott è morta. L'hanno trovata nel fiume. Si è buttata.»

Non ricordo di aver parlato, ma forse ho fatto un rumore perché la mamma si è girata verso di me ed è scattata in piedi.

«Oh, Josh» ha detto, venendomi incontro. «Josh.» Ho visto che aveva gli occhi pieni di lacrime. Mi ha abbracciato stretto e quando mi sono staccato da lei piangeva ancora, ma sorrideva anche. «Piccolo mio.»

Papà si era seduto sul letto e si stava strofinando gli occhi. Gli ci vuole sempre una vita a svegliarsi del tutto. «Aspetta, non ho capito. Quando sarebbe... Hai detto durante la notte? E tu come fai a saperlo?»

«Sono uscita a comprare il latte. Ne parlavano tutti... lì, al negozio. L'hanno trovata stamattina.» Si è seduta anche lei sul letto e ha ricominciato a piangere. Papà l'ha abbracciata, ma guardava me e aveva un'espressione strana negli occhi.

«Dove sei andata? Dove sei stata?» le ho chiesto.

«Al negozio, Josh. Te l'ho appena detto.»

Non è vero, avrei voluto risponderle. *Sei stata fuori per ore, non sei uscita soltanto a comprare il latte.* Volevo dirglielo ma non l'ho fatto perché i miei genitori erano lì sul letto, si guardavano, e sembravano felici.

MARTEDÌ, 11 AGOSTO
Jules

Mi sono ricordata. Io e te sul sedile posteriore del camper, una pila di cuscini a segnare il confine tra il tuo territorio e il mio. Stiamo andando a Beckford per l'estate. Tu entusiasta, impaziente, non vedi l'ora di arrivare. Io verde per il mal d'auto, che cerco disperatamente di non vomitare.

Non l'ho soltanto ricordato. L'ho sentito, di nuovo. Lo stesso identico malessere, oggi pomeriggio, mentre guidavo tutta china sul volante come una signora anziana. Guidavo male e troppo veloce, tagliavo le curve, poi frenavo di colpo e sterzavo quando vedevo arrivare le altre auto. E avevo quella sensazione, quella che provo quando in strada incrocio un furgone bianco e penso che sto per farlo, sto per invadere la sua corsia e andargli contro, non perché lo voglia, ma perché *devo*. Come se in quell'istante ogni volontà mi abbandonasse. Forse la conosci, è la stessa sensazione di quando ti affacci su uno strapiombo o passeggi sul binario del treno ben oltre la linea gialla, e senti come una mano invisibile che ti sospinge. E se lo facessi davvero? Se avanzassi anche di un solo passo? Se girassi appena un po' il volante?

(Vedi? Tu e io non siamo poi così diverse.)

La cosa strana è che ricordo tutto molto bene. Troppo bene. Com'è possibile che le cose che mi sono successe a otto anni siano perfettamente chiare nella mia memoria, e invece, per quanto mi sforzi, non riesco a ricordare se ho parlato con i colleghi per spostare quell'incontro con il cliente? Mi sfugge ciò che vorrei trattenere, invece quello che voglio dimenticare riaffiora di continuo. Oggi, mentre guidavo, più mi avvicinavo a Beckford, più il passato mi si ripresentava davanti, schizzando in ogni direzione come i passeri quando volano fuori da una siepe, improvviso e inevitabile.

Tutta quella natura, quel verde incredibile, il giallo acido e squillante della ginestra mi bruciavano il cervello, e forse è anche colpa loro se ho cominciato a vederli, i miei ricordi, uno dopo l'altro: io a quattro o cinque anni in braccio a papà che mi porta a fare il bagno nel fiume, i miei gridolini di gioia, i tuoi tuffi dalle rocce, ogni volta più in alto. I picnic sulla riva sabbiosa dell'acqua, il sapore della crema solare sulle labbra, i grossi pesci scuri pescati a valle, oltre il mulino. Tu che torni a casa con le gambe piene di graffi, perché hai esagerato con i salti, e mordi forte un tovagliolo mentre papà ti disinfetta. No, tu non piangi, non davanti a me. E poi la mamma che indossa un prendisole azzurro e prepara la colazione in cucina, scalza, con la pianta dei piedi scura, color ruggine. Papà seduto a disegnare in riva al fiume. Qualche anno dopo: noi due più grandi, tu con i pantaloncini di jeans e il costume sotto la maglietta. Le tue fughe notturne per incontrare un ragazzo, non uno qualsiasi, *quel* ragazzo. La mamma, sempre più magra e più debole, che dorme sulla poltrona in soggiorno, e papà che va a fare lunghe passeggiate con la moglie del parroco, una donna paffuta, pallida e sempre col cappello in testa per proteggersi dal sole. Mi torna in mente una partita a pallone. Il sole caldo, l'acqua; tutti mi guardano, io chiudo forte gli occhi per non piangere, sangue tra le cosce, echi di risate. Le sento ancora. In sottofondo, il rumore dell'acqua che scorre.

Ero così immersa in quell'acqua da non accorgermi di essere arrivata a destinazione. Eccomi qui, nel centro di Beckford. Me ne sono resa conto all'improvviso, come se avessi chiuso gli occhi e un istante dopo, per magia, li avessi riaperti qui. Ho proseguito lentamente con la macchina lungo le strade strette, piene di suv parcheggiati, oltre le case di pietra rosa, verso la chiesa e il vecchio ponte. Mi sentivo sempre più all'erta. Tenevo gli occhi fissi sull'asfalto e cercavo di non guardare verso il bosco e il fiume. Cercavo di non vedere, ma non ci riuscivo.

Ho accostato e ho spento il motore. Ho alzato lo sguardo: intorno a me c'erano gli alberi e i gradini di pietra, coperti di muschio e scivolosi perché aveva piovuto. Mi è venuta la pelle d'oca, e mi sono ricordata: la pioggia gelida che sferzava la strada, i lampeggianti blu che facevano a gara con i fulmini per illuminare il cielo e lo specchio dell'acqua, i volti terrorizzati, le piccole nuvole di vapore che uscivano dalle bocche e un ragazzino, bianco come un cencio, tremante, accompagnato su per la scalinata da una poliziotta. Lei lo teneva per mano, ma aveva gli occhi sbarrati e continuava a girarsi da ogni parte come se stesse cercando qualcuno nella folla. Posso ancora sentirla, la sensazione che provai quella notte, il terrore e la fascinazione. E le parole che mi sussurravi all'orecchio: *Chissà com'è... Ci pensi? Veder morire tua madre...*

Ho distolto lo sguardo, ho rimesso in moto e attraversato il ponte. Da lì in poi, la strada diventa tortuosa. Ero indecisa su dove svoltare, la prima a sinistra? No, la seconda. Eccolo là, il grande blocco di pietra scura: il mulino. Ho sentito un brivido percorrermi la pelle fredda e sudata, e il cuore battere più in fretta, mentre superavo il cancello aperto e imboccavo il viale di accesso alla casa.

C'era un tizio, un agente in divisa, che guardava il cellulare. Si è avvicinato alla macchina e io ho abbassato il finestrino.

«Sono Jules... cioè, Julia... Abbott. Sono... la sorella.»

Sembrava a disagio. «Oh, sì... certo.» Si è girato verso la casa. «Adesso non c'è nessuno. La ragazza... sua nipote... è uscita. Non so dove...» Ha preso la radio agganciata alla cintura.

Sono scesa dall'auto. «Posso entrare in casa?» Ho guardato in su, verso la finestra aperta, quella della tua vecchia stanza. Mi è sembrato di vederti lì, seduta sul davanzale, con i piedi penzolanti nel vuoto. È stato strano.

Il poliziotto sembrava esitante. Mi ha dato le spalle, ha detto qualcosa alla radio e poi si è voltato di nuovo verso di me. «Nessun problema, entri pure.»

Ho salito i gradini dell'ingresso senza vedere nulla, ma sentivo lo sciabordio dell'acqua e l'odore della terra, quella umida sotto gli alberi, all'ombra della casa, nei punti mai raggiunti dalla luce del sole, e il tanfo delle foglie marce. E mi sono sentita riportare indietro nel tempo.

Ho aperto la porta. Una parte di me si aspettava di sentire la voce della mamma chiamare dalla cucina. Per un riflesso condizionato, ho spinto un po' la porta col fianco nel punto in cui si bloccava sempre contro il pavimento. Sono entrata, ho richiuso e mi sono fermata un momento per adattare gli occhi all'oscurità. Un altro brivido, forse per il fresco improvviso.

In cucina, sistemato sotto la finestra, c'era un tavolo di quercia. Era lo stesso? Forse sì, ma da allora questo posto ha cambiato molti proprietari. Mi sarei potuta togliere il dubbio controllando se c'erano ancora le nostre iniziali incise sotto il piano, ma il solo pensiero mi ha fatto accelerare il battito.

Ricordo che il tavolo era inondato di sole al mattino, e se ti sedevi dal lato sinistro, di fronte alla cucina di ghisa, potevi vedere il vecchio ponte perfettamente incorniciato dalla finestra. Un panorama splendido, dicevano tutti, ma nessuno lo guardava davvero. Nessuno apriva mai quella finestra per affacciarsi verso la macina in disuso, nessuno guardava oltre la luce che giocava con la superficie dell'acqua, e nessuno vedeva quell'acqua per com'era davvero, verde scura, quasi nera, piena di cose vive e di cose morte.

Uscendo dalla cucina, ho superato l'ingresso e le scale, e mi sono addentrata nella casa. Mi si sono parate davanti all'improvviso, in modo così violento da farmi sobbalzare, le enormi finestre che danno sul fiume, *dentro* il fiume, quasi, tanto da farti pensare che se aprissi i vetri l'acqua inonderebbe la stanza, riversandosi come una cascata sulla panca di legno sotto il davanzale.

Un altro ricordo. Ogni estate io e la mamma ci sistemavamo sopra i cuscini della panca e ci sedevamo con le gambe strette al petto, i talloni che si sfioravano e un libro sulle ginocchia. Da qualche parte c'era un vassoio di stuzzichini, ma lei non mangiava quasi mai.

Non riuscivo a guardare quella stanza. Vederla di nuovo mi ha fatto sentire disperata, mi ha spezzato il cuore.

L'intonaco doveva essere stato rimosso, rivelando i mattoni, e i mobili che c'erano adesso erano senza dubbio tuoi: tappeti orientali, oggetti in ebano, divani e poltrone di pelle e troppe candele. Dappertutto c'erano indizi delle tue ossessioni: grandi stampe incorniciate, l'*Ophelia* di Millais, bella e serena, con gli occhi e la bocca aperti, i fiori tra le mani. E ancora *Ecate* di William Blake, *Il sabba delle streghe* e *Il cane* di Goya. Quest'ultimo lo odiavo più di tutti: una povera bestia che lotta per tenere la testa al di sopra della marea che sale.

Mi è parso di sentire lo squillo di un telefono, sembrava arrivare dalle fondamenta della casa. Ho seguito il suono attraverso il soggiorno, poi ho sceso degli scalini; credo che all'epoca ci fosse un ripostiglio, lì, pieno di cianfrusaglie. Poi un anno c'era stata un'inondazione e la melma aveva ricoperto tutto, come se la casa stessa fosse diventata parte del letto del fiume.

Sono entrata nella stanza che adesso era il tuo studio: era piena di macchine fotografiche, schermi, lampade e tavoli luminosi, una stampante, carte, libri e raccoglitori appoggiati sul pavimento, schedari allineati lungo le pareti. E le fotografie, ovviamente, che coprivano ogni centimetro del muro. A vederle sembrava che tu fossi affascinata dai ponti: il Golden Gate, il ponte ferroviario sul Fiume Giallo, il viadotto Prince Edward. Ma non erano ponti e viadotti a interessarti, non erano le opere d'ingegneria. Guardando meglio, non c'erano solo ponti. C'erano il promontorio di Beachy Head, la foresta di Aokigahara, il Preikestolen: le cattedrali dell'angoscia, i posti dove vanno i disperati, quelli che hanno deciso di farla finita.

Di fronte alla porta, ho visto degli scatti del fiume, quel tratto che chiamano Stagno delle Annegate, in ogni versione possibile: bianco e ghiacciato in inverno, con le rocce scure e spoglie, oppure un'oasi di verde scintillante in estate, o grigio e increspato durante i temporali. Non sono riuscita a staccare gli occhi da quelle immagini, che si fondevano fino a formarne una sola. Mi sembrava di essere lì sul promontorio e di guardare giù, dentro l'acqua, irresistibilmente tentata dall'oblio.

Nickie

Alcune di loro erano entrate in acqua di propria volontà, altre no, e se qualcuno lo avesse chiesto a lei, avrebbe risposto che Nel Abbott aveva combattuto con tutte le sue forze prima di andare a fondo. Ma a Nickie nessuno chiedeva mai nulla, e nessuno era disposto ad ascoltarla, quindi era inutile parlare. Specialmente con i poliziotti. E comunque, anche se non avesse avuto guai con loro in passato, agli sbirri non avrebbe detto proprio niente. Troppo rischioso.

Nickie abitava sopra il negozio di alimentari, in un monolocale con angolo cottura e un bagno talmente microscopico che a stento poteva definirsi tale. Non era molto, specie dopo una vita intera, ma aveva una finestra con vista sulla città, e lei ci aveva piazzato accanto una poltrona bella comoda. Passava le sue giornate seduta lì, mangiava e a volte ci dormiva anche. Ormai le bastavano poche ore di sonno, non valeva nemmeno la pena mettersi a letto.

Si sedeva e osservava la gente andare e venire. Quello che non vedeva, lo *sentiva*. Prima ancora di scorgere i lampeggianti blu vicino al ponte, la notte in cui era successo, si era accorta di qualcosa. Non aveva capito che si trattava di Nel, non subito. Alcuni pensano che la chiaroveggenza sia una visione limpida, precisa, ma non è così semplice. Nickie sapeva solo una cosa con certezza: qualcuno era entrato in acqua. Era rimasta seduta a guardare, senza accendere le luci: un tizio con due cani che saliva di corsa la scalinata, poi un'automobile, non di quelle della polizia, ma una blu scuro senza insegne. L'ispettore Sean Townsend, si era detta, e non si era sbagliata. Lui e l'uomo con i cani erano tornati giù, e subito dopo era arrivata tutta la banda, con i lampeggianti accesi ma le sirene spente. Non erano necessarie: non c'era fretta.

Quando il sole era sorto, Nickie era uscita per andare a comprare il latte e il giornale, e al negozio ne parlavano tutti, «È successo un'altra volta», «La seconda quest'anno» dicevano, ma quando avevano pronunciato quel nome, quando aveva sentito «Nel Abbott», Nickie aveva capito che la seconda era ben diversa dalla prima.

Le era venuta una mezza idea di andare da Townsend e raccontargli tutto, ma, per quanto lui fosse gentile e ben educato, era pur sempre un poliziotto, e per di più il figlio di suo padre: non c'era da fidarsi. Era strano che le fosse anche solo venuta in mente una cosa del genere, ma Nickie aveva sempre avuto un debole per Sean. Quel poveretto aveva avuto la sua dose di tragedia, nella vita, e Dio solo sa come aveva fatto a cavarsela, e poi era sempre stato gentile con lei, l'unico a esserlo anche quando l'avevano arrestata.

Era stato il *secondo* arresto, a essere onesti, ed erano ormai trascorsi sei o sette anni. Dopo la prima condanna per truffa, Nickie aveva abbandonato quasi del tutto l'attività. Aveva mantenuto soltanto pochi clienti affezionati e la sua combriccola di streghe, che di tanto in tanto si riuniva per venire a rendere omaggio a Libby, Mary e alle altre donne del fiume. Durante l'estate leggeva un po' di tarocchi e magari faceva qualche seduta spiritica; a volte qualcuno le chiedeva di contattare un parente defunto o una delle annegate. Ma per molto tempo non aveva fatto nulla per procurarsi nuovi clienti.

Poi però le avevano tolto il sussidio, di nuovo, e allora era uscita da quella specie di semi-ritiro: con l'aiuto di uno dei ragazzi della biblioteca, aveva creato un sito web su cui offriva mezz'ora di tarocchi per 15 sterline. Era un buon prezzo: quella

Susie Morgan della tv ne chiedeva 29,99 per venti minuti, e come sensitiva faceva pietà. Senza contare che per tutti quei soldi neanche parlavi con lei, ma con qualcuno del suo "team".

Dopo alcune settimane, però, Nickie era stata denunciata alla polizia da un tizio dell'Associazione per la Tutela dei Consumatori per «non aver riportato sul suo sito web la dichiarazione di non responsabilità obbligatoria secondo le normative vigenti». Normative vigenti? Dichiarazione di non responsabilità? Nickie si era detta ignara che esistessero delle dichiarazioni obbligatorie di qualsivoglia genere; la polizia l'aveva gentilmente informata che le leggi erano cambiate. Ma questo lei come avrebbe potuto saperlo? aveva chiesto. La domanda ovviamente aveva scatenato l'ilarità dei poliziotti: ma come, i tarocchi non gliel'avevano detto? Dunque poteva leggere soltanto il futuro, e non il passato?

Solo Townsend, che all'epoca era un semplice agente, non si era unito alla presa in giro. L'aveva informata che si trattava di leggi europee. L'Unione Europea! La tutela dei consumatori! Un tempo, quelle come Nickie venivano perseguite (e perseguitate) con feroci editti contro la stregoneria o contro la professione di chiaroveggenza. Ora invece dovevano guardarsi dai burocrati europei: che fine ingloriosa!

Così Nickie aveva chiuso il sito, bandito la tecnologia e fatto ritorno ai vecchi metodi, senza però riuscire a procurarsi molti clienti.

Scoprire che la donna ripescata nell'acqua era Nel l'aveva turbata. Non si sentiva responsabile, no, dopotutto non era colpa sua, ma forse le aveva svelato troppe cose. Comunque, nessuno poteva accusarla di niente: Nel Abbott giocava con il fuoco da tempo, era ossessionata dal fiume e dai suoi segreti, e quel tipo di fissazione non va mai a finire bene. Non era stata certo Nickie a suggerirle di cacciarsi nei guai, lei si era limitata a indicarle la direzione giusta. E non l'aveva forse messa in guardia dai pericoli che correva? Ma la verità era la solita, che nessuno le dava ascolto. Nickie diceva che c'erano uomini, in città, che potevano rovinarti per sempre solo perché gli girava. Così era e così era sempre stato. Però la gente faceva finta di non vedere, non era forse vero? A nessuno piaceva pensare che l'acqua del fiume fosse contaminata dal sangue e dalla bile di donne perseguitate e infelici: era l'acqua che bevevano ogni giorno.

Jules

Non sei mai cambiata. Avrei dovuto saperlo. Anzi, in realtà *lo sapevo*. Hai sempre amato il mulino e il fiume, ed eri ossessionata da quelle donne, dalle cose che avevano fatto, da ciò che si erano lasciate alle spalle. E adesso questo. Oh, Nel, sei davvero arrivata a tanto?

Al piano di sopra, ho esitato prima di entrare in camera da letto. Il pugno stretto intorno alla maniglia, mi sono fermata e ho respirato a fondo. Sapevo cos'era successo, me lo avevano detto, ma sapevo anche chi eri tu. E non riuscivo a crederci. Ero sicura che, se avessi aperto la porta, ti avrei trovata lì: alta, magra e non troppo felice di vedermi.

La stanza era vuota. Sembrava che tu l'avessi lasciata solo un attimo prima, magari per andare di sotto a farti un caffè, e che da un momento all'altro dovessi tornare. C'era ancora il tuo profumo nell'aria: dolce e persistente, una fragranza classica, come quelle che usava la mamma, Opium o Yvresse.

«Nel?» Ho sussurrato il tuo nome, come per evocarti, ma non ha risposto nessuno.

In fondo al corridoio c'era la "mia" stanza, quella in cui avevo dormito ogni estate: la stanza più piccola della casa per la più piccola della famiglia. Era ancora più angusta e buia di quel che ricordavo, e più triste. Dentro c'era solo un letto singolo, senza lenzuola. Puzzava di umidità e di terra. Non ho mai dormito bene in quella camera, mi sentivo a disagio: non è strano, se ripenso al modo in cui eri solita spaventarmi. Ti sedevi sul pavimento dall'altro lato della parete e graffiavi l'intonaco con le unghie, facendo strani rumori; disegnavi simboli inquietanti sulla porta con lo smalto rosso; scrivevi il nome delle donne morte sui vetri appannati delle finestre. E poi c'erano le storie che mi raccontavi: streghe trascinate in acqua, donne disperate che si lanciavano dal promontorio, e un ragazzino terrorizzato che, nascosto nel bosco, aveva visto la madre gettarsi nel fiume.

È strano, non posso *ricordarmi* questa scena. Ovvio. Quando mi sforzo di ricostruirla nella memoria, non ha alcun senso: è come una specie di sogno spezzato. Tu che mi sussurri qualcosa all'orecchio. Ma siamo al fiume, ed è una notte gelida. Impossibile che sia accaduto davvero. Non siamo mai venute qui in inverno, con il freddo. E no, non ho mai visto un bambino spaventato sul ponte, nel cuore della notte: d'altra parte ero anch'io una bambina, come mi sarei potuta trovare lì? Doveva proprio essere una delle tue storie: il ragazzino accovacciato tra gli alberi che aveva alzato lo sguardo e visto sua madre, oscillante, pallida come la sua camicia da notte sotto il chiaro di luna, lanciarsi nell'aria muta, le braccia aperte come ali. E il grido che le era morto sulle labbra quando aveva colpito l'acqua nera.

Non so neanche se c'è mai stato davvero, quel bambino che ha visto la madre morire, magari te lo eri inventata di sana pianta.

Sono uscita dalla mia vecchia stanza per andare in quella che un tempo era la tua, e che ora è chiaramente di tua figlia: un caos di libri e vestiti, un asciugamano umido gettato sul pavimento, tazze sporche sul comodino, puzza di fumo, il tanfo nauseante dei gigli in decomposizione, afflosciati in un vaso vicino alla finestra.

D'istinto, mi sono messa a riordinare. Ho sistemato alla meglio le lenzuola e riportato l'asciugamano al suo posto, nel piccolo bagno comunicante con la stanza. Ero in ginocchio per recuperare un piatto sporco finito sotto il letto, quando ho sentito la tua voce, come una stilettata al cuore.

«Che cazzo stai facendo?»

Jules

Ho sobbalzato, cercando di rimettermi in piedi, con un sorriso trionfante sulle labbra. Si erano sbagliati, lo sapevo! Non te n'eri andata, eri lì, sulla porta, che mi ordinavi di togliermi dalle palle. Avevi sedici o diciassette anni, mi afferravi per la vita, affondandomi le unghie dipinte nella carne. *Julia, brutta cicciona, ti ho detto FUORI!*

Il mio sorriso si è spento subito: naturalmente non eri tu, ma tua figlia, quasi identica a te da adolescente. Era ferma sulla porta, con una mano sul fianco. «Che cosa stai facendo?» ha ripetuto.

«Scusa» ho risposto. «Sono Jules. Non ci siamo mai viste... Sono tua zia.»

«Non ti ho chiesto chi sei» ha ribattuto lei, guardandomi come se si trovasse davanti un'imbecille. «Ti ho chiesto cosa fai. Che stai cercando qua dentro?» Ha lanciato un'occhiata alla porta del bagno, poi ha aggiunto: «Di sotto c'è la polizia». È scomparsa nel corridoio: gambe lunghe, passi indolenti, le infradito strascicate sul pavimento.

Le sono corsa dietro.

«Lena...» Le ho appoggiato una mano sul braccio, ma lei si è scansata, quasi il contatto le avesse bruciato la pelle, e si è girata verso di me. «Mi dispiace» ho sussurrato.

Lei ha abbassato lo sguardo, massaggiandosi il punto in cui l'avevo toccata. Le unghie avevano tracce di smalto blu, sem-

28

bravano le dita di un cadavere. Ha annuito, senza alzare gli occhi. «La polizia vuole parlare con te.»

Non me l'ero aspettata così, sai. Credevo che avrei trovato una bambina, ancora intontita dal dolore, bisognosa di conforto, ma mi sbagliavo. Lena non è affatto una bambina, ha quindici anni ed è quasi un'adulta ormai, e quanto al conforto, be', sembrava poterne fare a meno. Del mio, se non altro. È pur sempre tua figlia.

I poliziotti aspettavano in cucina. Erano in piedi vicino al tavolo, lo sguardo fuori dalla finestra, verso il ponte. Erano due: un tizio alto, con un'ombra di barba brizzolata, e una donna parecchio più bassa di lui.

L'uomo mi si è lentamente avvicinato, gli occhi chiari, quasi grigi, fissi su di me. «Ispettore Sean Townsend.» Ha allungato la mano e ho notato un lieve tremore. Quando gliel'ho stretta, era fredda e ruvida come carta, sembrava quella di un vecchio. «Mi dispiace per la sua perdita.»

Che strano sentire quelle parole. Sono le stesse che mi hanno detto ieri, quando sono venuti a darmi la notizia. Le avevo quasi pronunciate anch'io poco prima, con Lena. Ma ora suonavano diverse. La mia *perdita*... Avrei voluto replicare che tu non ti sei persa, che non è così che funziona con te. Loro non ti conoscono, Nel. Non sanno di che pasta sei fatta.

L'ispettore Townsend mi stava osservando, in attesa che dicessi qualcosa. Troneggiava su di me in tutta la sua altezza, ma aveva un fisico magro e affilato, sembrava quasi che ad avvicinarsi troppo si corresse il rischio di tagliarsi. Lo guardavo ancora quando mi sono accorta che la collega a sua volta mi stava fissando, la sua faccia un capolavoro di compassione.

«Erin Morgan. Sentite condoglianze.» Aveva la pelle olivastra, gli occhi scuri e i capelli di un nero corvino, quasi blu. Li portava pettinati all'indietro, ma alcuni riccioli erano sfuggiti all'altezza delle tempie e dietro le orecchie, dandole un'aria quasi discinta.

«Il sergente Morgan farà da tramite tra lei e la polizia» mi ha spiegato Townsend. «La terrà aggiornata sull'andamento delle indagini.»

«Perché... ci sono delle indagini in corso?» ho chiesto stupidamente.

La donna ha annuito, ha sorriso e mi ha fatto cenno di sedermi al tavolo della cucina, poi ha preso posto di fronte a me. L'ispettore, con gli occhi bassi, ha iniziato a strofinarsi il palmo della mano destra contro il polso sinistro, con movimenti rapidi e nervosi: uno, due, tre.

Il sergente Morgan aveva cominciato a parlare. Il tono dolce e rassicurante della sua voce faceva a pugni con le parole che uscivano dalla sua bocca. «Il corpo di sua sorella è stato avvistato ieri mattina presto, nel fiume, da un uomo che era uscito per portare fuori i cani.» Accento londinese, una voce esile come un filo di fumo. «Dai primi accertamenti sembra che sia rimasto in acqua per poche ore.» Ha guardato l'ispettore, poi di nuovo me. «Sua sorella era completamente vestita e le ferite sono compatibili con una caduta dall'alto.»

«Credete che sia *caduta*?» ho chiesto. Guardavo i poliziotti e Lena, che era scesa in cucina con me e si era appoggiata al bancone, dall'altra parte della stanza. Scalza, indossava un paio di leggings neri e una canottiera verde che lasciava scoperte le spalle e aderiva al seno, appena accennato. Ci ignorava, come se ciò che stava accadendo nella sua cucina fosse una scena normale, ordinaria. Roba di tutti i giorni. Teneva in mano il cellulare e faceva scorrere lo schermo con il pollice mentre con l'altro braccio si cingeva la vita. Era una ragazzina minuta, il suo avambraccio poco più spesso del mio polso. La osservavo: la bocca grande e l'espressione imbronciata, le sopracciglia nere, i capelli biondo scuro che le ricadevano sul viso.

Doveva essersi accorta che la stavo fissando, perché ha alzato lo sguardo e ha sgranato gli occhi per un attimo, costringendomi a guardare altrove. «Non penserete mica che sia caduta?» ha chiesto, con una smorfia sulle labbra. «Andiamo, lo sapete meglio di me.»

Lena

Erano tutti lì a fissarmi. Mi veniva da urlare, dir loro di andarsene, cacciarli dalla nostra casa. Dalla *mia* casa. È casa mia, nostra, non sarà mai sua. *La zia Julia.* L'ho beccata in camera a frugare tra le mie cose prima ancora di essersi presentata! Poi ha cercato di essere carina e mi ha detto che le dispiaceva, ma io non me la bevo. Lo so che non gliene frega niente.

Non dormivo da due giorni, e non avevo voglia di parlare con nessuno. Di certo non con quella lì. Non avrei saputo che farmene del suo aiuto, e neanche delle sue condoglianze del cazzo. Ma soprattutto non avevo voglia di ascoltare teorie strampalate su quello che era successo a mia madre da gente che neppure la conosceva.

Sarei dovuta starmene zitta, ma quando hanno detto che poteva essere caduta sono andata su tutte le furie: è ovvio che non è andata così. Non è possibile, non capiscono. Non è stato un incidente: lo ha fatto di sua volontà. Immagino che non faccia alcuna differenza ora, ma dovrebbero almeno avere il coraggio di ammettere la verità.

L'ho proprio detto. «Mia madre non è caduta. Si è buttata.»

Il sergente ha iniziato a farmi domande idiote: perché lo pensavo? Era depressa? Aveva già provato a togliersi la vita? Zia Julia se ne stava lì a fissarmi con quegli occhi marroni tristi e lacrimosi, come se fossi un mostro.

«Era ossessionata dal fiume, da tutte le storie che lo riguar-

31

dano, dalle persone che ci sono morte, là dentro. Lo sapete benissimo. Lo sa persino *lei*» ho replicato, guardando Julia.

Lei ha aperto e chiuso la bocca senza dire niente, sembrava un pesce. Una parte di me avrebbe voluto raccontare tutto, per filo e per segno, ma a cosa sarebbe servito? Dubito che siano in grado di capire.

Sean, o meglio, *l'ispettore Townsend*, come immagino di doverlo chiamare quando è in servizio, si è messo a fare domande a Julia: quando aveva sentito mia madre l'ultima volta? Come stava? C'era qualcosa che la faceva soffrire? E allora zia Julia ha mentito.

«Non ci sentivamo da anni» ha risposto, ed è diventata rossa come un peperone. «Ci eravamo allontanate.»

Sapeva che la stavo ascoltando, e sapeva che io so. So che stava dicendo un mucchio di cazzate. E infatti è diventata ancora più rossa, viola praticamente, e allora ha cercato di spostare l'attenzione su di me. «Lena, perché pensi che si sia buttata?»

L'ho fissata a lungo prima di rispondere. Volevo che sapesse che le leggevo dentro. «Mi stupisce che tu me lo chieda. Una volta non l'avevi accusata di coltivare un... com'era? *Desiderio di morte?*»

Si è messa subito a scuotere la testa e ha balbettato: «Ma no... Io non ho detto questo... non intendevo...». *Bugiarda.*

A quel punto l'altra detective, la donna, ha cominciato a dire che «alla luce degli indizi raccolti non ci sono prove per dimostrare che si sia trattato di un atto volontario», e poi che non era stato trovato alcun messaggio di addio.

Sono scoppiata a ridere. «Secondo voi mia madre era tipo da lasciare un biglietto? No, non lo avrebbe mai fatto. Cioè, sarebbe stato troppo banale per lei.»

Julia ha annuito. «Sì... ha ragione. Posso immaginare Nel che vuole insinuare il dubbio... Le piacevano i misteri. Avrebbe adorato crearne uno intorno a sé.»

Giuro che l'avrei presa a schiaffi. *Stronza! È anche colpa tua!* avrei voluto gridare.

La poliziotta ha iniziato a versare bicchieri d'acqua per tutti, ha provato a darmene uno, ma io non ce la facevo più. Stavo per scoppiare in lacrime e non volevo farlo davanti a loro.

Sono salita in camera, ho chiuso la porta e mi sono abbandonata a un pianto silenzioso, con la faccia dentro un foulard. Ho cercato di trattenermi, di non lasciarmi andare del tutto, perché sentivo che non sarei riuscita più a smettere.

Ho provato a fermare le parole che prendevano forma nella mia testa: *Mi dispiace, mi dispiace, mi dispiace. È stata colpa mia.* Guardando la porta ho ripensato a domenica sera, quando la mamma era venuta ad augurarmi la buonanotte. «Lena,» aveva detto «qualunque cosa succeda, sai che ti voglio bene, vero?» Io mi ero infilata gli auricolari, ma sapevo che lei era rimasta lì, in piedi, a guardarmi. Capivo che era triste e mi faceva piacere, perché credevo che se lo meritasse. Darei qualsiasi cosa per tornare indietro a quel momento, alzarmi dal letto, abbracciarla e dirle che anch'io le volevo bene e che non era colpa sua, che non avrei mai dovuto accusarla del contrario. Se lei era colpevole di qualcosa, allora lo ero anch'io.

Mark

Era la giornata più calda dell'anno. La parte bassa del fiume, quella che chiamano Stagno delle Annegate, non era praticabile per ovvie ragioni, così Mark si era dovuto allontanare un po'. C'era un tratto, davanti al cottage dei Ward, dove il fiume si allargava, l'acqua scorreva rapida tra i sassi scuri, ma al centro era profonda e così fredda da togliere il respiro e bruciare sulla pelle, quel genere di freddo che ti fa ridere come un idiota per lo shock.

E infatti Mark aveva riso di gusto. Era da mesi che non rideva così. Ed era da mesi che non entrava in acqua. Ultimamente, il fiume non lo rallegrava più. Lo inorridiva. Ma oggi tutto sembrava tornato come prima: il fiume era di nuovo suo amico. Lo aveva capito dal momento in cui aveva aperto gli occhi al mattino, si era sentito leggero, la testa sgombra, le membra elastiche: era la giornata giusta per una nuotata. Il giorno prima avevano trovato Nel Abbott nell'acqua, morta. Sì, era proprio il giorno giusto. Più che alleggerito da un peso, si sentiva come se una morsa – quella che gli aveva stretto le tempie, minacciando la sua sanità mentale, la sua stessa vita – si fosse finalmente allentata.

Una poliziotta si era presentata a casa sua. Una ragazza molto giovane, con l'aria sbarazzina; era stato quasi tentato di confessarle cose che era meglio non dire a nessuno. Si chiamava Callie qualcosa. L'aveva invitata a entrare e le aveva raccontato la verità: domenica sera aveva visto Nel Abbott uscire dal pub. Aveva omesso di specificare che ci era andato apposta sperando di incontrarla, non era importante. Aveva riferito alla poliziotta che si erano scambiati qualche parola, ma per pochi minuti perché Nel aveva fretta.

«Di cosa avete parlato?» gli aveva chiesto lei.

«Di sua figlia, Lena. È una delle mie studentesse. Ha avuto qualche problema nell'ultimo semestre, è una ragazza un po' indisciplinata. L'anno prossimo frequenterà di nuovo le mie lezioni di inglese, ed è un anno importante, perché ci sono gli esami. Perciò volevo assicurarmi che non facesse scherzi, a settembre.» Non era del tutto falso. «Ma lei mi ha detto che non aveva tempo, che aveva da fare.» Anche questa era la verità, ma non era *tutta la verità*. Non era *nient'altro che la verità*.

«Cioè, la signora Abbott non aveva tempo per parlare con l'insegnante di sua figlia?»

Mark si era stretto nelle spalle e aveva sorriso. «Alcuni genitori sono più coinvolti di altri nelle faccende scolastiche dei figli» aveva commentato.

«Dov'è andata quando è uscita dal pub? Era in macchina?»

Lui aveva scosso la testa. «No, credo fosse diretta a casa, si è incamminata in quella direzione.»

L'agente aveva annuito. «E dopo non l'ha più vista?»

Mark aveva scosso di nuovo la testa.

Aveva detto alcune verità e alcune bugie, ma l'agente sembrava soddisfatta. Gli aveva lasciato un biglietto da visita invitandolo a chiamare, se gli fosse tornato in mente qualcosa di rilevante.

«Lo farò.» Le aveva scoccato uno dei suoi irresistibili sorrisi, e lei lo aveva guardato in modo strano. Forse aveva esagerato?

Si immerse sott'acqua, andando giù fino al letto del fiume e toccando il fondo fangoso con le dita. Si rannicchiò, poi si diede la spinta per tornare verso la superficie a riprendere fiato.

Avrebbe sentito la mancanza del fiume, ma era pronto a partire. Avrebbe cercato un nuovo lavoro, magari in Scozia, o forse ancora più lontano, in Francia o in Italia, dove nessuno sapeva da dove veniva e cosa era successo. Sognava una lavagna vuota, una pagina bianca, un nuovo inizio.

Ma mentre si avvicinava a bracciate alla riva, la morsa tornò a stringergli le tempie. Non era ancora al sicuro: la ragazza poteva ancora causargli problemi, anche se, visto che se n'era stata buona tutto questo tempo, era improbabile che cominciasse a parlare proprio ora. Tutto si poteva dire di Lena Abbott, ma non che non fosse leale. Era una di parola. E forse, adesso che era libera dall'influenza nefasta della madre, sarebbe persino potuta diventare una persona per bene.

Rimase seduto sulla riva per un po', a testa bassa, ascoltando la voce del fiume, con le spalle al sole. L'euforia era evaporata, come l'umidità sulla pelle, sostituita da un'altra sensazione, che non era esattamente speranza, ma gli dava la forza di credere che una nuova vita, forse, era possibile.

Udì un rumore e alzò lo sguardo. Arrivava qualcuno. Riconobbe la sagoma, l'incedere lento, e sentì il cuore martellargli nel petto. Louise.

Louise

C'era un uomo seduto sulla riva. All'inizio le era sembrato nudo, poi però si era alzato e Louise aveva visto che indossava il costume da bagno, dei pantaloncini corti aderenti. Si sorprese a notare il suo corpo e subito arrossì. Era il signor Henderson.

Mentre gli si avvicinava, lui si avvolse l'asciugamano intorno ai fianchi e si infilò la maglietta, poi la salutò con la mano.

«Signora Whittaker, come sta?»

«Diamoci del tu, per favore.»

Lui annuì e accennò un sorriso. «Louise... come va?»

La donna tentò di sorridere a sua volta. «Lo sai.» Lui non lo sapeva, nessuno lo sapeva. «Loro ti dicono che... oddio, forse dovrei dire gli *specialisti nell'elaborazione del lutto* ti dicono che... che ci saranno giorni migliori e giorni peggiori, e che devo imparare ad affrontarli.»

Mark fece un cenno con il capo, ma poi abbassò gli occhi e Louise notò che era avvampato in viso: era a disagio.

Tutti si sentivano a disagio con lei. Prima che la sua vita andasse in pezzi, non si era mai accorta di quanto il dolore potesse essere scomodo, *sconveniente*.

All'inizio veniva riconosciuto e rispettato, ma dopo un po' diventava un ostacolo, nelle conversazioni, nelle risate, nella vita di ogni giorno. Tutti volevano gettarselo alle spalle e andare avanti: invece Louise rimaneva ferma lì, a bloccare il passaggio, con addosso il peso di una figlia morta.

«Com'è l'acqua?» gli domandò, e lui arrossì ancora di più. L'acqua, l'acqua, sempre l'acqua: non c'era modo di evitarla, in quella città. «Fredda, immagino.»

Lui scosse veloce la testa come un cane bagnato. «Brrr!» fece, ridendo in modo imbarazzato, senza naturalezza.

Tra loro c'era un'ombra gigantesca, e lei sentì il bisogno di parlarne.

«Hai saputo della madre di Lena?» Come se fosse possibile vivere a Beckford e non saperne nulla.

«Sì, è terribile. Mio Dio, una cosa tremenda.» Non aggiunse altro. Poi, vedendo che Louise rimaneva in silenzio, riprese a parlare. «Cioè, voglio dire... So che voi due...» Si fermò e guardò verso la sua auto. Cercava disperatamente una via d'uscita, poverino.

«Non andavamo molto d'accordo?» suggerì Louise. Giocherellava con la catenina, un ciondolo a forma di uccellino. «È vero. Eppure...»

Eppure era tutto ciò che riusciva a dire. *Non andavamo molto d'accordo* era un bell'eufemismo, ma non c'era bisogno di essere più precisi. Il signor Henderson sapeva che tra loro due non correva buon sangue, e per niente al mondo Louise avrebbe finto dispiacere per Nel Abbott, proprio lì, in riva al fiume in cui era morta annegata. Non ci sarebbe riuscita e, soprattutto, non aveva nessuna voglia di provarci.

Sapeva che gli psicologi le dicevano soltanto sciocchezze e che non avrebbe mai più avuto un istante di felicità in tutta la sua vita, eppure in certi momenti, nelle ultime ventiquattro ore, aveva faticato a nascondere l'espressione di trionfo che continuava ad affiorarle in viso.

«È orribile da dire ma...» riprese Mark. «Il modo in cui se n'è andata... è proprio perfetto per lei, non trovi?»

Louise annuì. «Forse è il modo che avrebbe scelto. O magari *l'ha* scelto.»

«Tu credi che... l'abbia fatto di proposito?» domandò Mark, perplesso.

Louise scosse la testa. «Davvero non lo so.»

«Certo, certo che no.» Qualche istante di silenzio. «Almeno... almeno adesso quello che stava scrivendo non sarà pubblicato, vero? Il libro che parla del fiume, dello Stagno delle Annegate... non l'ha finito, giusto? Quindi non potrà mai essere pubblicato.»

Louise gli gettò un'occhiata tagliente. «Ne sei sicuro? Secondo me invece le circostanze della sua morte potrebbero renderlo ancora più interessante. Insomma, una donna che scrive un libro su altre donne morte nel fiume e finisce lei stessa annegata? Vedrai che qualcuno si farà avanti per comprare i diritti.»

Mark sembrava sconvolto. «Ma Lena... di sicuro lei... lei non vorrà che...»

Louise si strinse nelle spalle. «E chi lo sa? Immagino che i diritti d'autore siano suoi, adesso.» Sospirò. «Ora devo rientrare.» Gli toccò il braccio e lui le coprì la mano con la sua.

«Signora Whittaker, mi dispiace davvero tanto.» Lei si commosse vedendo che aveva gli occhi pieni di lacrime.

«Louise, chiamami Louise. E lo so. Lo so che ti dispiace.»

Louise si avviò verso casa. Era una passeggiata che durava ore, quella lungo il corso del fiume, tanto più con il caldo che la costringeva a rallentare il passo, ma la verità era che non avrebbe saputo in quale altro modo occupare il suo tempo. Non che non avesse da fare: chiamare le agenzie immobiliari, cercare una nuova scuola per Josh. Aveva un letto da disfare e un armadio pieno di vestiti da mettere via. E un altro figlio che aveva bisogno dei genitori. Domani, forse. Se ne sarebbe occupata domani. Oggi camminava lungo il fiume e pensava alla sua bambina.

Come ogni giorno, anche adesso frugava inutilmente nella memoria alla ricerca di indizi che aveva trascurato, di segnali di allarme che aveva ignorato. Cercava frammenti, tracce di inquietudine nella vita serena di sua figlia. Il fatto era che non si erano mai preoccupati troppo per lei: era intelligente, capace, tranquilla e dotata di una volontà di ferro. Era entrata nell'adolescenza con passo leggero, come se fosse la cosa più facile di questo mondo: anzi, a volte Louise si era sentita triste al pensiero che sua figlia sembrava non avere alcun bisogno dei suoi genitori. Non c'era nulla che la turbasse: né lo studio, né l'assillante attenzione della sua migliore amica, che la cercava in continuazione, e nemmeno l'improvviso cambiamento fisico che l'aveva trasformata in una giovane donna dalla bellezza sorprendente. Louise ricordava quanta vergogna aveva provato lei, da adolescente, quando gli sguardi dei maschi avevano cominciato a incollarsi al suo corpo, mentre Katie non sembrava neanche farci caso. Altri tempi, si era detta Louise, altre ragazze.

Lei e suo marito Alec non si erano mai preoccupati per Katie, ma per Josh sì. Era sempre stato un bambino sensibile, quasi timoroso, ma quell'anno doveva esserci dell'altro. Sembrava che qualcosa lo tormentasse e, da un giorno all'altro, era diventato ancora più riservato e introverso. Si erano preoccupati dei bulli a scuola, dei voti che peggioravano, delle ombre scure sotto i suoi occhi al mattino. Ma la verità era – *doveva essere* – che mentre loro erano concentrati sul figlio, pronti ad acchiapparlo nel caso fosse caduto, era stata Katie a scivolare, e loro non se n'erano accorti. E non avevano potuto aiutarla a rialzarsi. Il senso di colpa serrava la gola di Louise come un macigno: le sembrava di soffocare, invece no, continuava a respirare. A respirare e a ricordare.

L'ultima sera, Katie le era sembrata tranquilla come sempre. Erano in tre a cena, perché Josh era dal suo amico Hugo. Di solito non aveva il permesso di mangiare fuori durante la settimana, ma avevano fatto un'eccezione perché erano in ansia per lui. Ne avevano approfittato per parlarne con Katie. Si era accorta di quanto il fratellino fosse agitato?

«Sarà preoccupato perché l'anno prossimo cambia scuola» aveva risposto lei, senza alzare gli occhi dal piatto e con una lieve esitazione nella voce.

«Ma non sarà un problema» aveva replicato Alec. «Ci saranno metà dei suoi compagni di classe, e ci sarai anche tu.»

Louise ricordava che a quelle parole la figlia aveva stretto più forte la mano intorno al bicchiere e aveva deglutito, chiudendo gli occhi per un istante.

Dopo, avevano lavato i piatti insieme, Louise sciacquava e Katie asciugava, perché la lavastoviglie era rotta. Aveva detto alla figlia che se la sarebbe cavata da sola e che lei poteva andare a finire i compiti, se voleva, ma Katie aveva risposto: «Li ho già fatti» ed era rimasta lì con lei. Ogni volta che aveva preso un piatto dalle mani di Louise per asciugarlo, aveva lasciato che le sue dita sfiorassero quelle di sua madre appena un po' più a lungo del necessario.

Ma adesso Louise non era sicura di ricordare davvero quelle cose. Katie aveva davvero tenuto gli occhi bassi sul piatto? Aveva davvero stretto il bicchiere con forza e aveva indugiato nel toccarle la mano? Non era in grado di affermarlo con certezza: ogni suo ricordo sembrava prestarsi al dubbio, al fraintendimento. Forse era una conseguenza della scioccante scoperta che tutto, nella sua vita, si era rivelato un inganno, o forse la sua mente era ancora annebbiata dai farmaci che aveva tranguggiato nei giorni e nelle settimane successivi alla morte di Katie. Aveva cercato di spegnere il cervello, di procurarsi qualche ora di vuoto, e così aveva ingoiato ogni tipo di pillole, solo per risprofondare nell'incubo non appena tornava in sé. Dopo un po' aveva capito che l'orrore di dover realizzare ogni volta che sua figlia non c'era più non valeva il sollievo di quelle poche ore di oblio.

Di una cosa era certa: quando Katie le aveva augurato la buonanotte, quella sera, le aveva sorriso e l'aveva baciata come al solito. L'aveva abbracciata come ogni sera, né più forte né più a lungo, e le aveva detto: «Dormi bene».

Come aveva potuto, sapendo ciò che stava per fare?

Louise continuò a camminare, il sentiero davanti a lei una macchia indistinta per via delle lacrime. Non si accorse del nastro se non quando ci finì contro. POLIZIA – NON OLTREPASSARE. Era a metà della salita e stava raggiungendo la sommità del promontorio. Dovette fare una deviazione, girare a sinistra, per non disturbare la terra su cui Nel Abbott aveva mosso i suoi ultimi passi.

Si inerpicò a fatica fino in cima, poi lentamente iniziò la discesa dall'altro lato del pendio; i piedi ormai le facevano male e i capelli le si appiccicavano alla fronte per il sudore. Seguì il sentiero fino al boschetto ai margini del fiume, dove finalmente trovò un po' d'ombra, poi, dopo un paio di chilometri, raggiunse il ponte e da lì salì i gradini che arrivavano alla strada. Da sinistra vide avvicinarsi un gruppo di ragazzine e, come sempre, cercò tra loro sua figlia, la testolina castana, il suono della sua risata. Le si spezzò di nuovo il cuore.

Guardava le ragazze che si tenevano a braccetto, aggrappate l'una all'altra, le carni morbide che si intrecciavano, e si accorse che in mezzo a loro c'era Lena Abbott. Proprio lei, che era stata così solitaria nell'ultimo periodo, ora si godeva il suo momento di celebrità. Per qualche tempo avrebbero guardato anche lei con compassione e simpatia, poi, di lì a non molto, avrebbero cominciato a evitarla.

Louise si voltò dall'altro lato e prese la via di casa. Camminava a testa china, sperando di allontanarsi senza essere notata: anche solo posare gli occhi su Lena Abbott le faceva venire in mente delle immagini orribili. Purtroppo, però, la ragazza l'aveva vista e la stava chiamando. «Louise! Signora Whittaker! Per favore, si fermi!»

Provò ad accelerare il passo, ma aveva le gambe pesanti e le sembrava di avere un palloncino sgonfio al posto del cuore, mentre Lena era giovane e svelta.

«Signora Whittaker, devo parlarle.»

«Non adesso, Lena. Mi spiace.»

La ragazza le appoggiò una mano sul braccio, ma Louise si sottrasse. Non riusciva a guardarla. «Scusami, davvero. Non posso parlare con te, non adesso.»

Era diventata un mostro, una creatura arida incapace di essere gentile con una ragazza che aveva appena perso la mamma. Anzi, a essere sincera con se stessa, era molto peggio di così. Perché guardandola Louise non riusciva a non pensare: *Perché non è successo a te, Lena? Perché non hanno trovato te nell'acqua? Perché la mia Katie? Lei era buona e gentile, generosa, piena di vita. Era migliore di te, in ogni modo possibile. Non era lei che doveva entrare in acqua. Eri tu.*

Lo Stagno delle Annegate
di Danielle Abbott
(Inedito)

PROLOGO

*Quando avevo diciassette anni, ho salvato mia sorella dal fiume.
Eppure, che ci crediate o no, non è da lì che questa storia ha
avuto inizio.*

*Esistono persone che sentono il richiamo dell'acqua: una spe-
cie di sesto senso, qualcosa di ancestrale che le riporta sempre a
dove l'acqua scorre. Io sono una di loro. Mi sento viva solamen-
te quando sono vicina all'acqua. A quest'acqua. È qui che ho
imparato a nuotare, ad abitare con gioia la natura e il mio stesso
corpo.*

*Da quando, nel 2008, mi sono trasferita a Beckford, sono an-
data al fiume quasi ogni giorno, in inverno e in estate, con mia
figlia o da sola. Col tempo, ha cominciato ad affascinarmi l'idea
che questo posto, che per me significa l'estasi, per altri sia stato un
luogo di dolore, e di terrore.*

*Quando avevo diciassette anni, ho salvato mia sorella dal fiu-
me, ma in realtà ne ero già ossessionata da tempo. I miei genitori,
mia madre soprattutto, erano bravi a raccontare storie. Fu lei a
narrarmi della tragica fine di Libby, del massacro al cottage dei
Ward, fu lei a raccontarmi la storia tremenda del bambino che
aveva visto sua madre buttarsi nel fiume. Io le chiedevo di raccontare ancora e ancora, centinaia e migliaia di volte. Ricordo che
mio padre non era contento. «Non sono cose adatte alle orecchie*

di una bambina» diceva. Ma lei non gli prestava ascolto: «Invece
lo sono! È storia».

Mia madre aveva gettato un seme dentro di me, e molto prima
che mia sorella entrasse in acqua, o che io prendessi in mano una
macchina fotografica o una penna, passavo già ore a immaginare
come doveva essere stato, che cosa avevano provato, quanto doveva essere fredda l'acqua quel giorno.

Ora che sono una donna adulta, il mistero su cui mi interrogo
di più riguarda, naturalmente, la mia stessa famiglia. In realtà
sarebbe facile svelarlo, ma non lo è, perché mia sorella, nonostante i miei sforzi per superare la distanza tra noi, da molti anni non
parla più con me.

Così, immersa in questo silenzio, ho cercato di capire da sola
cosa possa averla spinta ad andare al fiume, quella notte, ma nemmeno io, con la mia fervida immaginazione, ci sono riuscita. Mia
sorella non è mai stata un tipo melodrammatico, una dai gesti
eclatanti. Poteva essere impertinente, subdola, a volte vendicativa come l'acqua stessa, ma io continuo a non comprendere. E mi
chiedo se mai ci riuscirò.

Mentre mi sforzavo di capire me stessa, la mia famiglia e le
storie che per anni ci siamo raccontati, ho deciso che avrei provato a trovare un senso a tutte le altre storie del fiume di Beckford,
e che avrei cercato di descrivere così come li immagino gli ultimi
istanti di vita delle donne che sono morte nello Stagno delle Annegate.

È un nome bizzarro, ma che ha il suo peso. Che cos'è, in fondo? È solo una pausa nel corso tumultuoso dell'acqua. Un'ansa.
Ci arrivi seguendo il fiume e le sue mille deviazioni, le sue curve,
i tratti in cui si gonfia ed esonda, dando la vita e togliendola,
anche. Prima è freddo e limpido, poi diventa stagnante e limac-
cioso; serpeggia attraverso i boschi fitti di alberi, taglia come una
lama le Cheviot Hills e solo allora rallenta, appena a nord di
Beckford. È lì che si riposa, soltanto per un po', allo Stagno delle
Annegate.

È un angolo di paradiso: le querce fanno ombra al sentiero,

45

faggi e platani punteggiano il pendio, la sponda meridionale è sabbiosa e in leggera pendenza. È perfetto per andare in barca e portare i bambini a fare un picnic nei giorni di sole.

Ma l'apparenza è ingannevole, perché quello è un posto di morte. L'acqua scura e vitrea nasconde il fondo: alghe che ti si attorcigliano alle caviglie e ti trascinano giù, rocce appuntite che ti lacerano la pelle. E lassù, a picco, il promontorio, una roccia di ardesia grigia: quasi una sfida, una provocazione.

È questo il posto che, nei secoli, ha preso le vite di Libby Seeton, Mary Marsh, Anne Ward, Ginny Thomas, Lauren Slater, Katie Whittaker e molte altre, che non hanno un volto né un nome. E io voglio sapere perché, come e cosa ci dicono di noi le loro vite e le loro morti. So che alcuni preferirebbero non sentire certe domande, sono quelli che vogliono nascondere, sopprimere, soffocare. Ma io non sono mai stata una che sta zitta.

In questo libro, che riguarda la mia vita e il fiume di Beckford, vorrei partire non dall'annegare, ma dal restare a galla. Perché è da lì che comincia la storia: dalla prova dell'acqua, dalle streghe che il fiume avrebbe dovuto accogliere o rifiutare. Era proprio lì, allo Stagno, a poco più di un chilometro da dove ora sono seduta a scrivere, era in quel posto idilliaco che le portavano. Le legavano, e poi le gettavano in acqua, per vedere se andavano a fondo o galleggiavano.

Alcuni dicono che quelle donne hanno lasciato qualcosa di sé nell'acqua, che il fiume ha trattenuto un po' del loro potere, perché da allora le sue sponde attraggono le donne infelici, disperate, perdute. Vengono qui e nuotano con le loro sorelle.

Erin

Che accidenti di posto, Beckford. Voglio dire, è bella, e ci sono degli scorci da mozzare il fiato, ma è un posto strano. Sembra di stare in un mondo a parte, scollegato da tutto il resto. Non a caso è in mezzo al nulla: devi guidare per alcune ore prima di tornare alla civiltà, ammesso che uno consideri Newcastle un posto civilizzato, che non è il mio caso. Insomma, Beckford è davvero un luogo bizzarro, con un sacco di gente stramba, e una storia tutta particolare. E poi c'è il fiume, la cosa più assurda di tutte: in questa città sembra che dovunque tu vada, qualunque direzione tu prenda, in un modo o nell'altro ti debba ritrovare davanti la sua acqua che scorre.

Anche l'ispettore è un po' strano. Il che non dovrebbe stupirmi, visto che è uno di qui. L'ho pensato appena l'ho visto, ieri mattina, quando hanno ripescato il cadavere di Nel Abbott. Lui era a riva, con le mani sui fianchi e la testa china. Parlava con un altro tizio, il medico legale, ma da lontano sembrava che stesse pregando. In effetti, a vederlo faceva pensare a un prete: alto, magro, vestito di nero, con l'acqua scura sullo sfondo e il promontorio alle spalle, e una donna distesa ai suoi piedi, pallida e serena.

Non era serena, naturalmente, era morta. Ma il viso non appariva distorto, disfatto. Se uno non guardava il resto del corpo, gli arti spezzati e la spina dorsale piegata in maniera innaturale, poteva pensare che fosse soltanto annegata.

Mi sono presentata, notando che in effetti c'era qualcosa di inusuale nell'ispettore: gli occhi umidi, e quel leggero tremore alle mani, che cercava di nascondere strofinando il palmo contro il polso. Mi ricordava mio padre quando si svegliava al mattino, dopo una di "quelle notti", e noi dovevamo parlare sottovoce e tenere la testa bassa.

Tenere la testa bassa sembrava una buona idea anche adesso. Ero al Nord da meno di tre settimane, dopo un trasferimento da Londra avvenuto in fretta e furia a causa di una stupida relazione sul posto di lavoro. E ora che ero qui, a essere onesti, volevo solo dedicarmi al lavoro e dimenticare il disastro che avevo combinato. Mi aspettavo di essere assegnata ai casi più noiosi, o direttamente alle scartoffie, perciò sono rimasta sorpresa quando mi hanno mandata a occuparmi di questo caso. Una morte sospetta, una donna trovata nel fiume da un tizio che passeggiava con i cani. Era completamente vestita: di sicuro non si era tuffata per fare il bagno. Però l'ispettore capo aveva subito messo in chiaro le cose: «È successo a Beckford, allo Stagno delle Annegate. Quasi certamente si è buttata».

È stata una delle prime cose che ho chiesto a Townsend: «Lei che ne pensa, si è buttata?».

Mi ha guardata per un momento, come se mi stesse soppesando, poi ha indicato il promontorio. «Dovresti andare lassù e parlare con l'agente della Scientifica. Magari ha trovato qualcosa: segni di colluttazione, sangue, un'arma. Il cellulare sarebbe un buon inizio, visto che non l'abbiamo trovato sul corpo.»

«Subito.» Allontanandomi, ho lanciato un'occhiata alla donna e ho pensato che avesse un aspetto triste, disadorno, quasi ordinario.

«Si chiama Danielle Abbott» ha aggiunto Townsend, la voce un po' più forte adesso. «Vive qui, è una scrittrice e fotografa abbastanza nota. Ha una figlia di quindici anni. Quindi, per rispondere alla tua domanda, no. Non penso si sia buttata.»

Siamo saliti insieme, seguendo la stradina che parte dalla sponda sabbiosa e poi svolta a destra, infilandosi tra gli alberi, e, dopo un tratto più ripido, arriva alla sommità. Alcuni punti del sentiero erano fangosi, si vedevano orme fresche di stivali che dovevano aver cancellato le impronte lasciate in precedenza. Una volta in vetta, il sentiero svoltava a sinistra, poi, uscendo dall'intrico di alberi, portava dritto al precipizio. Ho sentito lo stomaco contrarsi per lo spavento.

«Dio mio.»

Townsend si è girato a guardarmi, sembrava quasi divertito. «Soffri di vertigini?»

«No. La mia è paura, del tutto razionale, di mettere un piede in fallo e spaccarmi la testa» ho replicato. «Non sarebbe opportuno piazzarci una ringhiera o qualcosa del genere? Non mi sembra molto sicuro.»

L'ispettore non ha risposto, ma ha continuato a camminare pericolosamente vicino al precipizio. L'ho seguito, standomene dal lato dei cespugli di ginestra per non dover guardare giù, lungo la parete a strapiombo sull'acqua.

Il tizio della Scientifica era pallido e peloso, come da manuale, e non aveva buone notizie per noi.

«Niente sangue né armi o segni di colluttazione» ha spiegato, stringendosi nelle spalle. «E non ci sono nemmeno rifiuti recenti. Invece la videocamera è danneggiata, e la scheda sd è stata rimossa.»

«Videocamera?»

Si è girato verso di me. «Da non credere, eh? La signora Abbott aveva installato quassù un apparecchio con un sensore di movimento. Era per un progetto al quale stava lavorando.»

«A cosa serviva?»

«A riprendere quelli che salivano fin qui... per vedere cosa venivano a fare, forse? Ci sono dei tipi strani che bazzicano da queste parti, per via della storia di questo posto e tutto il resto. O forse voleva riprendere qualcuno che si buttava...» E qui il tizio peloso non ha trattenuto una smorfia.

«E qualcuno ha manomesso la videocamera... proprio al momento giusto?»

Lui ha annuito.

Townsend ha sospirato, incrociando le braccia sul petto. «Sì, ma non è detto che significhi qualcosa. L'avevano già fatto in passato. Diciamo che il progetto di Nel Abbott non era esattamente ben visto dai suoi concittadini.» Ha fatto un paio di passi verso il dirupo, e io mi sono sentita mancare. «Anzi, non sono nemmeno sicuro che avesse sostituito la videocamera dopo l'ultimo atto vandalico.» Si è sporto per guardare giù. «Ce n'è un'altra, o sbaglio? Fissata lì da qualche parte... L'avete controllata?»

«Sì, sembra intatta. La esamineremo, ma...»

«Non ci sarà di alcun aiuto.»

Il tizio della Scientifica si è stretto di nuovo nelle spalle. «Anche se avesse ripreso la caduta, non sarà in grado di dirci cosa è successo qua sopra.»

Erano passate più di ventiquattro ore, ormai, e non avevamo fatto alcun progresso. Il cellulare di Nel Abbott non era stato ritrovato, il che era strano, ma forse non così tanto. Se si era buttata, magari se n'era liberata prima. Se era caduta accidentalmente, il telefono poteva essere finito in acqua, inghiottito dal fondo fangoso o trascinato chissà dove. E se invece era stata spinta, il suo stesso aggressore poteva averglielo sottratto, anche se, in mancanza di segni di colluttazione, era un'ipotesi poco plausibile.

Dopo aver accompagnato Jules (non si fa chiamare Julia, a quanto pare) a casa dall'ospedale, dove l'avevo portata per il riconoscimento ufficiale del corpo, devo essermi persa. Da casa sua, vicino al mulino, ero convinta di aver preso la strada per il commissariato, ma mi sbagliavo: dopo il ponte ho girato in tondo e mi sono ritrovata al fiume. Come ho detto, qui tutte le strade portano all'acqua. Ho preso il telefono per provare a capire dov'ero finita, e ho visto un gruppetto di ragazze che attraversavano il ponte. Lena, la più alta di tutte, si era allontanata dalle altre.

Sono scesa dall'auto per andare da lei. Volevo chiederle delle cose, un chiarimento su alcune parole di sua zia, ma prima che potessi raggiungerla l'ho vista discutere con una donna sulla quarantina. Lena le aveva afferrato il braccio ma lei se n'era liberata e si era portata le mani al volto, come per paura di essere picchiata. Poi si sono separate, Lena è andata a sinistra e la donna su per il pendio. Io ho seguito Lena. Si è rifiutata di raccontarmi cos'era appena successo con quella donna. Ha detto che non c'era niente di strano, che non stavano litigando e che non erano affari miei. Faceva la dura, però aveva il volto rigato dalle lacrime. Le ho offerto un passaggio a casa, ma lei mi ha mandato a quel paese.

E io ci sono andata. Sono tornata al commissariato e ho aggiornato Townsend sul riconoscimento del cadavere da parte di Jules Abbott.

Anche quello, come tutto il resto, era stato strano. «Non ha versato una lacrima» ho detto al mio capo, che ha fatto un cenno di assenso, come a sottintendere che non c'era nulla di cui stupirsi. «Non è normale» ho insistito. «Non era il classico comportamento di chi è sotto shock. È stato davvero bizzarro.»

Townsend ha cambiato posizione sulla sedia, a disagio. Era alla scrivania del suo minuscolo ufficio in fondo al corridoio. Sembrava troppo alto per quella stanza: in piedi, forse, avrebbe sbattuto la testa contro il soffitto. «Cosa vuoi dire?»

«Non è facile da spiegare, sembrava che parlasse senza emettere alcun suono. Ma non era uno di quei pianti silenziosi, no, era... era stranissimo. Muoveva le labbra come se stesse dicendo qualcosa... anzi, come se stesse parlando con qualcuno. Come se fosse nel bel mezzo di una conversazione.»

«E tu hai sentito cosa diceva?»

«No.»

L'ispettore ha guardato lo schermo del computer, poi di nuovo me. «Tutto qui? Ti ha detto qualcosa? Qualche elemento utile per le indagini?»

«Ha chiesto di un braccialetto. Sembra che Nel ne avesse

uno appartenuto alla madre, e che lo portasse sempre. O almeno, lo portava sempre ai tempi in cui ancora si frequentavano, ovvero molti anni fa.»

L'ispettore ha annuito, strofinandosi il polso.

«Non ci sono braccialetti tra le sue cose. Aveva indosso soltanto un anello.» È rimasto in silenzio così a lungo che ho dedotto non avesse altro da aggiungere. Stavo per lasciare la stanza quando ha parlato: «Dovresti chiedere a Lena».

«Volevo farlo, ma non ha voluto ascoltarmi.» Gli ho raccontato del nostro incontro al ponte.

«Descrivimi la donna.»

Ho obbedito: sulla quarantina, un po' sovrappeso, capelli scuri, con un cardigan rosso nonostante il caldo.

Townsend mi ha fissata a lungo.

«Le dice qualcosa?» gli ho chiesto.

«Certo che sì.» Mi ha guardato come se fossi una bambina un po' tonta. «È Louise Whittaker.»

«E chi sarebbe?»

Sembrava contrariato. «Non hai letto i rapporti?»

«No.» Avrei voluto replicare che mettermi al corrente delle informazioni rilevanti per il caso rientrava nei suoi compiti, dal momento che era lui quello del posto.

Sospirando, l'ispettore ha digitato qualcosa sulla tastiera. «Dovresti essere informata. Avrebbero dovuto fornirti tutta la documentazione.» Ha schiacciato INVIO con violenza, come se fosse stato il tasto di una macchina da scrivere, e non di un costoso portatile di ultima generazione. «E ti converrebbe anche leggere il manoscritto di Nel Abbott...» Mi scrutava, esitante. «Il progetto al quale stava lavorando, ricordi? Doveva essere una specie di libro fotografico. Immagini e storie di Beckford.»

«Un libro di storia locale?»

«Più o meno. Era l'interpretazione di Nel Abbott, la sua idea di come si sono svolti alcuni fatti, selezionati da lei e raccontati dal suo punto di vista. Come ti ho già detto, non era un argomento gradito a tutti. Comunque, abbiamo delle copie di quello che ha scritto finora. Parla con Callie Buchan, è nell'ufficio di fronte, ti aiuterà lei. Uno dei casi di cui Nel aveva scritto era quello di Katie Whittaker, una ragazzina che si è suicidata a giugno. Katie era molto amica di Lena Abbott, e Louise, la madre di Katie, un tempo era in buoni rapporti con Nel. Poi si sono allontanate, a quanto pare a causa del progetto di Nel, e quando il corpo di Katie è stato ritrovato nel fiume...»

«Louise le ha dato la colpa» ho completato. «L'ha ritenuta responsabile.»

«Proprio così.»

«Quindi dovrei andare a parlare anche con lei, con questa Louise.»

«No» ha replicato lui, senza alzare lo sguardo dallo schermo. «Ci penso io. La conosco, ho condotto le indagini sulla morte della figlia.»

L'ispettore si è chiuso di nuovo in un lungo silenzio. Non mi aveva ancora congedata, quindi ho ripreso a parlare. «C'erano sospetti su qualcuno per la morte di Katie?»

Lui ha scosso la testa. «No, nessuno. Non abbiamo trovato una ragione che spiegasse il suo gesto, ma, come sai, a volte una ragione non esiste. Soprattutto una ragione che abbia senso per chi rimane. E comunque, Katie ha lasciato un messaggio di addio.» Si è passato una mano davanti agli occhi. «È stata una tragedia e basta.»

«Quindi quest'anno nel fiume sono morte due donne? Due donne che si conoscevano e che erano collegate da...» L'ispettore non mi guardava, forse non mi ascoltava neppure. «Quante morti ci sono state? Voglio dire, in totale...»

«Da quando?» mi ha chiesto, scuotendo la testa. «Da quando vuoi iniziare a contarle?»

Come ho detto, un tipo *veramente* strano.

Jules

Mi hai sempre fatto un po' paura. Tu lo sapevi e ne approfittavi: ti piaceva spaventarmi, ti piaceva esercitare il tuo potere su di me. Quindi credo che, a parte un piccolo dettaglio, ti saresti divertita oggi pomeriggio.

Mi hanno chiesto di riconoscere il tuo corpo. Lena si era offerta, ma non hanno voluto, così non ho potuto sottrarmi. Non c'era nessun altro a cui chiedere. Anche se non ne avevo voglia, sapevo di doverlo fare, perché vederti era meglio che *immaginarti*. Gli orrori della mente fanno molta più paura di quelli reali. E poi volevo vederti perché – lo sappiamo entrambe – altrimenti avrei continuato a non crederci, che te ne sei andata davvero.

Eri al centro di una stanza fredda, sdraiata su una barella e coperta da un lenzuolo verdino. C'era un giovane medico con indosso il camice. Ha fatto un cenno a me e alla poliziotta, che ha risposto annuendo. Ho trattenuto il respiro mentre lui allungava la mano per spostare il lenzuolo. Non ricordo di aver provato così tanta paura da quando ero bambina.

Mi aspettavo che tu balzassi in piedi.

Ma non l'hai fatto. Eri immobile e bellissima. Hai sempre avuto un viso molto espressivo, nella gioia e nella cattiveria, ed eri ancora così, ancora tu, perfetta, come sempre. E allora ho pensato: ti sei buttata.

Ti sei buttata?

Davvero, ti sei *buttata*?

C'era qualcosa di sbagliato in quella parola. Non lo avresti mai fatto, me lo avevi detto tu stessa. Sostenevi che il promontorio non fosse abbastanza alto: solo cinquantacinque metri. Si può anche sopravvivere a un salto nell'acqua da quell'altezza. No, mi hai detto, se vuoi *davvero* farla finita, allora devi andare sul sicuro. Devi entrare di testa. Se vuoi farlo davvero, non ti butti. Ti tuffi.

E se invece non vuoi farlo davvero, hai proseguito, allora è inutile provarci. Bisogna farle per bene, le cose: a nessuno piacciono i dilettanti.

Si può sopravvivere, dicevi, ma non è detto che succeda sempre. D'altra parte tu sei finita qui, anche se non ti sei tuffata. Sei entrata con i piedi e ora sei qui: hai le gambe spezzate, la schiena rotta, sei tutta fracassata. Cosa significa, Nel? Hai perso il tuo sangue freddo? (No, non è da te.) Non sopportavi l'idea di sfigurare il tuo bel volto? (Sei sempre stata molto vanitosa.) Non capisco. Tu non fai mai il contrario di quello che dici. L'incoerenza non ti appartiene.

(Lena ha detto che non c'è nessun mistero, ma lei che ne sa?)

Ti ho preso la mano, sembrava un corpo estraneo, e non solo perché era gelida, ma perché non ne riconoscevo la forma, il tocco. Quando è stata l'ultima volta che ci siamo prese per mano? Forse tu hai cercato di stringere la mia al funerale della mamma? Ricordo di averti voltato le spalle, di essere andata verso papà, ricordo la faccia che hai fatto. (Cosa ti aspettavi?) Avevo il cuore pesante come piombo, il battito cadenzato come una marcia funebre.

«Scusi, non può toccarla» mi ha detto qualcuno.

La lampada ronzava sopra la mia testa, illuminava la tua pelle, grigia e pallida sul tuo letto d'acciaio. Ti ho appoggiato il pollice sulla fronte e l'ho fatto scorrere lungo la tua guancia.

«Per favore, non la tocchi.» Il sergente Morgan era alle mie spalle. Sopra il ronzio delle lampade potevo sentire il suo respiro, profondo e regolare.

«Dove sono le sue cose?» ho chiesto. «I vestiti, i gioielli?»

«Ve li restituiremo dopo che la Scientifica li avrà esaminati» mi ha spiegato.

«C'era anche un braccialetto?»

Ha scosso la testa. «Non lo so, ma le ridaremo tutto quello che abbiamo trovato.»

«Dovrebbe esserci un braccialetto» ho ripetuto, con calma, senza distogliere gli occhi da Nel. «D'argento, con il gancetto di onice. Apparteneva alla mamma, ci sono incise le sue iniziali, SJA. Sarah Jane. Lo portava sempre. La mamma, intendo. E anche tu.» La poliziotta mi fissava. «Anche lei, voglio dire. Anche Nel.»

Sono tornata a guardare te, il tuo polso sottile, nel punto in cui il gancetto di onice doveva posarsi sulle tue vene blu. Volevo toccarti, sentire la tua pelle. Ero sicura che avrei potuto svegliarti. Ho sussurrato il tuo nome, in attesa che tu sussultassi, aprissi gli occhi e mi seguissi con lo sguardo per la stanza. Forse avrei dovuto baciarti, come la Bella Addormentata, ma il pensiero mi ha fatto sorridere, perché tu lo avresti detestato. Non sei mai stata la principessa delle favole, la fanciulla remissiva che aspetta l'arrivo del principe: tu eri un'altra cosa. Appartenevi all'oscurità, stavi dalla parte della perfida matrigna, della fata cattiva, della strega.

La detective mi fissava, e allora ho stretto le labbra per trattenere il sorriso. Avevo gli occhi asciutti e la gola secca. Ti ho sussurrato qualcosa, ma non è uscito alcun suono.

«Che cos'era che volevi dirmi?»

Lena

Sarei dovuta andarci io. Sono la sua parente più prossima, la sua *famiglia*. L'unica che le voleva bene. Sarei dovuta andarci io, ma non me lo hanno permesso. Mi hanno lasciata sola, senza niente da fare, se non stare seduta in una casa vuota a fumare tutte le sigarette che ho, fino all'ultima. Sono andata in paese a comprarne un altro pacchetto; la cicciona del negozio a volte chiede la carta d'identità, ma sapevo che oggi non lo avrebbe fatto. Stavo per tornare a casa quando ho visto le stronzette della scuola venirmi incontro: Tanya, Ellie e tutta la compagnia.

Mi è venuta la nausea, ho abbassato la testa e mi sono girata dall'altra parte, allungando il passo, ma ormai mi avevano vista. Hanno gridato il mio nome e si sono messe a correre verso di me. Non sapevo che intenzioni avessero. Quando mi hanno raggiunta, hanno iniziato ad abbracciarmi e a fare moine e a dirmi quanto erano dispiaciute, Ellie ha persino avuto la faccia tosta di versare qualche lacrima, ovviamente falsa. Ho lasciato che mi stessero addosso, e mi stringessero e mi accarezzassero i capelli. In realtà, non era sgradevole essere toccata.

Ci siamo avviate verso il ponte. Volevano andare al cottage dei Ward, a prendere qualche pasticca e fare una nuotata. «Sarà come una veglia, una specie di cerimonia» diceva Tanya. Che deficiente! Secondo lei, potevo davvero aver voglia di stordirmi e fare il bagno nel fiume? Proprio oggi? Stavo pensando a come defilarmi dalla compagnia, quando ho visto Louise e mi è sembrato un segno del destino. Così mi sono allontanata senza dire una parola, e loro non hanno potuto farci niente.

All'inizio ho pensato che non mi avesse sentita, ma quando mi sono avvicinata ho capito che stava piangendo, e che non aveva nessuna voglia di vedermi. L'ho afferrata per un braccio. Non so perché, ma non volevo che se ne andasse e mi lasciasse lì da sola con quelle iene che facevano finta di essere affrante per me e in realtà erano solo eccitate da tutto quel fottuto dramma. Louise si è liberata dalla mia stretta. «Mi spiace, Lena. Non posso parlare con te, non adesso.»

Volevo dirle qualcosa come: *Lei ha perso sua figlia e io ho perso mia madre. Ora siamo pari, vero? Può perdonarmi adesso?*

Ma non l'ho detto, poi è arrivata quell'idiota della poliziotta e ha cercato di scoprire di cosa avevamo parlato, così l'ho mandata a quel paese e sono rientrata a piedi, da sola.

Pensavo di trovare Julia a casa, invece non era ancora tornata. Quanto tempo ci vuole per andare all'obitorio, aspettare che sollevino il lenzuolo e dire: «Sì, è lei»? Non credo che sia rimasta lì con la mamma come avrei fatto io, che le abbia tenuto la mano e l'abbia consolata.

Sarei dovuta andarci io, ma non me lo hanno permesso.

Mi sono sdraiata sul letto, in silenzio. Ormai non ho neanche più voglia di ascoltare la musica, perché mi sembra che tutto abbia un altro significato adesso, a cui non avevo fatto caso prima, ed è davvero troppo doloroso. Non mi va di piangere tutto il tempo, che poi mi fanno male il petto e la gola, e la cosa peggiore è che non c'è nessuno che venga ad aiutarmi. Non c'è più nessuno in grado di farlo. Così sono rimasta sul letto e ho fumato una sigaretta dopo l'altra, finché non ho sentito la porta aprirsi.

Lei non mi ha chiamata, entrando, ma poco dopo l'ho sentita trafficare in cucina: apriva e chiudeva gli sportelli, spostava tegami e pentole. Aspettavo che salisse da me, ma alla fine mi sono stufata, ero nauseata dal fumo e avevo una fame da lupi, così sono scesa di sotto.

L'ho trovata in piedi davanti al bancone della cucina, che mescolava qualcosa. Quando si è voltata e mi ha vista, ha sobbalzato, però non come quando qualcuno ti coglie di sorpresa e ti spaventi, ma poi subito dopo ti metti a ridere. Lei non ha riso. Aveva davvero paura.

«Lena! Stai bene?»

«L'hai vista?» le ho chiesto.

Ha annuito e abbassato lo sguardo. «Era... uguale a sempre.»

«Bene, sono contenta. Non mi piace pensare che...»

«No. Non era... disfatta.» Si è girata verso i fornelli. «Ti piacciono gli spaghetti al ragù? Sto... insomma, li sto preparando.»

Mi piacciono un sacco, ma non volevo dirglielo, così non le ho risposto. «Perché hai mentito alla polizia?» le ho chiesto.

Si è voltata di scatto, con il cucchiaio di legno in mano. Uno schizzo di sugo è caduto sul pavimento. «Cosa dici, Lena? Io non ho mentito...»

«Sì, invece. Hai detto che tu e mia madre non vi parlavate, che non avevate contatti da anni...»

«Sì, l'ho detto... perché è vero.» Era arrossita, aveva la bocca all'ingiù, come quella di un clown, e in quel momento l'ho vista, la bruttezza di cui parlava la mamma. «Non ho più avuto contatti *significativi* con Nel da...»

«Lei ti telefonava di continuo.»

«No, non *di continuo*. Solo ogni tanto. E comunque non parlavamo.»

«Lo so, mi ha detto che, sebbene lei ci provasse, tu ti rifiutavi di farlo.»

«Lena, le cose sono più complicate di come sembrano.»

«E perché mai sarebbero complicate?» ho ribattuto bruscamente. «Perché?» Mi ha dato le spalle. «È colpa tua, lo sai.»

Ha appoggiato il cucchiaio e si è avvicinata, con le mani sui fianchi, l'espressione contrita, sembrava un'insegnante che sta per dirti quanto sei *deludente*.

«Che cosa vuoi dire? Perché sarebbe colpa mia?»

«Lei ti cercava, voleva parlarti, aveva bisogno di...»

«Non aveva bisogno di me. Nel non ha mai avuto bisogno di me.»

«Lei stava male! Non te ne frega proprio un cazzo?»

Ha indietreggiato e si è pulita il viso con la mano, come se le avessi sputato in faccia. «In che senso... stava male? Io non... non l'ha mai detto. Non mi ha mai detto che stava male.»

«E cosa avresti fatto per lei, se te l'avesse detto? Niente! Non avresti fatto nulla, come al solito. Come quando vostra madre è morta e tu l'hai trattata malissimo, o quando ti ha invitata qui dopo che ci siamo trasferite, o quella volta che ti ha chiamata per dirti della mia festa di compleanno e non le hai neppure risposto! La ignoravi, come se non esistesse. Anche se sapevi che non aveva nessun altro, anche se...»

«Ma lei aveva te. E non ho mai sospettato che fosse infelice, io...»

«Be', lo era! Non andava più a nuotare.»

Julia è rimasta immobile, la testa girata verso la finestra, come in ascolto. «Cosa?» ha chiesto, senza guardarmi in faccia. Sembrava scrutare qualcuno, o forse il proprio riflesso. «Che cos'hai detto?»

«Aveva smesso di nuotare. Da quando sono nata, è sempre andata al fiume, ogni giorno. Era importante per lei. Tutti i giorni, anche in pieno inverno, quando fa un freddo cane e sull'acqua c'è un velo di ghiaccio. Poi, da un momento all'altro, ha smesso. Immagina quanto stava male.»

È rimasta in silenzio per un po'. Era impalata davanti alla finestra e continuava a guardare fuori, come se cercasse qualcosa con gli occhi. «Lena... credi che avesse fatto arrabbiare qualcuno? Forse... la minacciavano?»

Ho scosso la testa. «No, me l'avrebbe detto.» Mi avrebbe avvertita.

«Ne sei sicura? Lo sai anche tu che Nel... che tua madre aveva un carattere forte, no? Voglio dire, sapeva come provocare la gente, innervosirla, farla impazzire...»

«Non è vero!» ho urlato, anche se Julia aveva ragione. La

mamma a volte litigava, ma solo con gli stupidi, con quelli che non la capivano. «Tu non la conoscevi e non l'hai mai capita. Sei soltanto una stronza gelosa: lo eri da giovane e lo sei ancora adesso. Cazzo! Parlare con te non serve a niente.»

Sono uscita, anche se morivo di fame, ma preferivo digiunare piuttosto che sedermi a tavola con lei. Sarebbe stato una specie di tradimento. Continuavo a pensare alla mamma, seduta lì con il telefono in mano, lei che parlava e il silenzio dall'altra parte. Che stronza! Una volta mi ero arrabbiata e le avevo chiesto perché non la piantava una buona volta, perché non smetteva di cercarla. Era così ovvio che Julia non voleva avere niente a che fare con noi. Lei mi aveva risposto che era pur sempre sua sorella, la sua famiglia. «E io? Sono io la tua famiglia!» avevo protestato. Lei era scoppiata a ridere e mi aveva detto: «Tu non sei la mia famiglia, tu sei molto di più! Sei parte di me».

Adesso lei se n'è andata, e io non ho potuto nemmeno vederla un'ultima volta. Non ho potuto stringerle la mano e darle un bacio d'addio, né chiederle scusa.

Jules

Non l'ho seguita. A dire il vero, non volevo continuare la discussione. Non so cosa volevo. Sono rimasta lì, seduta sui gradini con le braccia incrociate, mentre calava il tramonto e i miei occhi a poco a poco si abituavano all'oscurità.

Sapevo cosa *non* volevo: non volevo affrontarla, non volevo ascoltare altro. *Colpa mia?* Come poteva essere colpa mia? Se stavi male, non me l'hai detto. Ti avrei ascoltata. Ecco, mi sembra di sentire la tua risatina. Okay, ma se mi avessi detto che avevi smesso di nuotare, avrei capito che c'era qualcosa che non andava. Nuotare era necessario per te, per la tua sanità mentale, lo dicevi sempre: *Se non nuotassi, cadrei a pezzi.* Niente poteva tenerti lontana dall'acqua, come niente poteva convincere me a entrarci.

Però è successo. A quanto pare.

D'un tratto ho sentito arrivare una fame incontenibile, un bisogno di riempirmi, saziarmi. Sono tornata in cucina e ho mangiato un piatto di spaghetti, poi un altro e un altro ancora. Ho divorato tutto e poi, disgustata da me stessa, sono salita di sopra.

Mi sono inginocchiata nel bagno, senza accendere la luce. È un'abitudine che ho perso da molto tempo, ma in quel momento mi è stata di conforto. Mi sono sporta in avanti, le vene del viso gonfie, sul punto di scoppiare, gli occhi che lacrimavano mentre mi liberavo del cibo. Quando ho capito che non c'era più nulla da vomitare, mi sono alzata, ho tirato lo scarico e mi sono sciacquata il viso. Ho evitato di guardarmi allo specchio, e il mio sguardo è caduto sul riflesso della vasca da bagno alle mie spalle.

Sono più di vent'anni che non mi immergo nell'acqua. Dopo essere quasi annegata, per settimane mi ero rifiutata addirittura di lavarmi. Quando avevo iniziato a puzzare, la mamma mi aveva spinta nella doccia, obbligandomi a rimanere sotto il getto.

Ho chiuso gli occhi e mi sono bagnata di nuovo il viso. Ho sentito un'automobile rallentare davanti casa e il cuore ha aumentato il battito, ma si è calmato di nuovo quando la macchina si è allontanata. «Non arriva nessuno» ho detto ad alta voce. «Non c'è niente di cui aver paura.»

Lena non era rientrata, e non avrei saputo dove cercarla. Il paese mi era familiare e al tempo stesso estraneo. Sono andata a letto, senza riuscire a dormire. Ogni volta che chiudevo gli occhi vedevo la tua faccia, azzurrognola e pallida, le labbra color lavanda. Scoprivi le gengive e avevi la bocca piena di sangue, ma sorridevi.

«Smettila, Nel!» Parlavo da sola, come una pazza. «Ti ho detto di piantarla!»

Aspettavo la tua risposta, ma sentivo soltanto il silenzio, rotto dal rumore dell'acqua e da quello della casa che si muoveva, si risistemava, scricchiolava sotto la spinta del fiume che le scorreva nelle fondamenta. Nel buio, ho cercato a tentoni il cellulare sul comodino e ho chiamato la mia segreteria. *Non hai nuovi messaggi*, mi ha annunciato la voce registrata. *Hai sette messaggi salvati.*

Il più recente era arrivato martedì, meno di una settimana prima della tua morte, all'una e mezza del mattino.

Julia, sono io. Devo parlarti, richiamami. Per favore, Julia, è importante. Ho bisogno di parlarti, appena puoi, capito? È... importante. Okay, ciao.

Ho premuto il tasto 1 per sentirlo di nuovo, poi un'altra volta e un'altra ancora. Ascoltavo la tua voce, il timbro potente, quella tua vaga intonazione americana, così fastidiosa, ma soprattutto provavo ad ascoltare *te*: cosa volevi dirmi?

Avevi lasciato il messaggio nel cuore della notte e io lo avevo sentito al mattino presto. Ero ancora a letto e avevo visto la luce bianca lampeggiare sul telefono. *Julia, sono io.* Dopo le prime tre parole, avevo riattaccato. Ero assonnata, di cattivo umore e non avevo voglia di sentirti. Avevo completato l'ascolto alcune ore dopo, ma non avevo trovato il messaggio strano né particolarmente interessante. È sempre stata la tua tattica: lasciare messaggi criptici per solleticare il mio interesse. Lo fai da anni, poi quando chiami di nuovo, dopo uno o due mesi, capisco che non c'era nessuna crisi, nessun mistero, nessuna notizia degna di nota. Cercavi solo di attirare la mia attenzione: era un gioco.

O no?

Ho riascoltato il messaggio più volte. Era incredibile che non avessi notato il respiro un po' affannato, l'insolita dolcezza nella tua voce, le esitazioni, le pause.

Avevi paura.

Di cosa? *Di chi?* Degli abitanti di questa cittadina, che si fermano e ti guardano ma non ti fanno le condoglianze, non ti offrono cibo, non mandano fiori? Non sembrano addolorati per la tua scomparsa, Nel. O forse avevi paura di tua figlia, questa ragazza strana, distaccata, arrabbiata, che non ha versato una lacrima per te, che continua a dire che ti sei suicidata, anche se non offre nessuna prova, nessuna motivazione.

Mi sono alzata dal letto e mi sono avvicinata alla tua stanza. Di colpo, sono tornata bambina. Facevo così quando questa era la camera dei nostri genitori, quando avevo paura e le mie notti erano agitate per via degli incubi. Ho aperto la porta e sono entrata.

Faceva caldo, c'era odore di chiuso. Quando ho visto il letto sfatto sono scoppiata in lacrime.

Mi sono seduta sul bordo e ho preso il tuo cuscino, la federa di lino, grigia con l'orlo rosso, e l'ho abbracciato. Ho rivisto con chiarezza noi due che entravamo qui, il giorno del compleanno della mamma. Le avevamo preparato la colazione. Era malata, e noi ci sforzavamo di andare d'accordo. Le nostre tregue duravano poco: tu ti stufavi presto di avermi tra i piedi, e io non riuscivo mai a mantenere a lungo la tua attenzione. Mi ero arrampicata sul letto accanto alla mamma, e tu mi guardavi con gli occhi socchiusi, ferita e sprezzante al tempo stesso.

Non ti capivo, ma se mi eri quasi sconosciuta allora, oggi lo sei del tutto. Mi trovo qui, tra le tue cose: ma è la casa a essermi familiare, non tu. Tu sei un'estranea. Lo sei da quando eravamo ragazzine, da quando tu avevi diciassette anni e io tredici. Da quella notte in cui, come un'accetta che si abbatte su un ciocco di legno, la vita ci ha divise, lasciando uno squarcio ampio e profondo tra noi.

Ma è stato sei anni dopo che quell'accetta l'hai impugnata tu, e hai sferrato il colpo che ci ha separate per sempre. È stato durante la veglia funebre, la mamma era stata appena sepolta e io e te stavamo fumando in giardino, era novembre e faceva freddo. Ero annientata dal dolore, ma tu ti eri imbottita di pillole fin dal mattino, e avevi voglia di parlare. Mi raccontavi del viaggio che stavi per fare, in Norvegia, per vedere il Preikestolen, un promontorio alto seicento metri che si erge sopra un fiordo. Cercavo di non ascoltarti: sapevo cos'era quel luogo e non volevo sentirne parlare. Qualcuno ci ha chiamate, forse un amico di papà. «Ragazze, tutto bene?» Biascicava, aveva bevuto. «State annegando il vostro dolore?»

«Annegare... annegare... annegare...» hai ripetuto. Anche tu eri un po' sbronza. Mi hai guardata di traverso, con una strana luce negli occhi. «Ju-ulia» hai detto, trascinando un po' le vocali. «Ci pensi mai?»

Mi hai appoggiato una mano sul braccio, e io mi sono scansata. «A cosa?» Stavo per alzarmi, non volevo più rimanere lì con te, volevo restare da sola.

«A quella notte. Ne hai mai parlato con qualcuno?»

Mi sono allontanata ma tu mi hai afferrato la mano e l'hai

stretta con forza. «Di' la verità, Julia... Non ti è piaciuto, almeno un po'?»

Da allora ho smesso di parlarti. Secondo tua figlia, sono stata io a trattarti male quel giorno. Io e te non raccontiamo la nostra storia nello stesso modo, vero?

Ho smesso di parlarti, ma tu non hai smesso di chiamarmi. Mi lasciavi strani messaggi, brevi, nei quali mi raccontavi del tuo lavoro, di tua figlia, di un premio che avevi vinto, di un riconoscimento che ti avevano attribuito. Non mi dicevi mai dove ti trovavi, né con chi eri. Ogni tanto sentivo rumori di sottofondo, musica o traffico, oppure la voce di un uomo. Alcuni di quei messaggi li cancellavo, altri li salvavo e li ascoltavo fino allo sfinimento, imparando a memoria ogni singola parola.

A volte eri criptica, altre arrabbiata. Ripetevi vecchi insulti, disseppellivi antichi rancori, inveivi per delle offese mai dimenticate. Il desiderio di morte! Un giorno, nel mezzo di una discussione molto accesa, stufa di sentirti parlare delle tue macabre ossessioni, ti avevo accusata di coltivare un desiderio di morte. Ah, per quanto tempo me lo hai rinfacciato!

A volte eri sentimentale, parlavi della mamma, della nostra infanzia, della felicità che avevamo conosciuto e poi perso. A volte eri su di giri, allegra. *Vieni al mulino! Dai, ti piacerà! Per favore, Julia, è arrivato il momento di gettarci tutto alle spalle. Non essere testarda, i tempi sono maturi, ormai.* E allora io mi infuriavo. *È arrivato il momento!* Perché dovevi essere tu a decidere che le ostilità tra noi erano cessate?

Volevo soltanto essere lasciata in pace, dimenticare Beckford, dimenticare te. Mi ero costruita una vita su misura per me. Era più modesta della tua, certo, non poteva essere altrimenti. Però era la mia vita: buoni amici, relazioni, un minuscolo appartamento in una bella zona, a nord di Londra. Un lavoro appagante, nel sociale, che mi teneva impegnata e mi dava soddisfazione, nonostante lo stipendio modesto e gli orari impossibili.

Volevo essere lasciata in pace, ma a te non andava bene. Mi chiamavi due volte l'anno, oppure due volte al mese. Puntualmente mi infastidivi, mi destabilizzavi, mi turbavi, come hai sempre fatto: era la versione adulta dei nostri giochi infantili. E puntualmente aspettavo la telefonata alla quale sarei stata ben lieta di rispondere, aspettavo le tue spiegazioni su come ti eri potuta comportare in quel modo quando eravamo ragazze, come avevi potuto ferirmi così, e restare a guardare mentre io soffrivo. Una parte di me avrebbe voluto parlare con te di tutto questo, ma non prima di aver ascoltato le tue scuse, la tua richiesta di perdono. Però tu non ti sei mai scusata, e io sto ancora aspettando.

Mi sono avvicinata al comodino e ho aperto il primo cassetto. C'erano alcune cartoline, non tutte erano state scritte (forse erano fotografie dei luoghi che avevi visitato), profilattici, un lubrificante, un vecchio accendino d'argento con le iniziali LS incise sul lato. *LS*. Era uno dei tuoi amanti? Mi sono guardata intorno nella stanza, nessuna foto di uomini, né qui né di sotto. Anche i dipinti raffiguravano solo donne. Nei tuoi messaggi parlavi del lavoro, di Lena e della casa, ma non avevi mai nominato un compagno. D'altra parte, degli uomini non te n'era mai importato granché.

Eppure ce n'era stato uno. Tanto tempo fa, c'era un ragazzo al quale tenevi. Eri una ragazzina, ti alzavi di notte e scappavi dalla finestra della lavanderia, poi giravi dietro la casa, con i piedi nel fango, risalivi il fiume fino al sentiero, e lui era lì ad aspettarti. Robbie.

Il pensiero di te e Robbie mi dava le vertigini, come correre a perdifiato su un ponte sospeso nel vuoto. Robbie era alto, biondo, atletico, con un sorrisetto strafottente sempre stampato sul viso. Il suo sguardo faceva impazzire le ragazze, le scombussolava. Robbie Cannon: il maschio alfa, il capobranco, che profumava di sesso e dopobarba, animalesco e brutale. Dicevi di esserne innamorata, ma a me non sembrava amore quello che c'era tra voi. Quando non eravate avvinghiati l'uno all'altra, litigavate e vi coprivate di insulti: non c'era mai una via di mezzo. Non ricordo momenti di serenità, o risate. Invece, ho chiara in testa l'immagine di voi due sdraiati sulla riva del fiume, con le gambe aggrovigliate, i piedi nell'acqua, Robbie che rotolava verso di te e ti inchiodava le spalle a terra, giù nella sabbia.

Qualcosa in quel ricordo mi ha colpita, e mi ha fatto provare una sensazione quasi dimenticata. Vergogna. La vergogna sporca, inconfessabile, del *voyeur*, mescolata a qualcos'altro che non riuscivo a mettere a fuoco, né volevo. Ho cercato di non pensarci, ma poi mi sono ricordata: non era quella l'unica volta in cui vi avevo visti insieme.

Mi sono sentita a disagio, così mi sono alzata dal tuo letto e mi sono messa a guardare le fotografie, tantissime. Sul cassettone ce n'erano alcune incorniciate che ti ritraevano a Tokyo, a Buenos Aires, al mare e in montagna, con tua figlia tra le braccia. Avevi appeso alle pareti le copertine delle riviste che avevano pubblicato i tuoi scatti, una prima pagina del «New York Times», i premi che avevi vinto. Eccole qui, le prove del tuo successo, del fatto che sei stata più brava di me, in tutti i campi. Lavoro, bellezza, figli, tutto. E anche adesso hai vinto: mi hai battuta ancora una volta.

Una fotografia ha attirato la mia attenzione: tu e Lena, lei una bambina di cinque o sei anni, forse di più, non sono brava a indovinare l'età dei bambini. Sorrideva e mostrava i dentini bianchi, anche se c'era qualcosa di strano in lei, che mi ha fatto rizzare i peli sulle braccia. Il suo sguardo, la forma del viso... Ricordava un predatore.

Ho sentito riaffiorare una vecchia paura. Mi sono sdraiata sul letto e ho cercato di non ascoltare il mormorio dell'acqua, ma era impossibile, anche se le finestre erano chiuse. Rimbombava contro le pareti, si infilava nelle crepe dei mattoni e saliva verso il tetto. Ne sentivo in bocca il sapore, fangoso e sporco, e ho cominciato a sudare freddo.

Poi nella casa è riecheggiata una risata: sembravi proprio tu.

Jules

La mamma mi aveva comprato un costume nuovo, un modello anni Cinquanta a quadretti bianchi e blu, "rinforzato". Una cosa alla Marilyn Monroe. Io però ero grassa e bianchiccia, e di Norma Jean non avevo proprio nulla, ma non avevo protestato perché la mamma aveva faticato tanto per procurarselo: non era facile trovare un costume da bagno per una come me.

Sopra il costume, avevo un paio di bermuda blu e una maglietta bianca, larga. Quando Nel scese a pranzare, in pantaloncini di jeans e bikini a fascia, mi guardò e chiese: «Vieni al fiume oggi pomeriggio?». Il tono della sua voce era inequivocabile: non mi voleva. Però poi intercettò un'occhiata della mamma. «Non intendo badare a lei, capito? Vado al fiume per stare con i miei amici.»

«Nel, sii gentile.»

La mamma era convalescente, ma era così debole che sarebbe bastato un soffio di vento per farla cadere. La pelle olivastra era ingiallita, simile a carta vecchia, e papà ci aveva ordinato di andare d'accordo.

Andare d'accordo significava anche passare del tempo insieme, quindi sarei andata al fiume. Ci andavano tutti, anche perché non c'era molto da fare a Beckford: non era una città di mare, niente giostre, niente sala giochi, neppure un prato per giocare a minigolf. C'era soltanto l'acqua.

Nelle prime settimane d'estate si stabilivano le regole, le

comitive a cui ciascuno apparteneva, le amicizie e le rivalità; i locali si mescolavano con i forestieri e finalmente si iniziava ad andare al fiume, in gruppi. I più piccoli preferivano nuotare a sud del mulino, dove l'acqua scorreva più tranquilla e si poteva pescare. I più trasgressivi bazzicavano dalle parti del cottage dei Ward, dove andavano a drogarsi, a fare sesso e a giocare con le tavolette ouija per cercare di evocare fantasmi arrabbiati. (Nel diceva che, se guardavi con attenzione, vedevi ancora il sangue di Robert Ward sulle pareti.) Il gruppo più numeroso si radunava allo Stagno delle Annegate, dove i ragazzi si tuffavano dalle rocce e le ragazze prendevano il sole. Si ascoltava musica e si poteva accendere la griglia. C'era sempre qualcuno che portava qualche bottiglia di birra.

Io avrei preferito starmene a casa, al chiuso, lontano dal sole, sdraiarmi sul letto a leggere oppure giocare a carte con la mamma, ma non volevo che lei si preoccupasse per me, perché aveva problemi più seri a cui pensare. Volevo dimostrarle che ero capace di stare in compagnia e farmi degli amici. Anch'io potevo socializzare.

Sapevo che Nel non gradiva la mia presenza. Fosse stato per lei, avrei dovuto starmene chiusa in casa, così i suoi amici non avrebbero avuto occasione di incontrarmi, di vedere *me*, il mostro, la vergogna: *Julia*, la cicciona brutta e sfigata. Quando eravamo insieme, cercava di tenermi alla larga, camminava due passi avanti o dieci indietro. Il suo disagio era così palpabile da non passare certo inosservato. Un giorno che eravamo andate a fare la spesa, sentii alcuni ragazzi di Beckford che commentavano: «Dev'essere adottata. Quel cesso non può essere la sorella di Nel Abbott!». Si erano messi a ridere, io avevo guardato Nel in cerca di conforto, ma sul suo volto avevo letto soltanto vergogna.

Quel giorno mi incamminai verso il fiume da sola. Mi ero portata una borsa con l'asciugamano, un libro, una Diet Coke e due barrette di cioccolato, in caso mi fosse venuta fame durante il pomeriggio. Mi faceva male la pancia e anche la schiena. Volevo solo tornare a casa, nell'intimità della mia cameretta fresca e buia, dove potevo stare in santa pace, lontano dagli sguardi degli altri.

Le amiche di Nel erano arrivate poco prima di me, occupando la piccola mezzaluna di sabbia in riva al fiume. Era il posto più bello, in leggera pendenza, dove ci si poteva distendere allungando i piedi nell'acqua. C'erano tre ragazze, due di Beckford e una certa Jenny di Edimburgo, che aveva una splendida carnagione chiara e i capelli neri, tagliati a caschetto. Era scozzese, ma parlava con un perfetto accento inglese. I ragazzi ci provavano con lei in tutti i modi, perché si diceva che fosse ancora vergine.

Tutti tranne Robbie, ovviamente, che aveva occhi soltanto per Nel. Si erano conosciuti due estati prima, quando lei aveva quindici anni e lui diciassette. Ormai facevano coppia fissa, almeno in estate, perché nel resto dell'anno era impossibile credere che lui le fosse fedele. Robbie era alto un metro e novanta, era bello e benvoluto da tutti, giocava a rugby e la sua famiglia era piena di soldi.

Quando Nel stava con lui, a volte tornava a casa con dei lividi sui polsi o sulle braccia. Un giorno le chiesi cosa fosse successo, lei scoppiò a ridere e rispose: «Secondo te?». Robbie mi faceva uno strano effetto, e non riuscivo a smettere di osservarlo. Ci provavo, ma era inutile. Lui se n'era accorto e si divertiva a ricambiare i miei sguardi. Lui e Nel mi prendevano in giro. A volte lui, fissandomi, si passava la lingua sulle labbra, e poi scoppiava in una gran risata.

Anche i ragazzi erano già lì, ma dall'altra sponda del fiume. Nuotavano, si arrampicavano e poi si spingevano giù dalle rocce, ridendo, imprecando e insultandosi l'un l'altro. Era così che funzionava: i ragazzi facevano sempre un gran casino, poi a un certo punto si stancavano e rivolgevano le loro attenzioni, più o meno gradite, alle ragazze che fino a quel momento erano rimaste sedute, in attesa. Tutte meno Nel, che non aveva paura di tuffarsi né di bagnarsi i capelli, che partecipava ai giochi dei maschi e riusciva a essere, allo stesso tempo, una di loro e il principale oggetto dei loro desideri.

Ovviamente, io non mi ero messa vicino alla comitiva di Nel. Avevo steso l'asciugamano sotto gli alberi e mi ero seduta da sola. Lì vicino c'era un gruppetto di ragazzine della mia età. Mi ricordavo di una di loro da qualche estate passata. Mi salutò con un sorriso. Io ricambiai e feci un cenno con la mano, ma lei distolse lo sguardo.

Avevo caldo, e avrei avuto voglia di bagnarmi. Immaginavo la sensazione dell'acqua sulla mia pelle liscia, il fango tra le dita dei piedi, la luce aranciata sulle palpebre chiuse mentre galleggiavo sull'acqua. Mi tolsi la maglietta, ma non servì a molto. Jenny mi fissava; arricciò il naso e fece una smorfia di disgusto, poi abbassò gli occhi perché si accorse che l'avevo vista.

Mi sdraiai sul fianco destro, per non dover vedere nessuno di loro, e aprii il libro che stavo leggendo. Era *Dio di illusioni*. Mi sarebbe piaciuto far parte di un gruppo di amici come quelli del romanzo: uniti, intelligenti, complici. Volevo qualcuno da seguire, qualcuno che mi proteggesse, un'amica che fosse speciale per la sua testa, e non per le sue gambe lunghe. Ma sapevo che se anche ci fossero state persone così, a Beckford o nella mia scuola a Londra, non si sarebbero mai interessate a me. Non ero stupida, ma di certo non brillavo.

Nel, invece, sì.

Arrivò al fiume a metà pomeriggio. La sentii chiamare le sue amiche, poi udii i ragazzi che gridavano il suo nome dall'alto delle rocce, dove si erano seduti a fumare con le gambe penzoloni. La sbirciai e vidi che si spogliava, entrava lentamente in acqua e si bagnava un po' alla volta, felice di attirare l'attenzione.

I ragazzi stavano scendendo dal promontorio, passando in mezzo agli alberi. Mi girai sulla pancia e abbassai la testa, tenendo gli occhi fissi sulla pagina, così vicina da non riuscire a distinguere le parole. Rimpiangevo di essere lì, sarei voluta sgattaiolare via, allontanarmi senza che mi vedessero, ma non c'era nulla che potessi fare senza che la gente mi notasse, proprio nulla. Ero una massa bianca informe, e non potevo sgattaiolare da nessuna parte.

I ragazzi avevano portato il pallone e si erano messi a giocare. Sentivo le loro voci, i rimbalzi sull'acqua, i gridolini delle ragazze bagnate dagli spruzzi. Poi fui colpita alla coscia e sentii un dolore acuto. Sghignazzavano tutti. Robbie correva verso di me per riprendersi la palla.

«Scusa! Scusa!» continuava a dire, e intanto rideva. «Mi dispiace, Julia, non l'ho fatto apposta, davvero.» Raccolse il pallone e si fermò a guardare l'impronta rossa e fangosa sulla mia carne pallida e striata, come grasso d'animale. Qualcuno stava dicendo qualcosa a proposito di un grosso bersaglio: «Non riusciresti a centrare la porta di un fienile, ma quel culone non puoi mancarlo!».

Ripresi a leggere. La palla colpì un albero a un metro da me, qualcuno gridò «Scusa!», ma io feci finta di niente. Successe un'altra volta, poi un'altra ancora. Mi girai e capii: si stavano allenando, e il bersaglio ero io. Le ragazze erano piegate in due dalle risate, Nel si sganasciava più di tutte, si divertiva un mondo.

Mi misi seduta e provai ad affrontarli. «Va bene, molto divertente! Adesso basta, okay?» Un altro ragazzo stava già prendendo la mira, io sollevai il braccio per proteggermi e la palla mi colpì, facendomi male. Mi alzai, sentendo arrivare le lacrime. Anche le altre ragazze, quelle più piccole, stavano guardando, una aveva la mano sulla bocca.

«Piantatela!» gridò. «Le avete fatto male! Sta sanguinando!»

Mi guardai: un rivolo di sangue scendeva dall'interno della coscia verso il ginocchio. Non era stata la palla, lo sapevo, era qualcos'altro: i crampi alla pancia, il mal di schiena, la tristezza che mi aveva perseguitato per tutta la settimana. Sanguinavo copiosamente, avevo i bermuda inzuppati. E loro mi fissavano, tutti quanti. Le ragazze non ridevano più, si guardavano a bocca aperta, a metà tra l'orrore e il divertimento. Nel faceva finta di niente, ma sapevo che sarebbe voluta sprofondare. Mi infilai la maglietta in fretta e furia, mi avvolsi l'asciugamano intorno alla vita e poi mi allontanai lungo il sentiero, trascinandomi come potevo. Sentivo le risate dei maschi, alle mie spalle.

Quella notte entrai in acqua. Era tardi – erano passate molte ore – e mi ero ubriacata, per la prima volta nella mia vita. Erano successe anche altre cose. Robbie era venuto a cercarmi e si era scusato per il comportamento suo e dei suoi amici. Mi aveva detto che era davvero dispiaciuto, mi aveva abbracciato e aveva aggiunto che non dovevo vergognarmi.

Ma io andai allo Stagno delle Annegate lo stesso, e fu Nel a tirarmi fuori. Mi trascinò sulla riva e mi aiutò a rimettermi in piedi, poi mi diede un ceffone. «Stupida, stupida cicciona, che cosa hai fatto? Che cazzo stavi cercando di fare?»

2015

MERCOLEDÌ, 12 AGOSTO

Patrick

Il cottage non era più di proprietà della famiglia Ward da quasi un secolo, ma non era neppure di Patrick. A dire il vero, sembrava non essere più di nessuno. Patrick immaginava che ormai appartenesse alla municipalità, e comunque nessuno l'aveva mai rivendicato. A ogni modo, lui aveva le chiavi, e quindi si comportava come se il cottage fosse suo: pagava le irrisorie bollette dell'elettricità e dell'acqua e qualche anno prima aveva sistemato la serratura, dopo che alcuni teppisti avevano sfondato la vecchia porta. Adesso soltanto lui e suo figlio Sean avevano le chiavi, e Patrick si occupava di tenere il posto pulito e in ordine.

A volte, però, trovava la porta aperta anche se, a dirla tutta, ultimamente non era più così sicuro di come l'aveva lasciata la volta precedente. Negli ultimi anni aveva iniziato a sperimentare, sempre più di frequente, momenti di confusione che lo lasciavano terrorizzato, incapace di reagire. Gli capitava di dimenticare nomi e parole, e doveva impegnarsi molto per recuperarli. I vecchi ricordi, invece, tornavano in superficie a violare la pace dei suoi pensieri, vividi, colorati e persino rumorosi. Le ombre danzavano ai margini del suo campo visivo.

Ogni giorno risaliva il fiume. Si alzava presto e camminava per cinque chilometri fino al cottage, e pescava per un'ora o due. Negli ultimi tempi, però, aveva diminuito le passeggiate, non perché fosse stanco o gli facessero male le gambe, ma perché non ne aveva voglia. Le cose che gli erano sempre piaciute ora non gli davano più la stessa soddisfazione di un tempo. Ma era intenzionato a tenere la situazione sotto controllo e, quando si sentiva in forma, riusciva ad andare e tornare a piedi in un paio d'ore. Quel mattino, però, si era alzato con un dolore persistente al polpaccio sinistro e aveva deciso di prendere la macchina.

Si era trascinato fuori dal letto, aveva fatto la doccia, si era vestito e poi si era ricordato, con un po' di fastidio, che la sua automobile era ancora in carrozzeria: si era dimenticato di andare a prenderla il pomeriggio precedente. Brontolando a bassa voce, aveva attraversato il cortile zoppicando per chiedere alla nuora se poteva prestargli la sua.

Helen, la moglie di Sean, era in cucina e stava lavando il pavimento. Era la preside della scuola; durante l'anno scolastico ci teneva ad arrivare in ufficio prima delle sette e mezza, ma anche nelle vacanze estive non era certo il tipo da rimanere a letto a oziare.

«Ti sei alzata presto» esclamò Patrick, entrando in cucina. Lei gli sorrise; le rughe intorno agli occhi e i primi capelli grigi la facevano sembrare più vecchia dei suoi trentasei anni. Più vecchia e più stanca, pensò Patrick.

«Non riuscivo a dormire» replicò lei.

«Mi dispiace, tesoro.»

Lei si strinse nelle spalle. «Che ci vuoi fare?» Rimise il mocio nel secchio e lo spostò verso la parete. «Bevi un caffè, papà?» Adesso lo chiamava così. All'inizio era stato strano, ma ora gli piaceva sentire l'affetto nella sua voce: gli scaldava il cuore. Le disse che ne avrebbe preso un po' in un thermos e avrebbe fatto un salto al fiume. «Non andrai allo Stagno, vero? Se ci penso...»

Lui scosse la testa. «No, certo che no.» Fece una pausa. «E Sean? Come l'ha presa?»

Lei scrollò le spalle. «Lo sai, lui non parla molto.»

Sean e Helen abitavano nella casa dove Patrick aveva vissuto dopo il matrimonio, e dove era rimasto a vivere con il figlio dopo la morte della moglie. Molti anni più tardi, quando Sean si era sposato, avevano ristrutturato il vecchio fienile vicino alla casa e Patrick si era trasferito lì. Sean aveva protestato un po', dicendo che semmai erano lui e Helen a dover traslocare, ma il padre non aveva voluto sentire ragioni. Desiderava che rimanessero lì, in segno di continuità col passato, e gli piaceva l'idea che quella fosse la loro piccola comunità, parte di Beckford ma separata al tempo stesso.

Quando arrivò al cottage dei Ward, Patrick capì subito che qualcuno era stato lì: le tende erano tirate e la porta socchiusa. All'interno, il letto era sfatto. Sul pavimento c'erano alcuni bicchieri vuoti, sporchi di vino. Nella tazza del water galleggiava un profilattico. Nel posacenere vide alcuni mozziconi di sigaretta, di quelle rollate a mano: ne prese uno e lo annusò, cercando l'odore della marijuana, ma puzzava di cenere fredda. C'erano altre cose, indumenti e oggetti di scarso valore, come un calzino blu spaiato e un filo di perline. Raccolse tutto in una borsa di plastica, tolse le lenzuola dal letto, lavò i bicchieri, gettò i mozziconi nella spazzatura, poi richiuse con attenzione la porta e se ne andò. Portò tutto in macchina: buttò le lenzuola sul sedile posteriore, l'immondizia nel baule e il resto delle cianfrusaglie nel vano portaoggetti.

Chiuse la macchina e passeggiò fino al fiume, accendendosi una sigaretta. La gamba gli faceva male, e anche il petto, quando inspirava; il fumo gli bruciava la gola. Tossì e immaginò di sentirlo raschiare contro i polmoni stanchi e anneriti. Di colpo si sentì molto triste. A volte gli capitava, e allora desiderava che fosse tutto finito. Tutto quanto. Guardò l'acqua e tirò su con il naso. Non avrebbe mai ceduto alla tentazione di arrendersi, di sprofondare, ma era abbastanza sincero con se stesso da ammettere che persino lui, a volte, subiva il fascino dell'oblio.

Quando tornò a casa il sole era alto nel cielo, era quasi mezzogiorno. Vide la gattina randagia alla quale Helen dava da mangiare. Stava attraversando il cortile a passi felpati, in cerca dell'ombra del rosmarino che cresceva sotto la finestra della cucina.

Patrick notò la schiena inarcata e il ventre rigonfio. Era incinta. Si sarebbe dovuto occupare anche di quello.

GIOVEDÌ, 13 AGOSTO
Erin

Alle quattro del mattino, quelle teste di cazzo dei vicini hanno cominciato a litigare come matti. Ho deciso di alzarmi, uscire da quell'appartamento di merda che ho affittato a Newcastle e andare a correre. Ero già pronta quando ho pensato che potevo correre anche a Beckford, così sono salita in macchina, ho guidato fino alla chiesa, ho parcheggiato e mi sono diretta lungo il sentiero del fiume.

All'inizio è stato faticoso. Superato lo Stagno, la strada sale fino al pendio e scende di nuovo dall'altra parte, poi il terreno diventa più pianeggiante, e correre lì è davvero fantastico. A quell'ora fa ancora fresco, è tutto tranquillo e non ci sono ciclisti tra i piedi. Niente a che vedere con le mie corse londinesi lungo il Regent's Canal, dove non facevo altro che schivare biciclette e turisti.

A pochi chilometri dal fiume, la valle si allarga e si vedono le colline verdi in lontananza, punteggiate di pecore. Ho corso su un terreno sassoso, brullo tranne che per qualche ciuffo d'erba e le immancabili ginestre. Ho aumentato il ritmo, a testa bassa, per quasi due chilometri, e sono arrivata a un piccolo cottage un po' più lontano dal fiume, vicino a una macchia di betulle.

Ho rallentato il passo per riprendere fiato e mi sono avvicinata all'edificio solitario. Non era abitato ma non sembrava neppure abbandonato: c'erano le tendine alle finestre, non del tutto tirate, e i vetri erano puliti. Ho sbirciato e ho visto un piccolo soggiorno, arredato con un tavolo e due poltroncine verdi. La porta era chiusa a chiave, così mi sono seduta sul gradino e ho bevuto un po' d'acqua dalla bottiglia che mi ero portata. Ho allungato le gambe e piegato le caviglie, in attesa che la respirazione tornasse regolare. Alla base dello stipite qualcuno aveva inciso la scritta: ANNIE LA PAZZA È STATA QUI. Accanto era disegnato un teschio.

La valle era immersa nel silenzio, interrotto soltanto dal gracchiare dei corvi e dal belato delle pecore, in lontananza. Io sono una ragazza di città al cento per cento, ma devo riconoscere che questo posto, per quanto strano, ha un suo fascino.

L'ispettore Townsend aveva convocato la riunione per le nove. Non eravamo in molti: oltre a me, c'erano un paio di poliziotti che avevano interrogato la gente del posto porta a porta, la giovane agente Callie e il tizio peloso della Scientifica. Townsend aveva parlato con il medico legale, così ci ha aggiornati sull'esito dell'autopsia, confermando i nostri sospetti. Nel era morta per le ferite riportate a seguito della caduta. Non c'era acqua nei polmoni, quindi non era annegata: era già morta quando aveva toccato l'acqua. Tutte le ferite erano compatibili con la caduta; non c'erano graffi o lividi in punti sospetti, che potessero far pensare al coinvolgimento di altre persone. Aveva un tasso alcolico abbastanza alto, l'equivalente di tre o quattro bicchieri di vino.

Callie ci ha ragguagliati sugli interrogatori, ma non c'era molto da dire. Sapevamo che Nel era stata al pub domenica sera ed era uscita verso le sette, poi era rimasta a casa fino alle dieci e mezza, quando Lena era andata a dormire. Nessuno l'aveva incontrata dopo quell'ora. Nessuno l'aveva vista litigare di recente, anche se tutti confermavano che non era molto amata in città. Alla gente di Beckford non piaceva il suo atteggiamento, il modo in cui lei, una che veniva da fuori, si sentiva legittimata a raccontare la loro storia. Chi credeva di essere?

Il peloso della Scientifica aveva setacciato il suo account di posta elettronica. Nel ne aveva aperto uno dedicato al progetto, invitando tutti a mandarle le loro storie, e aveva ricevuto soprattutto insulti. «Però non mi sembra peggio di quel che capita di solito a qualsiasi donna che si espone sul web» ha commentato esitante, come se si sentisse in qualche modo responsabile per tutti gli idioti misogini che popolano la rete. «Faremo qualche approfondimento, ovviamente, ma...»

Il seguito della relazione è stato più interessante. Tanto per iniziare, è venuto fuori che Jules Abbott aveva mentito. Il cellulare di Nel non era stato rinvenuto, ma i tabulati del traffico telefonico dimostravano che, nonostante non facesse poi tante chiamate, a sua sorella ne aveva fatte ben *undici* negli ultimi tre mesi. La maggior parte delle telefonate durava meno di un minuto, a volte due o tre: brevi, certo, ma comunque non si trattava di chiamate senza risposta.

Era stata stabilita con precisione l'ora della morte. La videocamera che si trovava più in basso, quella che non era stata danneggiata, aveva registrato qualcosa, poco più di un movimento nel buio, seguito da uno spruzzo d'acqua. Le 2.31: era quello il momento in cui Nel era caduta.

E il meglio doveva ancora arrivare. «C'è un'impronta digitale sull'altra videocamera, quella danneggiata. Non ci sono corrispondenze in archivio, ma forse potremmo convocare tutti i cittadini per un confronto.»

Townsend ha annuito.

«Lo so che era già stata manomessa in precedenza, quindi è possibile che non ci sia di alcun aiuto, però...»

«Va bene, facciamo un tentativo. Occupatene tu» mi ha ordinato l'ispettore. «Io vado a parlare con Julia Abbott, in merito a quelle telefonate.» Si è alzato e ha incrociato le braccia sul petto, il mento basso. «Devo informarvi che stamattina ho ricevuto una chiamata dai piani alti.» Parlava sottovoce. Ha sospirato, e noi ci siamo guardati: sapevamo cosa stava per dire. «Visti i risultati dell'autopsia e la mancanza di indizi che suggeriscano una colluttazione, ci esortano caldamente a non "sprecare risorse" per indagare su un caso di suicidio o di morte accidentale. Quindi, so che c'è ancora tanto lavoro da fare, ma vi chiedo di essere rapidi ed efficienti. Non ci sarà dato molto tempo per occuparci di questo caso.»

Non era certo un fulmine a ciel sereno. Ho ripensato alle parole dell'ispettore capo, il giorno in cui avevo ricevuto l'incarico: *Quasi certamente si è buttata.* Mi sembrava che qui la tendenza a buttarsi ce l'avessero un po' tutti, compreso l'ispettore, con le sue conclusioni affrettate. D'altra parte era la spiegazione più ovvia, vista la storia del luogo.

Eppure, quella faccenda non mi piaceva per niente. C'erano due donne morte nel giro di pochi mesi, e si conoscevano tra loro. Erano legate e avevano frequentazioni comuni. Era Lena l'anello di congiunzione: migliore amica di una e figlia dell'altra. Era l'ultima persona ad aver visto la madre viva e la prima a sostenere che questo – non solo la morte, ma il mistero che l'avrebbe circondata – era *ciò che lei voleva.* Era un commento molto insolito, sulle labbra di una ragazzina.

Ho espresso le mie perplessità all'ispettore mentre uscivamo dal commissariato, e lui mi ha lanciato un'occhiata minacciosa. «Dio solo sa che cosa passa nella testa di un'adolescente. Forse sta cercando di dare un senso a ciò che è successo. Lei...» Si è bloccato. Una donna stava venendo nella nostra direzione. Camminava a fatica, e parlava da sola. Nonostante il caldo, indossava una giacca nera. Aveva i capelli grigi, con alcune ciocche viola, e le unghie dipinte di scuro. Sembrava una dark un po' avanti con gli anni.

«Buongiorno, Nickie» l'ha salutata Townsend.

La donna ha guardato lui, poi me, gli occhi a fessura sotto le sopracciglia folte. «Uff...» ha risposto, forse era il suo saluto. «Siete in un vicolo cieco, vero?»

«E tu cosa suggerisci di fare, Nickie?»

«Scoprire chi è stato!» è sbottata. «Chi l'ha spinta.»

«Chi l'ha *spinta*?» ho ripetuto. «Parla di Danielle Abbott? È a conoscenza di informazioni che potrebbero esserci d'aiuto, signora...?»

Mi ha lanciato un'occhiataccia, poi si è rivolta a Townsend. «E questa chi sarebbe?» gli ha chiesto, additandomi.

«Lei è il sergente Morgan. Nickie, hai qualcosa da dirci su quanto è successo l'altra notte?»

«Non ho visto niente, e anche se avessi visto qualcosa, voi non mi ascoltereste, o sbaglio?» ha mugugnato la donna. Poi ha ripreso a camminare sotto il sole cocente, senza smettere di farfugliare.

«Pensa che dovremmo interrogarla?» ho chiesto all'ispettore Townsend.

«Io non la prenderei troppo sul serio» ha replicato lui, scuotendo la testa. «Non è molto affidabile.»

«Cioè?»

«Dice di essere una *sensitiva*, di essere in contatto con i morti. Ha avuto qualche problema con la legge in passato, per truffe e reati del genere. Sostiene di essere la discendente di una donna che è stata uccisa qui a Beckford dai cacciatori di streghe» mi ha spiegato, in tono asciutto. «È matta da legare.»

Jules

Quando hanno suonato alla porta, ero in cucina. Ho sbirciato fuori e ho visto l'ispettore Townsend fermo sulle scale, con lo sguardo rivolto alla finestra del primo piano. Lena è stata più veloce di me ad aprire. «Ciao, Sean.»

L'uomo è entrato sfiorando il corpo esile di Lena e notando (non poteva essere altrimenti) i pantaloncini di jeans e la maglietta dei Rolling Stones col logo della lingua. Gli ho stretto la mano. Era asciutta, ma la sua pelle aveva un pallore malsano, e sotto gli occhi aveva delle occhiaie profonde. Lena teneva la testa bassa, poi si è messa le dita in bocca e ha iniziato a mordicchiarsi un'unghia.

Siamo entrati in cucina e ci siamo seduti al tavolo, mentre lei è rimasta in piedi, appoggiata al bancone. Ha incrociato le gambe, ma era nervosa e cambiava continuamente posizione.

Townsend non la guardava neanche. Ha tossito e si è sfregato le mani. «L'esame autoptico è stato completato» ha annunciato, a voce bassa. Ha alzato lo sguardo su Lena, poi su di me. «Nel è morta a causa della caduta. Non ci sono prove della presenza di altre persone sul luogo. Aveva bevuto.» La sua voce si è ridotta a un sussurro. «Abbastanza da essere malferma sulle gambe e inciampare.»

Lena ha avuto un sussulto. L'ispettore si fissava le mani, intrecciate e appoggiate al tavolo.

«Ma... Nel conosceva perfettamente il sentiero, ed era agile.

E poi reggeva bene l'alcol, poteva scolarsi anche una bottiglia di vino...» ho replicato.

Lui ha annuito. «Forse sì, ma di notte, lassù...»

«Non è stato un incidente!» ha esclamato Lena.

«Non si è *buttata*» ho obiettato.

Lena mi ha guardata in tralice. «E tu che ne sai?» Poi si è rivolta all'ispettore. «Vi ha mentito, sai? Non è vero che non era in contatto con mia madre. La mamma ha provato a telefonarle un sacco di volte. Lei non ha mai risposto, non ha mai richiamato, non ha...» Si è interrotta ed è tornata a guardarmi. «Lei è... Ma che diavolo sei venuta a fare? Non ti voglio qui!» È uscita dalla cucina come una furia. Dopo qualche istante, abbiamo sentito sbattere la porta della sua stanza.

Io e l'ispettore Townsend siamo rimasti seduti in silenzio. Aspettavo che mi chiedesse spiegazioni sulle telefonate, ma continuava a tacere. Aveva gli occhi socchiusi, il volto inespressivo.

«Non le sembra strano che Lena sia così convinta che Nel l'abbia fatto di proposito?» gli ho chiesto.

Lui mi ha guardata, con la testa leggermente piegata di lato, ma non ha risposto.

«Avete qualche sospetto? Voglio dire... mi sembra che qui in città nessuno sia affranto per la sua morte.»

«E lei?» ha replicato, in tono neutro.

«Che razza di domanda è?» Mi sono sentita avvampare. Sapevo cosa stava per dire.

«Signora Abbott... Julia...»

«Mi chiamo Jules.» Cercavo di prendere tempo, di posticipare l'inevitabile.

«Jules.» Si è schiarito la voce. «Lena ha ragione. Sebbene lei abbia dichiarato di non avere contatti con sua sorella da molti anni, il traffico telefonico rivela che negli ultimi tre mesi Nel ha chiamato il suo numero undici volte.» Ero rossa per la vergogna, cercavo di non guardarlo in faccia. «*Undici* telefonate. Perché ci ha mentito?»

(*Lei mente sempre*, avevi sussurrato cupamente. *Sempre. Non fa altro che dire bugie.*)

«Non ho *mentito*. Noi non ci parlavamo. Come ha detto Lena, io non ho mai risposto a quelle telefonate, né l'ho richiamata quando mi lasciava dei messaggi in segreteria. Quindi non vi ho mentito.» La mia difesa era molto debole, non riuscivo a suonare convincente neppure alle mie stesse orecchie. «Non può chiedermi il motivo del mio comportamento, perché non mi va di spiegarlo a un estraneo. Io e Nel avevamo delle questioni irrisolte da molti anni, ma non hanno niente a che vedere con questa storia.»

«Come può esserne certa? Come può escluderlo, se non vi parlavate da anni?»

«Io...» Ho indicato il mio cellulare. «Lo prenda e ascolti.» Mi tremavano le mani. Quando ha afferrato il telefono, ho notato che tremava anche lui. Ha ascoltato il tuo ultimo messaggio.

«Perché non l'ha richiamata?» Il suo volto mostrava delusione. «Sembrava sconvolta, non le pare?»

«No, io... Non lo so. Lei era così: a volte era allegra, poi triste, o arrabbiata, in più di un'occasione era ubriaca... Non significa nulla. Lei non la conosce.»

«Le altre telefonate... Ha salvato i messaggi?» Il suo tono era più duro.

Ne avevo alcuni. Li ha ascoltati stringendo con forza il telefonino. Poi me lo ha restituito.

«Non li cancelli. Probabilmente sarà necessario ascoltarli di nuovo.» Ha spostato la sedia e si è alzato, io l'ho seguito nel corridoio.

Davanti alla porta, si è voltato a guardarmi. «Devo dirle che trovo molto strano che lei non le abbia risposto. Che non abbia fatto nulla per scoprire perché sua sorella avesse tanta urgenza di parlarle.»

«Ho pensato che volesse soltanto attirare la mia attenzione» mi sono limitata a dire. E lui se n'è andato senza aggiungere altro.

Mi è tornato in mente solo qualche istante dopo, quando lui si era già chiuso la porta alle spalle. L'ho rincorso.

«Ispettore! C'era un braccialetto, apparteneva a mia madre, lo portava Nel. Lo avete trovato?»

Lui ha scosso la testa. «No, non abbiamo trovato nulla. Lena ha dichiarato al sergente Morgan che Nel lo indossava spesso, ma non tutti i giorni. Però,» continuò abbassando lo sguardo, «immagino che lei non potesse saperlo.» Ha lanciato un'occhiata alla casa, poi è salito in macchina ed è uscito dal vialetto.

Jules

E così alla fine la colpa è mia. Sei davvero un bel tipo, Nel. Sei morta, forse ti hanno uccisa, e tutti puntano il dito contro di me. Non ero nemmeno qui! Mi sento come una ragazzina petulante, ho voglia di gridare. Com'è possibile che sia colpa mia?

Dopo che l'ispettore se n'è andato, sono rientrata in casa e mi sono guardata nello specchio dell'ingresso. Ti ho vista nel riflesso: più vecchia, meno bella, ma eri tu, senza dubbio. Qualcosa mi si è spezzato dentro e mi sono rifugiata in cucina a piangere. Se ti ho delusa, devo capirne il motivo. Forse non ti volevo bene, ma non posso accettare che tu finisca così. Dimenticata. Voglio sapere se qualcuno ti ha fatto del male, e perché. Voglio che la paghi. Voglio sistemare le cose e lasciarmele alle spalle, così forse la smetterai di sussurrarmi all'orecchio: *Non mi sono buttata, non mi sono buttata, non mi sono buttata.* Io ti credo, okay? E poi (*dillo*), voglio sapere che sono al sicuro. Voglio la certezza che nessuno verrà a cercarmi, e che la ragazza di cui dovrò prendermi cura è soltanto una figlia innocente, e non qualcos'altro. Non una creatura pericolosa.

Continuo a pensare al modo in cui Lena guardava l'ispettore Townsend, al tono della sua voce quando l'ha chiamato per nome – per nome? –, a come lui guardava lei. Mi chiedo se Lena non abbia mentito sul braccialetto. Quello che ha detto non mi pare credibile: ricordo bene quanto eri stata lesta ad accaparrartelo. Forse l'hai fatto soltanto perché sapevi che io ci tenevo tanto ad averlo. Quando l'hai trovato tra le cose della mamma e te lo sei messo al polso, sono andata a lamentarmi da papà (sì, ho fatto la spia, come al solito). Gli ho chiesto perché mai dovessi averlo tu. E tu hai risposto: *Perché no? Sono la più grande!* E dopo che lui se n'era andato, te lo sei rimirato al polso e hai detto: *Mi sta bene, vero? Non credo che ti sarebbe entrato con tutta quella ciccia!* Poi mi hai dato un pizzicotto.

Mi sono asciugata gli occhi. Mi punzecchiavi in continuazione, eri crudele. Quando mi prendevi in giro per il mio peso, la mia goffaggine e ottusità, reagivo con indifferenza, ma alcune provocazioni avevano l'effetto di artigli conficcati nella carne: non potevo toglierli senza riaprire vecchie ferite. *Di' la verità, Julia... Non ti è piaciuto, almeno un po'?* Questa frase, che mi avevi sussurrato all'orecchio il giorno del funerale di nostra madre, mi aveva fatto venir voglia di strangolarti con le mie stesse mani. E se eri riuscita a provocare me a tal punto, in chi altro potevi aver suscitato istinti omicidi?

Al piano interrato della casa, nel tuo studio, ho iniziato a leggere le tue carte, cominciando dalla parte più noiosa. Ho aperto gli schedari di legno e recuperato la documentazione medica, tua e di Lena, il suo certificato di nascita, dove non è riportato il nome del padre. Non è stata una sorpresa: era uno dei tuoi misteri, uno dei tuoi segreti. Ma non credi che almeno Lena abbia il diritto di sapere chi è suo padre? (Mi sono detta, con una certa cattiveria, che forse nemmeno tu sapevi chi fosse.)

C'erano pagelle scolastiche, della scuola montessoriana di Park Slope, a Brooklyn, e della scuola superiore di Beckford. L'atto di proprietà della casa, una polizza sulla vita (il beneficiario era Lena), estratti conto bancari, report di investimenti, insomma i detriti di una vita abbastanza ordinaria, senza scheletri nell'armadio.

Nei cassetti più bassi c'era il materiale relativo al "progetto": scatole piene di provini fotografici, pagine di appunti, alcune scritte al computer, altre a mano, con la tua grafia filiforme, in inchiostro blu e verde, pieno di sottolineature, cancellature e lettere maiuscole, come i deliri di una cospirazionista, di una pazza. A differenza delle cartelle amministrative, questi fogli non erano in ordine, ma tutti mescolati, come se qualcuno li avesse messi sottosopra alla ricerca di qualcosa. Avevo la bocca secca e la pelle mi pizzicava. Era stata la polizia, ovvio. Avevano preso il computer, ma anche rovistato tra le carte, forse alla ricerca di un tuo messaggio.

Ho dato un'occhiata alla prima scatola di fotografie: il fiume, le rocce, la spiaggia sabbiosa. Ci sono alcune scritte sui margini, codici che non riesco a decifrare. Le immagini di Beckford: le strade, le case, quelle antiche di pietra, e quelle nuove, orribili. In particolare, un edificio ricorre parecchie volte: una villetta bifamiliare in stile edoardiano con le tende sporche, non del tutto tirate. Poi il centro della città, il ponte, il pub, la chiesa, il cimitero, e la tomba di Libby Seeton.

Povera Libby. Da bambina, eri fissata con lei. Era una storia che odiavo, troppo triste e spietata, ma tu volevi ascoltarla in continuazione. Volevi sentire ancora e ancora di quella ragazzina trascinata nell'acqua, accusata di stregoneria. *Perché?* chiedevo, e la mamma rispondeva che era successo perché lei e sua zia conoscevano le proprietà delle piante ed erano in grado di preparare rimedi e medicine. Sembrava una spiegazione stupida, ma le storie degli adulti erano spesso stupide e crudeli: bambini respinti a scuola perché avevano la pelle del colore sbagliato, persone picchiate o uccise perché veneravano un dio diverso. In seguito, tu mi avevi rivelato che il motivo non erano le medicine, ma il fatto che Libby avesse sedotto (e il significato di questa parola avevi dovuto spiegarmelo) un uomo più vecchio di lei, convincendolo a lasciare la famiglia. Per te non era una cosa sbagliata, semmai una dimostrazione del suo potere.

Quando avevi sei o sette anni, ti eri messa una vecchia gonna della mamma ed eri andata al fiume; l'orlo toccava per terra, anche se te l'eri tirata su fino al mento. Eri salita sui sassi e poi ti eri lanciata in acqua, mentre io giocavo sulla spiaggia. Eri Libby. *Mamma, guardami! Pensi che galleggerò o andrò a fondo?*

Rivedo la scena, l'eccitazione sul tuo viso. Sento la mano morbida della mamma nella mia e la sabbia tra le dita dei piedi mentre assistiamo al tuffo. Però non ha senso: se tu avevi sei o sette anni, io ne avevo due o tre. Non è possibile che me ne ricordi, o sbaglio?

Ho ripensato all'accendino che avevo trovato nel tuo cassetto, e alle iniziali LS. Libby Seeton? È così, Nel? Eri ossessionata a tal punto da quella ragazzina morta trecento anni fa? Così tanto da far incidere le sue iniziali sui tuoi oggetti? O forse no. Forse non eri ossessionata. Semplicemente, ti piaceva l'idea di tenerla nel palmo delle tue mani.

Sono tornata a concentrarmi sulle carte, in cerca di altre tracce di Libby. Pagine stampate, fotografie, vecchi articoli di giornale, ritagli di riviste, ogni tanto i tuoi scarabocchi illeggibili sul margine dei fogli. Conoscevo alcuni nomi, mentre altri mi erano ignoti: Libby e Mary, Anne, Katie, Ginny e Lauren e poi, in alto, vicino al nome "Lauren", una frase in inchiostro nero. *Beckford non è un luogo di suicidi. Beckford è il luogo in cui liberarsi delle donne che portano guai.*

Lo Stagno delle Annegate

Libby, 1679

Ieri dicevano che sarebbe stato domani, quindi dev'essere oggi. Lei sa che non ci vorrà molto. Verranno a prenderla per portarla al fiume, per la prova dell'acqua. Vuole che quel momento arrivi, lo desidera, non sarà mai abbastanza presto. Non ne può più della sporcizia e del prurito. Le piaghe non ne trarranno beneficio, dato che ormai sono putride e maleodoranti. Ci vorrebbe il sambuco, o forse la calendula, non ricorda quale sia il rimedio più indicato, ma comunque è troppo tardi per qualsiasi cura. Zia May saprebbe cosa fare, ma lei non c'è più, è stata appesa alla forca otto mesi fa.

A Libby piace l'acqua, e ama il fiume, anche se ha paura delle profondità. Adesso sarà così fredda da congelarla, ma almeno le ripulirà la pelle dalle larve. Subito dopo averla arrestata, l'avevano rasata, ma ora i peli sono ricresciuti un po' e lei sente gli insetti andare avanti e indietro sul suo corpo. Li sente dappertutto: nelle orecchie, all'angolo degli occhi e tra le gambe. Si gratta fino a sanguinare. Sarà bello lavare via tutto quanto, l'odore del sangue, il suo stesso odore.

Arrivano di mattina. Due uomini, giovani, dai modi bruschi e rozzi, ha già provato i loro pugni. Adesso sono più attenti, perché hanno sentito le parole di quell'uomo, quello che l'ha vista nel bosco, a gambe aperte, con il Diavolo a possederla. Ridono e la *schiaffeggiano, ma hanno paura, e comunque lei non bada più molto al suo aspetto negli ultimi giorni.*

Si chiede se ci sarà anche lui a guardarla, e cosa penserà. Un tempo la trovava splendida, ma adesso ha i denti marci e la pelle coperta di lividi scuri, come se fosse già mezza morta.

La portano a Beckford, dove il fiume forma un'ansa intorno al promontorio e le acque profonde scorrono più lentamente. È lì che si dovrà immergere.

È autunno, soffia un vento gelido, ma c'è il sole e lei si vergogna di essere lì, nuda davanti a tutti gli abitanti del paese. Le sembra di sentire i loro sospiri, di paura o di sorpresa, quando vedranno com'è ridotta la bella Libby Seeton.

La legano con le corde, così ruvide e spesse da farle sanguinare i polsi. Solo le braccia; le gambe rimangono libere. Poi le fanno girare la corda intorno alla vita, così potranno riportarla a riva, se dovesse andare a fondo.

Quando la trascinano sulla sponda, lei si volta e lo cerca con lo sguardo. I bambini iniziano a gridare, perché credono che voglia lanciare una maledizione su di loro. Gli uomini la spingono in acqua. È così fredda da mozzare il fiato. Uno di loro imbraccia un palo, glielo punta contro la schiena e la spinge sempre più avanti, finché non perde l'equilibrio. Scivola verso il basso, dentro l'acqua.

Va a fondo.

È così intirizzita da dimenticare dove si trova. Apre la bocca per respirare e inghiotte acqua scura, poi inizia a tossire, scalcia, ma ha perso l'orientamento, non sente più il fondo del fiume sotto i piedi.

La corda la stringe forte, le blocca i polsi, la pelle si lacera.

Quando la trascinano a riva, sta piangendo.

«Di nuovo!»

Qualcuno chiede a gran voce un secondo tentativo.

«È andata a fondo! Non è una strega, non vedete che è una bambina?» urla una donna.

«Ancora! Ancora!»

Gli uomini la legano di nuovo. Stavolta, lo fanno in un altro modo: mano sinistra legata al piede destro, mano destra con il piede sinistro. Corda stretta in vita. Stavolta, la calano lentamente dentro l'acqua.

«Vi prego...» li implora. Non sa se ce la farà ad affrontare ancora quel buio fondo e il freddo. Vuole tornare a casa, una casa che non esiste più, al tempo in cui lei e la zia sedevano davanti al fuoco, a raccontarsi storie. Vuole stare nel suo letto, lì al cottage, essere di nuovo una bambina, sentire l'odore delle rose e della legna che brucia, e il tepore dolce della pelle di sua zia.

«Vi prego...»

Va a fondo. Quando la tirano fuori per la seconda volta, le labbra hanno il colore bluastro di un livido, e il suo respiro si è spento per sempre.

Nickie

Nickie era seduta vicino alla finestra, e guardava il sole salire nel cielo, dissolvendo la foschia del mattino. Aveva dormito pochissimo: faceva caldo e sua sorella aveva continuato a bisbigliarle nell'orecchio per tutta la notte. L'estate non le piaceva: lei era fatta per il freddo. La famiglia di suo padre veniva dalle isole Ebridi. Stirpe vichinga. Sua madre era originaria della Scozia orientale, anche se la sua famiglia era emigrata in Inghilterra secoli prima, per sfuggire ai cacciatori di streghe. Quelli di Beckford potevano anche non crederci, potevano prenderla in giro e insultarla quanto volevano, ma Nickie sapeva di appartenere a una stirpe di streghe, e di poter tracciare una linea di discendenza diretta da Libby Seeton a se stessa.

Fece la doccia, poi colazione, poi si vestì di nero, in segno di rispetto, e decise di andare al fiume. Camminava lentamente, a fatica, lungo il sentiero, cercando di ripararsi all'ombra delle querce e delle betulle. Anche così, il sudore le colava negli occhi e lungo la schiena. Quando arrivò alla spiaggetta, si tolse i sandali e si bagnò i piedi, si rinfrescò con l'acqua del fiume, spruzzandosela sul viso, sul collo e sulle braccia. Un tempo sarebbe salita sul promontorio per rendere omaggio alle donne che erano cadute, a quelle che si erano buttate e anche a quelle che erano state spinte in acqua, ma ormai le gambe non la reggevano più. Qualunque cosa dovesse dire alle donne del fiume, l'avrebbe detta dalla riva.

Si trovava più o meno in quel punto la prima volta che aveva visto Nel Abbott, due anni prima. Anche allora aveva i piedi dentro l'acqua e si stava godendo la sensazione di fresco, quando si era accorta della donna tra le rocce. L'aveva vista camminare avanti e indietro, una volta, due. Alla terza volta, aveva sentito un formicolio alle mani. Aveva percepito qualcosa di strano, di sbagliato. La donna si era chinata, piegandosi sulle ginocchia, e in quella posizione aveva proseguito, come uno strano serpente, fino all'orlo del precipizio, le braccia penzoloni. Spaventata, Nickie le aveva urlato: «Ehi!» e lei, con sua grande sorpresa, le aveva sorriso e l'aveva salutata.

Da allora, Nickie l'aveva vista parecchie volte al fiume: scattava foto, faceva disegni e prendeva appunti, di giorno e di notte, d'estate e d'inverno. Dalla finestra di casa sua, l'aveva vista incamminarsi verso l'acqua anche nel buio più fitto, nel mezzo di una nevicata o sotto la pioggia fredda.

A volte Nickie le era passata vicino sul sentiero, e Nel neanche se n'era accorta, presa com'era dai suoi pensieri. Nickie ammirava quella devozione totale al lavoro e al fiume. Un tempo le piaceva andare a farsi il bagno nelle calde mattine estive. Nel, invece, nuotava all'alba e al tramonto, anche quando le temperature erano meno miti. Ripensandoci, si rese conto che da almeno un paio di settimane non l'aveva più vista nuotare. O forse era di più? Provò a ricordare l'ultima volta, ma non ci riuscì, per colpa di sua sorella che continuava a distrarla parlandole all'orecchio.

Avrebbe tanto voluto che la smettesse.

La gente pensava che Nickie fosse la pecora nera della famiglia, ma il titolo spettava a sua sorella Jean. Quando erano bambine, tutti dicevano che Jeannie era quella brava, quella che non disobbediva mai, finché, quando aveva compiuto diciassette anni, non aveva deciso di arruolarsi in polizia. Una poliziotta! Il padre era un minatore, accidenti! La madre l'aveva accusata di tradire la famiglia e l'intera comunità. I genitori avevano smesso di rivolgerle la parola e si aspettavano che Nickie facesse altrettanto, ma lei non poteva, non poteva proprio. Jeannie era la sua sorellina.

Il problema di Jeannie era che parlava troppo, e non capiva mai quando era il momento di tenere la bocca chiusa. Dopo aver lasciato la polizia, e prima di andarsene da Beckford, aveva raccontato a Nickie una storia che le aveva fatto accapponare la pelle. Da allora, ogni volta che incontrava Patrick Townsend Nickie si mordeva la lingua e sputava per terra, poi mormorava le sue formule per invocare protezione.

E fino a quel momento, avevano funzionato. Almeno per lei. Ma non per Jeannie. Dopo quella faccenda con Patrick e sua moglie e tutto il casino che ne era seguito, lei si era trasferita a Edimburgo, dove aveva sposato un inetto e aveva trascorso i successivi quindici anni a sbronzarsi con lui, fino a morirne. Però Nickie la vedeva ancora, di tanto in tanto, e le parlava. Negli ultimi tempi si era fatta sentire più spesso. Era diventata di nuovo logorroica, chiassosa, irritante. E insistente.

Da quando Nel Abbott era finita in acqua, Jean era ancora più loquace. Nel le sarebbe piaciuta, avevano qualcosa in comune. Anche a Nickie piaceva Nel, le piaceva chiacchierare con lei, soprattutto perché la ascoltava. Stava a sentire le sue storie, anche se non prendeva troppo sul serio i suoi avvertimenti. Era proprio come Jeannie: un'altra che non sapeva tenere chiuso il becco.

Il fatto è che a volte il fiume si gonfia, per esempio dopo una pioggia abbondante. Si ribella, risucchia la terra e la rivolta, facendo ricomparire oggetti persi da tempo: ossi di agnello, stivali da bambino, un orologio d'oro inghiottito dal fango, un paio di occhiali appesi a una catenella d'argento. Un braccialetto con il gancetto rotto. Un coltello, un amo da pesca, un piombino. Lattine e carrelli del supermercato, detriti, oggetti di qualche valore e altri del tutto insignificanti. E non c'è niente di strano: è così che vanno le cose, è così che funziona il fiume. Può ripercorrere il passato, riportarlo alla luce e rovesciarlo sulla sponda, sotto gli occhi di tutti. Le persone, invece, non possono farlo. Le donne non possono farlo: se inizi a chiedere in giro, a mettere avvisi nei negozi e nei pub, a scattare fotografie, a parlare con i giornalisti e a fare domande su streghe, donne e anime perse, non stai cercando risposte, ma soltanto guai.

Nessuno poteva saperlo meglio di Nickie.

Si asciugò i piedi, si infilò di nuovo i sandali e si incamminò, lentamente, lungo il sentiero, su per i gradini e sul ponte; erano ormai le dieci, era quasi ora. Si fermò al negozio di alimentari, comprò una lattina di Coca-Cola e andò a sedersi sulla panchina di fronte al cimitero. Non era tipo da frequentare la chiesa, però voleva vederli: i partecipanti al funerale, i ficcanaso e gli ipocriti senza vergogna.

Si sedette e chiuse gli occhi, solo per un attimo, o così le sembrò, ma quando li riaprì lo spettacolo era cominciato. Vide la poliziotta giovane, quella nuova, che camminava avanti e indietro, e girava la testa in tutte le direzioni, guardinga come una mangusta. Anche Nickie era un'osservatrice: vide quelli del pub, il proprietario insieme alla moglie e alla ragazza che lavorava al bancone, un paio di insegnanti, il ciccione bruttino e il professore bello, con gli occhiali da sole. Vide i Whittaker, tutti e tre, intorno a loro un'aura di tragedia: il padre, ingobbito dal dolore, il ragazzino, spaventato dalla sua stessa ombra, e la madre, l'unica che camminava a testa alta. Un gruppetto di ragazzine che starnazzavano come oche, e un uomo dietro di loro, una brutta faccia riemersa dal passato. Nickie lo conosceva, ma non ricordava chi fosse. Era distratta dall'automobile blu che era appena arrivata nel parcheggio, dal formicolio che sentiva sulla pelle, dal soffio di aria fredda sulla nuca. Per prima vide scendere la donna, Helen Townsend, scialba e insignificante, seguita dal marito, che era al posto di guida, e infine il vecchio Patrick, austero come un colonnello. Patrick Townsend: uomo di famiglia, pilastro della comunità, poliziotto in pensione. Feccia. Nickie sputò a terra e pronunciò le sue formule. Sentì che il vecchio posava gli occhi su di lei, e Jeannie le sussurrò: *Non guardarlo, Nic.*

Nickie li contò all'ingresso della chiesa e all'uscita, dopo circa mezz'ora. Ci fu un po' di ressa sul portone, qualche spinta per uscire, poi vide qualcosa tra il bel professore e Lena, un veloce scambio di battute. A Nickie sembrò che anche la poliziotta stesse osservando la scena, mentre Sean Townsend, che svettava sopra tutti per quanto era alto, manteneva l'ordine. Eppure si erano persi qualcosa, vero? Era come uno di quei trucchi da prestigiatore: basta distogliere gli occhi per un solo istante, e il gioco è già cambiato.

Helen

Helen era seduta al tavolo della cucina e piangeva in silenzio, con le mani strette in grembo e le spalle che sussultavano. Sean non aveva capito.

«Non sei obbligata ad andare» le disse, appoggiandole con delicatezza una mano sulla spalla. «Anzi, non c'è alcuna ragione perché tu ci vada.»

«Sì che deve» intervenne Patrick. «Tu, lei: tutti noi dobbiamo andarci. Facciamo parte della comunità.»

Helen annuì e si asciugò le lacrime con il dorso della mano. «Certo che vengo» confermò, poi si schiarì la voce. «Certo.»

Non era sconvolta per il funerale, ma perché Patrick aveva annegato la gattina nel fiume. Le aveva detto che era incinta e che non potevano permettere che la casa si riempisse di gatti, sarebbero diventati un problema. Aveva ragione, però questo non la consolava. La micia era selvatica, ma Helen si era affezionata a quella bestiolina, le piaceva guardarla attraversare il cortile, annusare la porta in cerca di qualcosa da mangiare, oppure dare la caccia agli insetti che ronzavano intorno al rosmarino. Il pensiero le fece riempire di nuovo gli occhi di lacrime.

«Non era necessario *affogarla*. L'avrei portata dal veterinario, le avrebbe fatto un'iniezione» gli disse quando Sean fu salito di sopra.

Patrick scosse la testa. «Non serve. Annegarli è il modo migliore. Ci è voluto un attimo.»

Ma Helen aveva visto i graffi sulle braccia del suocero, sapeva che la gatta aveva lottato. *Bene, spero che ti abbia fatto male*, pensò. Poi si sentì in colpa, perché lui non aveva agito con cattiveria. «Dobbiamo fare qualcosa per quelli» gli disse, indicando i tagli.

Lui scosse la testa. «Non è niente di grave.»

«No, potrebbero infettarsi. E poi sporcherai la camicia.»

Lo fece sedere, pulì le ferite e le disinfettò, poi coprì quelle più profonde con dei cerotti. Lui la guardava; Helen pensò che si sentisse un po' in colpa, perché, quando lei ebbe terminato, le baciò la mano. «Brava, sei proprio una brava ragazza.»

Lei si allontanò, andò al lavello della cucina e appoggiò le mani contro il bancone. Guardava i sassi bruciati dal sole e si mordeva il labbro.

Patrick sospirò e abbassò la voce in un bisbiglio. «Tesoro, lo so che non è facile per te. Lo capisco, ma dobbiamo andare tutti e tre insieme, come una famiglia. Dobbiamo sostenere Sean. Non si tratta di piangere la morte di quella donna, ma di gettarci tutta questa faccenda alle spalle.»

Helen rabbrividì. Non capiva se era per le parole che lui aveva pronunciato, o per il suo respiro sulla nuca. Si voltò a guardarlo. «Patrick... *papà*, devo parlarti della macchina, del...»

Sean scendeva le scale, due gradini alla volta.

«Di cosa?»

«Non preoccuparti... non è importante» rispose lei, scuotendo la testa.

Salì a lavarsi la faccia e indossò il tailleur pantalone grigio scuro, quello che metteva sempre quando aveva il consiglio d'istituto. Si pettinò, cercando di non guardarsi nello specchio. Non voleva ammettere, nemmeno con se stessa, di essere spaventata, e non voleva affrontare ciò che la spaventava. Aveva trovato alcune cose nel vano portaoggetti della sua auto, non sapeva perché fossero lì, e non era nemmeno sicura di voler sapere come ci erano finite. Aveva nascosto tutto sotto il letto, come una bambina.

«Sei pronta?» le chiese Sean. Lei fece un bel respiro e si guardò nello specchio: era pallida, gli occhi chiari come il vetro.

«Sono pronta» rispose a se stessa.

Helen aveva preso posto sul sedile posteriore, Patrick invece era salito davanti, accanto al figlio. Nessuno parlava, ma lei sapeva che Sean era nervoso perché continuava a strofinarsi la mano contro il polso. Stava male, ne era certa. I morti nel fiume risvegliavano in lui e in suo padre ricordi dolorosi.

Quando attraversarono il primo ponte, Helen guardò l'acqua verdastra e cercò di non pensare a lei, spinta verso il basso, che combatteva per la vita. La gatta. Stava pensando alla gatta.

Josh

Prima di andare al funerale, ho litigato con la mamma. Sono sceso di sotto e lei si stava mettendo il rossetto, davanti allo specchio dell'ingresso. Indossava una maglia rossa. Le ho fatto notare che non poteva vestirsi così per andare al funerale, era una mancanza di rispetto. Lei è scoppiata a ridere, poi è andata in cucina e ha continuato a fare le sue cose, come se io non avessi parlato.

Non intendevo lasciar perdere, perché non abbiamo bisogno di attirare ancora di più l'attenzione. Ci sarà la polizia: partecipano sempre al funerale delle persone morte in circostanze sospette. È già abbastanza brutto che ho dovuto dire delle bugie, e anche la mamma l'ha fatto: cosa penseranno quando la vedranno arrivare vestita a festa?

L'ho seguita in cucina. Mi ha chiesto se volevo un po' di tè, le ho risposto di no. Le ho detto che non pensavo che lei dovesse partecipare al funerale e lei ha replicato: «Perché no?». «Perché lei non ti piaceva nemmeno, e lo sanno tutti» ho ribattuto. Lei ha riso di nuovo e ha detto: «Ah sì?». Ho spiegato che io ci andavo perché sono amico di Lena, e lei ha detto che non è vero. Papà è sceso al piano di sotto e le ha chiesto di non parlarmi in quel modo, perché effettivamente sono suo amico. Le ha sussurrato qualcosa, lei ha annuito ed è salita di sopra.

Papà mi ha preparato un tè. Io non lo volevo, ma l'ho bevuto lo stesso.

«Ci sarà anche la polizia, vero?» gli ho domandato, ma sapevo già la risposta.

«Credo di sì. Il signor Townsend conosceva Nel, sai. E poi... immagino che un po' di gente verrà a renderle omaggio, anche se non la conosceva bene. Lo so che... che noi siamo in una situazione difficile, ma penso che dovremmo provare ad andare tutti insieme, non sei d'accordo?» Non gli ho risposto. «E poi tu vuoi vedere Lena, giusto? E dirle quanto ti dispiace. Chissà come sta, poverina.» Continuavo a rimanere in silenzio. Ha allungato una mano per accarezzarmi i capelli, ma io mi sono spostato.

«Papà, sai che la polizia ha chiesto a tutti di domenica sera, dove eravamo e tutto il resto?»

Ha annuito, ma al tempo stesso si è assicurato che la mamma non stesse origliando. «Hai detto di non aver visto nulla di strano, vero?» mi ha chiesto. Ho fatto di sì con la testa. «È la verità.»

Forse lo aveva detto in forma di domanda, *È la verità?*, oppure come un'affermazione, una specie di ordine, non ne sono certo.

Avrei voluto dire qualcosa, avrei voluto urlarlo. Avrei voluto chiedere: *E se le avesse fatto qualcosa di male?*, solo per sentirmi rispondere da papà che era una cosa ridicola, solo perché così avrebbe potuto gridarmi in faccia: *Come puoi pensare una cosa del genere?*

Invece ho aggiunto soltanto: «La mamma era andata a fare la spesa».

Lui mi ha guardato come se fossi un idiota. «Certo, lo so. Era andata a comprare il latte. Josh... Ah, eccoti!» ha esclamato, guardando alle mie spalle. «Così va meglio, vero?»

Indossava una camicetta nera.

Sì, andava meglio, ma io temevo comunque quello che sarebbe potuto succedere al funerale: che lei dicesse qualcosa, che scoppiasse a ridere nel bel mezzo della cerimonia. Il suo sguardo non mi piaceva per niente. Non era felice, ma era... lo stesso sguardo che ha quando la spunta in una discussione con papà.

Come quando gli dice: *Te l'avevo detto che era meglio prendere l'autostrada!* Era come se sentisse di aver dimostrato a tutti di aver ragione e non riuscisse a nascondere la sua soddisfazione.

Quando siamo arrivati in chiesa, c'erano già parecchie persone, e mi sono sentito più rilassato. Ho visto il signor Townsend, e anche lui mi ha visto, ma non è venuto a parlarmi. Era lì e si guardava intorno, poi si è fermato a osservare Lena e sua zia che arrivavano dal ponte. Lena sembrava davvero cresciuta, era diversa dal solito, ma sempre carina. Quando ci è passata vicino, mi ha sorriso. Sarei voluto andare ad abbracciarla, ma la mamma mi teneva forte per la mano, non sono riuscito a muovermi.

Non mi sarei dovuto preoccupare che la mamma si mettesse a ridere. Appena siamo entrati in chiesa, è scoppiata a piangere e singhiozzare, così forte che tutti si sono girati a guardarla. Non so se sia stato meglio o peggio.

Lena

Questa mattina mi sentivo felice. Ero a letto, pronta a uscire dalle lenzuola. Faceva già caldo, era una bella giornata e la mamma stava cantando. Poi mi sono svegliata.

Sulla porta era appeso il vestito che avevo deciso di indossare: un abitino di Lanvin, della mamma. Non me l'avrebbe mai prestato, ma non credo che oggi la cosa le interessi. Non lo aveva portato in lavanderia, c'era ancora il suo profumo. Quando l'ho messo, è stato come sentire la sua pelle sulla mia.

Mi sono lavata e asciugata i capelli, e li ho pettinati all'indietro. Di solito li lascio sciolti, ma la mamma li preferiva raccolti. *Molto chic*, diceva, quando voleva irritarmi. Sarei voluta andare nella sua camera a cercare il braccialetto, sapevo che era lì, da qualche parte, ma non ce l'ho fatta.

Da quando è morta, non sono più riuscita a entrare in quella stanza. L'ultima volta è stata domenica pomeriggio. Ero annoiata e depressa per Katie, così sono andata a cercare un po' di erba. Sul tavolino non c'era niente, allora ho frugato nelle tasche delle giacche appese nell'armadio, perché sapevo che a volte la teneva lì. Non mi aspettavo che tornasse. Quando mi ha beccata, non era arrabbiata, ma delusa.

«Non puoi farmi la predica! Sto cercando questa schifezza nella *tua* stanza, quindi non puoi rimproverarmi, saresti davvero un'ipocrita» le ho urlato.

«No, sarei un'adulta» ha replicato.

«Be', non vedo la differenza» ho ribattuto, e lei ha riso.

«Forse hai ragione, ma io posso fumare erba e ubriacarmi quando voglio, mentre tu no. E poi, perché vuoi passare la domenica pomeriggio facendoti le canne? Qui, da sola? Non ti sembra un po' triste?» Poi ha continuato: «Perché non vai a farti una nuotata? Magari con un'amica?».

Mi sono infuriata, perché erano le stesse cose che dicono Tanya, Ellie e tutte quelle stronze: che sono triste, che sono una sfigata e che non ho più amici, ora che l'unica persona che mi voleva bene si è ammazzata. Mi sono messa a gridare. «Ma quale amica? Io non ho amiche, ricordi? Ti sei scordata di quello che è successo alla mia migliore amica?»

Lei non ha reagito, ha alzato le mani, come fa, o meglio faceva, quando non aveva voglia di litigare. Ma io non mi sono fermata, non volevo smettere. Le ho urlato che lei non c'era mai, che mi lasciava sempre da sola, che era sempre così distante e sembrava che non mi volesse tra i piedi. Lei scuoteva la testa. «Non è vero! Mi dispiace di essere stata un po' assente, ma stanno succedendo alcune cose che non posso spiegarti. C'è una cosa che devo fare, non hai idea di quanto sia difficile.»

Sono stata molto fredda con lei. «Tu non devi fare nulla, mamma. Mi hai promesso che avresti tenuto la bocca chiusa! Quindi non devi fare un bel niente. Cristo, non ti sembra di aver già fatto abbastanza?»

«Lenie... Lenie, per favore! Tu non sai tutto. Il genitore qui sono io, devi fidarti di me.»

Le ho detto delle cose tremende, che non era mai stata granché come mamma, e quale razza di madre tiene la droga in casa e fa entrare uomini in piena notte, senza preoccuparsi che la figlia senta tutto? Le ho detto che se fosse stato il contrario, se io mi fossi trovata nei guai e non Katie, Louise avrebbe saputo cosa fare, si sarebbe comportata da adulta e mi sarebbe stata di aiuto. Erano tutte stronzate, ovvio, perché ero io a non volere che la mamma parlasse. Lei me l'ha ricordato, e ha aggiunto che aveva provato a starmi accanto e fare qualcosa per me. E allora mi sono messa a sbraitare, le ho gridato che era tutta colpa sua, e che se fosse andata in giro a parlare con qualcuno me ne sarei andata di casa e non le avrei più rivolto la parola. Le ho ripetuto che aveva già fatto abbastanza danni. L'ultima cosa che le ho detto è che Katie era morta per colpa sua.

Jules

Il giorno del tuo funerale faceva molto caldo. L'aria tremolava, la luce era accecante e l'afa insopportabile. Io e Lena siamo andate in chiesa a piedi. Lei si è avviata alcuni passi davanti a me, e la distanza è subito aumentata: io sono goffa, mentre lei sembra nata per portare i tacchi. Era molto elegante, dimostrava più dei suoi quindici anni; indossava un abito nero di crêpe, con la scollatura a goccia. Camminavamo in silenzio, lungo il fiume che scorreva calmo; si sentiva puzza di marcio.

Girando l'angolo verso il ponte, per un momento ho avuto paura di quello che ci aspettava in chiesa. E se non fosse venuto nessuno? Saremmo state solo io e Lena, costrette a sederci da sole, vicine e con te soltanto a separarci.

Camminavo a testa bassa, guardando la strada, concentrata a mettere un piede davanti all'altro e attenta a non inciampare sull'asfalto irregolare. La camicetta, nera e di un tessuto sintetico, con un fiocco sul collo, mi faceva sudare e mi si era appiccicata alla schiena. Gli occhi hanno iniziato a lacrimare. *Poco male se mi cola il mascara. La gente penserà che ho pianto.*

Lena invece non ha pianto, non in mia presenza, almeno. Mi era sembrato di sentirla singhiozzare durante la notte, ma poi è scesa a fare colazione con lo sguardo fresco e riposato. Va e viene da casa senza dire una parola. La sento parlare a voce bassa, in camera sua, ignorandomi completamente. Quando mi avvicino, si ritrae. Se le chiedo qualcosa, mi risponde in malo modo e rifiuta le mie attenzioni. (Dopo la morte della mamma, ricordo che eri venuta nella mia camera. Volevi parlare, ma io ti ho cacciata. Sta facendo la stessa cosa con me? Non saprei.)

Costeggiando il cimitero, ho notato una donna seduta su una panchina, dal lato della strada. Mi sorrideva, aveva i denti guasti. Mi è sembrato di sentire una risata, ma eri tu, nella mia testa.

Alcune delle donne del tuo libro sono sepolte qui, vicino alla chiesa; alcune delle tue donne che portavano guai. Ma lo facevano poi davvero? Libby sì: a quattordici anni sedusse un uomo di vent'anni più vecchio di lei e lo convinse a lasciare la devota moglie e il figlio ancora piccolo. Aiutata dalla zia May, una vecchia megera, e dai numerosi demoni da loro evocati, persuase il povero Matthew a commettere una lunga serie di azioni contro natura. Lei di sicuro portava guai. Si dice che Mary Marsh praticasse l'aborto. Anne Ward era un'assassina. E tu, Nel? Qual è la tua colpa? A chi hai portato guai?

Libby è sepolta nel cimitero della chiesa. Tu conoscevi il punto esatto, mi avevi mostrato le lapidi, la sua e quella delle altre donne, e avevi grattato il muschio dalla pietra perché potessimo leggere cosa c'era scritto. Poi ne avevi tenuto un po' da parte, lo avevi nascosto sotto il mio cuscino e mi avevi detto che era stata Libby a metterlo lì. Mi avevi raccontato che di notte camminava lungo il fiume e si poteva sentire la sua voce che chiamava la zia May, perché andasse a salvarla, ma la zia non poteva fare più nulla per lei. Non è sepolta nel cimitero. Dopo averla costretta a confessare, l'avevano impiccata in piazza e seppellita nel bosco, all'esterno delle mura del camposanto, e le avevano conficcato lunghi chiodi nelle ossa, perché non potesse più rialzarsi.

Quando siamo arrivate sul ponte, Lena si è girata a guardarmi, per un attimo. Nei suoi occhi ho visto molta impazienza, e anche un po' di pena per me. La sua espressione era identica alla tua, al punto da farmi rabbrividire, poi però ho stretto i pugni e mi sono morsa le labbra: non posso avere paura di lei! È soltanto una bambina!

Mi facevano male i piedi, e sentivo il sudore scorrermi tra i capelli, mi sarei voluta strappare la camicetta, e la pelle. C'era già una piccola folla nel parcheggio. Si sono voltati verso di noi. Ho pensato a come sarebbe stato lanciarmi giù dalle mura di pietra. Spaventoso. Ma solo per un attimo. Sarei scivolata nel fango e l'acqua si sarebbe richiusa sopra la mia testa. Sarebbe stato un tale sollievo: stare al fresco, senza gli occhi di nessuno addosso.

All'interno della chiesa, io e Lena ci siamo sedute in prima fila, vicine ma senza toccarci. C'era molta gente, una donna dietro di noi singhiozzava. Il prete ha ripercorso la tua vita, ha elencato i tuoi successi, ha parlato dell'amore per tua figlia. Ha nominato anche me, *en passant*: ero stata io a dargli le informazioni utili per l'orazione, forse per questo è risultata piuttosto superficiale. Avrei potuto dire qualcosa, probabilmente avrei dovuto, ma sapevo che non era possibile farlo senza tradire qualcuno: te, me stessa o la verità.

La funzione è terminata di colpo, e Lena si è alzata subito. L'ho seguita lungo la navata. Tutti gli sguardi erano su di noi, ma erano sguardi minacciosi, non di conforto. Cercavo di non soffermarmi su nessuno, anche se non era facile: la donna singhiozzante, con la faccia rossa e stravolta, Sean Townsend, che ha ricambiato il mio sguardo, un giovane a testa bassa, un ragazzino che rideva e si copriva la bocca con il pugno. Un uomo violento. Mi sono fermata di botto, tanto che la donna dietro di me mi è finita addosso. «Scusi, mi dispiace» ha mormorato, mentre cercava di superarmi. Io non riuscivo a muovermi, né a respirare, né a deglutire, ero paralizzata dal terrore. Era lui.

Invecchiato, certo, e anche imbruttito, meno prestante, ma inconfondibile. Un uomo violento. Aspettavo che alzasse gli occhi su di me, poi non so cosa sarebbe successo: sarei scoppiata a piangere oppure mi sarei lanciata contro di lui? Ma non mi guardava: aveva occhi soltanto per Lena. La paura mi ha attanagliato le viscere.

Ho proseguito senza fermarmi, facendomi largo a spintoni. Lui era di lato, continuava a fissare Lena, che si stava togliendo le scarpe. I maschi guardano le ragazze come Lena in vari modi: con desiderio, con avidità, con disgusto. Non riuscivo a vederlo chiaramente, ma sapevo benissimo cosa c'era nei suoi occhi.

Mi sono diretta verso di lui, un grido che mi saliva in gola. La gente mi osservava senza capire, alcuni compassionevoli, altri esitanti, ma a me non importava. Dovevo raggiungerlo... Lui però ha voltato le spalle e si è allontanato, incamminandosi verso il parcheggio a passo svelto. Io mi sono fermata a riprendere fiato, l'adrenalina mi faceva girare la testa. È salito su un'auto verde, grande, e se n'è andato.

«Jules? Tutto bene?» Il sergente Morgan mi ha appoggiato una mano sul braccio.

«Ha visto quell'uomo? Lo ha visto?» le ho chiesto.

«Quale uomo? Chi è?» ha replicato.

«È un uomo violento.»

Sembrava preoccupata. «Dov'è, Jules? Qualcuno le ha... detto qualcosa?»

«No. Io...»

«Jules, di quale uomo sta parlando?»

Non riuscivo a emettere un suono. Avrei voluto dirle che io me lo ricordavo, che sapevo di cosa era capace.

«Chi ha visto?» continuava a chiedermi.

«Robbie.» Alla fine ce l'ho fatta a pronunciare il suo nome. «Robbie Cannon.»

AGOSTO 1993
Jules

Me l'ero dimenticato: prima della partita a pallone era successo qualcos'altro. Ero seduta a leggere, da sola, ed eri arrivata tu, insieme a Robbie. Non mi avevate vista, siete corsi in acqua e vi siete messi a nuotare, a giocare, a baciarvi. Lui ti ha presa per mano e ti ha trascinata a riva, poi si è sdraiato su di te, ti ha spinto le spalle a terra, ha inarcato la schiena e ha alzato gli occhi. È stato allora che si è accorto di me, che vi stavo osservando. Ha sorriso.

Più tardi, quel pomeriggio, rientrai a casa da sola. Misi il costume a quadretti e i bermuda in ammollo nell'acqua fredda, nel lavandino. Poi mi feci un bagno e mentre ero lì, semisdraiata nella vasca, con l'acqua che mi copriva a malapena, pensai che non mi sarei mai liberata di tutta quella maledetta carne.

Cicciona. Un armadio. Ha le gambe come due mongolfiere. Dovrebbe giocare nella nazionale di rugby.

Ero troppo ingombrante per gli spazi che abitavo, debordavo sempre. Occupavo troppo volume: quando ero entrata nella vasca l'acqua era traboccata dappertutto. Che bello.

Tornai nella mia camera e andai a letto, nascondendomi sotto le coperte, soffocata dalla tristezza, dall'autocommiserazione mista a senso di colpa, perché mia madre era nella stanza accanto e stava morendo di cancro al seno, mentre io riuscivo soltanto a pensare che non volevo più andare avanti, non volevo più vivere così.

Mi addormentai.

Mi svegliò papà. Lui e la mamma stavano andando in città: lei doveva sottoporsi ad alcuni esami, l'indomani, così avevano deciso di partire il giorno prima e dormire fuori per evitarsi una levataccia. La cena era in forno, era tutto pronto.

Sapevo che Nel era rientrata perché sentivo la musica provenire dalla sua stanza. Poi la musica finì e iniziai a sentire altri rumori: grugniti e sussurri, lamenti e sospiri. Scesi dal letto, mi vestii e uscii nel corridoio. La luce era accesa, la porta socchiusa. La stanza era buia, ma sentivo Nel che diceva qualcosa, ripeteva il suo nome.

Mi avvicinai, trattenendo il respiro. Attraverso la fessura della porta, vedevo i loro corpi muoversi nel buio. Non riuscivo a non guardare, era più forte di me. Rimasi a spiare finché lui non emise un rantolo sonoro e animalesco. Poi si lasciò andare a una risata, e capii che avevano finito.

Le luci al piano inferiore erano accese. Le spensi, poi andai in cucina e aprii il frigorifero, poi il congelatore. Lì dentro, con la coda dell'occhio, notai una bottiglia di vodka a metà. Imitai quello che avevo visto fare a Nel: mi versai mezzo bicchiere di succo d'arancia e il resto di vodka. Avevo già assaggiato vino e birra, e il sapore dell'alcol non mi era piaciuto, ma scoprii che quell'intruglio era dolce, per niente sgradevole.

Finii il drink e me ne preparai un altro. Mi piaceva la sensazione fisica che dava: il calore che saliva dalla pancia al petto, il sangue che si surriscaldava nelle vene, il corpo che si rilassava, la tristezza del pomeriggio che svaniva.

Mi spostai in salotto e guardai il fiume: l'acqua nera scorreva sotto la casa. Mi sorprese un pensiero nuovo: che il mio problema forse non era impossibile da risolvere. Fu un momento di chiarezza assoluta: non c'era niente di sbagliato in me, potevo essere fluida, come il fiume. Non era poi così difficile. Avrei digiunato, fatto più movimento (in segreto, quando nessuno guardava). Mi sarei trasformata da bruco in farfalla, sarei diventata una persona diversa, irriconoscibile, e la ragazza brutta e sporca di sangue sarebbe sparita. Sarei diventata un'altra, nuova di zecca.

Tornai in cucina per prendermi ancora qualcosa da bere.

Sentii dei passi in corridoio e poi giù per le scale. Mi rifugiai nel soggiorno, spensi la lampada e mi rannicchiai al buio, sulla panca sotto la finestra.

Lui entrò in cucina e aprì il frigorifero. Anzi no, il congelatore, sentii lo scricchiolio del ghiaccio, e un attimo dopo il gorgogliare del liquido nella sua gola. Lo vidi allontanarsi, poi fermarsi di colpo e tornare indietro.

«Julia, sei tu?»

Non risposi e trattenni il respiro. Non volevo vedere nessuno, men che meno lui, ma stava già armeggiando con l'interruttore. Accese le luci e lo vidi lì, in boxer, abbronzato, le spalle larghe, la vita sottile, la peluria della pancia che scompariva sotto l'elastico delle mutande. Mi sorrise.

«Stai bene?» mi chiese. Mentre si avvicinava, vidi che aveva l'espressione più sorniona del solito. «Cosa ci fai qui al buio?» Vide il bicchiere e sorrise. «Mi era sembrato che la vodka fosse diminuita!» Fece tintinnare il bicchiere contro il mio, poi si sedette accanto a me, la sua coscia premeva contro il mio piede. Feci per alzarmi, ma lui mi appoggiò una mano sul braccio.

«Aspetta! Dove vai? Voglio parlarti, voglio scusarmi per oggi pomeriggio.»

«Non è successo niente.» Mi sentii arrossire. Non riuscivo a guardarlo in faccia.

«Davvero, mi dispiace. Quei ragazzi sono delle teste di cazzo. Sono desolato.»

Annuii.

«Non c'è niente di cui vergognarsi.»

Mi feci piccola piccola: una parte di me aveva continuato a sperare che non avessero visto, che non avessero capito.

Lui mi strinse il braccio e socchiuse gli occhi mentre mi guardava. «Hai proprio un bel faccino, sai?» Rise. «Sì, dico sul serio.» Mollò la presa e mi mise il braccio intorno alle spalle.

«Dov'è Nel?»

«Dorme» rispose, poi bevve e schioccò le labbra. «Credo di averla sfinita.» Mi strinse più forte. «Julia, hai mai baciato un ragazzo? Vuoi provare con me?» Mi girò la faccia e premette le labbra contro le mie. Sentii la sua lingua, calda e viscida, dentro la mia bocca. Avevo paura mi venisse da vomitare, ma lo lasciai fare, ero curiosa di sapere cosa si provava. Quando mi tirai indietro, mi sorrise. «Ti è piaciuto?» mi chiese. Il suo alito caldo puzzava di alcol e di fumo. Mi baciò ancora e io ricambiai, cercando di provare le sensazioni che avrei dovuto. Lui mi infilò la mano sotto l'elastico del pigiama. Quando sentii le dita farsi strada tra i rotolini della pancia e avvicinarsi alle mutandine, cercai di divincolarmi.

«No!» Volevo urlare, ma mi era uscito solo un mormorio.

«Non ti preoccupare. Un po' di sangue non mi fa mica schifo.»

Dopo, si arrabbiò con me perché non la smettevo di piangere.

«Dai, non ti ho fatto così male! Piantala di frignare! Non è stato bello? Non dirmi che non ti è piaciuto! Eri abbastanza bagnata. Dai, Julia. Bevi qualcosa, da brava. E basta piangere, cazzo! Pensavo che mi avresti ringraziato.»

2015

Sean

Ho accompagnato Helen e papà a casa, ma quando siamo arrivati davanti alla porta ho esitato a entrare. Ogni tanto faccio pensieri strani e devo combattere per liberarmene. Sono rimasto fuori, mentre loro entravano e mi guardavano, in attesa. Gli ho detto di mangiare senza di me, che dovevo tornare in commissariato.

Sono un vigliacco. Papà meriterebbe di meglio: dovrei stare con lui, oggi più che mai. Helen lo aiuterà, ovviamente, ma nemmeno lei può capire come sta né quanto soffra. Eppure non sono riuscito a sedermi accanto a lui, a guardarlo negli occhi: non so perché, ma è sempre così quando pensiamo a mia madre.

Sono salito in macchina e sono tornato al cimitero. Mia madre è stata cremata e non è sepolta lì: mio padre ha disperso le sue ceneri in un "posto speciale". Non mi ha mai detto dov'è, anche se mi ha promesso che un giorno mi ci avrebbe portato. Non ci siamo mai andati: un tempo glielo chiedevo, ma lui si arrabbiava, così dopo un po' ho smesso.

La chiesa e il cimitero erano deserti, c'era soltanto la vecchia Nickie Sage, che si trascinava lì davanti sotto il sole, con aria stanca. Sono sceso dall'auto e mi sono incamminato lungo le mura di pietra, passando dal retro della chiesa. Quando ho raggiunto Nickie, aveva una mano appoggiata contro il muro e respirava a fatica. Si è voltata bruscamente: era rossa in viso, sudata.

«Che cosa vuoi? Perché mi pedini?»

Le ho sorriso. «Non ti sto pedinando. Ti ho vista e ho pensato di venire a salutarti. Stai bene?»

«Sì, sto bene.» Non sembrava molto in forma. Si è appoggiata al muro e ha guardato il cielo. «Più tardi ci sarà un temporale.»

Ho annuito. «Pare di sì.»

Ha sollevato la testa, di scatto. «Allora è finita? Nel Abbott... Il caso è già archiviato?»

«No, il caso non è ancora chiuso.»

«Non ancora, ma lo sarà presto, vero?» Ha mormorato qualcosa, sottovoce.

«Cos'hai detto?»

«Che la dinamica è chiara... o sbaglio?» Mi ha guardato, puntandomi l'indice contro il petto. «Lo sai, vero, che questa volta non è come l'ultima? Non è come Katie Whittaker: questa è come tua madre.»

Ho fatto un passo indietro. «Che significa, Nickie? Se sai qualcosa, devi dirmelo. È così? Sai qualcosa sulla morte di Nel?»

Lei si è voltata e ha ripreso a borbottare.

Io ero agitato. «E non tirare in ballo mia madre. Non oggi, Cristo! Che razza di insensibile avrebbe il coraggio di fare una cosa del genere?»

Lei mi ha fatto un cenno con la mano. «Ah, tu non mi ascolti. Nessuno di voi mi ascolta.» Ha ripreso a camminare barcollando, appoggiandosi di tanto in tanto al muro, per non perdere l'equilibrio, e borbottando frasi incomprensibili.

Ero arrabbiato con lei. Le sue parole mi avevano colto alla sprovvista e mi avevano dato fastidio. Ci conoscevamo da anni, l'avevo sempre trattata in modo educato e gentile. Era un po' stramba, di sicuro, ma non era cattiva, e non avevo mai pensato che potesse essere addirittura crudele.

Sono tornato alla macchina, ma poi ho cambiato idea e mi sono avviato verso il negozio, dove ho comprato una bottiglia di Talisker. A mio padre piace, anche se non è un gran bevitore. Ho pensato che gliene avrei offerto un bicchiere, per farmi perdonare di essere scappato in quel modo. Ho cercato di immaginare la scena: noi due seduti in cucina, il whisky sul tavolo, i bicchieri alzati. A cosa, a chi avremmo brindato? Quella domanda mi spaventava, la mano aveva iniziato a tremare. Ho stappato la bottiglia.

L'odore del whisky e il calore bruciante del liquido in gola mi hanno riportato alla mente le malattie della mia infanzia, i sonni agitati, la mamma seduta sul letto che mi sposta i capelli sudati dalla fronte e mi massaggia il petto con il Vicks. Ci sono stati lunghi periodi in cui non ho pensato a lei, ma di recente è tornata nei miei pensieri, e ancora di più negli ultimi giorni. Vedo il suo volto: a volte sorride, altre no. Ogni tanto allunga la mano verso di me.

Non mi ero accorto del temporale che si stava scatenando, forse mi ero assopito. La strada era allagata e i tuoni rimbombavano nell'abitacolo. Ho girato la chiave per mettere in moto, ma mi sono accorto che la bottiglia di Talisker era piena solo per due terzi. Meglio non guidare. Sentivo il mio respiro tra un tuono e l'altro. Poi, solo per un momento, mi è sembrato di sentire anche il respiro di qualcun altro. Avevo la sensazione che, se mi fossi voltato, avrei visto qualcuno seduto sul sedile posteriore. Era un'idea ridicola, ma improvvisamente mi sembrava così reale che avevo persino paura a muovermi.

Ho pensato che una passeggiata sotto la pioggia mi avrebbe fatto passare la sbornia. Ho aperto la portiera, ho lanciato un'occhiata al sedile posteriore e sono sceso. Mi sono bagnato subito dalla testa ai piedi, non vedevo nulla. Un lampo ha rischiarato il cielo e in quel momento ho intravisto Julia, senza ombrello, che quasi correva verso il ponte. Sono salito di nuovo in macchina e ho fatto lampeggiare i fari. Si è fermata. Ho lampeggiato di nuovo e ha iniziato ad avvicinarsi. Quando era a pochi metri da me, ho abbassato il finestrino e l'ho chiamata per nome.

Ha aperto la portiera ed è salita. Indossava ancora i vestiti del funerale, ma erano bagnati e si erano incollati al corpo minuto. Però si era cambiata le scarpe. Da una piccola macchia bianca di pelle vicino al ginocchio ho notato che aveva i collant smagliati. Era davvero strano perché tutte le volte che l'avevo vista indossava abiti che la coprivano interamente: maniche lunghe, colli alti. Irraggiungibile.

«Che cosa ci fa in giro con questo tempo?» le ho chiesto. Lei ha guardato la bottiglia di whisky, ma non ha detto nulla. Ha allungato una mano, ha avvicinato il mio volto al suo e mi ha baciato. È stato strano, e molto eccitante. Sentivo il sapore del sangue nella sua bocca e per un momento ho ceduto, ma mi sono subito staccato.

«Scusami» ha provato a giustificarsi, pulendosi le labbra e tenendo gli occhi bassi. «Scusa, davvero, non so cosa mi è preso.»

«Nemmeno io» le ho risposto. Poi siamo scoppiati a ridere entrambi, prima con un po' di imbarazzo, e poi di gusto, come se quel bacio fosse stato uno scherzo molto divertente. Abbiamo riso fino alle lacrime.

«Julia, che cosa ci facevi qui?»

«Jules, mi chiamo Jules. Cercavo Lena, non so dove sia finita...» Sembrava diversa, non più così inaccessibile. «Ho paura» ha confessato, esitante. «Tanta paura.»

«Di cosa?»

«Io non...» Un sospiro. «Lo so che sembra una follia, ma c'era quel tizio al funerale... l'ho riconosciuto. Era il ragazzo di Nel.»

«Davvero?»

«Cioè... non di recente, un secolo fa, quando eravamo giovani. Non so se si siano rivisti da allora.» Aveva le guance rosse. «Non ne ha mai parlato nei suoi messaggi telefonici, ma lui era alla funzione, e io penso che... non so come spiegarlo, ma credo che le abbia fatto qualcosa.»

«Fatto cosa? Vuoi dire che è coinvolto nella sua morte?»

Mi ha guardato con aria supplicante. «Non lo so, ma devi verificare, devi scoprire dove si trovava quando lei è morta.»

Mi sentivo prudere la testa, l'adrenalina combatteva l'effetto dell'alcol. «Come si chiama questo tizio? Di chi stai parlando?»

«Si chiama Robbie Cannon.»

All'inizio il nome non mi diceva nulla, ma poi mi è tornato in mente. «Cannon? È di queste parti? La famiglia possedeva una catena di concessionarie, avevano un sacco di soldi. È lui?»

«Sì. Lo conosci?»

«No, ma mi ricordo di lui.»

«Ti ricordi...?»

«Dai tempi della scuola, era un anno avanti a me. Era bravo nello sport e ci sapeva fare con le ragazze, ma non era un tipo molto sveglio.»

Jules ha chinato la testa. «Non sapevo che avessi studiato a Beckford.»

«Sono cresciuto qui. Tu non ti ricordi di me, ma io mi ricordo di te. E di tua sorella, ovviamente.»

«Ah.» Si è irrigidita e ha afferrato la maniglia, come se stesse per scendere.

«Aspetta! Perché pensi che Cannon abbia fatto qualcosa di male a tua sorella? Si è forse comportato in modo sospetto? Era violento con lei?»

Jules ha scosso la testa, senza guardarmi in faccia. «Posso dire soltanto che è pericoloso. Non è una brava persona. E poi ho visto che... guardava Lena.»

«La guardava?»

«Sì.» Si è voltata verso di me. «Non mi è piaciuto il modo in cui la fissava.»

«Ah... Okay, vedo cosa posso fare.»

«Grazie.»

Jules ha provato ad aprire la portiera, ma le ho messo una mano sul braccio. «Ti accompagno a casa.»

Ha guardato di nuovo la bottiglia, ma senza obiettare. «Va bene.»

Ci abbiamo messo un paio di minuti per arrivare al mulino e nessuno dei due ha detto una parola, finché Julia non ha aperto la portiera. Non avrei dovuto dire nulla, ma non sono riuscito a tacere.

«Sai, le assomigli molto.»

Lei è parsa sorpresa e ha risposto con una risatina nervosa.

«Non le assomiglio per niente.» Si è asciugata una lacrima dalla guancia. «Sono il suo esatto contrario.»

«No, non è vero» ho replicato, ma lei si era già allontanata.

Non ricordo di aver guidato fino a casa.

Lo Stagno delle Annegate

Lauren, 1983

Mancava una settimana al trentaduesimo compleanno di Lauren. Sarebbero andati a Craster: soltanto lei e Sean, perché Patrick doveva lavorare. «È il posto che amo di più al mondo» aveva detto al figlio. «C'è un castello, una spiaggia meravigliosa, a volte ci sono persino le foche sugli scogli. E dopo aver passeggiato in riva al mare, andremo a mangiare le aringhe affumicate con il pane scuro. Sarà fantastico!»

Il piccolo Sean aveva arricciato il nasino. «A me piacerebbe di più andare a vedere la Torre di Londra e mangiare il gelato.»

La mamma si era messa a ridere. «Va bene, faremo come vuoi tu.»

Alla fine non erano andati né a Craster né a Londra.

Era novembre, le giornate erano corte e tristi. Lauren era distratta, si rendeva conto che il suo comportamento era diverso dal solito, ma non riusciva a controllarsi. A volte era seduta a fare colazione con la famiglia, e di colpo arrossiva, le sembrava che il suo viso prendesse fuoco, e cercava di non farlo notare agli altri. Quando il marito si avvicinava per baciarla, lei si girava dall'altra parte, con un movimento quasi involontario, incontrollato, così le labbra di lui arrivavano a sfiorarle la guancia, o forse l'angolo della bocca.

Tre giorni prima del suo compleanno ci fu un temporale. Per tutto il giorno il vento aveva soffiato con violenza, e durante la notte si era scatenato il finimondo. Il fiume spingeva contro gli argini e molti alberi erano caduti. La pioggia sferzava la terra, senza tregua.

Il marito e il figlio di Lauren dormivano beati, lei invece era sveglia. Andò a sedersi alla scrivania del marito, nel suo studio, dove lui teneva una bottiglia del suo whisky preferito. Se ne versò un bicchiere, poi strappò una pagina da un taccuino. Bevve un secondo bicchiere, poi un altro ancora, ma il foglio rimaneva bianco. Non riusciva a decidere neppure l'inizio: «Caro» le sembrava troppo banale, ma «Amore mio» sarebbe stata una bugia. Dopo essersi scolata quasi tutta la bottiglia, non aveva scritto nemmeno una parola. Si alzò per uscire, nonostante il maltempo.

L'alcol, la rabbia e il dolore la spinsero verso il fiume. Non c'era nessuno in giro, le finestre erano tutte sprangate. Camminando nel fango, riuscì ad arrivare al promontorio, senza che nessuno la vedesse o la ostacolasse. Aspettava. Aspettava qualcuno, pregava che l'uomo di cui si era innamorata potesse sentire la sua disperazione e raggiungerla per salvarla da se stessa. Udì una voce che la chiamava, spaventata e disperata, ma non era quella che desiderava sentire.

Raccogliendo tutto il suo coraggio, si avvicinò al precipizio e si sporse in avanti, con gli occhi spalancati.

Non poteva vederlo, non poteva sapere che il suo bambino era laggiù, dietro gli alberi.

Non poteva sapere che era stato svegliato dalle urla del padre, dal rumore della porta che sbatteva, e si era alzato, correndo fuori sotto la pioggia, a piedi nudi, con indosso soltanto il pigiamino di cotone.

Sean aveva visto il padre salire in macchina e si era messo a chiamare la sua mamma. Patrick gli aveva urlato di tornare in casa. Lo aveva raggiunto, afferrato per un braccio e sollevato di peso, ma il bambino lo implorava. «Per favore, ti prego, non lasciarmi qui!»

Patrick aveva ceduto. Lo aveva messo sul sedile posteriore e gli aveva allacciato la cintura di sicurezza. Sean era terrorizzato e non capiva cosa stesse succedendo. Teneva gli occhi chiusi, stretti. Erano andati al fiume e il padre aveva parcheggiato sul ponte, poi gli aveva ordinato di aspettare in macchina. Ma era troppo buio lì dentro, il rumore della pioggia sul tettuccio gli sembrava la raffica di una mitragliatrice e Sean si era convinto che ci fosse qualcun altro nell'abitacolo, ne sentiva il respiro affannoso. Così era sceso e si era messo a correre, era inciampato nei sassi del sentiero, era caduto nel fango e alla fine, barcollando nell'oscurità e sotto la pioggia, era arrivato al fiume.

In seguito, a scuola, avrebbero raccontato che lui aveva assistito alla scena, che aveva visto sua madre lanciarsi nel vuoto, ma non era vero. Lui non aveva visto niente. Quando era arrivato, suo padre era già in acqua, e nuotava verso riva. Non sapendo cosa fare, era andato a sedersi tra gli alberi, la schiena appoggiata a un grosso tronco così che nessuno potesse vederlo.

Gli sembrò di essere rimasto lì per molto tempo. Ripensandoci, anni dopo, ipotizzò persino di essersi addormentato, ma era quasi impossibile con tutto quel buio, il rumore e la paura. Ricordava una donna che gli si era avvicinata: era Jeannie, la poliziotta. Aveva una torcia e una coperta. Lo aveva accompagnato sul ponte e gli aveva dato un po' di tè, poi avevano aspettato suo padre.

Più tardi, Jeannie se lo era portato a casa e gli aveva preparato un toast al formaggio.

Ma Lauren non poteva sapere niente di tutto questo.

Erin

Fuori dalla chiesa, al termine del funerale di Nel Abbott, mi sono accorta di quante persone fossero andate a salutare il padre di Sean, che mi era stato presentato frettolosamente come Patrick Townsend. Molti gli stringevano la mano e si toccavano il cappello, in segno di rispetto, mentre lui stava lì a ricevere l'omaggio dei suoi concittadini, impettito e serio in volto come un colonnello.

«Ha tutta l'aria di essere uno stronzo, o sbaglio?» ho commentato, rivolta all'agente che si trovava al mio fianco. Mi ha guardata come se fossi una vipera appena strisciata fuori da sotto un masso.

«Dovresti mostrare un po' di rispetto» ha sibilato, poi mi ha voltato le spalle.

«Cos'hai detto?»

«È un ufficiale pluridecorato, ed è anche vedovo. Sua moglie è morta qui, nel fiume.» Si è girato a guardarmi e, senza tenere conto del suo grado inferiore, ha ribadito: «Ecco perché dovresti avere un po' di rispetto».

Mi sono sentita una perfetta imbecille. Ma come facevo io a sapere che lo Sean del libro di Nel Abbott era lo stesso Sean che incontro tutti i giorni al commissariato? Non conoscevo il nome dei suoi genitori, cazzo! Nessuno aveva pensato di dirmelo e, leggendo il manoscritto, non mi ero concentrata più di tanto sui dettagli di un suicidio avvenuto più di trent'anni prima. Non sembrava così fondamentale, date le circostanze.

E comunque: come si fa a tenere il conto di tutti i morti di queste parti? Sembrava una puntata dell'*Ispettore Barnaby*, solo che qui non c'era gente che scivolava nel fango o si prendeva a bastonate sulla testa: a Beckford c'erano strane morti accidentali, suicidi spettacolari e grotteschi annegamenti di donne avvenuti secoli fa.

A fine giornata sono tornata a Newcastle. Gli altri andavano al pub, ma dopo la gaffe su Patrick Townsend mi sentivo ancora meno integrata nel gruppo. E poi, il caso era chiuso, no? Inutile perdere tempo.

Mi sentivo sollevata, come quando ti ricordi in quale film hai già visto la faccia di quell'attore, o riesci finalmente a mettere a fuoco un dettaglio che ti sfuggiva. La stranezza dell'ispettore Townsend cominciava ad avere un senso. Capivo il suo sguardo lacrimoso, le mani tremanti, la sensazione che fosse scollegato dalla realtà: era tutto chiaro. La sua famiglia aveva sofferto la stessa tragedia che aveva colpito Jules e Lena: orrore, dolore, domande senza risposta.

Ho riletto il capitolo del libro di Nel Abbott dedicato a Lauren Townsend. Non era una storia molto originale: una moglie infelice, innamorata di un altro. Dice che era distratta, assente: erano forse sintomi di depressione? Chi può dirlo, dopo tutto questo tempo. Quel racconto non era certo da considerarsi veritiero, era solo la versione di Nel Abbott. Di sicuro quella donna doveva avere uno strano senso delle cose, per sentirsi legittimata a prendere una tragedia come quella e riscriverla come se fosse stata sua.

Tornando al racconto del suicidio, la cosa che proprio non capivo era come fosse possibile che Sean fosse rimasto a Beckford. Era lì, presente nel momento della morte di sua madre, anche se non aveva propriamente assistito alla caduta. Che effetto può avere su una persona? Certo, era piccolo, avrà avuto sei o sette anni. I bambini possono superare un trauma come quello... ma il padre? L'ho visto: va a passeggiare lungo il fiume ogni giorno. Chissà come dev'essere ritrovarsi ogni giorno nel posto in cui hai perso una persona cara. Io non ci riuscirei, non potrei farcela. Ma in realtà non ho mai perso qualcuno che amavo. Come faccio a sapere cosa si prova?

Seconda parte

Louise

Il dolore di Louise era come il fiume: costante e mutevole. Gorgogliava, straripava, rifluiva e riprendeva a scorrere. Alcuni giorni era freddo e oscuro, profondo, altri tumultuoso e abbacinante. Anche il suo senso di colpa era liquido, e si insinuava nelle crepe ogni volta che tentava di arginarlo. Aveva giorni migliori e giorni peggiori.

Il giorno prima era andata al funerale per vedere il corpo di Nel sprofondare sottoterra. Non era successo – avrebbe dovuto immaginarlo – ma Louise aveva comunque assistito mentre la portavano via, per ridurla in cenere. Perciò, tutto sommato, era stata una giornata buona. E poi dare sfogo alle proprie emozioni – aveva pianto per tutta la funzione, senza riuscire a fermarsi – era stato catartico.

Quello che aveva davanti adesso, invece, sarebbe stato un giorno bastardo. L'aveva sentita subito, appena sveglia: non una presenza, ma un'assenza. L'euforia che aveva provato nei giorni passati, il piacevole senso di vendetta stavano già svanendo. E adesso, con Nel diventata un mucchio di cenere, a Louise non era rimasto niente. Niente. Non poteva deporre il suo dolore e la sua sofferenza davanti alla porta di nessuno, perché Nel se n'era andata. E temeva che ormai l'unico posto dove poter esibire il proprio tormento fosse casa sua.

La casa di suo marito e suo figlio. Pazienza. Sarebbe stato un giorno bastardo, e lei quel bastardo lo avrebbe affrontato guardandolo negli occhi. Aveva preso una decisione: era il momento di voltare pagina. Dovevano andarsene da lì, prima che fosse troppo tardi.

Louise e suo marito Alec ne discutevano da settimane, anche se ormai il loro, più che discutere, era un parlare sommesso e affaticato. Lui era convinto che fosse meglio traslocare prima dell'inizio dell'anno scolastico. Avrebbero permesso a Josh di riprendere la scuola in un posto completamente nuovo, dove nessuno sapeva chi fosse. Dove non si sarebbe dovuto confrontare con l'assenza della sorella ogni giorno.

«Quindi non dovrà più parlare di lei?» chiedeva Louise.

«Ne parlerà con *noi*» replicava Alec.

Erano in piedi nella cucina, le voci stanche, esitanti. «Dobbiamo vendere la casa e ricominciare da capo» diceva lui. «Lo so,» aggiungeva, alzando le mani appena la moglie provava a protestare, «lo so che questa era casa sua.» Poi vacillava, appoggiando le sue mani grandi, chiazzate dal sole, sul bancone. Ci si aggrappava con tutte le sue forze. «Lou, dobbiamo farci una nuova vita, lo dobbiamo a Josh. Se fossimo soltanto io e te...»

Se fossero stati solo loro due, pensava Louise, avrebbero seguito Katie in acqua e l'avrebbero fatta finita. Oppure no? Non era sicura che Alec ne avrebbe avuto il coraggio. Aveva sempre pensato che soltanto un genitore può capire quel genere di amore, quell'amore che ti divora, ma adesso si chiedeva se non fossero unicamente le madri a capirlo. Alec soffriva, ovvio, però Louise non era certa che sentisse la stessa disperazione che provava lei. O lo stesso odio.

Così il loro matrimonio, che lei aveva sempre creduto indistruttibile, stava iniziando a incrinarsi. Non avrebbe mai potuto prevederlo. Ma adesso le era chiaro come il sole: nessun matrimonio è abbastanza forte da sopravvivere a una perdita come quella. Sarebbe stata sempre lì, in mezzo a loro, la consapevolezza che nessuno dei due fosse stato in grado di fermare Katie. Anzi peggio, che nessuno dei due avesse avuto il minimo sospetto. Entrambi erano andati a dormire, quella sera, e il mattino dopo avevano scoperto che la figlia non era nel suo letto. E nemmeno per un secondo avevano pensato che potesse essere in fondo al fiume.

Non c'era più speranza per Louise, e poca, a parer suo, per Alec, ma Josh era diverso. La sorella gli sarebbe mancata ogni giorno, per il resto della vita, però poteva ancora essere felice. Lo sarebbe stato. L'avrebbe portata sempre con sé, ma avrebbe anche lavorato, viaggiato, si sarebbe innamorato. Avrebbe vissuto. E la cosa migliore per lui era andare via da lì, lontano da Beckford, lontano dal fiume. Louise sapeva che il marito aveva ragione.

Da qualche parte dentro di lei lo aveva capito da tempo, solo che era restia ad ammetterlo. Tuttavia, il giorno prima, guardando suo figlio dopo il funerale, era stata assalita dal terrore. Quel visino pallido, inquieto. La facilità con cui trasaliva, sussultando a ogni rumore forte, rannicchiandosi come un cucciolo spaventato tra la folla. Il modo in cui con lo sguardo cercava continuamente lei, quasi fosse regredito alla prima infanzia e non fosse più un dodicenne, ma un bambino piccolo, timoroso e bisognoso di rassicurazioni. Dovevano portarlo via da lì.

Eppure... eppure era lì che Katie aveva mosso i suoi primi passi, che aveva imparato a parlare, a giocare a nascondino, a fare la ruota in cortile. Lì aveva litigato con il fratellino, e poi lo aveva consolato, lì aveva riso, pianto, gridato, imprecato, sanguinato e abbracciato la mamma ogni giorno quando tornava a casa da scuola.

Ma Louise ormai aveva deciso. Era una donna determinata, proprio come la figlia, anche se le costava uno sforzo immenso. Sarebbe stato difficilissimo alzarsi dal tavolo della cucina, trascinarsi fino alle scale e salirle, un gradino dopo l'altro, appoggiare la mano sulla maniglia, abbassarla ed entrare nella sua camera per l'ultima volta. Sì, perché quella sarebbe stata la camera di Katie solo per un giorno ancora. Dopo, sarebbe diventata qualcos'altro.

Il cuore di Louise era un blocco di legno: non batteva più, le

133

faceva solo male, raschiando contro i tessuti molli, lacerando vene e muscoli, inondandole il petto di sangue.

Giorni migliori e giorni peggiori.

Non avrebbe potuto lasciare la stanza così com'era. Per quanto fosse difficile pensare di inscatolare le cose di Katie, mettere via i suoi vestiti, staccare le foto dalle pareti, ripulire le sue tracce e nasconderla alla vista, era anche peggio immaginare degli sconosciuti lì dentro. Era anche peggio pensare a cosa avrebbero toccato, agli indizi che avrebbero cercato, a come si sarebbero meravigliati che tutto sembrasse così normale, che Katie stessa, a giudicare da quella stanza, sembrasse *normale*. *Lei?* Possibile? Come può essere *lei* la ragazza che è annegata?

Quindi lo avrebbe fatto Louise: avrebbe tolto le cose della scuola dalla scrivania e raccolto la penna che un tempo aveva impugnato sua figlia. Avrebbe ripiegato la morbida maglietta grigia con cui dormiva e tolto le lenzuola dal letto. Avrebbe preso gli orecchini blu che Katie aveva ricevuto in dono dalla zia preferita per il suo quattordicesimo compleanno e li avrebbe riposti nel portagioie. Avrebbe preso la grossa valigia nera che stava sull'armadio dell'ingresso e l'avrebbe riempita con i suoi vestiti.

L'avrebbe fatto.

Era in piedi, in mezzo alla stanza, e pensava a tutte queste cose quando sentì un rumore alle sue spalle. Si voltò e vide Josh, fermo sulla soglia, che la stava fissando.

«Mamma?» Era bianco come un fantasma, la voce gli si strozzava in gola. «Che stai facendo?»

«Niente, tesoro. Sto soltanto...» Fece un passo verso di lui, ma Josh indietreggiò.

«Stai... stai svuotando la sua stanza adesso?»

Louise annuì. «Sto iniziando.»

«Che ne farai delle sue cose?» La voce si fece più acuta. «Le darai via?»

«No, tesoro.» Si avvicinò e allungò una mano ad accarezzargli i soffici capelli sulla fronte. «Terremo tutto, non daremo via niente.»

Sembrava preoccupato. «Ma non sarebbe meglio aspettare papà? Non dovrebbe esserci anche lui? È meglio se non lo fai da sola.»

Louise gli sorrise. «Sto solo iniziando» replicò, cercando di sembrare allegra. «A dire il vero, credevo che tu fossi da Hugo stamattina, quindi...» Hugo era un amico di Josh, forse l'unico vero amico che aveva. (Louise ringraziava il Signore ogni giorno dell'esistenza di Hugo e della sua famiglia, che erano sempre pronti ad accogliere Josh, quando aveva bisogno di una via d'uscita.)

«Ci sono andato, ma mi ero dimenticato il telefonino a casa, così sono tornato a prenderlo.» Alzò la mano per mostrarle il cellulare.

«Bene, bravo il mio bambino. Resti a pranzo da loro?»

Lui annuì e si sforzò di sorriderle, dopodiché se ne andò. Lei aspettò di sentire il rumore della porta d'ingresso che si richiudeva, poi si sedette sul letto e si concesse di piangere tutte le lacrime che le restavano.

Sul comodino vide un vecchio elastico per capelli, ormai allentato e consumato, con alcuni dei lunghi, scuri e splendidi capelli di Katie rimasti impigliati. Louise lo prese e se lo rigirò in mano, intrecciandolo tra le dita. Se lo portò al viso. Si alzò e andò alla scrivania, aprì il portagioie di peltro a forma di cuore e ci sistemò dentro l'elastico. Sarebbe rimasto lì, insieme ai braccialetti e agli orecchini. Non avrebbe buttato via niente, avrebbe conservato ogni cosa. Non lì, ma in un altro posto; avrebbero portato tutto via con loro. Nulla che fosse appartenuto a Katie, nulla che avesse toccato, sarebbe finito a languire sulla mensola impolverata di un negozio di seconda mano.

Louise portava la collana che Katie aveva indosso quando era morta: una catenina d'argento con un ciondolo a forma di uccellino. Le sembrava così strano che sua figlia avesse scelto quel gioiello in particolare. Non pensava fosse tra i suoi preferiti. Non quanto gli orecchini di oro bianco che lei e Alec le avevano regalato per il suo tredicesimo compleanno, che Katie

135

adorava, oppure il braccialetto dell'amicizia (ribattezzato "il braccialetto della fratellanza") che Josh le aveva comprato (con i suoi soldi!) durante la loro ultima vacanza in Grecia. Louise non riusciva proprio a capire perché Katie avesse scelto quella catenina: un regalo di Lena, dalla quale tuttavia negli ultimi tempi sembrava essersi allontanata un po', e con incisa sul ciondolo la scritta (non proprio nello stile di Lena): CON AMORE.

Non aveva messo altri gioielli. Un paio di jeans, una giacca troppo pesante per le sere estive, le tasche piene di sassi. Anche lo zaino era stracarico. Quando l'avevano trovata era circondata di fiori, alcuni li teneva in mano. Come *Ophelia*. Come il quadro sulla parete di Nel Abbott.

La gente diceva che era assurdo, se non addirittura ridicolo e crudele, incolpare Nel per quello che era successo a Katie. Nel aveva scritto del fiume, ne aveva parlato, aveva scattato molte foto, intervistato parecchie persone e pubblicato articoli sulla stampa locale, e una volta aveva preso parte a un programma radiofonico della BBC dedicato allo Stagno delle Annegate, usando l'espressione "luogo di suicidi" e parlando delle sue amate "donne del fiume" come di eroine romantiche, donne coraggiose che avevano scelto di andare incontro alla morte liberatrice in quel luogo idilliaco. Ma tutto questo non bastava a ritenerla responsabile.

Però Katie non si era impiccata allo stipite della porta della sua camera da letto, né si era tagliata le vene o aveva preso una manciata di pillole. Lei aveva scelto lo Stagno. La cosa davvero assurda era ignorarlo, ignorare il contesto, ignorare quanto possano essere suggestionabili alcune persone particolarmente sensibili, soprattutto le più giovani. Gli adolescenti – ragazzini buoni, intelligenti e gentili – possono essere avvelenati da certe idee. Louise non capiva perché Katie lo avesse fatto, non lo avrebbe mai capito, ma era sicura che l'idea non le fosse venuta da sola.

Lo specialista da cui era andata solo per due sedute le aveva consigliato di non indagare. Che non avrebbe mai trovato una risposta alla sua domanda, che nessuno avrebbe potuto spiegarle il perché di quel gesto. Che in molti casi non c'è un'unica ragione a spingere qualcuno al suicidio: la vita non è così semplice. Louise, disperata, aveva ribattuto che Katie non aveva mai avuto episodi di depressione né era stata vittima di bullismo (avevano parlato con la scuola, letto le sue email, la sua pagina Facebook, e avevano trovato soltanto affetto). Era bella, andava bene a scuola, era ambiziosa, determinata. Non era una ragazza infelice. A volte era un po' stralunata, nervosa. Aveva sbalzi d'umore. Ma era una *quindicenne*! E soprattutto non era un tipo riservato. Se fosse stata nei guai, ne avrebbe parlato con sua madre. Le diceva tutto, lo aveva sempre fatto. «Lei non aveva segreti per me» aveva assicurato allo psicologo, ma lui aveva distolto lo sguardo.

«È quello che pensano tutti i genitori» le aveva risposto, in tono calmo. «Ma si sbagliano. Tutti quanti.»

Dopo quel colloquio, Louise non aveva più voluto vederlo, ma il danno era fatto. Quelle parole avevano aperto una crepa e il senso di colpa ci si era insinuato: prima un rivolo, poi un fiume in piena. Lei non conosceva sua figlia. Ecco perché quella catenina le dava il tormento: non solo perché gliel'aveva regalata Lena, ma perché era diventata il simbolo di tutto ciò che Louise ignorava della vita di sua figlia. Più ci rimuginava, più incolpava se stessa: per essere stata troppo impegnata, per essersi concentrata troppo su Josh, per non aver saputo proteggere la sua bambina.

Il senso di colpa montava come una marea e c'era soltanto un modo per tenere a galla la testa, per non esserne travolta. Doveva trovare una spiegazione, individuarla con chiarezza e poter dire: *Ecco. È stato per questo.* Per quanto illogica fosse stata la scelta di sua figlia, Katie si era riempita le tasche di sassi e teneva dei fiori tra le mani. C'era un riferimento ben preciso, ed era stata Nel Abbott a fornirglielo.

Louise appoggiò la valigia sul letto, aprì l'armadio e iniziò a togliere i vestiti di Katie dagli appendiabiti: le magliette colorate, gli abitini leggeri, la felpa rosa shocking che aveva portato tutto l'inverno precedente. Le si appannò la vista e provò a evocare un'immagine che impedisse alle lacrime di cominciare a scorrere, così pensò al cadavere disarticolato di Nel Abbott nell'acqua e ne trasse tutta la consolazione che poté.

Sean

Mi ha svegliato la voce di una donna, un suono lontano, disperato. Pensavo di averlo sognato, ma poi ho sentito i colpi, pesanti e vicini, importuni quanto reali. C'era qualcuno alla porta.

Mi sono vestito in fretta e sono corso giù per le scale, lanciando un'occhiata all'orologio della cucina. Era da poco passata la mezzanotte, non potevo aver dormito per più di mezz'ora. I colpi alla porta continuavano e una voce femminile mi chiamava per nome. Una voce che conoscevo, ma che non riuscivo ad associare a un volto. Poi ho aperto.

«Lo vedi questo?» mi ha urlato contro Louise Whittaker, agitatissima e rossa in volto. «Te l'avevo detto, Sean! Lo sapevo che c'era sotto qualcosa!» *Questo* era un flaconcino di plastica arancione, di quelli in cui ti vendono i farmaci dietro prescrizione medica, e che hanno sul lato un'etichetta con un nome. Danielle Abbott. «Te l'avevo detto!» ha ripetuto, poi è scoppiata a piangere. L'ho fatta entrare, ma era troppo tardi. Prima di chiudere la porta della cucina, dalla finestra ho visto accendersi la luce della camera da letto di mio padre, al piano superiore della sua casa.

Ci ho messo un po' a capire quello che Louise mi stava dicendo. Era isterica, le sue parole si affastellavano l'una sull'altra, sconnesse. Ho dovuto tirarle fuori le informazioni pian piano, una frase per volta, tra i singhiozzi e la rabbia. A quanto pareva, si erano finalmente decisi a mettere in vendita la casa.

Prima che iniziassero le visite, Louise voleva svuotare la camera di Katie. Non le piaceva l'idea che degli sconosciuti vedessero e toccassero le sue cose. Aveva cominciato quel pomeriggio. Mentre ripiegava i vestiti di Katie, aveva trovato il flacone arancione. Stava sfilando dall'appendiabiti una giacca, quella verde, una delle sue preferite. Aveva sentito un rumore strano. Aveva messo la mano nella tasca e aveva scoperto le pillole. Era sconvolta, a maggior ragione quando ci aveva letto sopra il nome di Nel. Non aveva mai sentito parlare di quel farmaco, Rimato, ma lo aveva cercato su internet: era una specie di pillola dimagrante. *Il farmaco non è distribuito legalmente nel Regno Unito. Alcuni studi condotti negli Stati Uniti suggeriscono un legame tra il suo utilizzo e l'insorgere di depressione e pensieri suicidi.*

«Non ve ne siete accorti!» ha gridato. «Mi avete detto di non aver trovato niente nel suo sangue! E mi avete assicurato che Nel Abbott non c'entrava. Eppure...» Ha battuto il pugno sul tavolo facendo saltare per aria il flacone. «Eppure, forniva medicinali a mia figlia, medicinali *pericolosi*! E voi non le avete fatto nulla!»

Era strano, ma mentre lei continuava a urlarmi quelle cose, attaccandomi, io mi sono sentito sollevato. Adesso c'era un motivo. Se Nel aveva davvero procurato farmaci a Katie, finalmente avremmo potuto chiarire quanto era successo. Avremmo potuto spiegare perché una ragazza brillante e felice aveva perso la vita. Perché *due* donne avevano perso la vita.

Era consolante, ma era una menzogna. Io lo sapevo. «Louise, gli esami tossicologici erano negativi. Non so per quanto tempo questo... questo Rimato lasci tracce nell'organismo. Non sappiamo neppure se le pillole in quel flacone sono davvero di Rimato o di un altro farmaco, ma...» Mi sono alzato, ho preso un sacchetto di plastica dal cassetto e l'ho passato a Louise. Lei ha raccolto il flacone e lo ha infilato nel sacchetto. L'ho sigillato. «Ma possiamo scoprirlo.»

«E a quel punto sapremo la verità» ha replicato lei, con la voce rotta.

In realtà non avremmo saputo un bel niente. Anche se ci fossero state tracce di un farmaco nel corpo di Katie, anche se ci fosse sfuggito qualcosa, non avremmo potuto trarre conclusioni definitive.

«Lo so che è tardi,» stava dicendo Louise «ma io voglio che si sappia. Voglio che tutti sappiano quello che ha fatto Nel Abbott. Cristo, forse ha procurato delle pillole anche ad altre ragazze... Devi parlarne con tua moglie: lei è la preside, dovrebbe essere informata del fatto che qualcuno vende questa merda nella sua scuola! Dovete perquisire gli armadietti, bisogna...»

«Louise...» Mi sono seduto accanto a lei. «Louise, calmati. Faremo le verifiche necessarie, te lo garantisco, ma non abbiamo modo di sapere come ha fatto Katie a entrare in possesso di questo flacone. Nel Abbott potrebbe aver comprato il farmaco per uso personale...»

«E con questo? Cosa stai cercando di dire? Che Katie l'ha *rubato*? Sean, come puoi pensare una cosa del genere? Tu la conoscevi...»

La porta della cucina ha strusciato contro il pavimento – si era gonfiata a causa dell'umidità –, poi si è aperta. Era Helen, appena entrata in casa, con indosso i pantaloni della tuta e una maglietta, i capelli in disordine. «Cosa c'è? Louise, che succede?»

Louise ha scosso la testa, senza rispondere. Si è coperta la faccia con le mani.

Mi sono alzato e mi sono avvicinato a Helen. «Torna a letto, non c'è niente di cui preoccuparsi» le ho spiegato, a voce bassa.

«Ma...»

«Ho bisogno di parlare con Louise ancora per qualche minuto. È tutto okay. Va' di sopra.»

«Come vuoi» ha replicato lei, guardando la donna che singhiozzava piano, seduta al tavolo della nostra cucina. «Se lo dici tu...»

«Sì, vai.»

Helen è uscita dalla stanza, richiudendosi la porta alle spalle.

Louise si è asciugata gli occhi. Mi guardava in modo strano, probabilmente si stava chiedendo da dove venisse Helen. Avrei potuto spiegarglielo: lei dorme male, anche mio padre soffre d'insonnia, a volte si tengono compagnia durante la notte, ascoltano la radio o fanno le parole crociate. Avrei potuto dirglielo, ma di colpo il solo pensiero di farlo mi ha messo addosso una stanchezza invincibile. Così le ho detto: «Louise, io non credo che Katie abbia rubato qualcosa. Certo che no. Ma potrebbe... non so, potrebbe aver preso le pillole distrattamente. Forse era curiosa. Hai detto che le hai trovate nella tasca di una giacca? Magari le ha prese e poi se n'è dimenticata».

«Mia figlia non prendeva le cose a casa degli altri» ha replicato in tono secco, e io ho annuito. Era inutile insistere.

«Farò una verifica, domattina appena arrivo in ufficio. Manderò le pillole in laboratorio e ripeteremo gli esami del sangue di Katie. Ma se anche avessimo trascurato qualcosa, Louise...»

Ha scosso la testa. «Lo so, non cambierebbe nulla. So bene che nulla me la riporterà indietro» ha detto, un po' più tranquilla. «Però aiuterebbe me. A capire.»

«Certo, lo so. Vuoi che ti riaccompagni a casa?» le ho chiesto. «Posso farti riportare la macchina domattina.»

Ha scosso di nuovo la testa e si è sforzata di farmi un sorriso. «Sto bene, grazie.»

L'eco del suo «grazie», ingiustificato e immeritato, è risuonato nel silenzio dopo che se n'è andata. Mi sentivo uno schifo, ma poi ho udito i passi di Helen sulle scale: per fortuna era rimasta.

«Cosa succede?» mi ha chiesto, entrando in cucina. Sembrava pallida e stanchissima, con dei cerchi simili a lividi sotto gli occhi. Si è seduta al tavolo e mi ha preso la mano. «Che ci faceva qui Louise?»

«Ha trovato qualcosa» le ho risposto. «E pensa che possa essere collegato al gesto di Katie.»

«Oh Dio, Sean! Di che si tratta?»

Ho sbuffato. «Non dovrei... forse non dovrei parlarne nel dettaglio.» Lei ha annuito e mi ha stretto la mano. «Comunque, posso chiederti quando è stata l'ultima volta che hai confiscato droga a scuola?»

Helen ha aggrottato la fronte. «Be', quel poco di buono di Iain Watson è stato trovato con un po' di marijuana alla fine del semestre, ma prima di allora... direi nulla, per molto tempo. Dobbiamo risalire a marzo, credo, a quella faccenda con Liam Markham.»

«Erano pasticche, vero?»

«Sì, ecstasy, o qualcosa che ne aveva tutta l'aria, e flunitrazepam. È stato espulso.»

Ricordavo vagamente l'episodio, anche se di solito non mi occupavo di quel genere di cose. «E poi basta? Non hai mai trovato pillole dimagranti?»

Ha sollevato un sopracciglio. «No, niente di illegale, comunque. Alcune ragazze prendono quelle pillole azzurre... Come si chiamano? Alli, mi sembra. Si comprano senza ricetta, anche se non credo che possano essere vendute ai minorenni.» Ha arricciato il naso. «Provocano flatulenze tremende... ma a quanto pare è un prezzo accettabile per avere un bel *thigh gap*.»

«Un cosa?»

Helen ha alzato gli occhi al cielo. «Lo spazio tra le cosce! Vogliono avere le gambe così magre che le cosce non si toccano. Davvero, Sean, a volte penso che tu viva su un altro pianeta.» Mi ha stretto di nuovo la mano. «E ogni tanto vorrei trasferirmici anch'io!»

Siamo saliti insieme, nella nostra camera, per la prima volta da molto tempo, ma non sono riuscito a sfiorarla nemmeno con un dito. Non dopo quello che avevo fatto.

Erin

Il tizio peloso della Scientifica ci ha messo cinque minuti a trovare la ricevuta dell'acquisto delle pillole dimagranti: era finita nello spam della posta elettronica di Nel Abbott. Secondo lui, le aveva comprate soltanto una volta, a meno che non avesse un altro account email che non usava più.

«Una roba strana, no?» ha commentato uno degli agenti più anziani di cui non avevo ancora imparato il nome. «Era così magra! Non pensavo che avesse bisogno di queste pillole. La sorella, lei sì che era grassa.»

«Jules? Ma non è grassa!» ho obiettato.

«Adesso no, ma avresti dovuto vederla da ragazza.» È scoppiato a ridere. «Sembrava una mongolfiera!»

Un fottuto *gentleman*.

Da quando Sean mi ha parlato delle pillole, mi sono messa a lavorare di brutto sul caso di Katie Whittaker. Apparentemente, era tutto molto semplice, anche se, come spesso succede, la domanda *Perché?* era rimasta senza risposta. I genitori non avevano sospettato nulla. Gli insegnanti avevano dichiarato che forse era un pochino più distratta del solito, ma niente di preoccupante. Le analisi del sangue erano pulite. Non aveva mai tentato di farsi del male.

L'unica stranezza – neanche più di tanto – era la rottura con la sua migliore amica, Lena Abbott. Alcune compagne di classe avevano riferito che le due avevano litigato per qualcosa. La madre di Katie, Louise, aveva confermato che negli ultimi tempi si erano viste meno, ma non le risultava che avessero bisticciato. In quel caso, era certa che la figlia glielo avrebbe confidato. Era già capitato che avessero degli screzi – è normale tra ragazze di quell'età – ma Katie si era sempre confrontata con la mamma. E in quelle occasioni le due amiche avevano sempre finito per abbracciarsi e fare la pace. Una volta, Lena si era sentita così in colpa che aveva regalato a Katie una collana.

Le compagne – Tanya qualcosa ed Ellie qualcos'altro – avevano detto che invece era successo qualcosa di grave, ma ignoravano di cosa di trattasse. Sapevano solo che, un mese prima della morte di Katie, lei e Lena avevano avuto una "lite feroce", tanto che un insegnante era dovuto intervenire a separarle. Lena aveva negato, accusando Tanya ed Ellie di avercela con lei e di volerla mettere nei guai. Louise non ne sapeva nulla e Mark Henderson, il professore coinvolto, aveva detto che non si era trattato di una vera lite. Aveva spiegato che si stavano picchiando per finta. Per gioco. Ma siccome stavano facendo una gran confusione, lui le aveva richiamate all'ordine. Tutto qui.

Avevo saltato quella parte quando avevo letto il fascicolo la prima volta, ma ora continuava a richiamare la mia attenzione. C'era qualcosa che non tornava. Davvero le adolescenti si picchiano per divertimento? Sembra una cosa da maschi. Ma forse ho introiettato più pregiudizi sessisti di quanto non pensi. Però, guardando le foto delle due ragazze – carine, posate e, soprattutto Katie, così femminili –, la cosa non mi convince: non me le vedo proprio.

Quando ho parcheggiato davanti al mulino, ho sentito un rumore e ho alzato lo sguardo. Lena era affacciata a una delle finestre del piano di sopra, con una sigaretta in mano. «Ciao, Lena!» l'ho salutata. Lei non ha risposto, ma, del tutto intenzionalmente, ha spento la sigaretta e ha lanciato il mozzicone nella mia direzione. Poi ha fatto un passo indietro e ha chiuso la finestra. Non me la bevo la storia del gioco: secondo me, quando Lena Abbott picchia, picchia sul serio.

Jules mi ha fatto entrare, lanciando però un'occhiata nervosa alle mie spalle.

«Va tutto bene?» le ho chiesto. Era in disordine, pallida, con i capelli sporchi e gli occhi gonfi.

«Non riesco a dormire» ha risposto con un filo di voce. «Sembra che per me sia diventato impossibile prendere sonno.»

È andata in cucina, ha acceso il bollitore e si è seduta al tavolo. Mi ha ricordato mia sorella, tre settimane dopo aver partorito i gemelli: aveva a stento la forza di tener su la testa.

«Forse è il caso che vada da un medico e si faccia prescrivere qualcosa» ho suggerito, ma lei ha scosso il capo.

«Non voglio dormire troppo profondamente.» Ha spalancato gli occhi, un'espressione da pazza in viso. «Devo essere vigile.»

Avrei voluto dirle che avevo visto persone in coma che sembravano più vigili di lei, ma mi sono trattenuta.

«Dunque, questo Robbie Cannon di cui ci ha parlato...» Lei è trasalita e ha iniziato a mordicchiarsi un'unghia. «Abbiamo fatto qualche verifica. Aveva ragione, è un tipo violento: tra le altre cose, si è beccato due condanne per violenza domestica. Ma non c'entra nulla con la morte di sua sorella. Sono andata a Gateshead, dove abita, e ci ho fatto quattro chiacchiere. La sera in cui Nel è morta, era a Manchester, in visita da suo figlio. Ha detto che non la vedeva da anni, ma quando ha letto la notizia sul giornale ha deciso di venire al funerale per porgerle l'estremo saluto. Sembrava davvero allibito che fossimo andati a parlare con lui.»

«Ha... ha fatto il mio nome? O quello di Lena?» La sua voce era poco più di un bisbiglio.

«No. Perché me lo chiede? È stato qui?» Ho ripensato all'esitazione con cui aveva aperto la porta, alla circospezione con cui aveva guardato alle mie spalle, come se temesse di veder sbucare qualcuno.

«No. O almeno, non credo. Non lo so.»

Non sono riuscita a strapparle altre informazioni al riguardo.

Era chiaro che per qualche ragione aveva paura di lui, ma non voleva spiegarne il motivo. Non ero soddisfatta, però ho lasciato perdere, perché avevo un altro argomento sgradevole da sollevare.

«So che è un momento difficile,» le ho detto «ma temo che dovremo perquisire di nuovo la casa.»

Mi ha fissata, il terrore negli occhi. «Perché? Avete trovato qualcosa? Che è successo?»

Le ho raccontato delle pillole.

«Dio.» Ha chiuso gli occhi e abbassato la testa. Forse la stanchezza aveva attutito la sua capacità di reazione, ma non sembrava troppo turbata.

«Le ha comprate a novembre dello scorso anno, il 18, da un sito americano. Non abbiamo trovato traccia di altri acquisti, ma dobbiamo esserne sicuri e quindi...»

«Capisco. Certo.» Si è strofinata gli occhi con la punta delle dita.

«Manderemo un paio di agenti nel pomeriggio. Va bene per lei?»

Si è stretta nelle spalle. «Be', se non potete farne a meno... Ma io... scusi, quando ha detto che le ha comprate?»

«Il 18 novembre» ho risposto, dopo aver ricontrollato gli appunti. «Perché?»

«È solo... è l'anniversario. Della morte di nostra madre. Sembra... non so... mi sembra strano.» Ha aggrottato la fronte. «Nel mi chiamava ogni anno, il 18 novembre, ma l'anno scorso non l'ha fatto. Poi ho scoperto che era stata ricoverata per un'appendicectomia d'urgenza. Mi stupisce che possa aver avuto il tempo di comprare delle pillole dimagranti mentre era in ospedale per un intervento. È sicura che fosse proprio il 18?»

Al ritorno in commissariato, ho verificato con il tizio della Scientifica. Non mi ero sbagliata sulla data.

«Forse le ha ordinate dal cellulare» ha suggerito Callie. «Ci si annoia così tanto in ospedale.»

Ma il tizio peloso ha scosso la testa. «No, ho controllato l'indirizzo IP: l'acquisto è stato fatto alle sedici e diciassette minuti, da un computer collegato al router del mulino. Quindi è stato qualcuno che si trovava dentro la casa, o nei paraggi. Sapete a che ora è arrivata in ospedale?»

Non lo sapevo, ma non era difficile scoprirlo. Nel Abbott era stata ricoverata nelle prime ore del 18 novembre per un'appendicectomia d'urgenza, come aveva detto la sorella. Era rimasta lì tutto il giorno e anche la notte successiva.

Non poteva essere stata Nel a comprare quelle pillole. Le aveva ordinate qualcun altro, con la sua carta di credito, dentro casa sua.

«Lena» ho detto a Sean. «Dev'essere stata lei.»

Lui ha annuito, rabbuiandosi. «Dobbiamo andare a parlarci.»

«Adesso?» gli ho chiesto, e lui ha annuito ancora.

«È il momento migliore, visto che ha appena perso la madre. Cristo, questa storia è un casino!»

E sarebbe diventata ancora più incasinata. Mentre uscivamo, ci ha raggiunti Callie, tutta agitata.

«Le impronte!» ha esclamato, quasi senza fiato. «Abbiamo trovato una corrispondenza! Cioè, non proprio, visto che non corrispondono a nessuno di quelli che si sono presentati spontaneamente, ma...»

«Ma?» l'ha incalzata Townsend.

«Qualcuno ha pensato di rilevare le impronte sul flacone delle pillole e confrontarle con quelle sulla videocamera, quella danneggiata, ricordate?»

«Certo che ce ne ricordiamo» ha replicato Sean.

«Bene: le impronte corrispondono. E, prima che me lo chiediate, non sono né di Nel Abbott né di Katie Whittaker. Qualcun altro ha toccato entrambi gli oggetti.»

«Louise» ha dedotto l'ispettore. «Non può che essere lei. Louise Whittaker.»

Mark

Mark stava cercando di chiudere la valigia quando la poliziotta arrivò a casa sua. Non era la stessa dell'altra volta: era un po' più vecchia e meno carina.

«Sergente Erin Morgan» si presentò, stringendogli la mano. «Mi chiedevo se ha tempo per scambiare due parole.»

Non la invitò a entrare. La casa era un disastro e lui non aveva voglia di mostrarsi troppo accomodante.

«Sto partendo per le vacanze. Raggiungo la mia fidanzata a Edimburgo, poi andremo in Spagna per qualche giorno.»

«Non ci vorrà molto» replicò il sergente, cercando di sbirciare dietro le sue spalle, all'interno della casa.

Lui chiuse la porta. Si trattennero sulla soglia.

Mark presumeva che la donna fosse lì per Nel Abbott. Dopotutto, era stato uno degli ultimi a vederla viva. Si erano incontrati fuori dal pub, avevano parlato brevemente e poi l'aveva vista dirigersi verso il mulino. Era preparato a sostenere di nuovo quella conversazione. Ma non a quella che invece seguì.

«So che la polizia l'ha già sentita al riguardo, ma abbiamo bisogno di alcuni chiarimenti» gli spiegò la donna. «Sugli eventi che hanno portato alla morte di Katie Whittaker.»

Mark sentì il battito del suo polso accelerare, la saliva invadere la bocca. «Cosa... cosa volete sapere?»

«È corretto affermare che lei è dovuto intervenire in una lite

149

tra Lena Abbott e Katie, a scuola, circa un mese prima della morte di Katie?»

Adesso Mark aveva la gola secca. Non riusciva a deglutire. «Non si è trattato di una lite.» Sollevò una mano per ripararsi dal sole. «Perché... Mi scusi, come mai mi chiede di questa storia? Pensavo che la morte di Katie fosse stata archiviata come suicidio...»

«Sì,» lo interruppe lei «è così, non è cambiato nulla. Però siamo venuti a conoscenza di alcune *circostanze* relative alla morte di Katie che potrebbero richiedere ulteriori indagini.»

Mark si girò di scatto, aprendo la porta con tanta violenza da spalancarla e farsela rimbalzare addosso mentre rientrava in casa. Aveva di nuovo la testa stretta in una morsa, il cuore che gli martellava nel petto, e non ce la faceva a rimanere fermo sotto il sole.

«Signor Henderson? Si sente bene?»

«Sì, sto bene.» Aspettò che le pupille si adattassero alla penombra e si voltò di nuovo verso il sergente. «Sto bene. Soltanto un po' di mal di testa. La luce, è solo...»

«Perché non beve un bicchiere d'acqua?» suggerì il sergente Morgan con un sorriso.

«No.» Mark si accorse di aver usato un tono piuttosto scontroso. «No, no, sto bene.»

Rimasero in silenzio, poi la donna riprese a parlare. «Signor Henderson, la lite? Tra Lena e Katie, ricorda?»

Lui scosse la testa. «Non stavano litigando... l'ho già detto alla polizia. Non le ho separate, non nel senso letterale del termine. Katie e Lena erano molto amiche, a volte erano irritabili e volubili, come sono le ragazze, o meglio le bambine, alla loro età.»

La poliziotta era rimasta sulla porta, col sole alle spalle. Mark intravedeva soltanto la sagoma, non l'espressione del viso. Per lui era meglio così.

«Alcuni insegnanti di Katie hanno riferito che sembrava distratta, forse più riservata del solito, nelle settimane precedenti la morte. Lei è d'accordo?»

«No» rispose lui. Chiuse gli occhi, poi li riaprì piano. «Non direi. Non credo che fosse cambiata. Io non ho notato niente di diverso. Non mi sono accorto di nulla. Noi... Nessuno è stato in grado di prevederlo.»

La voce era bassa e strascicata, e il sergente lo notò. «Mi dispiace dover rivangare questa storia. Posso immaginare quanto sia stato terribile...»

«Non credo che lei possa immaginarlo davvero. Vedevo quella ragazza ogni giorno. Era giovane e intelligente, e... Era una delle mie migliori allieve. Noi tutti le eravamo molto... affezionati.» Aveva incespicato su "affezionati".

«Mi dispiace, glielo assicuro. Però sono venuti alla luce alcuni fatti nuovi, e dobbiamo chiarirli.»

Mark annuì, sforzandosi di ascoltare la voce della donna malgrado il battito del cuore che gli rimbombava nelle orecchie. Aveva freddo in tutto il corpo, come se qualcuno lo avesse cosparso di benzina.

«Signor Henderson, alcuni elementi ci inducono a credere che Katie assumesse un farmaco che si chiama Rimato. Ne ha mai sentito parlare?»

Mark la scrutò. Ora voleva incontrare il suo sguardo, leggere l'espressione dei suoi occhi. «No... ma... mi era parso di capire che non avesse assunto alcuna droga, sbaglio? O almeno questo è ciò che ha detto la polizia all'epoca. Rimato? Che cos'è? È... una sostanza stupefacente?»

La Morgan scosse la testa. «No, sono pillole dimagranti.»

«Katie non era sovrappeso» replicò, ma si rese subito conto di aver detto una stupidaggine. «Non fanno altro che parlarne, vero? Le adolescenti, intendo. Sono fissate con il peso. E non soltanto loro. Anche le donne adulte. Per la mia fidanzata è un tarlo!»

Era vero, ma non del tutto. Perché la sua fidanzata non era più la sua fidanzata, quindi non si lamentava più dei chili di troppo, e non lo stava aspettando per volare con lui a Malaga. Nella sua ultima email, che gli aveva inviato alcuni mesi prima, gli augurava tutto il male del mondo e scriveva che non lo avrebbe mai perdonato per il modo in cui l'aveva trattata.

Ma cosa aveva fatto di tanto terribile? Se fosse stato un uomo così orrendo, così freddo, crudele e insensibile, le avrebbe rifilato una storiella qualunque, per salvare le apparenze. Il che sarebbe stato anche nel suo interesse, a ben guardare. Lui invece *non era* una cattiva persona. Solo che quando amava, amava, con tutto se stesso. E cosa c'era di sbagliato in questo?

Dopo che la poliziotta se ne fu andata, Mark si mise a camminare per casa: aprì i cassetti, scorse le pagine dei libri. Era alla ricerca. Alla ricerca di qualcosa che non avrebbe trovato, lo sapeva bene. La notte successiva al solstizio d'estate, arrabbiato e spaventato, aveva acceso un fuoco in giardino e aveva bruciato tutto, cartoline, lettere, persino un libro. Altri regali. Guardando fuori dalla finestra vedeva ancora un piccolo lembo di terra annerita, dove aveva sradicato ogni traccia di lei.

Ora stava aprendo per l'ennesima volta il cassettino del tavolo in soggiorno, ma sapeva benissimo cosa vi avrebbe trovato: nulla. Perché non era la prima volta che lo faceva. Non era la prima volta che rovistava e frugava in ogni angolo della casa, in preda alla paura o semplicemente triste, alla ricerca di qualcosa che poteva aver dimenticato. Ma evidentemente quella prima sera, la sera del falò, era stato così scrupoloso da non tralasciare nulla.

Ora gli restava un'ultima cosa da fare. Sapeva che nell'ufficio della preside c'erano alcune foto. In una cartellina. Non veniva più aggiornata, ma era sempre lì. Mark aveva la chiave della scuola e sapeva dove guardare. E voleva qualcosa, aveva *bisogno* di portare qualcosa con sé. Non era una frivolezza, era fondamentale, perché all'improvviso il futuro gli appariva molto incerto. Forse stava per chiudersi la porta di casa alle spalle per l'ultima volta, un pensiero che non gli era venuto in mente prima. Forse non sarebbe più tornato. Forse davvero sarebbe sparito e avrebbe ricominciato da capo.

Guidò fino alla scuola e parcheggiò nello spiazzo deserto. A

volte Helen Townsend andava al lavoro anche durante le vacanze estive, ma stavolta non c'era traccia della sua auto. Era solo.
Entrò nell'edificio e si diresse verso l'ufficio di Helen. La porta
era chiusa, ma non a chiave.

La spinse ed entrò. La stanza puzzava di detergente chimico,
quello che si usa per pulire i tappeti. Si avvicinò allo schedario
e aprì il primo cassetto. Era stato svuotato, e il secondo era
chiuso a chiave. Si rese conto, con estremo disappunto, che
qualcuno aveva risistemato tutto, che adesso non sapeva più
dove cercare e forse quel viaggio era stato inutile. Uscì nel corridoio per assicurarsi di essere ancora solo – lo era, la sua
Vauxhall rossa era l'unica macchina nel parcheggio – e rientrò
in presidenza. Facendo attenzione a non spostare nulla, aprì
tutti i cassetti della scrivania di Helen, alla ricerca delle chiavi
dello schedario. Non le trovò, ma incappò in qualcos'altro: un
oggetto che sembrava molto lontano dallo stile di Helen. Gli
sembrò vagamente familiare: era un braccialetto d'argento con
il gancetto di onice e le iniziali incise, SJA.

Si sedette a guardarlo. Non riusciva a capire cosa significasse
il fatto che si trovava lì. Non significava nulla. Non poteva si-
gnificare nulla. Lo rimise dove lo aveva trovato, interruppe la
ricerca e tornò alla sua auto. Aveva appena infilato le chiavi nel
quadro quando si ricordò dove aveva visto quel braccialetto: lo
indossava Nel, fuori dal pub. Avevano scambiato qualche parola e poi l'aveva vista dirigersi verso il mulino. Ma prima, mentre
parlavano, lei si era messa a giocherellare con qualcosa che portava al polso, e che adesso era lì. Tornò sui suoi passi e rientrò
nell'ufficio di Helen, aprì il cassetto, prese il braccialetto e se lo
infilò in tasca. Anche mentre lo faceva era consapevole che, se
qualcuno gliene avesse chiesto il motivo, non sarebbe stato in
grado di spiegarlo.

Gli sembrava, pensò, di essere nell'acqua alta, alla ricerca
disperata di qualcosa, di un qualsiasi appiglio per salvarsi. Aveva cercato di raggiungere una boa, ma aveva trovato solo alghe,
e vi si era aggrappato comunque, con tutte le sue forze.

Erin

Il ragazzino, Josh, era fermo davanti alla casa quando siamo arrivati, pallido e guardingo come una giovane vedetta. Ha salutato con garbo Sean, riservando a me una certa diffidenza. Teneva in mano un coltellino svizzero con cui armeggiava nervoso, facendo scattare e richiudendo la lama.

«La mamma è in casa?» gli ha domandato l'ispettore e lui ha annuito.

«Perché volete parlare ancora con noi?» ha chiesto. La voce era stridula, simile allo squittio di un topolino. Si è schiarito la gola.

«Dobbiamo controllare un paio di cose » ha replicato Townsend. «Nulla di cui preoccuparsi.»

«Era a letto» ha precisato Josh, guardando Sean e poi me. «Quella notte. La mamma dormiva. Dormivamo tutti.»

«Quale notte, Josh? Di cosa stai parlando?» gli ho chiesto.

Lui è arrossito, ha abbassato lo sguardo e si è messo di nuovo a giocare con il coltellino. Un ragazzetto che non aveva ancora imparato a dire le bugie.

La madre ha aperto la porta, dietro di lui. Ha visto me e Sean e ha sospirato, poi si è passata la mano sulla fronte. Il suo viso era del colore del tè annacquato e, quando si è girata a parlare con il figlio, ho notato che aveva la schiena curva, come una vecchia. Lo ha chiamato a sé con un cenno e gli ha detto qualcosa a bassa voce.

«E se poi vogliono parlare anche con me?» l'ho sentito chiedere.

Lei gli ha appoggiato le mani sulle spalle. «Non lo faranno, tesoro. Adesso vai.»

Josh ha chiuso il coltellino e se l'è infilato nella tasca dei jeans, guardando me. Io gli ho sorriso e lui se n'è andato, camminando a passo svelto lungo il vialetto, voltandosi soltanto una volta mentre la madre ci faceva entrare in casa.

Ho seguito Louise e Sean in un soggiorno luminoso che si apriva in una di quelle verande moderne e spaziose, circondate da vetrate, che sembrano prolungare la casa direttamente nel giardino. Sul prato si vedevano un recinto di legno e galline bianche e nere che razzolavano sull'erba. Louise ci ha fatti sedere sul divano. Lei si è accomodata sulla poltrona di fronte, lentamente, come una persona che ha subito una frattura e si muove con cautela, temendo di peggiorare la situazione.

«Allora, cosa dovete dirmi?» ha chiesto, sollevando il mento in direzione dell'ispettore.

Lui le ha spiegato che i nuovi esami avevano avuto esito identico ai precedenti: non c'era traccia di stupefacenti nel sangue di Katie.

Louise lo ascoltava, scuotendo la testa, incredula. «Ma avete verificato quanto dura l'effetto di quel farmaco nell'organismo? Quanto ci mette a manifestarsi, o a essere smaltito? Sean, non potete trascurare questa...»

«Louise, non stiamo trascurando proprio nulla» l'ha interrotta lui. «Ti ho soltanto riferito quello che abbiamo scoperto finora.»

«Comunque... procurare farmaci illegali a qualcuno, a una ragazzina... è un reato, vero? Lo so...» si è morsa il labbro superiore «lo so che è troppo tardi per punirla, ma dovremmo rendere pubblico quello che ha fatto, non credete?»

Sean è rimasto in silenzio. Io mi sono schiarita la gola per attirare l'attenzione di Louise prima di iniziare a parlare.

«Signora Whittaker, in base a ciò che abbiamo scoperto riguardo alla data dell'acquisto, non può essere stata Nel a comprare le pillole. Anche se è stata usata la sua carta di credito, noi...»

«Cosa vuole insinuare?» Ha alzato la voce, era arrabbiata. «Sta per caso dicendo che Katie ha rubato la carta di credito di Nel?»

«No, signora. Non stiamo dicendo niente del genere...»

La sua espressione è cambiata quando la verità si è affacciata alla sua mente. «Lena» ha mormorato, poggiandosi allo schienale della poltrona, le labbra immobili in una smorfia di rassegnazione. «È stata Lena.»

Sean le ha spiegato che non ne eravamo ancora sicuri, ma l'avremmo sentita al riguardo. Era stata convocata in commissariato per quel pomeriggio. Ho chiesto a Louise se avesse trovato altri oggetti rilevanti tra le cose di Katie. Lei però ha liquidato la mia domanda con un: «No, è tutto». Poi è tornata alla carica: «Ma non capite? Se mettiamo insieme le pillole, e questo posto, e il fatto che Katie passava così tanto tempo dalle Abbott, in mezzo a tutte quelle foto e quei racconti...». Si è fermata. Nemmeno lei sembrava del tutto convinta della storia che stava mettendo in piedi. Perché anche se avesse avuto ragione, se davvero quel farmaco aveva trasformato sua figlia in una ragazza depressa, ciò non avrebbe cambiato il fatto che lei non se n'era accorta.

Non gliel'ho detto, ovviamente, perché la domanda che dovevo farle era già abbastanza difficile. Louise stava per alzarsi, presumendo che l'incontro fosse finito e che stessimo per andarcene. Ho dovuto fermarla.

«C'è un'altra cosa che dovremmo chiederle.»

«Sì?» Era in piedi, con le braccia incrociate sul petto.

«Ci domandavamo se lei fosse disponibile a permetterci di rilevare le sue impronte digitali...»

Mi ha interrotta prima che potessi finire. «Perché? A cosa vi servono?»

Sean era a disagio. «Louise, abbiamo trovato un match tra le impronte presenti sul flacone delle pillole che mi hai portato e quelle ritrovate su una delle videocamere di Nel Abbott. E dobbiamo verificare. Tutto qui.»

Louise si è seduta di nuovo. «Be', saranno di Nel. Non ci avete pensato?»

«Non sono di Nel» ho risposto. «Abbiamo già controllato. E non appartengono nemmeno a sua figlia.»

A quelle ultime parole è trasalita. «È ovvio che non siano di Katie. Che cosa c'entra lei con la videocamera?» Ha stretto le labbra, poi ha preso tra le dita il ciondolo della catenina. Ha sospirato pesantemente. «Be', sono le mie. Sono stata io.»

Ci ha raccontato cos'era successo tre giorni dopo la morte della figlia. «Sono andata a casa di Nel Abbott. Ero... Non credo che possiate immaginare in che stato fossi, ma potete provarci. Ho bussato, lei non apriva. Ho insistito, sono rimasta lì a dare colpi alla porta e a chiamare il suo nome, finché...» si è scostata una ciocca di capelli dalla faccia «finché è venuta Lena. Piangeva, era scossa dai singhiozzi, sembrava fuori di sé. Una gran bella scena.» Ha tentato un sorriso, senza riuscirci. «Le ho detto delle cose crudeli, a ripensarci adesso, ma...»

«Quali cose?» ho chiesto.

«Io... non ricordo le parole esatte.» La sua compostezza stava svanendo, ansimava, stringeva nervosamente i braccioli della poltrona, dallo sforzo le nocche da rosse erano diventate giallognole. «Nel deve avermi sentita. È venuta e mi ha urlato di lasciarle in pace. Ha detto...» Louise si è lasciata sfuggire una risatina isterica. «Ha detto che era *dispiaciuta per la mia perdita*... Era dispiaciuta, ma lei non c'entrava niente, e nemmeno sua figlia. Lena era per terra, me lo ricordo bene. Si lamentava, sembrava... un animale ferito. Io e Nel abbiamo litigato. È stato uno scontro piuttosto violento.» Ha guardato Sean, di nuovo cercando di sorridere. «Sei sorpreso? Non lo sapevi? Credevo che Nel te ne avesse parlato, o almeno Lena. Io... ecco, io non l'ho picchiata, ma mi sono scagliata contro di lei e Nel mi ha spinta via. Le ho chiesto il filmato della videocamera. Volevo... Io non

157

volevo vederlo, ma più di ogni altra cosa volevo sottrarlo a lei... non potevo sopportare che...»

Louise è crollata.

È terribile vedere qualcuno stretto nella morsa di un dolore così viscerale. Stare a guardare è una violenza, un'intrusione, una violazione. Eppure lo facciamo, dobbiamo farlo, di continuo, bisogna solo imparare a sopportarlo, in un modo o nell'altro. Sean ci ha provato chinando il capo e rimanendo immobile; io distraendomi: osservavo dalla finestra le galline che razzolavano nel prato. Guardavo le mensole della libreria, facendo scorrere gli occhi sui romanzi contemporanei e i saggi di storia militare. Mi concentravo sulle fotografie incorniciate sopra al caminetto: il giorno del matrimonio, la foto di famiglia e quella di un bambino. Ce n'era soltanto uno, un maschietto vestito di azzurro. Dov'era la foto di Katie? Provavo a immaginare come ci si deve sentire a togliere la fotografia di un figlio dal suo posto d'onore per riporla in un cassetto. Quando ho guardato Sean, era girato verso di me e mi stava fissando. Mi sono accorta che nella stanza c'era un ticchettio e proveniva da me: continuavo a picchiettare con la penna sul bloc-notes. Non lo facevo di proposito. Stavo tremando.

Dopo un tempo che è sembrato lunghissimo, Louise ha ripreso a parlare. «Non sopportavo l'idea che fosse stata *Nel* l'ultima persona a vedere mia figlia. Lei mi ha detto che non c'era alcun filmato, che la videocamera non funzionava, e comunque era posizionata in alto, quindi era impossibile che l'avesse... ripresa.» Ha singhiozzato, un singulto così forte da scuoterla in tutto il corpo, dalle spalle alle ginocchia. «Non le ho creduto, non potevo rischiare. E se invece la videocamera aveva registrato qualcosa e lei avesse usato quelle immagini? Se avesse mostrato la mia bambina al mondo intero, sola e spaventata e...» Si è fermata e ha fatto un respiro profondo. «Le ho detto... Lena non ve l'ha raccontato? Le ho detto che non avrei avuto pace finché lei non avesse pagato per quello che aveva fatto, poi me ne sono andata. Sono salita sul promontorio e ho provato ad aprire la videocamera per estrarre la scheda sd, ma non ci sono riuscita. Ho cercato di strapparla dal sostegno e mi sono fatta male.» Ha sollevato la mano sinistra, l'unghia dell'indice stava appena ricrescendo, il dito era ancora gonfio. «L'ho presa a calci, l'ho fracassata con una pietra. E dopo sono tornata a casa.»

Erin

Josh era seduto sul marciapiede, dalla parte opposta della strada, quando noi siamo andati via. Ci ha visti passare tra le auto parcheggiate, attraversare in fretta l'incrocio e solo quando eravamo ormai a qualche decina di metri si è precipitato dentro casa. L'ispettore era di nuovo chiuso nel suo mondo, ed è parso non essersi accorto di nulla.

«Ha detto che non avrebbe avuto pace finché Nel non l'avesse pagata» gli ho ripetuto, una volta raggiunta l'auto. «Non le suona come una minaccia?»

Sean mi ha guardata con la sua solita espressione vacua, quell'irritante faccia che sembra dire: *Non sono qui per davvero.* Non ha risposto alla mia domanda.

«Cioè, non è strano che Lena non ce ne abbia parlato? E Josh? Quella storia che stavano tutti dormendo? Stava palesemente mentendo...»

Lui ha annuito. «Sì. Così è sembrato. Ma io non darei troppo peso ai racconti di un ragazzino che sta affrontando un lutto devastante» ha detto in tono piatto. «Nessuno può sapere quello che sta provando, o immaginando, o cosa dovrebbe o non dovrebbe dire. Lui sa che noi siamo al corrente del rancore di sua madre nei confronti di Nel Abbott, e probabilmente ha paura che qualcuno possa accusarla e portargliela via. Devi tener conto che ha già subito una perdita gravissima.» Ha fatto una pausa. «E per quanto riguarda Lena, se era davvero fuori di sé come ci ha riferito Louise, è possibile che non ricordi l'episodio con chiarezza, o che ricordi solo la sua sofferenza di quel momento e poco altro.»

Da parte mia, trovavo difficile conciliare la descrizione di Lena che ci aveva fatto Louise – un animale ferito e ululante – con l'immagine della ragazza schiva e a volte sarcastica che avevamo conosciuto. Mi sembrava strano che avesse avuto una reazione tanto estrema e viscerale alla morte dell'amica e invece si fosse dimostrata così *controllata* di fronte a quella della madre. Era possibile che Lena fosse rimasta così impressionata dal dolore di Louise e dalla sua convinzione che Nel fosse colpevole da finire per crederci lei stessa? Ho sentito un brivido lungo la schiena. Non era molto verosimile, ma cosa sarebbe successo se anche Lena avesse ritenuto la madre responsabile della morte di Katie? Poteva aver deciso di fare qualcosa?

Lena

Perché gli adulti fanno sempre le domande sbagliate? Le pillole. Si sono fissati con quelle stupide, maledette pasticche per dimagrire! Mi ero persino dimenticata di averle comprate, è passato così tanto tempo. Invece hanno deciso che LE PILLOLE SONO LA CHIAVE DI TUTTO e io sono dovuta andare al commissariato. Peraltro insieme a Julia, che nel frattempo è diventata il mio "adulto di riferimento". Ridicolo. È l'adulto meno adatto a fare da riferimento che riesca a immaginare.

Mi hanno portata in una stanzetta sul retro del commissariato, che non somigliava molto a quelle che si vedono nei film: era un ufficio come gli altri. Ci siamo seduti intorno a un tavolo rotondo e il sergente Morgan ha iniziato a fare le domande. Anche Sean me ne ha fatta qualcuna, ma ha parlato quasi sempre lei.

Ho detto la verità. Avevo comprato le pillole con la carta di credito della mamma perché Katie me lo aveva chiesto e né io né lei avevamo idea degli effetti collaterali. O almeno, io non ne sapevo nulla, e lei, ammesso che ne fosse al corrente, non me ne aveva parlato.

«Non ti turba il fatto che le pillole possano aver contribuito allo stato d'animo negativo di Katie, negli ultimi giorni della sua vita?» mi ha chiesto il sergente.

Per poco non mi sono morsa la lingua. «No,» le ho risposto «non mi turba. Katie non ha fatto quel che ha fatto a causa delle pillole.»

«E allora perché?»

Avrei dovuto immaginare che si sarebbe appigliata a quella frase, quindi ho continuato a parlare. «E poi non ne ha prese molte. Poche, forse non più di quattro o cinque. Contate le pastiglie rimaste nel flacone» ho suggerito a Sean. «Sono quasi sicura che l'ordine fosse per trentacinque. Contatele.»

«Lo faremo» ha replicato. Poi mi ha chiesto: «Hai comprato farmaci per qualcun altro?». Ho scosso la testa, ma lui ha insistito. «È importante, Lena.»

«Lo so. Ma quella è stata l'unica volta. Ho fatto un favore a un'amica. Tutto qui. È la verità.»

Lui si è appoggiato allo schienale. «Va bene. Ma la cosa che mi sto sforzando di capire è perché Katie volesse prendere quelle pillole.» Ha guardato me, poi Julia, come se lei potesse conoscere la risposta. «Insomma, non era grassa.»

«Be', non era nemmeno magra» ho replicato. Julia ha emesso uno strano suono, a metà tra uno sbuffo e una risata, e mi ha lanciato un'occhiata che avrei detto carica di odio.

«Gliel'aveva detto qualcuno?» ha incalzato la Morgan. «Qualcuno a scuola faceva commenti sul suo peso?»

«Cristo!» Ce la stavo mettendo tutta per mantenere la calma. «No. Katie non era vittima di bullismo. Volete sapere una cosa? Lei mi diceva sempre che ero magra e stronza. Mi prendeva in giro perché...» Ero a disagio per via di Sean che mi stava guardando, ma ormai avevo iniziato, quindi dovevo andare fino in fondo. «Perché non ho le tette! Così lei mi dava della magra e stronza e io le davo della vacca, ma *nessuna delle due parlava sul serio.*»

Loro non capivano. Non capiscono mai. E io non riuscivo a spiegarmi bene. Cioè, a volte non riuscivo a spiegarlo neanche a me stessa, ma il fatto era che Katie non era magra, almeno non come va di moda ora, ma a lei... semplicemente non gliene fregava più di tanto. Lei non era ossessionata come le altre. Io non ho mai dovuto preoccuparmi di queste cose, ma Amy, Ellie, Tanya... be', loro le hanno provate tutte. Sempre lì a contare i carboidrati, a digiunare, a farsi le purghe, e chissà quali altre porcherie. Ma a Katie tutto questo non interessava, a lei *piaceva* avere le tette. Ci stava bene dentro il suo corpo. E poi... be', poi a un certo punto è successo qualcosa. Forse un commento idiota su Instagram, o qualche imbecille che le aveva detto qualcosa a scuola, insomma, un giorno Katie è venuta da me e mi ha chiesto di aiutarla a procurarsi quelle cavolo di pillole. Ma poi, quando le pillole sono arrivate, le era già passata. E, comunque, a sentir lei, non servivano a un accidenti di niente.

Pensavo che il mio interrogatorio fosse finito. Pensavo di aver chiarito tutto, ma proprio allora il sergente Morgan ha tirato in ballo tutt'altra faccenda e mi ha chiesto del giorno in cui Louise era venuta da noi, poco dopo la morte di Katie. Certo che me lo ricordavo. Era stato uno dei giorni più brutti della mia vita! Se ci penso, mi sento ancora venir meno.

«Non ho mai visto nessuno comportarsi come Louise quel giorno» ho risposto.

La Morgan ha annuito e poi, tutta seria e compunta, se n'è uscita con una domanda. «Quando Louise ha detto a tua madre che non avrebbe avuto pace finché lei non l'avesse pagata, come l'hai presa? Cosa credi che volesse dire con quella frase?»

Ho perso le staffe. «Non voleva dire *nulla*, cretina che non sei altro!»

«Lena.» Sean mi ha lanciato un'occhiataccia. «Modera il linguaggio.»

«Okay, chiedo scusa, ma santo cielo! Sua figlia era appena morta, non sapeva quel che diceva. Era *impazzita*.»

Volevo andarmene, ma Sean mi ha fatto cenno di restare. «Non sono obbligata, vero? O sono forse in arresto?»

«No, Lena, certo che no.»

Mi sono rivolta a lui, perché mi capiva. «Louise non parlava sul serio. Era completamente isterica. Fuori di testa. Te la ricordi, vero? Ti ricordi com'era? Voglio dire, è normale che blaterasse. Insomma... tutti noi... eravamo tutti sconvolti per la morte di Katie. Ma lei non ha fatto del male alla mamma, per l'amor

164

di Dio! A essere sincera, penso che se quel giorno avesse avuto una pistola o un coltello, forse lo avrebbe fatto. Ma non è successo.»

Volevo dire tutta la verità. Lo giuro. Non al sergente, e nemmeno a Julia, ma con Sean avrei voluto essere sincera. Però non potevo. Sarebbe stato un tradimento, e dopo tutto ciò che avevo fatto, non potevo tradire Katie adesso. Così ho detto quello che potevo. «Louise non ha fatto nulla a mia madre, capisci? È così. La mamma ha fatto la sua scelta.»

Mi sono alzata, ma il sergente Morgan non aveva ancora finito. Mi guardava, con una strana espressione in viso, come se non credesse nemmeno a una parola. «Lena, lo sai cosa non mi torna? Che tu non sembri affatto curiosa del perché Katie abbia fatto ciò che ha fatto, o del perché tua madre abbia fatto ciò che ha fatto. Quando le persone muoiono in questo modo, tutti si chiedono *perché*. Perché l'hanno fatto? Perché si sono tolte la vita quando avevano così tanti motivi per andare avanti? Ma tu no. E l'unica ragione, *l'unica ragione* che riesco a darmi è che tu conosca già la risposta.»

Sean mi ha presa per un braccio e mi ha trascinata fuori dalla stanza prima che avessi il tempo di replicare.

Lena

Julia voleva riaccompagnarmi a casa in macchina, ma le ho detto che preferivo fare una passeggiata. Non era vero, ma a) non volevo rimanere sola con lei, e b) avevo visto Josh lì intorno, in bicicletta, che continuava a fare avanti e indietro, e sapevo che stava aspettando me.

«*Salute!*» gli ho detto, mentre si avvicinava. Quando aveva nove o dieci anni, aveva cominciato a dire a tutti quelli che incontrava «Salute!» anziché «Ciao», e io e sua sorella glielo ricordavamo sempre. Di solito lo faceva ridere, ma non quel giorno: sembrava spaventato. «Cosa c'è, Josh? Cos'è successo?»

«Che cosa ti hanno chiesto?» La sua voce era un sussurro.

«Niente, non ti preoccupare. Hanno trovato delle pasticche che Katie stava prendendo, e hanno pensato che forse avevano... le pillole, intendo, qualcosa a che fare con... quello che è successo. Si sbagliavano, ovviamente. Stai tranquillo.» L'ho abbracciato, ma lui si è scansato. Non lo fa mai. Di solito trova tutte le scuse del mondo per farsi fare una coccola o tenermi per mano.

«Ti hanno chiesto della mamma?»

«No. Be', sì, in un certo senso. Perché?»

«Non lo so» ha risposto, ma senza guardarmi in faccia.

«Josh, perché?» ho ripetuto.

«Credo che dovremmo dirlo» ha risposto.

Ho sentito le prime gocce di pioggia sulle braccia e ho guardato il cielo. Era cupo, minacciava tempesta. «No, Josh. Non diremo proprio niente.»

«Lena, dobbiamo farlo!»

«No!» ho insistito, e l'ho afferrato per il braccio, un po' più forte di quanto volessi. Lui ha guaito, come un cucciolo al quale hanno pestato la coda. «Abbiamo fatto una promessa, ricordi? *Tu* hai fatto una promessa!» Lui scuoteva la testa, così gli ho conficcato le unghie nella carne.

Si è messo a piagnucolare. «Ma a cosa serve adesso?»

Gli ho lasciato il braccio e gli ho appoggiato le mani sulle spalle. L'ho costretto a guardarmi negli occhi. «Una promessa è una promessa, Josh. Non devi parlare con nessuno.»

Aveva ragione lui, mantenere la promessa ora non sarebbe servito a niente. Però non potevo tradirla. Se avessero saputo la verità su Katie, avrebbero iniziato a fare domande su quello che era successo in seguito, e io non volevo che scoprissero quello che io e la mamma avevamo fatto. Quello che avevamo fatto, e anche quello che non avevamo fatto.

Non volevo lasciare Josh in quello stato, e non avevo voglia di rientrare a casa, così gli ho messo un braccio intorno alle spalle e gli ho dato una strizzatina di rassicurazione, poi gli ho preso la mano. «Dai, vieni con me. Ho in mente una cosa che possiamo fare insieme, che ci farà sentire meglio!» Lui è diventato rosso come un peperone e io sono scoppiata a ridere. «Non *quello*, piccolo porco!» Allora anche Josh si è messo a ridere e si è asciugato le lacrime dalla faccia.

Ci siamo incamminati in silenzio verso il confine sud di Beckford, lui portava la bicicletta a mano accanto a me. Non c'era nessuno in giro, aveva cominciato a piovere più forte e riuscivo a sentire le occhiatine che Josh mi lanciava di tanto in tanto perché la mia maglietta, che ormai era tutta bagnata, era diventata trasparente e io non portavo il reggiseno. Ho incrociato le braccia sul petto e lui è arrossito, di nuovo. Ho sorriso, ma non gli ho detto nulla.

Non abbiamo più detto una parola finché non siamo arrivati

alla strada dove abita Mark. «Che ci facciamo qui?» ha chiesto Josh. Gli ho fatto una smorfia.

Davanti alla porta di Mark, me lo ha chiesto ancora: «Lena, che ci facciamo qui?». Era spaventato, ma anche curioso, mentre io sentivo l'adrenalina scorrere nelle vene fino a darmi le vertigini.

«Guarda!» Ho raccolto un ciottolo e l'ho lanciato contro la finestra, con tutta la forza che avevo. Ha rotto il vetro, lasciando un piccolo buco, ed è rotolato in casa.

«Lena!» ha gridato Josh, poi ha controllato se qualcuno mi avesse vista. Non c'era nessuno. Ho sorriso, ho preso un altro sasso e l'ho fatto ancora, stavolta mandando in frantumi l'intero vetro. «Avanti!» Gli ho allungato una pietra e abbiamo fatto il giro della casa. Era come se l'odio ci elettrizzasse. Ridevamo e urlavamo a quel gran pezzo di merda tutti gli insulti che ci passavano per la testa.

Lo Stagno delle Annegate

Katie, 2015

Mentre camminava verso l'acqua, ogni tanto si fermava per raccogliere un sasso o un pezzo di mattone, che infilava nello zaino. Faceva freddo, non era ancora giorno, ma se si fosse voltata a guardare in direzione del mare, avrebbe visto una sottile striscia di luce grigia all'orizzonte. Non si girò, nemmeno una volta.

All'inizio scese a passo svelto la strada del pendio, per allontanarsi in fretta da casa. Non andò dritta al fiume; voleva attraversare, per l'ultima volta, il posto in cui era cresciuta. Passò vicino alla scuola elementare (non osò guardarla, per evitare che i ricordi dell'infanzia venissero a ostacolare il suo cammino), poi superò il negozio di alimentari, ancora chiuso a quell'ora, e il prato nel quale suo padre aveva provato, senza successo, a insegnarle a giocare a cricket. Passò davanti alle case dove abitavano i suoi amici.

Ce n'era una in particolare, in Seward Road, che voleva vedere ma non ebbe la forza di passarle accanto, e così prese un'altra direzione, rallentando il passo perché lo zaino era sempre più pesante. La strada ora saliva verso il centro, lungo le viuzze che costeggiavano case di pietra con i muri coperti di tralci di rose rampicanti.

Continuò a camminare e superò la chiesa, seguendo la strada che svoltava a destra. Attraversò il fiume, fermandosi per un attimo sul ponte a schiena d'asino. Guardò l'acqua, densa e viscida, che scorreva sui sassi. Riusciva a scorgere, o forse soltanto a immaginare, la sagoma del vecchio mulino e la ruota ferma, che nessuno faceva girare da quasi mezzo secolo. Pensò alla ragazza che stava dormendo lì dentro e appoggiò le mani azzurrognole per il freddo sul parapetto, per farle smettere di tremare.

Scese la scalinata di pietra che portava alla sponda del fiume. Se avesse seguito il sentiero, sarebbe arrivata fino in Scozia. Lo aveva fatto, un anno prima, in estate. Erano in sei, con le tende e i sacchi a pelo. Ci avevano messo tre giorni. Di notte si accampavano lungo il fiume e stavano svegli fino all'alba a bere vino e a raccontarsi le storie del fiume, di Libby, di Anne e di tutte le altre. Allora non poteva immaginare che un giorno avrebbe ripercorso gli stessi passi di quelle donne, e che il suo destino si sarebbe intrecciato al loro.

Percorse ancora più lentamente gli ultimi metri fino allo Stagno delle Annegate, con lo zaino che le pesava sulle spalle, e le punte aguzze dei sassi che premevano contro la schiena. Pianse un po'. Per quanto provasse a trattenersi, non riusciva a non pensare a sua madre, ed era la cosa peggiore, la peggiore di tutte.

Quando passò sotto le fronde dei faggi, in riva al fiume, il buio era così fitto che a malapena vedeva a pochi centimetri davanti a sé, ma in fondo era meglio così. Pensò che forse si sarebbe potuta sedere per un po', appoggiare lo zaino per terra e riposare, ma non lo fece, perché sapeva che se si fosse fermata sarebbe sorto il sole, e allora sarebbe stato troppo tardi, e niente sarebbe cambiato, e si sarebbe dovuta alzare prima dell'alba un altro giorno e lasciare di nuovo la casa ancora addormentata. Perciò avanti, un piede dopo l'altro.

Un piede dopo l'altro, fin dove finiscono gli alberi, un piede dopo l'altro, fuori dal sentiero, un piccolo passo falso lungo la riva, e infine, un piede dopo l'altro, dentro l'acqua.

Jules

Ti sei inventata tutto. Hai riscritto la storia, l'hai raccontata come pareva a te. Era la *tua* versione della verità.

(La hybris, Nel. La tua fottuta *hybris*.)

Tu non sai cos'è successo a Libby Seeton e di sicuro non sai cosa passava per la testa di Katie quando è morta. Dai tuoi appunti si capisce chiaramente:

> *La notte del solstizio d'estate, Katie Whittaker è entrata nello Stagno delle Annegate. Nella sabbia, sulla riva a sud, sono state trovate le sue impronte. Indossava un vestito di cotone verde e una semplice catenina intorno al collo, il ciondolo a forma di uccellino su cui era incisa la scritta* CON AMORE. *Sulle spalle portava uno zaino pieno di sassi e mattoni. Gli esami del sangue eseguiti dopo la sua morte hanno rivelato che non aveva bevuto né assunto droghe.*
>
> *Katie non aveva precedenti di malattia mentale o autolesionismo. Andava bene a scuola, era carina e popolare. La polizia non ha riscontrato prove che abbia subito episodi di bullismo, né a scuola né sui social network.*
>
> *Katie era di buona famiglia. Tutti le volevano bene.*

Ero seduta a gambe incrociate sul pavimento del tuo studio e sfogliavo le tue carte nell'oscurità del tardo pomeriggio, in cerca di risposte. In cerca di *qualcosa*. Tra gli appunti – disorganizzati e in disordine, scarabocchi a malapena leggibili sui margini, parole sottolineate in rosso o barrate in nero – c'erano anche delle fotografie. In una cartellina ho trovato delle stampe su carta fotografica di bassa qualità: Katie e Lena, due ragazzine che sorridevano all'obiettivo, senza fare il broncetto o mettersi in posa, reperti di un'epoca lontana, innocente, prima di Snapchat. Fiori e omaggi lasciati sulla riva dello Stagno, orsacchiotti di peluche, ninnoli. Impronte tutto intorno nella sabbia. Non le sue, immagino. Non le *vere* impronte di Katie. No, devono essere la tua versione, una ricostruzione. Tu hai ripercorso i suoi passi, vero? Hai camminato dove aveva camminato lei, non potevi fare a meno di provare quello che aveva provato lei.

Sei sempre stata così. Quando eri più giovane, eri affascinata da quel gesto, in senso fisico, dalla vibrazione delle ossa, dallo schianto delle viscere. Ti chiedevi: farà male? Quanto dura? Cosa si prova a colpire l'acqua dall'alto? Lo senti, il corpo che va in pezzi? Al resto pensavi meno, credo: a cosa può portare qualcuno in cima al promontorio, o al limitare della spiaggia, e indurlo a fare quel passo in avanti.

Dietro la cartellina ho trovato una busta con il tuo nome scarabocchiato sopra. All'interno, un foglio di carta a righe, scritto da una mano tremante:

Pensavo davvero le cose che ho detto ieri, quando ti ho vista. Non voglio che la tragedia di mia figlia diventi parte del tuo macabro "progetto". E non solo perché mi ripugna l'idea che tu possa trarne un guadagno economico. Ti ho detto, più e più volte, che trovo quello che stai facendo PROFONDA-MENTE IRRESPONSABILE e la morte di Katie ne è la PROVA. Se tu avessi un briciolo di compassione smetteresti di farlo, ti renderesti conto che quello che scrivi, stampi, dici e fai ha delle conseguenze. Non mi aspetto che tu mi dia ascolto, non l'hai mai fatto in passato. Ma se continui su questa strada, non dubito che prima o poi qualcuno ti costringerà ad ascoltare.

Non era firmato, ma era ovvio che fosse della madre di Katie. Ti aveva avvertita, e non soltanto in quell'occasione. Al commissariato, ho sentito la polizia chiedere a Lena di un incidente accaduto subito dopo la morte di Katie, quando lei ti aveva minacciata e ti aveva detto che te l'avrebbe fatta pagare. È questo che volevi dirmi? Avevi paura di lei? Pensavi che sarebbe venuta a cercarti?

Il pensiero di lei, una donna dagli occhi spiritati, impazzita dal dolore, che ti dava la caccia, era terrificante, mi ha spaventata. Non volevo più rimanere lì, tra le tue cose. Mi sono alzata e, mentre mi tiravo su, mi è sembrato che la casa si spostasse, ho avuto la sensazione di ondeggiare, come su una barca. Sentivo il fiume premere contro la ruota del mulino, costringendola a girare, l'acqua che si infilava nelle crepe allargate dalle erbacce complici.

Ho appoggiato una mano sullo schedario, poi sono tornata su, in soggiorno. Il silenzio mi ronzava nelle orecchie. Mi sono fermata per un attimo, gli occhi si sono adattati alla luce più intensa e per un istante sono stata sicura di vedere qualcuno, là sulla panca sotto la finestra, nel posto dove di solito mi sedevo io. Solo un attimo, poi è sparito, ma il cuore picchiava contro le costole e il cuoio capelluto mi prudeva. Qualcuno era lì, o era stato lì. O qualcuno stava per arrivare.

Con il respiro corto e affannoso, sono corsa alla porta di ingresso, che era chiusa con il catenaccio, come l'avevo lasciata. Ma in cucina c'era un odore insolito – qualcosa di diverso, dolce, sembrava un profumo – e la finestra era spalancata. Non ricordavo di averla aperta.

Mi sono avvicinata al congelatore e ho fatto una cosa che non faccio quasi mai. Mi sono versata da bere: una vodka fredda e densa. Ho riempito un bicchiere e l'ho bevuto tutto d'un fiato; ho sentito l'alcol bruciarmi nella gola e nello stomaco. Poi me ne sono versata un altro.

Mi girava la testa, così mi sono aggrappata al tavolo. Ero in allerta, per Lena, credo. Era sparita di nuovo, dopo aver rifiutato un passaggio a casa. Una parte di me era sollevata: non avevo voglia di averla intorno. Avevo raccontato a me stessa di essere arrabbiata con lei: aveva procurato delle pillole dimagranti a un'altra ragazza, l'aveva presa in giro per il suo aspetto fisico.

Ma la verità era un'altra. Avevo paura di quello che aveva detto il sergente. Che Lena non era curiosa perché sapeva. Non riuscivo a smettere di vedere la sua faccia, quella foto di lei da bambina che avevo trovato nella tua stanza, al piano di sopra, con i dentini bianchi e il sorriso da predatore. Cosa sa Lena?

Sono tornata nello studio e mi sono seduta di nuovo sul pavimento, ho raccolto gli appunti che avevo tirato fuori e ho iniziato a sistemarli, cercando di dar loro una specie di ordine. Cercando di dare un senso alla tua narrazione. Quando sono arrivata alla fotografia di Lena e Katie, mi sono fermata. C'era uno sbaffo di inchiostro sulla superficie, proprio sotto il mento di Lena. L'ho girata. Sul retro avevi scritto una sola riga. L'ho letta a voce alta: *A volte le donne che portano guai sanno badare a se stesse.*

La stanza è piombata nel buio. Ho alzato lo sguardo e trattenuto un grido in gola. Non l'avevo sentita, non avevo sentito aprirsi la porta né i suoi passi nel soggiorno, era sbucata lì dal nulla, in piedi sulla soglia, copriva la luce, e da dove ero seduta il profilo dell'ombra era quello di Nel. Poi l'ombra è entrata nella stanza e ho visto Lena, una macchia di fango sul viso, le mani sporche, i capelli annodati e spettinati.

«Con chi stai parlando?» ha chiesto. Spostava il peso da un piede all'altro, sembrava nervosa, esagitata.

«Non stavo parlando, io...»

«Sì che stavi parlando.» Ridacchiava. «Ti ho sentita. Con chi...» Si è zittita all'improvviso e la curva delle labbra è scomparsa quando ha visto la fotografia. «Che ci fai con quella?»

«Stavo soltanto leggendo... Volevo...» Non ho avuto il tempo di formulare le parole che me la sono ritrovata davanti, sopra di me, e istintivamente mi sono rannicchiata. Mi è balzata addosso e mi ha strappato la foto dalle mani.

«Che ci fai con questa?» Tremava, digrignava i denti, rossa in volto per la rabbia. Ho cercato di alzarmi. «Tu non c'entri niente con questa!» Si è girata, ha appoggiato la fotografia di lei e Katie sul tavolo e l'ha lisciata con il palmo. «Chi ti dà il diritto di farlo?» mi ha chiesto, voltandosi a guardarmi, con voce tremante. «Frugare nella sua roba, toccare le sue cose... Chi ti ha dato il permesso?»

Ha fatto un passo verso di me, dando un calcio al bicchiere di vodka. È volato in aria e si è frantumato contro la parete. Si è inginocchiata e ha iniziato a raccogliere i fogli che stavo mettendo in ordine. «Non dovresti toccare queste cose!» Schiumava di rabbia. «Tu non c'entri con tutto questo!»

«Lena,» ho detto «no.»

Si è tirata su di colpo, con un piccolo sussulto di dolore. Aveva messo la mano su un pezzo di vetro, sanguinava. Ha afferrato un fascio di carte e se le è portate al petto.

«Vieni qui» ho detto, cercando di riprendere le carte. «Stai perdendo sangue.»

«Stai lontana da me!» Ha appoggiato i fogli sul tavolo. Mi è caduto lo sguardo sulla macchia rossa che imbrattava la prima pagina e sulle parole stampate poco sotto. In maiuscolo PROLOGO, e poi: *Quando avevo diciassette anni, ho salvato mia sorella dal fiume.*

Ho sentito crescere dentro di me una risata isterica; è esplosa così forte da far sobbalzare Lena. Mi guardava sbalordita. Ho riso ancora più forte, di fronte all'espressione furibonda sul suo bel faccino, al sangue che gocciolava dalle sue dita sul pavimento. Ho riso finché mi sono venute le lacrime agli occhi, finché mi si è offuscata la vista, come se fossi stata sott'acqua.

Jules

Robbie mi aveva lasciata seduta accanto alla finestra. Mi scolai la vodka che era avanzata. Non mi ero mai ubriacata prima di allora, non sapevo quanto fosse repentina la svolta, il passaggio dall'euforia alla disperazione, dalla vetta all'abisso. La speranza all'improvviso sembrava perduta, il mondo desolato. Non ero lucida, eppure mi sembrava che i miei pensieri avessero un filo logico. Il fiume è la via d'uscita. Segui il fiume.

Non ho idea di cosa esattamente intendessi fare quando, incespicando, lasciai la strada e imboccai il sentiero che costeggiava il fiume. Camminavo alla cieca, la notte sembrava più scura che mai, così silenziosa e senza luna. Persino il fiume era tranquillo, come un serpente che si snodava al mio fianco, agile, senza attrito. Non ero spaventata. Come mi sentivo? Umiliata, piena di vergogna. Colpevole. Avevo posato il mio sguardo su di lui, l'avevo guardato, avevo guardato lui con te, e lui mi aveva vista.

Dal mulino allo Stagno ci sono tre chilometri, devo averci messo un po'. Non camminavo veloce nemmeno in condizioni normali, ma al buio, in quello stato, devo essere stata ancora più lenta. Quindi tu non mi avevi seguita, credo. Alla fine, però, arrivasti.

A quel punto ero in acqua. Ricordo il freddo intorno alle caviglie, alle ginocchia, poi la sensazione di sprofondare dolcemente nell'oscurità. Il freddo era sparito, tutto il mio corpo bruciava, fino al collo adesso, non c'era via d'uscita, e nessuno poteva vedermi. Ero nascosta alla vista, stavo scomparendo, non occupavo troppo spazio, non occupavo nessuno spazio.

Il calore si diffuse dentro di me, si dissipò e tornò il freddo, non sulla pelle ma nella carne, nelle ossa, pesanti, come piombo. Ero stanca, la riva era lontanissima, non ero certa di farcela a tornare indietro. Scalciavo, provavo a puntare i piedi verso il basso, ma non riuscivo a toccare il fondo, così pensai che potevo starmene a galla per un po', senza pensieri, e senza essere vista.

La corrente mi trasportava. L'acqua mi copriva la faccia e qualcosa mi accarezzava, con delicatezza, come i capelli di una donna. Avvertii un senso di oppressione al petto e ansimai, inghiottendo acqua. Da qualche parte, in lontananza, sentii una donna gridare. *Libby,* dicevi, *puoi sentirla, a volte di notte puoi sentire il suo lamento.* Io lottavo, ma qualcosa mi schiacciava le costole; sentii la sua mano tra i miei capelli, improvvisa e decisa, e mi trascinò più a fondo. Solo le streghe stanno a galla.

Non era Libby, ovviamente, eri tu, che mi stavi urlando qualcosa. La tua mano sulla testa, che mi teneva giù. Lottavo per fuggire da te. Mi stavi tenendo giù o mi stavi tirando fuori? Mi avevi afferrato i vestiti, artigliato la pelle, graffiandomi il collo e le braccia. Graffi uguali a quelli che Robbie mi aveva fatto sulle gambe.

Poi ci siamo ritrovate a riva, io in ginocchio, senza respiro, ansimante, tu in piedi sopra di me, che gridavi. «Stupida cicciona, cosa stavi facendo? Che cazzo stavi cercando di fare?» Allora sei caduta in ginocchio e mi hai abbracciata, e in quel momento mi hai sentito addosso la puzza di alcol e hai ricominciato a sbraitare. «Julia, hai *tredici* anni! Non puoi bere, non puoi... Cosa stavi cercando di fare?» Le tue dita ossute affondavano nella carne delle mie braccia, mi scuotevi forte. «Perché lo stai facendo? Perché? Per farmi un dispetto, vero? Così mamma e papà si arrabbieranno con me? Gesù, Julia, cosa ti ho mai fatto?»

Mi hai riportato a casa, trascinato di sopra e preparato l'acqua per il bagno. Io non volevo entrare nella vasca, ma tu hai usato le maniere forti, mi hai tolto i vestiti e mi hai costretto a entrare nell'acqua. Nonostante fosse calda, non riuscivo a smettere di tremare. Non volevo stendermi. Ero seduta, china in avanti, il rotolo della pancia schiacciato e imbarazzante, mentre tu raccoglievi l'acqua con le mani e mi bagnavi la pelle. «Gesù, Julia. Sei una ragazzina. Non dovresti... non avresti dovuto...» Sembravi non trovare le parole. Mi tamponavi il viso con un asciugamano. Sorridevi. Cercavi di essere gentile. «Va tutto bene. Va tutto bene, Julia. Va tutto bene. Mi spiace di aver urlato. E mi spiace che lui ti abbia fatto del male, davvero. Ma cosa ti aspettavi, Julia? Sul serio, cosa ti aspettavi?»

Ho lasciato che tu mi lavassi, le tue mani molto più delicate di quanto non fossero state al fiume. Mi chiedevo come facessi a essere così calma, avevo immaginato che ti saresti arrabbiata molto di più. Con me, ma anche per me, per quello che mi era successo. Forse ero io, allora, ad aver avuto una reazione esagerata, o forse tu non ci volevi pensare.

Mi hai fatto giurare che non avrei raccontato ai nostri genitori quello che era successo. «Julia, prometti. Non dirai niente a loro, non ne parlerai con nessun altro. Va bene? Mai. Non possiamo parlarne, capisci? Perché... ci metteremmo tutti quanti nei guai. Okay? Non parlarne. Se non ne parliamo, è come se non fosse successo. Non è successo niente, okay? Non è successo niente. Promettimelo. Promettimelo, Julia, non ne parlerai mai più.»

Io ho mantenuto la promessa. Tu no.

2015

Helen

Mentre andava al supermercato, Helen superò Josh Whittaker in bicicletta. Era bagnato fradicio e aveva del fango sui vestiti; lei rallentò e abbassò il finestrino.

«Tutto bene?» urlò e lui la salutò con la mano e le mostrò i denti: un goffo tentativo di sorriso, pensò lei. Continuò a guidare lentamente, guardandolo dallo specchietto retrovisore. Josh pedalava tranquillo, girava il manubrio a destra e sinistra, e ogni tanto si alzava sui pedali per lanciare un'occhiata alle sue spalle.

Era sempre stato un ragazzino un po' strano, e la recente tragedia aveva esacerbato la cosa. Patrick lo aveva portato a pescare un paio di volte, dopo la morte di Katie; era un favore che faceva a Louise e Alec, per concedere loro un po' di tempo per stare da soli. Erano rimasti al fiume per ore, aveva detto Patrick, e il ragazzino aveva spiccicato sì e no un paio di parole.

«Dovrebbero portarlo via da qui» aveva riflettuto il suocero. «Dovrebbero andarsene.»

«Tu non lo hai fatto» aveva replicato lei con dolcezza, e lui aveva annuito.

«Era diverso» aveva detto. «Io dovevo rimanere. Avevo qualcosa di cui occuparmi.»

Dopo la pensione, lui era rimasto per loro: per lei e per Sean. Non *per* loro, ma per stare *vicino* a loro, perché erano tutto ciò

179

che aveva: loro, la casa, il fiume. Però il suo tempo era agli sgoccioli. Nessuno ne parlava, perché in quella famiglia funzionava così, ma Patrick non stava bene.

Helen lo sentiva tossire di notte, in continuazione, la mattina vedeva quanto fosse doloroso per lui muoversi. La cosa peggiore, per lei, era sapere che non si trattava di un malessere soltanto fisico. Era sempre stato un uomo così sveglio, invece adesso si dimenticava le cose, a volte era confuso. Prendeva la macchina di Helen e poi non ricordava dove l'aveva lasciata, a volte gliela riportava piena di spazzatura, come era successo qualche giorno prima. Era immondizia trovata chissà dove? Ninnoli che aveva preso da qualche parte? Trofei? Lei non aveva chiesto, non voleva saperlo. Era preoccupata per lui.

Era preoccupata anche per se stessa, a dirla tutta. Negli ultimi tempi si sentiva svagata, distratta, irragionevole. A volte pensava di stare impazzendo. Di essere vicina a perdere il controllo.

Non era da lei. Helen era pratica, razionale, risoluta. Valutava le alternative con attenzione e poi agiva. Suo suocero diceva che era dominata dall'emisfero sinistro. Ma ultimamente non era più in sé. Gli eventi dell'anno precedente l'avevano scombussolata e allontanata dalla retta via. Ora si ritrovava a dubitare di aspetti della sua vita che mai aveva creduto di poter mettere in discussione: il suo matrimonio, la vita familiare, persino le sue capacità professionali.

Era iniziato con Sean. Prima i suoi sospetti e poi, attraverso Patrick, la terribile conferma. L'autunno precedente aveva scoperto che suo marito, quel marito solido, affidabile, di sani principi, non era affatto quello che pensava che fosse. Si era sentita completamente persa. La razionalità e la determinazione l'avevano abbandonata. Cosa avrebbe dovuto fare? Andarsene? Lasciare quella casa e sottrarsi alle sue responsabilità? Dargli un ultimatum? Piangere, supplicarlo? Avrebbe dovuto punirlo? E come? Bucando le sue camicie preferite, sfasciando le sue canne da pesca, bruciando i suoi libri in cortile?

Tutte queste cose sembravano inattuabili, dissennate o semplicemente ridicole, così aveva chiesto consiglio a Patrick. Lui l'aveva convinta a rimanere. Le aveva assicurato che Sean aveva ritrovato la ragione, che era pentito della sua infedeltà e che si sarebbe impegnato per ottenere il suo perdono. «Nel frattempo,» aveva detto «lui capirebbe, entrambi capiremmo, se tu volessi stare nella stanza degli ospiti, qui da me. Ti farebbe bene avere più tempo per te, e sono certo che a lui gioverebbe avere un piccolo assaggio di ciò che potrebbe perdere.» Quasi un anno dopo, lei dormiva ancora a casa di suo suocero, quasi tutte le notti.

L'"errore" di Sean, come lo chiamavano loro, era stato soltanto l'inizio. Dopo essersi trasferita a casa di Patrick, Helen si era scoperta afflitta da un'insonnia tremenda: una veglia d'inferno, debilitante, ansiogena. Di cui, aveva appreso, soffriva anche il suocero. Anche lui non riusciva a dormire, era così da anni, le aveva detto. E allora rimanevano svegli insieme: leggevano, facevano le parole crociate, se ne stavano seduti tranquilli in silenzio.

Ogni tanto, se Patrick beveva un goccetto di whisky, gli piaceva parlare. Della sua vita da poliziotto, di com'era la città. A volte le raccontava cose che la turbavano. Storie del fiume, vecchie chiacchiere, brutte vicende sepolte da tanto tempo e adesso rivangate e rivitalizzate, diffuse come verità da Nel Abbott. Storie della loro famiglia, fatti dolorosi. Bugie, falsità calunniose, ovvio. Che altro potevano essere? Patrick diceva che non l'avrebbe querelata, non si sarebbe rivolto al tribunale. «Le sue menzogne non vedranno la luce del giorno. Ci penserò io» le aveva promesso.

Però il problema non era quello. Il problema, diceva Patrick, era il danno che aveva già fatto: a Sean, alla famiglia. «Pensi davvero che si sarebbe comportato in quel modo se non fosse stato per lei, se non gli avesse riempito la testa con quelle storie, facendolo dubitare di se stesso, del mondo a cui appartiene? È cambiato, vero, tesoro? Ed è soltanto colpa di quella donna.» Helen temeva che Patrick avesse ragione, e che le cose non sarebbero mai tornate com'erano, ma lui le assicurava che sarebbe successo. Ci avrebbe pensato lui. Le stringeva la mano, la ringraziava per averlo ascoltato, le dava un bacio sulla fronte e diceva: «Sei proprio una brava ragazza».

Le cose erano andate meglio, per un po'. Poi erano peggiorate. Perché proprio quando Helen aveva ripreso a dormire più di due ore per notte, proprio quando si era sorpresa a sorridere a Sean come in passato, proprio quando aveva sentito che la sua famiglia stava ritornando al vecchio, rassicurante equilibrio, Katie Whittaker era morta.

Una delle ragazze più popolari della scuola, una studentessa diligente e educata, una ragazza senza problemi: era stato sconvolgente, inspiegabile. Ed era colpa sua. Lei aveva deluso Katie Whittaker. Tutti lo avevano fatto: i genitori, gli insegnanti, l'intera comunità. Non si erano accorti che Katie aveva bisogno di aiuto, che non era felice. Mentre Helen era angosciata dai suoi problemi familiari, confusa dall'insonnia e tormentata dai dubbi sulle proprie capacità, aveva fallito in uno dei suoi compiti.

Quando arrivò al supermercato, la pioggia era cessata. Il sole era tornato e il vapore si alzava dall'asfalto, portando con sé l'odore della terra. Helen frugò nella borsa alla ricerca della lista: doveva comprare un arrosto di manzo per cena, verdure, legumi. In casa servivano olio d'oliva, caffè e detersivo in pastiglie per la lavatrice.

Mentre era nella corsia dei cibi in scatola, cercando la marca di polpa di pomodoro che considerava più buona, vide una donna avvicinarsi, e si accorse con terrore che era Louise.

Camminava verso di lei, con lo sguardo assente, e spingeva un carrello enorme, quasi vuoto. Helen fu presa dal panico e scappò fuori, abbandonando la spesa e precipitandosi nel parcheggio, dove si nascose in macchina finché non vide l'auto di Louise passarle di fianco e immettersi in strada.

Si vergognava e si sentiva stupida: non era da lei. Un anno prima non si sarebbe comportata in maniera così disdicevole. Avrebbe parlato con Louise, le avrebbe stretto la mano e le avrebbe chiesto come stavano il marito e il figlio. Si sarebbe comportata con dignità.

Helen non era in sé. Come spiegare altrimenti le cose che aveva pensato negli ultimi tempi, il modo in cui aveva agito? Il senso di colpa, il dubbio la stavano corrodendo, cambiando, trasformando. Non era più la stessa. Le sembrava di scivolare, di strisciare come un serpente, squamandosi, e non le piaceva la carne viva che intravedeva sotto la pelle, non le piaceva il suo odore. La faceva sentire vulnerabile, le faceva paura.

Sean

Per molti giorni, dopo la morte di mia madre, non parlai. Niente, nemmeno una parola. Così almeno mi dice mio padre. Non ricordo molto di quel periodo, anche se ricordo bene il metodo traumatico che usò papà per tirarmi fuori dal silenzio: mi tenne la mano sinistra sopra una fiamma finché non gridai. Fu crudele, ma efficace. Poi mi diede il permesso di conservare l'accendino. (L'ho tenuto per molti anni, lo portavo sempre con me. L'ho perso di recente, non rammento dove.)

Il dolore e lo shock colpiscono le persone in modi strani. Ho visto gente reagire alle cattive notizie con una risata, con apparente indifferenza, con rabbia, con paura. Il bacio di Jules in macchina, dopo il funerale, non c'entrava niente con il desiderio, aveva a che fare con il dolore, con la voglia di sentire qualcosa, qualsiasi cosa che non fosse la tristezza. Io, a mia volta, mi ero chiuso nel mutismo. Perdere una sorella forse non è come perdere un genitore, ma credo che Josh Whittaker fosse molto legato a Katie, per questo sono restio a giudicarlo, a dare troppo peso a quello che dice o a come si comporta.

Erin mi ha telefonato per dirmi che c'è stato un atto di vandalismo ai danni di una casa nella parte sud-orientale della città: una vicina ha telefonato in centrale e ha riferito che, quando è rientrata, ha visto che le finestre della casa in questione erano state rotte e che un ragazzino si stava allontanando dalla scena in bicicletta. La casa apparteneva a uno degli insegnanti della scuola locale, mentre il ragazzino – capelli scuri, maglietta gialla, bicicletta rossa – era quasi sicuramente Josh.

È stato facile rintracciarlo. Era seduto sul parapetto del ponte, la bici appoggiata accanto a lui, i vestiti inzuppati e le gambe sporche di fango. Quando mi ha visto non è scappato. Anzi, sembrava sollevato mentre mi salutava, educato come sempre. «Buongiorno, signor Townsend.»

Gli ho chiesto se era tutto a posto. «Ti prenderai un bel raffreddore» ho detto, indicando i vestiti bagnati, e lui ha fatto un mezzo sorriso.

«Sto bene» ha risposto.

«Josh, per caso oggi pomeriggio sei andato in Seward Road con la bici?» Lui ha annuito. «E sei passato vicino alla casa del signor Henderson?»

Si è morso il labbro inferiore, gli occhi castani sono diventati grandi come piattini da tè. «Non lo dica alla mamma, signor Townsend. La prego, non lo dica alla mamma. Ha già troppi pensieri.» Mi è venuto un nodo in gola, e ho dovuto cacciare indietro le lacrime. È soltanto un ragazzino, sembra così fragile. Mi sono inginocchiato accanto a lui.

«Josh! Che diavolo stavi facendo? C'era qualcun altro con te? Qualche ragazzo più grande, forse?» ho chiesto, sperando che fosse così.

Lui ha scosso la testa, senza guardarmi. «Ero da solo.»

«Davvero? Ne sei sicuro?» Ha distolto lo sguardo. «Perché ti ho visto parlare con Lena, quando è uscita dal commissariato. Sicuro che non c'entri niente?»

«No!» ha strillato, la sua voce uno squittio di dolore e umiliazione. «No. C'ero io. Da solo. Ho tirato i sassi contro le sue finestre. Contro le finestre di quel... *bastardo*.» Ha pronunciato "bastardo" con cautela, come se fosse la prima volta che usava quella parola.

«E perché mai?»

I suoi occhi hanno incrociato i miei, gli tremava il labbro inferiore. «Perché se lo meritava. Perché io lo odio.»

Ha iniziato a piangere.

«Vieni» ho detto, prendendo la bicicletta. «Ti porto a casa.» Ma lui ha afferrato il manubrio.

«No!» ha singhiozzato. «Non voglio che la mamma lo venga a sapere. Neanche il papà. Loro non devono sapere, loro non...»

«Josh...» Mi sono inginocchiato di nuovo e ho appoggiato una mano sul sellino della bici. «Va tutto bene. Non è così grave. Risolveremo tutto. Davvero. Non è mica la fine del mondo.»

A quel punto ha iniziato a piagnucolare. «Lei non capisce. La mamma non mi perdonerà mai...»

«Ma certo che lo farà!» Ho trattenuto un sorriso. «Sarà un po' arrabbiata, di sicuro, ma non hai fatto nulla di *tremendo*, non hai fatto del male a nessuno...»

Gli tremavano le spalle. «Signor Townsend, lei non capisce. Lei non capisce quello che ho fatto.»

Alla fine l'ho riportato in commissariato. Non sapevo cosa fare, lui non voleva essere riaccompagnato a casa e io non potevo lasciarlo sul ciglio della strada in quello stato. L'ho sistemato nell'ufficio sul retro e gli ho preparato una tazza di tè, poi ho chiesto a Callie di andare a comprare dei biscotti.

«Signore, non può interrogarlo» ha ribattuto lei, preoccupata. «Non senza la presenza di un adulto.»

«Non lo sto *interrogando*» ho replicato, irritato. «È spaventato e non vuole tornare a casa.»

Quelle parole hanno risvegliato un ricordo: *È spaventato e non vuole tornare a casa.* Ero più piccolo di Josh, avevo solo sei anni, e una poliziotta mi teneva per mano. Non so mai quali dei miei ricordi siano veri, ho sentito così tanti racconti di quel periodo, da tante fonti diverse, che è difficile distinguere tra ricordo e fantasia. Però in quello tremavo ed ero spaventato, e c'era una poliziotta accanto a me, solida e rassicurante, mi teneva contro il suo fianco per proteggermi mentre gli uomini parlavano sopra la mia testa. «È spaventato e non vuole tornare a casa» l'avevo sentita dire.

«Puoi occupartene tu, Jeannie?» aveva detto mio padre. «Puoi portarlo con te?» Proprio così. Jeannie. L'agente Sage.

Lo squillo del telefono mi ha fatto tornare in me.

«Signore?» Era il sergente Morgan. «Il vicino dall'altra parte della strada ha visto una ragazza correre nella direzione opposta. Un'adolescente, capelli lunghi, pantaloncini di jeans e maglietta bianca.»

«Lena. Non c'è dubbio.»

«Sì, sembra di sì. Vuole che vada a prelevarla?»

«Per oggi lasciamola stare» ho risposto. «Ne ha avuto abbastanza. Sei riuscita a rintracciare il proprietario, Henderson?»

«Non ancora. L'ho chiamato, ma c'è la segreteria. Quando gli avevo parlato, aveva accennato a una fidanzata, ma non ho il suo numero. Magari è già in aereo.»

Ho portato il tè a Josh. «Ascolta,» gli ho detto «dobbiamo chiamare i tuoi genitori. Devo soltanto dire loro che sei qui e che stai bene, okay? Non sono obbligato a dare altri dettagli, non subito, dirò solo che sei agitato e che ti ho portato qui per fare due chiacchiere. Va bene, per te?» Ha annuito. «Poi mi racconterai perché sei così sconvolto, e vedremo il da farsi.» Ha annuito di nuovo. «Ma prima o poi, mi dovrai spiegare anche la faccenda della casa.»

Josh ha bevuto il tè, ogni tanto singhiozzava, non si era ancora ripreso del tutto dal precedente sfogo. Aveva le mani strette intorno alla tazza e muoveva la bocca come se cercasse di trovare le parole che voleva dirmi.

Alla fine mi ha guardato negli occhi. «Qualunque cosa faccio,» ha detto «farò arrabbiare qualcuno.» Poi ha scosso la testa. «No, a dire il vero non è così. Se farò la cosa giusta, tutti si arrabbieranno con me, invece se farò quella sbagliata, non si arrabbieranno. Non dovrebbe essere così, vero?»

«No,» ho risposto «non dovrebbe. E non sono sicuro che tu abbia ragione. Non mi viene in mente una situazione in cui tutti si arrabbieranno con te se farai la cosa giusta. Una o due persone, forse, ma se è la cosa giusta di sicuro alcuni di noi lo riconosceranno. E te ne saranno grati, non credi?»

Si è morso di nuovo il labbro. «Il problema» ha ripreso, con la voce ancora tremante, «è che ormai il danno è stato fatto. È troppo tardi. È troppo tardi per fare la cosa giusta.»

Si è messo di nuovo a piangere, ma non come prima. Non si lamentava né era terrorizzato, piangeva come uno che ha perso ogni cosa, che non ha più alcuna speranza. Era devastato, e io non riuscivo a sopportarlo.

«Josh, devo convocare i tuoi genitori» ho detto, ma lui si è aggrappato al mio braccio.

«Per favore, signor Townsend. Per favore.»

«Josh, io voglio aiutarti. Davvero. Però, per favore, dimmi cos'è che ti fa stare così male.»

(Ricordavo di essere in una cucina calda, non a casa mia, e mangiavo un toast al formaggio. Jeannie era lì, seduta vicino a me. *Mi vuoi raccontare cos'è successo, tesoro? Ti prego, dimmelo.* Non avevo detto nulla. Neanche una parola.)

Josh, invece, era pronto a parlare. Si è asciugato gli occhi e si è soffiato il naso. Ha fatto un colpo di tosse e ha tirato su la schiena, sistemandosi sulla sedia. «Si tratta del signor Henderson» ha detto. «Del signor Henderson e di Katie.»

GIOVEDÌ, 20 AGOSTO

Lena

Era iniziata per scherzo. La cosa con il signor Henderson. Un gioco. L'avevamo già fatto con il signor Friar, il professore di biologia, e con il signor Mackintosh, l'istruttore di nuoto. Dovevamo soltanto farli arrossire. Facevamo a turno. Una di noi andava e se non ci riusciva toccava all'altra. Potevi fare quello che volevi, e quando volevi: l'unica regola era che fosse presente anche l'altra, perché altrimenti non era verificabile. Non abbiamo mai coinvolto nessun altro, era una cosa nostra, mia e di Katie. Non ricordo nemmeno di chi fosse stata l'idea.

Con Friar, ero andata per prima e ci erano voluti circa trenta secondi. Mi ero avvicinata alla scrivania, gli avevo sorriso e mi ero morsa il labbro mentre lui mi spiegava qualcosa sull'omeostasi, poi mi ero chinata in avanti in modo che la camicetta si aprisse un pochino e... *voilà*. Con Mackintosh ci era voluto un po' più di impegno perché lui era abituato a vederci in costume e non si agitava per qualche centimetro di pelle scoperta. Ma alla fine Katie ci era riuscita, aveva giocato a fare la timida, la svenevole e aveva finto un po' di imbarazzo mentre parlava con lui dei film di arti marziali che tanto gli piacevano.

Con il signor Henderson, però, era stata un'altra storia. Katie era andata per prima, dal momento che aveva vinto la sfida con il signor Mac. Aveva aspettato la fine della lezione, e mentre io mettevo via i libri con molta calma, lei si era avvicinata alla scrivania e si era seduta sul bordo. Gli aveva sorriso, si era sporta un

189

po' in avanti e aveva iniziato a parlargli, ma lui aveva spostato la sedia di scatto e si era alzato, arretrando di un passo. Lei aveva insistito, con fare indifferente, e quando avevamo lasciato l'aula lo sguardo che ci aveva lanciato sembrava *furioso*. Quando ci avevo provato io, lui si era messo a sbadigliare. Avevo fatto del mio meglio: mi ero avvicinata, gli avevo sorriso, mi ero toccata i capelli, il collo e mordicchiata il labbro, e lui *sbadigliava*, in modo davvero plateale. Come se lo stessi annoiando.

Non riuscivo a togliermelo dalla testa, il modo in cui mi aveva guardata, come se fossi stata una nullità, come se non fossi minimamente interessante. Non volevo più giocare. Non con lui, non era divertente. Si era comportato da stronzo. «Lo pensi davvero?» mi aveva chiesto Katie, e io le avevo risposto di sì. Lei aveva detto: «Okay, allora». Così avevamo smesso.

Ho scoperto che lei non aveva rispettato le regole soltanto dopo molto tempo, mesi più tardi. Ero all'oscuro di tutto, così quando suo fratello Josh è venuto a trovarmi il giorno di san Valentino, con la storia più ridicola che avessi mai sentito, ingenuamente le ho mandato un messaggio. *Ho saputo del tuo tipo*, ho scritto. *KW ❤ MH*. Dopo cinque secondi ho ricevuto un messaggio da Katie che diceva: *CANCELLA TUTTO. NON SCHERZO. CANCELLA*. Le ho risposto solo: *???* E lei ha replicato: *CANCELLALO SUBITO O GIURO SU DIO CHE NON TI PARLO MAI PIÙ! Gesù*, ho pensato. *Rilassati.*

Il giorno dopo, in classe, mi ha ignorata. Non mi ha nemmeno salutata. All'uscita, l'ho afferrata per un braccio.

«Katie? Che hai?» Mi ha quasi spinta nei bagni. «Che cazzo ti è preso ieri?» le ho chiesto. «Che sta succedendo?»

«Niente» ha sibilato. «Ho solo pensato che fosse un'*idiozia*, okay?» E poi mi ha lanciato una di quelle occhiate che mi rivolgeva sempre più spesso ultimamente, come se lei fosse un'adulta e io soltanto una bambina. «Comunque, perché mi hai scritto quella roba?»

Eravamo in fondo ai bagni, sotto la finestra. «Josh è venuto a trovarmi» le ho detto. «Mi ha raccontato di aver visto te e il

signor Henderson che vi tenevate per mano, nel parcheggio...»
Mi sono messa a ridere.

Katie non rideva. Si è girata, è andata al lavandino e si è guardata nello specchio. «*Che cosa?*» Ha preso il mascara dalla borsa. «Che cosa ti ha detto, *esattamente*?» La sua voce era strana, non era arrabbiata, nemmeno sconvolta, sembrava più che altro spaventata.

«Ha detto che ti stava aspettando dopo la scuola e ti ha vista con il signor Henderson e vi tenevate per mano...» Mi sono messa di nuovo a ridere. «Gesù, non è mica una tragedia! Si stava inventando una scusa per venirmi a trovare! Era san Valentino, quindi...»

Katie ha chiuso gli occhi. «Dio! Sei proprio una narcisista del cazzo» ha detto, a voce bassa. «Tu sei davvero convinta che tutto ruoti intorno a te.»

Mi sono sentita come se mi avesse appena dato uno schiaffo. «Come...?» Non sapevo nemmeno come rispondere, non era da lei. Stavo ancora cercando le parole quando Katie ha fatto cadere il mascara nel lavandino, ha afferrato il bordo e si è messa a piangere.

«Katie...» Le ho appoggiato una mano sulla spalla, lei ha singhiozzato ancora più forte. L'ho abbracciata. «Oddio, cosa c'è che non va? Cos'è successo?»

«Non ti sei accorta...» ha tirato su con il naso «che le cose sono cambiate? Non te ne sei accorta, Lenie?»

Certo che me ne ero accorta. Da un po' di tempo lei era diversa, distante. Era sempre occupata. Doveva fare i compiti, quindi non potevamo vederci dopo la scuola, o doveva andare in giro per negozi con la mamma, quindi non poteva venire al cinema, oppure doveva badare a Josh, quindi non poteva venire a dormire da me. Era cambiata anche sotto altri punti di vista. A scuola era più silenziosa. Aveva smesso di fumare. Si era messa a dieta. Si distraeva durante le conversazioni, come se fosse annoiata da quello che dicevo, come se avesse cose migliori a cui pensare.

Certo che lo avevo notato. C'ero rimasta male. Ma non volevo *dirle* nulla. Far capire a qualcuno che ti ha ferito è la cosa peggiore da fare, vero? Non volevo sembrare debole, bisognosa, perché nessuno vuole avere intorno una persona così. «Pensavo... non so, K, pensavo che ti fossi *stufata* di me, o qualcosa del genere.» Ha pianto ancora più forte, e io l'ho abbracciata.

«No,» ha detto «non mi sono stufata di te. Ma non potevo dirtelo, non potevo dirlo a nessuno...» Si è fermata di colpo e si è staccata dal mio abbraccio. È andata dall'altra parte della stanza e si è messa in ginocchio, a controllare sotto le porte dei gabinetti.

«Katie? Ma che stai facendo?»

Solo allora ho capito. Ero davvero all'oscuro di tutto. «Oh mio Dio» ho sussurrato, mentre lei si rialzava. «Stai... vuoi dire che...» la mia voce era un bisbiglio «che è successo qualcosa?» Lei non ha risposto, ma mi ha guardata dritta negli occhi e ho capito che era vero. «Cazzo. Cazzo! Non puoi... È una follia. Non puoi. *Non puoi*, Katie. Devi smetterla... prima che *succeda* qualcosa.»

Lei mi ha guardata come se fossi un po' tonta, sembrava quasi che le dispiacesse per me. «Lena, è già successo.» Ha fatto un mezzo sorriso e si è asciugata le lacrime dal viso. «*Succede* da novembre.»

Alla polizia non ho mai raccontato niente di tutto questo. Non erano affari loro.

Sono arrivati a casa la sera, mentre io e Julia stavamo cenando, in cucina. Mi correggo: io stavo cenando. Lei stava soltanto spostando il cibo nel piatto, come al solito. La mamma mi aveva detto che a lei non piace mangiare in presenza di altre persone, è un'abitudine che risale a quando era grassa. Eravamo in silenzio, non parlavamo da quando ieri sono tornata a casa e l'ho trovata con le cose della mamma, quindi è stato un sollievo sentire il campanello.

Quando ho visto che erano Sean e il sergente Morgan (forse

dovrei chiamarla *Erin*, dato che ultimamente passiamo così tanto tempo insieme) ho pensato che fosse per le finestre rotte, anche se mi sembrava esagerata la presenza di entrambi per quello. Ho subito messo le mani avanti.

«Pagherò i danni» ho detto. «Adesso posso permettermelo, no?» Julia ha stretto le labbra, in segno di disapprovazione. Si è alzata e ha iniziato a sparecchiare, anche se non aveva toccato cibo.

Sean ha preso la sua sedia e l'ha spostata in modo da sedersi vicino a me. «A quello penseremo dopo» ha detto, il volto serio, triste. «Ma prima dobbiamo parlare con te di Mark Henderson.»

Mi sono venuti i brividi, ho sentito lo stomaco contrarsi, come quando capisci che sta per succedere qualcosa di molto brutto. Loro sapevano. Ero distrutta e sollevata al tempo stesso, ma cercavo in tutti i modi di mantenere un'espressione neutra e innocente. «Sì» ho replicato. «Lo so. Gli ho sfasciato la casa.»

«Perché gli hai sfasciato la casa?» ha chiesto Erin.

«Perché mi annoiavo. Perché è uno stronzo. Perché...»

«Basta, Lena!» mi ha interrotta Sean. «Smettila di farci perdere tempo.» Sembrava davvero incazzato. «Lo sai che non è per questo che siamo qui, vero?» Non fiatavo, guardavo fuori dalla finestra. «Abbiamo parlato con Josh Whittaker» ha aggiunto, e io ho sentito lo stomaco contrarsi di nuovo. Avrei dovuto sapere che Josh non sarebbe riuscito a custodire il segreto per sempre, ma speravo che la bravata del pomeriggio lo avrebbe soddisfatto, almeno per un po'. «Lena? Mi stai ascoltando?» Sean si era sporto in avanti. Ho visto che gli tremavano un po' le mani. «Josh ha lanciato un'accusa molto pesante nei confronti di Mark Henderson. Ci ha detto che ha avuto una relazione – una relazione sessuale – con Katie nei mesi precedenti la sua morte.»

«Stronzate!» ho risposto, e ho provato a ridere. «Sono un mucchio di stronzate.» Tutti mi fissavano, era impossibile non arrossire. «Sono stronzate» ho ripetuto.

«Perché si sarebbe inventato una cosa come questa, Lena?»

193

mi ha chiesto Sean. «Perché il fratellino di Katie avrebbe dovuto raccontare una storia del genere?»

«Non lo so. Non lo so. Ma non è vero.» Fissavo il tavolo e cercavo di inventare una spiegazione, ma sentivo il mio viso diventare sempre più caldo.

«Lena,» è intervenuta Erin «è ovvio che non stai dicendo la verità. Quello che non capiamo è perché tu menta su una cosa simile. Perché stai provando a proteggere un uomo che ha approfittato della tua amica in questo modo?»

«Ma che cazzo...»

«Cosa?» ha chiesto, portandosi proprio davanti alla mia faccia. «Ma che cazzo, cosa?» C'era un che di irritante in lei, nel modo in cui mi si era avvicinata, nell'espressione del suo viso, che mi faceva venire voglia di prenderla a schiaffi.

«Non ha *approfittato* di lei. Non era mica una bambina!»

Sembrava davvero compiaciuta, e io avrei voluto colpirla ancora più forte. «Se non ha approfittato di lei, allora perché lo detesti così tanto? Eri gelosa?»

«Credo che possa bastare» ha detto Julia, ma nessuno le ha dato ascolto.

Erin continuava a parlare, continuava a rivolgersi a me. «Lo volevi tutto per te, vero? Eri incazzata perché credevi di essere la più carina e che tutti dovessero interessarsi solo a te?»

A quel punto ho perso le staffe. Sapevo che se non avesse chiuso la bocca le avrei messo le mani addosso. «Io lo odiavo, stupida stronza! Lo odiavo perché me l'aveva portata via.»

Per un attimo sono rimasti tutti in silenzio. Poi Sean ha detto: «Te l'aveva portata via? E come, Lena?».

Non ho potuto evitarlo. Ero così stanca, ed era ovvio che lo avrebbero scoperto in ogni caso, dopo che Josh era andato da loro e aveva aperto quella boccaccia. Ma soprattutto ero davvero troppo stanca per continuare a mentire. Così sono rimasta seduta lì, nella nostra cucina, e l'ho tradita.

Glielo avevo promesso. Dopo la lite, dopo avermi giurato che si sarebbero lasciati e che non lo avrebbe più rivisto, mi ave-

va fatto promettere che qualsiasi cosa fosse successa, *qualsiasi cosa*, non ne avrei fatto parola con nessuno. Eravamo andate al fiume insieme, per la prima volta dopo un sacco di tempo. Ci eravamo sedute sotto le piante, dove nessuno poteva vederci, e lei piangeva e mi teneva la mano. «Lo so che pensi che sia sbagliato,» aveva detto «e che non sarei dovuta stare con lui. Lo capisco. Ma io lo amavo, Lenie. Lo amo ancora. Lui era *tutto* per me. Non posso permettere che qualcuno gli faccia del male, non ci riesco proprio. Non lo sopporterei. Ti prego, non fare nulla che potrebbe fargli del male. Per favore, Lenie, custodisci questo segreto. Non per lui, so che lo detesti. Fallo per me.»

E io ci ho provato. Ci ho provato davvero. Persino quando la mamma è venuta nella mia camera a dirmi che l'avevano trovata nell'acqua, persino quando Louise si è fiondata a casa nostra, tramortita dal dolore, persino quando quel pezzo di merda ha dichiarato alla stampa locale che Katie era una brava alunna, amata e ammirata da tutti, studenti e insegnanti. Persino quando è venuto da me al funerale della mamma e mi ha fatto le condoglianze (persino allora), mi sono morsa la lingua.

Ma continuavo a mordermela, a mordermela, a mordermela da mesi, e se non avessi smesso, l'avrei tranciata del tutto. Avrei finito per strozzarmici.

Così gliel'ho detto. Sì, Katie e Mark Henderson avevano una relazione. Era iniziata in autunno. Era finita in marzo o aprile. Era ricominciata alla fine di maggio, credo, ma non era durata molto. Era stata lei a lasciarlo. No, non avevo prove.

«Stavano molto attenti» ho detto. «Niente email, niente sms, niente Messenger, nulla di elettronico. Era una regola che si erano dati. La osservavano scrupolosamente.»

«Entrambi, o soltanto lui?» ha chiesto Erin.

L'ho fissata. «Be', non ne ho mai parlato con lui. È quello che mi ha detto lei. Era la loro regola.»

«Quand'è che hai scoperto tutto questo, Lena?» ha chiesto Erin. «Devi partire dall'inizio.»

«No, in realtà non credo che debba farlo» si è intromessa

Julia, all'improvviso. Era in piedi vicino alla porta, mi ero persino dimenticata che fosse nella stanza. «Credo che Lena sia molto stanca, è meglio che la lasciate in pace, adesso. Domani possiamo venire in commissariato e continuerete lì, oppure potete tornare qui da noi, ma per oggi basta così.»

Avrei davvero voluto *abbracciarla*; per la prima volta da quando la conoscevo, sentivo che era dalla mia parte. Erin stava per protestare, ma Sean ha detto: «Sì, ha ragione», poi si è alzato e sono usciti tutti dalla cucina per avviarsi all'ingresso. Li ho seguiti. Quando sono arrivati alla porta, ho detto loro: «Vi rendete conto dell'effetto che avrà su sua madre e suo padre quando lo verranno a sapere?».

Erin si è girata a guardarmi. «Be', almeno avranno una spiegazione.»

«No, non ce l'avranno. Non avranno alcuna *spiegazione*» ho obiettato. «Perché non c'è alcun senso in quello che ha fatto. Lo state dimostrando voi stessi, proprio adesso. La vostra presenza qui dimostra che lo ha fatto per niente.»

«Lena, cosa intendi dire?» Erano tutti lì impalati a fissarmi, in attesa.

«Lei non lo ha fatto perché lui le aveva spezzato il cuore o perché si sentiva in colpa o per qualcosa del genere. Lo ha fatto per proteggerlo. Pensava che qualcuno avesse scoperto tutto. Credeva che lo avrebbero denunciato, che sarebbe finito sui giornali. Temeva che ci sarebbe stato un processo, che lo avrebbero condannato e che sarebbe finito in carcere per pedofilia. E lì lo avrebbero picchiato, violentato, e gli sarebbe capitato quello che capita a quelli come lui quando finiscono dentro. Così ha deciso di far sparire le prove» ho detto. Stavo per mettermi a piangere e in quel momento Julia si è messa di fronte a me e mi ha abbracciata. «Shhh. Va tutto bene, Lena. Shhh.»

Ma non andava tutto bene. «È questo che ha fatto» ho ribadito. «Non capite? Ha voluto far sparire le prove.»

Erin

Il cottage vicino al fiume, quello che avevo visto quando ero andata a correre, sarà la mia nuova casa. Per un po', almeno. Soltanto finché non risolveremo la faccenda di Henderson. È stato Sean a suggerirlo. Ha origliato mentre raccontavo a Callie, l'agente, che stamattina sono quasi finita fuori strada, tanto ero distrutta, e ha detto: «Be', non possiamo permettercelo. È meglio che tu stia in città. Potresti usare il cottage dei Ward. Si trova lungo il fiume e non è abitato. Non è un posto di lusso, ma sarà a costo zero. Ti porto le chiavi oggi pomeriggio».

Quando se n'è andato, Callie mi ha sorriso. «Il cottage dei Ward, eh? Fai attenzione a Annie la pazza!»

«Scusa?»

«Quel posto vicino al fiume, quello che Patrick Townsend usa come capanno da pesca, quello è il cottage dei Ward. Come *Anne* Ward. È una di quelle donne. Si racconta» ha detto, abbassando la voce fino a bisbigliare, «che, se guardi con attenzione, puoi ancora vedere *il sangue sulle pareti.*» Devo aver fatto una faccia stupita – non capivo di cosa stesse parlando –, perché lei ha sorriso e ha concluso: «È soltanto una storia, una di quelle di secoli fa. Una delle antiche storie di Beckford». A me non interessavano molto le antiche storie di Beckford, ne avevo di più recenti di cui preoccuparmi.

Henderson non rispondeva al telefono e abbiamo deciso di lasciarlo in pace fino al suo ritorno. Se la storia di Katie era vera e avesse subodorato che ne eravamo al corrente, sarebbe potuto non rientrare affatto.

Nel frattempo, Sean mi ha chiesto di interrogare sua moglie, che, in quanto preside della scuola, è il capo di Henderson. «Sono sicuro che non ha mai avuto il minimo sospetto su Mark Henderson» ha precisato. «Credo che abbia un'ottima opinione di lui, ma qualcuno deve parlare con lei, e per ovvi motivi non posso farlo io.» Sean mi ha detto che l'avrei trovata a scuola ad aspettarmi.

Se davvero mi stava aspettando, non sembrava proprio. Era nel suo ufficio, carponi sul pavimento, la guancia appoggiata alla moquette grigia, che allungava la testa per guardare sotto una libreria. Ho tossito educatamente e lei ha alzato la testa di scatto, colta di sorpresa.

«La signora Townsend?» le ho domandato. «Sono il sergente Morgan. Erin.»

«Oh, sì» ha farfugliato. È arrossita, si è portata una mano al collo. «Ho perso un orecchino» ha detto.

«Entrambi, a quanto pare» ho commentato.

Ha emesso uno strano suono, una specie di gemito, e mi ha fatto cenno di accomodarmi. Si è tirata in giù l'orlo della camicetta e si è risistemata i pantaloni grigi prima di sedersi. Se mi avessero chiesto di descrivere la moglie dell'ispettore, me la sarei immaginata molto diversa. Attraente, elegante, magari sportiva: una maratoneta, una triatleta. Helen indossava abiti più adatti a una donna di vent'anni più vecchia di lei. Era pallida, e poco tonica, come una che di rado esce di casa o vede il sole.

«Voleva parlarmi del signor Henderson?» ha detto, rivolgendo uno sguardo vagamente infastidito al mucchio di carte che aveva sulla scrivania. Niente chiacchiere, zero preamboli: è una che va dritta al punto. Forse è questo che all'ispettore piace di lei.

«Sì» ho replicato. «Lei è al corrente delle accuse mosse da Josh Whittaker e Lena Abbott, vero?»

Lei ha annuito, stringendo le labbra sottili fino a farle scomparire. «Mio marito me ne ha parlato ieri. Le assicuro che è la prima volta che sento dire una cosa del genere.» Ho aperto la bocca per dire qualcosa, ma lei ha continuato. «Ho assunto Mark Henderson due anni fa. È arrivato con ottime referenze e i suoi risultati finora sono stati molto incoraggianti.» Ha armeggiato coi fogli davanti a sé. «Ho qui le schede di valutazione, ne ha bisogno?» Ho scosso la testa e lei ha ripreso a parlare, prima che riuscissi a farle la domanda successiva. «Katie Whittaker era una studentessa coscienziosa e molto diligente. Ecco i suoi voti. C'è stato un calo, a dire il vero, la scorsa primavera ma è durato poco, era di nuovo migliorata prima che... prima di...» si è passata una mano sugli occhi «prima dell'estate.» È sprofondata un po' nella sedia.

«Quindi lei non aveva sospetti, non giravano voci...?»

Ha inclinato la testa. «Oh, io non ho parlato delle voci... Sergente Morgan, le voci che girano in una scuola superiore le farebbero drizzare i capelli. Sono sicura» ha detto, e ho notato un lieve tic nervoso alla bocca «che, se ci pensa un attimo, può immaginare facilmente il tipo di cose che dicono, scrivono e twittano di me e della signora Mitchell, l'insegnante di educazione fisica.» Ha fatto una pausa. «Lei ha conosciuto il signor Henderson?»

«Sì.»

«Allora può capire di cosa parlo. È giovane. Di bell'aspetto. Le ragazze... sono sempre le ragazze... dicono di lui ogni genere di cose. Ogni genere. Ma bisogna imparare a non farsene fuorviare. E io credevo di esserci riuscita. Anzi, ci credo ancora.» Di nuovo volevo parlare e, di nuovo, lei ha continuato, imperterrita. «Devo dirle» ha proseguito, alzando la voce, «che nutro seri dubbi su queste accuse. *Seri* dubbi, considerati la fonte e il tempismo.»

«Io...»

«Capisco che il primo a muovere l'accusa è stato Josh Whittaker, ma sarei sorpresa se non ci fosse Lena Abbott dietro tutto questo: Josh ha un debole per lei. Se Lena ha deciso di sviare l'attenzione dai suoi misfatti, come procurare farmaci illegali alla sua amica, per esempio, sono certa che può aver convinto Josh a farsi avanti con questa storia.»

«Signora Townsend...»

«Un'altra cosa che devo menzionare» ha aggiunto, senza permettere alcuna interruzione, «è che ci sono alcuni precedenti tra Lena Abbott e Mark Henderson.»

«Precedenti?»

«Un paio di cose. Innanzitutto, il comportamento di Lena a volte è stato inopportuno.»

«In che senso?»

«Lei flirta. E non soltanto con Mark. A quanto pare le hanno insegnato che è la maniera migliore per ottenere ciò che vuole. Molte delle ragazze lo fanno ma, nel caso di Lena, Mark sembrava pensare che si fosse spinta un po' troppo oltre. Ha fatto delle osservazioni, lo ha toccato...»

«Lo ha toccato?»

«Sul braccio, niente di scandaloso. Ma si è avvicinata un po' troppo, ed è stato necessario che parlassi con lei dell'accaduto.» Mi è sembrato che trasalisse al ricordo. «L'ho sgridata, ma lei non l'ha presa troppo sul serio, ovviamente. Credo che abbia detto qualcosa tipo "Sì, gli piacerebbe!".» Mi è scappato da ridere, e lei mi ha guardata male. «Sergente, non c'è niente da ridere. Queste cose possono essere terribilmente dannose.»

«Sì, certo. Lo so. Mi scusi.»

«Bene.» Ha di nuovo stretto le labbra, un'espressione rigida che era il ritratto del puritanesimo. «Anche sua madre non l'ha presa sul serio. Il che non mi stupisce.» È arrossita, la rabbia le è affluita al collo, la voce si è fatta più decisa. «Non mi stupisce affatto. Tutto quel civettare, sbattere le ciglia e scuotere i capelli, quell'insistente, affettata manifestazione di disponibilità sessuale: da chi crede che Lena l'abbia imparato?» Ha inspirato profondamente, poi ha espirato, si è spostata i capelli dagli occhi. «La seconda cosa» ha detto, più calma, più controllata, «è un episodio risalente alla primavera. Questa volta non si è trattato di un tentativo di seduzione, ma di un'aggressione. Mark ha dovuto espellere Lena dall'aula perché si è mostrata irruente e piuttosto offensiva, e ha usato un linguaggio volgare mentre discutevano di un testo che stavano analizzando.» Ha lanciato un'occhiata agli appunti. «Credo fosse *Lolita*.» Ha inarcato il sopracciglio.

«Be', questo è... *interessante*» ho commentato.

«Abbastanza. Potrebbe anche suggerire da dove la ragazza abbia preso lo spunto per quelle accuse» ha ribattuto Helen, il che non era affatto quello a cui stavo pensando io.

La sera, ho guidato fino al mio cottage temporaneo. Sembrava molto più solitario nel crepuscolo che si stava profilando, le betulle chiare simili a fantasmi sullo sfondo, il mormorio del fiume più minaccioso che allegro. Le sponde e il pendio di fronte erano deserti. Se avessi gridato, nessuno mi avrebbe sentita. Quando ero passata di lì di giorno, durante la corsa, mi era parso un tranquillo angolo di paradiso. In quel momento, mi ricordava di più il capanno disabitato di centinaia di film dell'orrore.

Ho aperto la porta chiusa a chiave e mi sono data un'occhiata veloce intorno, imponendomi, per quel che potevo, di non cercare *il sangue sulle pareti*. Ma il posto era in ordine e aveva il profumo acre di detersivo al limone, il caminetto era stato spazzato, una pila di legna era stata tagliata e sistemata con cura al suo fianco. Non c'era molto, era davvero più un capanno che un cottage: soltanto due stanze, un soggiorno con angolo cottura a vista e una camera con un piccolo letto matrimoniale con lenzuola pulite e coperte ripiegate sul materasso.

Ho spalancato le finestre e la porta per far uscire l'odore artificiale di limone, mi sono stappata una delle birre che avevo comprato al negozio lungo la strada e mi sono seduta sul gradino dell'entrata, a osservare le felci sul pendio di fronte, che nella luce del tramonto viravano dal bronzo all'oro. Mentre le ombre si allungavano, sentivo la solitudine che si trasformava in isolamento, e ho preso in mano il cellulare, senza sapere chi avrei chiamato. In quel momento mi sono accorta – *ovviamente* – che non c'era campo. Mi sono alzata e ho fatto un giro nei dintorni, agitando il cellulare in aria: niente, niente, niente finché non sono arrivata sulla riva del fiume, dove sono apparse due tacche. Sono rimasta lì un po', con l'acqua che mi sfiorava le dita dei piedi, guardando il fiume nero che scorreva, rapido e poco profondo. Continuavo a pensare che mi sembrava di sentire qualcuno ridere, ma era soltanto l'acqua che fluiva agilmente sulle rocce.

Ci ho messo una vita a addormentarmi e quando mi sono svegliata di soprassalto, calda come quando hai la febbre, l'oscurità era totale, di un nero così profondo che non sarei riuscita nemmeno a vedermi la mano davanti alla faccia. Qualcosa mi aveva svegliata, ne ero sicura: un rumore? Sì, un colpo di tosse.

Ho allungato la mano per prendere il cellulare, facendo rovesciare il tavolino vicino al letto, che cadendo in quel silenzio ha fatto un rumore pazzesco. Cercavo il telefono a tentoni, d'un tratto attanagliata dalla paura, sicura che, se avessi acceso la luce, avrei visto qualcun altro lì nella stanza con me. Dagli alberi dietro il cottage sentivo un gufo che bubbolava, poi di nuovo: qualcuno che tossiva. Il cuore batteva troppo in fretta, e come una stupida ero paralizzata dal terrore di spostare la tendina sopra il letto, nel caso ci fosse stata, dall'altra parte del vetro, una faccia che mi guardava.

Quale faccia mi aspettavo di vedere? Quella di Anne Ward? Di suo marito? *Ridicolo.* Mormorando a me stessa parole di rassicurazione, mi sono fatta coraggio, ho acceso la luce e aperto le tende. Niente e nessuno. Ovvio. Sono scivolata fuori dal letto, ho indossato i pantaloni della tuta e una maglietta e sono andata in cucina. Stavo pensando di farmi un tè, ma ho cambiato idea quando ho scoperto una bottiglia di Talisker mezza vuota nella credenza. Me ne sono versata due dita e l'ho bevuto tutto d'un sorso. Mi sono infilata le scarpe, ho messo il cellulare in tasca, ho afferrato una torcia dalla mensola e sono uscita.

Le batterie della torcia dovevano essere quasi scariche. Il

raggio era debole, non arrivava a più di un paio di metri davanti a me. Oltre, c'era l'oscurità totale. L'ho inclinata verso il basso per illuminare il terreno davanti ai miei piedi, e mi sono incamminata nella notte.

L'erba era fradicia di rugiada. Dopo pochi passi, le scarpe e l'orlo dei pantaloni erano tutti bagnati. Ho fatto il giro della casa, lentamente, guardando il raggio di luce che danzava tra i tronchi argentei delle betulle, una schiera di pallidi spettri. L'aria era dolce e fresca, la brezza trasportava un sentore di pioggia. Ho sentito di nuovo il gufo e il gorgoglio del fiume, e anche il gracidio ritmico di un rospo. Ho concluso il giro del cottage e ho iniziato a camminare verso la sponda del fiume. Il gracidio si è fermato di colpo, e ho sentito di nuovo qualcosa di simile a un colpo di tosse. Non era per niente vicino, proveniva dal pendio, da qualche parte oltre il fiume, e questa volta non sembrava neanche un colpo di tosse. Più un belato. Una pecora.

Vagamente imbarazzata, sono rientrata nel cottage, mi sono versata un altro goccio di whisky e ho afferrato il manoscritto di Nel Abbott dalla borsa. Mi sono raggomitolata sulla poltrona del soggiorno e ho cominciato a leggere.

Lo Stagno delle Annegate

Anne Ward, 1920

Era in casa. Lì, con lei. Non era all'esterno, il pericolo, era lì dentro. In attesa, in attesa da tempo, fin dal giorno in cui lui era tornato.

In realtà, però, quella di Anne non era paura: era senso di colpa. Era la consapevolezza, fredda e dura come un ciottolo raccolto dal torrente, di quel desiderio, il sogno che si concedeva di notte, quando l'incubo della sua vita reale diventava troppo per lei. L'incubo era lui, sdraiato nel letto al suo fianco, o seduto davanti al camino con gli stivali ai piedi, un bicchiere in mano. L'incubo era quando lo sorprendeva a guardarla, e vedeva il disgusto sul viso di lui: era come se guardasse un essere ripugnante. Ma non era soltanto lei, lo sapeva. Erano tutte le donne, i bambini, i vecchi, ogni uomo che non si era unito alla battaglia. Eppure, faceva male vedere e sentire, più forte e più chiaro di qualsiasi cosa avesse sentito in vita sua, quanto lui la odiasse.

E non poteva dire di non meritarselo, giusto?

L'incubo era reale, viveva in casa sua, ma era il sogno a tormentarla, quello che si concedeva di desiderare. Nel sogno, lei era sola in casa; era l'estate del 1915 e lui era appena partito. Nel sogno, era sera, la luce stava calando sul pendio dall'altra parte del fiume, l'oscurità si addensava negli angoli della casa, e qualcuno aveva bussato alla porta. C'era un tizio che aspettava, in divisa, e le consegnava un telegramma, e lei capiva che suo marito non sarebbe più tornato. Quando fantasticava a occhi aperti, non le importava nemmeno di sapere come fosse successo. Non le interessava che fosse morto da eroe, salvando un amico, oppure da codardo, fuggendo dal campo di battaglia. Non le importava, purché fosse morto.

Sarebbe stato più facile per lei. Era questa la verità, no? Quindi perché lui non avrebbe dovuto odiarla? Se lui fosse morto laggiù, lei avrebbe portato il lutto, la gente si sarebbe dispiaciuta per lei, sua madre, i suoi amici, i suoi fratelli (ammesso che ne fosse rimasto qualcuno). L'avrebbero aiutata, le si sarebbero stretti intorno e, dopo un po', lei l'avrebbe superato. Avrebbe pianto per lui, per molto tempo, ma poi sarebbe finita. Avrebbe avuto diciannove anni, venti, ventuno, e tutta la vita davanti.

Lui aveva ragione a odiarla. Tre anni, aveva trascorso quasi tre anni là fuori, affondando nella merda e nel sangue degli stessi uomini a cui aveva acceso sigarette, e adesso lei desiderava che non fosse mai tornato, e malediceva il giorno in cui il telegramma non era arrivato.

Si era innamorata di lui quando aveva quindici anni, non riusciva nemmeno a ricordare com'era la sua vita prima di conoscerlo. Lui ne aveva diciotto quando la guerra era iniziata e diciannove quando era partito, e ogni volta tornava a casa più vecchio, non di mesi ma di anni, decenni, secoli.

La prima volta era ancora la stessa persona. Di notte urlava, tremava, come uno che ha la febbre. Le aveva detto che non poteva tornare lì, aveva troppa paura. La notte prima della partenza lo aveva trovato al fiume e lo aveva trascinato a casa. (Non avrebbe mai dovuto farlo. Avrebbe dovuto lasciarlo andare allora.) Era stata un'egoista a fermarlo. E ora ne pagava le conseguenze.

La seconda volta che era tornato in licenza non urlava. Era silenzioso, chiuso in se stesso, non la guardava quasi mai, soltanto in modo furtivo, in tralice, con le palpebre abbassate, e mai quando erano a letto. La faceva girare e non si fermava neppure quando lei lo implorava, neppure quando sanguinava. La odiava in quei *momenti, la odiava già allora; lei non lo aveva capito subito, ma quando gli aveva detto che era triste per il modo in cui venivano trattate quelle ragazze in prigione, per gli obiettori di coscienza e così via, lui l'aveva schiaffeggiata in pieno viso e le aveva sputato addosso, dandole della maledetta puttana traditrice.*

La terza volta che era rientrato a casa dal fronte, lui non c'era più del tutto.

E lei sapeva che non sarebbe più tornato. Non era rimasto nulla dell'uomo che era. Ma non poteva lasciarlo, non poteva andarsene e innamorarsi di un altro, perché lui era tutto quello che lei aveva sempre desiderato, e adesso non c'era più... Non c'era più, eppure era ancora seduto davanti al camino con gli stivali ai piedi, e beveva e beveva, e la guardava come se fosse il nemico, e lei avrebbe preferito che lui fosse morto.

Che razza di vita era?

Anne avrebbe voluto che esistesse un altro modo. Avrebbe voluto conoscere i segreti che le altre donne conoscevano, ma Libby Seeton era ormai morta da tanto tempo, e se li era portati con sé. Anne sapeva alcune cose, ovviamente, come la maggior parte delle donne del paese. Tutte sapevano quali funghi raccogliere e quali scartare, erano state messe in guardia contro la belladonna, sapevano di non doverla mai e poi mai toccare. Lei sapeva dove cresceva nel bosco, ma conosceva anche quali erano i suoi effetti e non voleva che lui se ne andasse in quel modo.

Lui era ossessionato dalla paura. Sempre. Lei lo vedeva, glielo leggeva in viso ogni volta che lo guardava di nascosto: gli occhi fissi sulla porta, il modo in cui scrutava il crepuscolo, cercando di vedere al di là degli alberi. Aveva paura e aspettava l'arrivo di qualcosa. E per tutto il tempo aveva guardato nel posto sbagliato, perché il nemico non era là fuori, era già entrato, era in casa sua. Era seduto al suo focolare.

Lei non voleva che lui avesse paura. Lei non voleva che lui vedesse l'ombra cadergli addosso, così aspettò che si addormentasse, seduto sulla poltrona con gli stivali ai piedi, la bottiglia vuota al suo fianco. Fu silenziosa e rapida. Gli appoggiò la lama alla nuca e poi la affondò con decisione. Lui a malapena si svegliò, e così se ne andò per sempre.

Il modo migliore.

Però, ovviamente, dopo era sporco dappertutto, e Anne andò al fiume a lavarsi le mani.

Patrick

Il sogno che Patrick faceva sulla moglie era sempre lo stesso. Era notte, e lei era dentro l'acqua. Lui lasciava Sean sulla sponda e si tuffava, nuotava e nuotava, ma ogni volta che arrivava abbastanza vicino da allungare la mano per prenderla, lei veniva portata via dalla corrente e lui doveva ricominciare a nuotare. Nel sogno, il fiume era più grande che nella realtà. Non era un fiume, era un mare, un oceano. Gli sembrava di nuotare per un tempo infinito, e soltanto quando era così stanco da pensare che sarebbe andato a fondo anche lui, soltanto allora riusciva ad afferrarla, a tirarla a sé. Mentre lo faceva, il corpo di lei ruotava lentamente nell'acqua, la faccia si girava verso di lui e la bocca, spaccata e piena di sangue, rideva. Era sempre lo stesso sogno, ma la notte precedente, quando il corpo era rotolato nell'acqua verso di lui, la faccia che aveva visto era quella di Helen.

Si era svegliato in preda al panico, con il cuore sul punto di scoppiare. Si era messo a sedere nel letto con la mano sul torace, cercando di negare la sua stessa paura, e il fatto che fosse mescolata a una profonda vergogna. Aveva aperto le tende e atteso che il cielo si schiarisse, da nero a grigio, prima di andare nella stanza accanto, dove dormiva Helen. Era entrato senza far rumore, aveva sollevato con cautela lo sgabello che si trovava accanto alla toletta e lo aveva avvicinato al letto. Si era seduto. Lei era voltata dall'altra parte, proprio come nel sogno, e lui aveva represso il desiderio di abbracciarla, di scuoterla per svegliarla, di assicurarsi che non avesse la bocca piena di sangue e denti rotti.

Quando lei finalmente si svegliò e iniziò a rigirarsi lentamente, lo vide e trasalì, alzò la testa di scatto e sbatté contro la parete che si trovava dietro di lei.

«Patrick! È successo qualcosa? Si tratta di Sean?»

Lui scosse la testa. «No. Non è successo niente.»

«Allora...»

«Ho... ho dimenticato qualcosa nella tua macchina?» le chiese. «L'altro giorno? Ho preso delle cianfrusaglie dal cottage e volevo gettarle via, ma poi la gatta... mi sono distratto, credo di averle dimenticate lì. È vero?»

Lei deglutì e annuì, gli occhi erano neri, le pupille dilatate avevano ridotto le iridi a schegge di un marrone pallido. «Sì, io... Nel cottage? Hai preso quella roba nel cottage?» Aggrottò la fronte, come se stesse cercando di capire.

«Sì, nel cottage. Cosa ne hai fatto? Che cosa ne hai fatto della borsa?»

Lei si mise a sedere. «L'ho buttata via. Era spazzatura, vero? Sembrava spazzatura.»

«Sì. Spazzatura.»

Per un attimo Helen abbassò lo sguardo, poi tornò a incrociare i suoi occhi. «Papà, credi che avessero ricominciato?» Sospirò. «Lui e lei. Pensi che...?»

Patrick si chinò in avanti e le accarezzò i capelli, scostandoli dalla fronte. «Be', non ne sono sicuro. Forse. Credo di sì. Però adesso è finita, no?» Provò ad alzarsi ma si accorse di avere le gambe deboli e dovette aiutarsi appoggiando una mano al comodino. Sentiva che Helen lo stava guardando e si vergognava. «Ti preparo un tè?» le chiese.

«Ci penso io» disse lei, spostando le coperte.

«No, no. Resta qui. Faccio io.» Arrivato alla porta, si voltò di nuovo verso di lei. «Te ne sei liberata? Di quelle cianfrusaglie?» le domandò ancora. Helen annuì. Lentamente, con le gambe di legno e un senso di oppressione al petto, lui scese le scale e andò in cucina. Riempì il bollitore e si sedette al tavolo, con il cuore che gli pesava. Non gli risultava che Helen gli avesse mai raccontato bugie, ma era quasi sicuro che poco prima lo avesse fatto.

Forse avrebbe dovuto arrabbiarsi con lei, ma più che altro era arrabbiato con Sean, perché era stato il suo errore a metterli in quella situazione. Helen non sarebbe dovuta nemmeno essere in quella casa! Sarebbe dovuta stare a casa propria, nel letto di suo marito. E lui non si sarebbe dovuto trovare in quella posizione. Costretto a rimediare ai pasticci di suo figlio. E a dormire nella stanza accanto a quella di sua nuora. La pelle del braccio prudeva sotto la fasciatura e lui si grattò distrattamente.

Eppure, a essere sincero, e Patrick cercava sempre di esserlo, chi era lui per criticare suo figlio? Ricordava cosa significava essere giovani e ritrovarsi in balia degli ormoni. Lui stesso aveva compiuto la scelta sbagliata e se ne vergognava ancora. Aveva scelto una donna bella, fragile ed egoista, una donna priva di autocontrollo, in quasi tutti i sensi. Una donna incontentabile. Era votata all'autodistruzione e, a ripensarci adesso, l'unica cosa che lo stupiva era che ci avesse messo così tanto. Patrick sapeva ciò che Lauren non aveva mai capito: quante volte lei fosse andata pericolosamente vicina a perdere la vita.

Sentì i passi sulle scale e si voltò. Helen era sulla soglia, ancora in pigiama, a piedi nudi.

«Papà? Va tutto bene?» Lui si alzò in piedi, accingendosi a preparare il tè, ma lei gli appoggiò una mano sulla spalla. «Siediti. Faccio io.»

Aveva scelto male una volta, ma non la seconda. Perché Helen era stata una *sua* scelta. Figlia di un collega, tranquilla, semplice e una gran lavoratrice: Patrick aveva capito subito che sarebbe stata una compagna affidabile, affettuosa e fedele. Naturalmente, Sean aveva dovuto essere convinto. Si era innamorato di una donna che aveva conosciuto durante il tirocinio, ma Patrick sapeva che non sarebbe durata, e quando vide che la storia andava avanti più del dovuto vi mise fine. Guardava la nuora e sapeva di aver scelto bene per suo figlio: Helen era sincera, modesta, intelligente e completamente disinteressata ai pettegolezzi e alle vicende mondane che sembravano appassionare la maggior parte delle donne. Non sprecava tempo a guardare la tv o leggere romanzi, lavorava sodo e non si lamentava. Era di buona compagnia e aveva sempre il sorriso sulle labbra.

«Ecco qui.» Helen sorrideva anche in quel momento, mentre gli porgeva il tè. «Oh,» inspirò, a denti stretti, «non ha un bell'aspetto.» Stava guardando il suo braccio, dove si era grattato, strappandosi via la fasciatura. La pelle era rossa e gonfia, la ferita scura. Helen andò a prendere acqua calda, sapone, disinfettante e garze. Pulì la ferita e fasciò di nuovo il braccio e, quando ebbe finito, lui si chinò in avanti e la baciò sulla bocca.

«Papà» disse lei e lo spinse via con delicatezza.

«Scusami» mormorò lui. «Scusami.» Fu travolto di nuovo dalla vergogna, incontenibile, e anche dalla rabbia.

Le donne erano state la sua rovina. Prima Lauren e poi Jeannie, poi tutte le altre. Ma non Helen. Davvero lei no? Eppure quella mattina gli aveva mentito. Glielo aveva letto in faccia, la sua faccia sincera, non avvezza agli inganni, e lo aveva fatto rabbrividire. Pensò di nuovo al sogno, a Lauren che si rigirava nell'acqua, la storia si ripeteva, sempre uguale. Solo che le donne ogni volta peggioravano.

Nickie

Jeannie disse che era ora che qualcuno facesse qualcosa al riguardo.

«È facile per te» replicò Nickie. «Quindi hai cambiato idea, o sbaglio? Prima dovevo tenere la bocca chiusa, per la mia sicurezza. Adesso mi stai suggerendo di gettare al vento la prudenza?» Jeannie rimase in silenzio. «Be', in ogni caso, io ci ho provato. Tu lo sai che ci ho provato. Ho indicato la direzione giusta. Ho persino tentato di far arrivare un messaggio alla sorella. Non è colpa mia se nessuno vuole ascoltarmi. Ah, sono troppo discreta? Troppo discreta! Vuoi che vada a sbandierarlo in giro? Guarda dove ti ha portata la tua boccaccia!» Era tutta la notte che litigavano così! «Non è colpa mia! Non puoi dire che è colpa mia. Non ho mai voluto che Nel Abbott si cacciasse nei guai. Le ho raccontato quello che sapevo, tutto qui. Come tu mi dicevi di fare. Con te è impossibile spuntarla, davvero. Non so nemmeno perché sto a sentirti.»

Jeannie l'aveva innervosita. Non voleva proprio saperne di starsene zitta. E la cosa peggiore di tutte, be', non la peggiore, la peggiore era non riuscire a dormire, ma la seconda cosa peggiore era che forse Jeannie aveva ragione. Nickie lo sapeva da tempo, da quella prima mattina, quando era seduta alla finestra e lo aveva sentito. Un'altra. Un'altra donna del fiume. Lo aveva pensato in quel momento; aveva addirittura ipotizzato di parlarne con Sean Townsend. Ma aveva fatto bene a tenere a freno la lingua: aveva visto come aveva reagito quando aveva nominato sua madre, lo scatto di rabbia, la maschera di gentilezza che cadeva. Era figlio di suo padre, dopotutto.

«E allora, a chi? A chi, vecchia mia? A chi dovrei parlarne? Non alla poliziotta. Non dirlo nemmeno per scherzo. Sono tutti uguali! E poi lei andrebbe subito dal suo capo, non credi?» Alla poliziotta no, allora a chi? Alla sorella di Nel? La sorella non le ispirava alcuna fiducia. La ragazza, invece, lei era diversa. *Ma è soltanto una bambina!* diceva Jeannie, e Nickie replicava: «E allora? Ha più energia lei in un mignolo di metà degli abitanti di questa città!».

Sì, avrebbe parlato con la ragazza. Però non sapeva ancora cosa le avrebbe detto.

Nickie aveva ancora le pagine di Nel. Quelle alle quali avevano lavorato insieme. Poteva mostrarle alla ragazza. Erano stampate, non scritte a mano, ma di certo Lena avrebbe riconosciuto le parole di sua madre, il suo stile... Ovviamente, non avevano raccontato le cose come voleva Nickie. Anche per questo avevano litigato. Divergenze artistiche. Nel se n'era andata sbattendo la porta e aveva detto a Nickie che se non poteva dire la verità, allora stavano perdendo tempo, ma lei cosa ne sapeva della verità? In fondo stavano soltanto raccontando delle storie.

Sei ancora qui? chiese Jeannie. *Pensavo che stessi andando a parlare con la ragazza.* «Va bene. Non ti agitare. Lo farò» replicò Nickie. «Lo farò più tardi. Lo farò quando sarò pronta.»

A volte voleva che Jeannie stesse zitta e a volte desiderava, più di ogni altra cosa, che fosse lì, nella stanza, seduta davanti alla finestra con lei, a guardare fuori. Sarebbero invecchiate insieme, dandosi ai nervi l'un l'altra come si deve, invece di bisticciare nell'etere, com'erano costrette a fare.

Quando pensava a Jeannie, Nickie non avrebbe voluto ricordarla come l'aveva vista l'ultima volta che era stata in quell'appartamento. Mancavano solo un paio di giorni alla sua partenza definitiva da Beckford, e lei era pallida di terrore e tremava di paura. Era venuta per dire a Nickie che Patrick Townsend era andato a farle visita. Le aveva detto che, se avesse continuato a parlare come stava facendo, se avesse continuato a fare domande, se avesse continuato a cercare di *rovinargli la reputazione*, lui le avrebbe fatto del male. «Non di persona,» aveva detto «io non ti toccherò nemmeno con un dito. Farò fare il lavoro sporco a qualcun altro. E non uno soltanto. Mi assicurerò che siano un bel gruppetto, e che tutti si diano da fare. Tu sai che io conosco molta gente, vero, Jean? E non hai motivo di dubitare che conosco gente disposta a fare cose di questo genere, vero, mia cara?»

Jeannie era in piedi, proprio lì, in quella stanza, e aveva costretto Nickie a promettere, le aveva fatto giurare che avrebbe lasciato perdere quella faccenda. «Ormai non c'è più niente che possiamo fare. Non avrei mai dovuto dirti nulla.»

«Ma... il ragazzino» aveva protestato Nickie. «Cosa facciamo con il ragazzino?»

Jeannie si era asciugata le lacrime. «Lo so. Lo so. Sto male al solo pensiero, ma dobbiamo lasciarlo in pace. Tu devi stare tranquilla, non devi dire nulla. Perché Patrick mi farà fuori, Nicks, e poi farà fuori anche te. Lui non è il tipo da scherzare su certe cose.»

Jeannie era partita dopo due giorni; non era mai più tornata.

Jules

Di' la verità, Julia... Non ti è piaciuto, almeno un po'?

Mi sono svegliata con la tua voce nella testa. Era metà pomeriggio. Di notte non riesco a dormire, la casa ondeggia come una nave e il rumore dell'acqua è assordante. Di giorno, invece, non è così male. In ogni caso, devo essermi addormentata perché mi sono svegliata con la tua voce nella testa, che mi chiedeva: *Non ti è piaciuto, almeno un po'?* Non ti è piaciuto oppure non ti sei divertita? O forse era: *Lo volevi*? Adesso non me lo ricordo. Ricordo soltanto di aver liberato la mia mano dalla tua e di averla alzata per colpirti, e l'espressione del tuo viso, stravolta.

Mi sono trascinata attraverso il corridoio fino al bagno e ho aperto il getto della doccia. Ero troppo stanca per svestirmi, così mi sono seduta lì, mentre la stanza si riempiva di vapore. Poi ho chiuso il rubinetto e mi sono avvicinata al lavandino per bagnarmi la faccia. Quando ho alzato lo sguardo, nella condensa ho visto apparire due lettere tracciate sulla superficie dello specchio: una L e una S. Mi sono spaventata così tanto che ho lanciato un grido.

Ho sentito la porta della camera di Lena che si apriva e poi lei che bussava a quella del bagno. «Cosa c'è? Che cosa succede? Julia?»

Le ho aperto, ero furibonda. «Cosa stai facendo?» le ho chiesto. «Cosa stai cercando di farmi?» Ho indicato lo specchio.

«Che cosa?» Sembrava infastidita. «*Che cosa?*»

«Lo sai benissimo, Lena. Non so cosa hai in mente, ma...»

Si è girata e se n'è andata. «Cristo, sei proprio *fuori di testa*!»

Sono rimasta lì a guardare le lettere per un po'. Non me l'ero sognato, erano proprio lì: LS. Era il tipo di cose che facevi tu, in continuazione: mi lasciavi messaggi spettrali sullo specchio oppure disegnavi piccoli pentacoli rossi sulla porta della mia camera con lo smalto per le unghie. Lasciavi in giro oggetti per spaventarmi. Ti piaceva mandarmi fuori di testa e dovevi averne parlato con lei. Doveva essere andata così, e lei stava facendo la stessa cosa.

Perché LS? Perché Libby Seeton? Perché questa ossessione per lei? Libby era un'innocente, una ragazza trascinata in acqua da uomini che odiavano le donne, che le incolpavano delle cose che loro stessi avevano fatto. Ma Lena credeva che tu ci fossi finita di tua volontà, e allora perché Libby? Perché LS?

Avvolta in un asciugamano, ho attraversato il corridoio a passi felpati, fino alla tua camera. Sembrava tranquilla, ma nell'aria c'era un aroma, qualcosa di dolce: non il tuo profumo, un altro. Qualcosa di stucchevole, forte, un odore di rose appassite. Il cassetto vicino al letto era chiuso e quando l'ho aperto tutto era come prima, tranne che per una cosa. L'accendino, quello sul quale avevi fatto incidere le iniziali di Libby, era sparito. Qualcuno era entrato nella stanza. Qualcuno l'aveva preso.

Sono tornata in bagno, mi sono sciacquata di nuovo la faccia e ho cancellato le lettere dallo specchio, e mentre lo facevo ti ho vista, in piedi alle mie spalle, la stessa, identica espressione sul viso, stravolta. Mi sono girata e Lena ha sollevato le mani, come per difendersi. «Gesù, Julia, calmati. Cosa ti è preso?»

Ho scosso la testa. «Io ho soltanto... ho soltanto...»

«Soltanto cosa?» Ha alzato gli occhi al cielo.

«Ho bisogno di prendere un po' d'aria.»

Sui gradini dell'ingresso, tuttavia, per poco non mi sono messa a urlare di nuovo, perché c'erano delle donne – due di loro – vicino al cancello, vestite di nero e chine in avanti, intrecciate in una specie di abbraccio. Una delle due mi ha guardata. Era Louise Whittaker, la madre di Katie, la ragazza morta. Si è liberata dell'altra donna, continuando a parlare con voce rabbiosa.

«Lasciami! Lasciami stare! Stammi lontana!»

L'altra ha agitato la mano verso di lei, o forse verso di me, non ne ero sicura. Poi si è voltata e si è incamminata a passi lenti lungo la strada, zoppicando.

«Maledetta pazza» ha sbraitato Louise mentre si avvicinava alla casa. «Quella Sage è pericolosa. Mi ascolti, si tenga alla larga da lei. Non la faccia entrare in casa. È una bugiarda e una truffatrice, le interessano solo i soldi.» Si è fermata per riprendere fiato, fissandomi con sguardo torvo. «Be', ha proprio un aspetto terribile, più o meno come il mio umore.» Ho aperto la bocca e l'ho richiusa. «Sua nipote è in casa?»

L'ho fatta entrare. «Vado ad avvisarla che è qui» le ho detto, ma Louise era già ai piedi delle scale e chiamava Lena. Poi è andata in cucina e si è seduta al tavolo ad aspettare.

Dopo un attimo Lena è arrivata. La sua tipica espressione tra l'altezzoso e l'annoiato, che mi faceva pensare a te, era scomparsa. Ha salutato Louise docilmente, anche se non sono certa che Louise se ne sia accorta perché guardava da un'altra parte, fissava il fiume, là fuori, o forse un punto oltre l'orizzonte.

Lena si è seduta al tavolo, ha sollevato le mani per annodarsi i capelli sulla nuca. Ha alzato un po' il mento, come se si stesse preparando per qualcosa, per un colloquio. Per un interrogatorio. Mi ignoravano, quasi fossi invisibile, ma sono rimasta nella stanza. Ero in piedi appoggiata al bancone, in una posizione non rilassata ma con i talloni sollevati da terra, in caso ci fosse stato bisogno del mio intervento.

Louise ha sbattuto le palpebre, con lentezza, e alla fine il suo sguardo si è posato su Lena, che l'ha retto per un secondo, prima di mettersi a fissare il tavolo.

«Mi dispiace, signora Whittaker. Mi dispiace tantissimo.»

Louise non diceva niente. Le lacrime le rigavano il viso, il dolore spietato degli ultimi mesi aveva scavato solchi profondi.

«Mi dispiace tanto» ha ripetuto Lena. Anche lei piangeva, i capelli le si erano sciolti di nuovo, se li attorcigliava intorno alle dita, come una bambina.

«Mi domando» ha detto Louise, alla fine, «se un giorno saprai cosa si prova a scoprire che non sapevi nulla di tuo figlio.» Ha tirato un profondo sospiro, tremava. «Ho tutte le sue cose. I vestiti, i libri, la musica. Le fotografie che custodiva gelosamente. Conosco i suoi amici, le persone che ammirava, so cosa le piaceva. Ma questo non era lei. Perché io non sapevo di *chi* era innamorata. Aveva una vita, *un'intera vita*, di cui non sapevo nulla. La parte più importante di lei, io non la conoscevo.» Lena ha provato a parlare, ma Louise ha continuato. «Il fatto è, Lena, che tu avresti potuto aiutarmi. Avresti potuto parlarmene. Avresti potuto dirmelo subito, quando lo hai scoperto. Saresti potuta venire da me per dirmi che mia figlia era rimasta invischiata in qualcosa, in una cosa che non riusciva a controllare, qualcosa che tu sapevi, *non potevi non saperlo*, che avrebbe finito per farle del male.»

«Ma io non potevo... non potevo...» Di nuovo Lena provava a dire qualcosa, e di nuovo Louise non glielo permetteva.

«Anche se tu fossi stata abbastanza cieca o abbastanza stupida o abbastanza insensibile da non capire in quale guaio si era cacciata, avresti potuto comunque aiutarmi. Saresti potuta venire da me dopo la sua morte e dirmi che non era per qualcosa che avevo fatto o non avevo fatto io. "Non è colpa sua, non è colpa di suo marito." Avresti potuto aiutarci a non impazzire. Ma non lo hai fatto. Hai scelto di non farlo. Per tutto questo tempo, tu non hai detto nulla. Per tutto questo tempo, tu... E poi, che è ancora peggio, hai permesso che lui...» La sua voce si è alzata e poi si è dissolta nell'aria, come fumo.

«La passasse liscia?» Lena ha completato la frase. Non piangeva più, e anche se aveva alzato il tono, la sua voce era ferma, non debole. «Sì. L'ho fatto, e sto male per questo. Sto male da morire, ma l'ho fatto per lei. Tutto quello che ho fatto, l'ho fatto per Katie.»

«Non pronunciare il suo nome in mia presenza» ha sibilato Louise. «Non osare.»

«Katie, Katie, Katie!» Lena si è sporta in avanti sul tavolo, il suo viso a pochi centimetri dal naso di Louise. «Signora Whittaker,» è crollata di nuovo sulla sedia «io le volevo bene! Lei sa quanto le volevo bene... Ho fatto quello che lei voleva che facessi. Ho fatto quello che mi ha chiesto di fare.»

«Lena, non stava a te decidere di nascondere una cosa così importante a me, a sua madre...»

«No, non è stata una mia decisione, è stata sua! Lo so che lei ritiene di avere il diritto di sapere tutto, ma non è così. Katie non era una bambina, e nemmeno una ragazzina.»

«Era la *mia* bambina!» La voce di Louise era un lamento, un ululato. Mi sono accorta di essermi aggrappata al bancone, ed ero sul punto di piangere anch'io.

Lena ha ripreso a parlare, con un tono più dolce, supplichevole. «Katie aveva fatto una scelta. Aveva preso una decisione, e io l'ho rispettata.» Ha abbassato ancora di più la voce, come se sapesse di muoversi su un terreno insidioso. «E non sono la sola. Anche Josh l'ha fatto.»

Louise ha tirato indietro la mano e ha colpito Lena una sola volta, con forza, in pieno viso. Lo schiocco è risuonato, rimbombando sulle pareti. Ho fatto un balzo in avanti e ho afferrato Louise per un braccio. «No!» ho urlato. «Basta! Basta!» Ho cercato di farla alzare dalla sedia. «Adesso deve andarsene.»

«Lasciala stare!» ha gridato Lena. La guancia sinistra era in fiamme, ma l'espressione del suo volto era calma. «Julia, non ti immischiare. Può picchiarmi finché vuole. Può cavarmi gli occhi, strapparmi i capelli. Può farmi tutto quello che le passa per la testa. Tanto, ormai, che senso ha?»

Louise aveva la bocca aperta, sentivo il suo alito acre. L'ho lasciata andare.

«Josh non ha detto nulla per colpa *tua*» ha sibilato, pulendosi le labbra sporche di saliva. «Perché *tu* lo hai convinto a non parlare.»

«No, signora Whittaker.» La voce di Lena era perfettamente controllata, si è appoggiata il dorso della mano destra sulla guancia che bruciava. «Non è vero. Josh ha tenuto la bocca chiusa per Katie. Perché *lei* gli aveva chiesto di farlo. E, dopo, perché voleva proteggere lei e il suo papà. Pensava che vi avrebbe fatto troppo male. Scoprire che lei era stata...» Ha scosso la testa. «È piccolo, lui pensava che...»

«Non dirmi cosa pensava mio figlio» l'ha interrotta Louise. «Quali erano le sue intenzioni. Non farlo.» Si è portata una mano alla gola, un riflesso incondizionato. No, nessun riflesso: ha preso tra il pollice e l'indice il ciondolo a forma di uccellino che pendeva dalla catenina. «Questa...» Un sibilo più che una parola. «Non gliel'avevi regalata tu, vero?» Lena ha esitato per un attimo, poi ha scosso la testa. «Era un suo regalo. Non è così? Era stato lui a dargliela.» Louise ha spostato la sedia all'indietro strisciando i piedi sul pavimento. Si è alzata e, con un violento strattone, si è tolta la catenina e l'ha sbattuta sul tavolo, davanti a Lena. «È stato lui a darle questa roba, e tu hai lasciato che io la portassi al collo.»

Lena ha chiuso gli occhi per un attimo e ha scosso di nuovo la testa. La ragazzina docile e dispiaciuta che era entrata in cucina solo pochi minuti prima era sparita e al suo posto c'era una persona diversa, più grande, un'adulta di fronte alla bambina disperata e aggressiva in cui si era trasformata Louise. Di colpo mi è tornato in mente un ricordo nitidissimo di te, poco più giovane di Lena adesso, uno dei pochi in cui hai preso le mie difese. Un'insegnante, a scuola, mi aveva accusata di aver sottratto un oggetto che non mi apparteneva, e ricordo che tu l'avevi rimproverata. Eri stata molto diretta e controllata, non avevi alzato la voce mentre le dicevi che era sbagliato muovere accuse senza avere alcuna prova, e lei era intimidita dal tuo atteggiamento. Ricordo quanto mi fossi sentita orgogliosa di mia sorella, e in quel momento provavo la stessa sensazione, lo stesso calore nel petto.

Louise ha ripreso a parlare, a voce bassissima. «Allora spiegami questo» ha detto, rimettendosi a sedere, «visto che sai tutto. Visto che *capisci* tutto. Se Katie amava quell'uomo, e lui la ricambiava, allora perché? Perché ha compiuto quel... gesto? Che cosa le aveva fatto lui per spingerla a tanto?»

Lena si è girata verso di me. Sembrava spaventata, credo, o forse soltanto rassegnata, non ero in grado di interpretare la sua espressione. Mi ha guardata per un attimo, poi ha chiuso gli occhi, senza riuscire a trattenere qualche lacrima. Quando ha ripreso a parlare, la voce era più alta e più tesa di prima.

«Non è stato lui a spingerla a uccidersi. Non è stato lui.» Ha sospirato. «Io e Katie avevamo litigato» ha proseguito. «Volevo che lei chiudesse la storia, che smettesse di vederlo. Non pensavo che fosse una cosa giusta. Credevo che sarebbe finita nei guai. Io pensavo che...» Ha scosso la testa. «Io non volevo che continuasse a vederlo.»

Un lampo di comprensione ha attraversato il volto di Louise; aveva capito, in quel momento, e avevo capito anch'io.

«Tu l'hai minacciata» ho detto. «Di rivelare tutto.»

«Sì» ha risposto Lena, la voce appena percepibile. «L'ho fatto.»

Louise se n'è andata senza una parola. Lena era seduta, immobile, guardava il fiume, fuori dalla finestra, non piangeva e non parlava. Non sapevo cosa dire, come stabilire un contatto. Riconoscevo in lei qualcosa che avevo avuto anch'io, qualcosa che forse tutti possiedono a quell'età, una sorta di imperscrutabilità. Pensavo a quanto è strano che i genitori dichiarino di conoscere i propri figli, di *capire* i loro figli. Non se lo ricordano cosa significa avere diciotto anni, quindici o dodici? Forse quando hai un figlio dimentichi che sei stato figlio anche tu. Mi ricordo di te a diciassette anni, io ne avevo tredici, e sono certa che i nostri genitori ignoravano chi fossimo.

«Le ho mentito.» La voce di Lena ha interrotto il filo dei miei pensieri. Non si era mossa, continuava a guardare l'acqua.

«Mentito a chi? A Katie?» Ha scosso la testa. «A Louise? Hai mentito su cosa?»

«Non è necessario dirle la verità. Non adesso. Tanto vale che dia la colpa a me. Almeno io sono viva. Ha bisogno di un bersaglio per tutto quell'odio.»

«Lena, cosa dici? Di cosa stai parlando?»

Ha posato gli occhi verdi e freddi su di me, sembrava invecchiata. Mi guardava come mi avevi guardata tu, il mattino dopo avermi tirata fuori dall'acqua. Diversa, esausta. «Io non l'ho minacciata di rivelare il suo segreto. Non le avrei mai fatto una cosa del genere. Io le volevo bene. Nessuno di voi sembra capire cosa significhi, come se non sapeste affatto cosa vuol dire voler bene a qualcuno. Avrei fatto qualsiasi cosa per lei.»

«Quindi, se non sei stata tu a minacciarla...»

Credo di aver capito la risposta prima ancora che lei parlasse. «È stata la mamma.»

Jules

La stanza sembrava più fredda; se avessi creduto ai fantasmi, avrei pensato che ti fossi unita a noi.

«Sì, è vero che avevamo litigato. Volevo che lei non lo vedesse più. A Katie non gliene fregava niente di quello che pensavo io, diceva che non era rilevante. Ha detto che ero un'immatura, e che non capivo cosa significa avere una relazione vera. Così io le ho dato della puttana e lei mi ha rinfacciato che ero ancora vergine. Era quel tipo di lite. Stupida, terribile. Quando Katie è andata via, mi sono accorta che la mamma era in camera sua, nella stanza accanto; io credevo che fosse uscita. Aveva sentito tutto. Ha detto che doveva parlarne con Louise. L'ho implorata di non farlo, perché avrebbe rovinato la vita a Katie. Allora lei ha detto che forse la cosa migliore era parlare con Helen Townsend, perché in fondo era Mark ad aver sbagliato, e Helen era il suo capo. Ha detto che forse l'avrebbero licenziato e magari il nome di Katie non sarebbe nemmeno saltato fuori. Le ho fatto notare che mi sembrava una stupidaggine, e lei lo sapeva. Non avrebbero potuto mandarlo via e basta, avrebbero dovuto seguire le procedure. Avrebbero coinvolto la polizia. Sarebbero finiti in tribunale. La cosa sarebbe diventata di dominio pubblico. E se anche il nome di Katie non fosse stato pubblicato sui giornali, i suoi genitori lo avrebbero scoperto, e anche a scuola tutti lo avrebbero saputo... Storie così non rimangono riservate.» Ha respirato a fondo, lentamente. «L'ho detto alla mamma, che Katie avrebbe preferito morire piuttosto che finire in una situazione del genere.»

Lena si è sporta in avanti e ha aperto la finestra della cucina, poi ha frugato nella tasca della felpa e ha preso un pacchetto di sigarette. Se n'è accesa una e ha soffiato fuori il fumo. «L'ho implorata. Davvero, l'ho implorata in tutti i modi e la mamma mi ha detto che ci avrebbe riflettuto. Ha detto che dovevo convincere Katie a non vederlo più, che era un abuso di potere e che era tutto sbagliato. Mi ha promesso che lei non avrebbe fatto nulla prima che io avessi avuto il tempo di convincere Katie.» Ha spento la sigaretta quasi intera sul davanzale e l'ha lanciata verso l'acqua.

«Le ho creduto. Mi fidavo di lei.» Si è girata di nuovo verso di me. «Ma un paio di giorni dopo ho visto la mamma nel parcheggio della scuola, parlava con il signor Henderson. Non so di cosa discutessero, ma non sembrava un incontro amichevole, e sapevo di dover avvertire Katie, lei doveva saperlo, doveva essere preparata...» Le si è spezzata la voce, ha deglutito. «È morta tre giorni dopo.»

Ha tirato su con il naso e si è asciugata con il dorso della mano. «Il fatto è che... quando in seguito ne ho parlato con la mamma, lei ha giurato di non aver accennato a Katie, con il signor Henderson. Ha detto che discutevano di me, dei problemi che avevo in classe.»

«Quindi... Lena, aspetta, non capisco. Stai dicendo che Nel non li aveva minacciati di rendere pubblica la relazione?»

«Non l'ho capito nemmeno io. Lei ha giurato di non aver detto nulla, eppure si sentiva *in colpa*, io lo vedevo. Sapevo che se Katie era morta era colpa mia, ma lei continuava a comportarsi come se fosse sua. Ha smesso di andare a nuotare al fiume e si è fissata con questa idea di *dire la verità*, ne parlava in continuazione, diceva che era sbagliato aver paura di affrontare la verità, che bisognava permettere alla gente di conoscere la verità, e così via. Era diventato un chiodo fisso...»

(Non sapevo se fosse strano o perfettamente coerente col tuo

224

personaggio: tu non dicevi la verità, non lo hai mai fatto, le storie che hai raccontato non erano *la* verità, erano la *tua* verità, la tua versione dei fatti. Nessuno dovrebbe saperlo meglio di me. Sono stata nel lato oscuro della tua verità per la maggior parte della mia vita.)

«Ma lei non l'ha fatto, vero? Non lo ha mai detto a nessuno, non ha scritto niente di Mark Henderson, nella sua... *storia* di Katie lui non è mai nominato.»

Lena ha scosso la testa. «No, perché io non glielo avrei permesso. Abbiamo litigato e litigato, continuavo a dirle che mi sarebbe piaciuto davvero tanto vedere quel pezzo di merda in galera, ma a Katie si sarebbe spezzato il cuore. E avrebbe significato che lei aveva fatto ciò che ha fatto per niente.» Ha deglutito. «Cioè, io lo *so*. So che quello che Katie ha fatto è stupido, e senza senso, ma lei è morta per proteggerlo. E se fossimo andate alla polizia, la sua morte sarebbe stata vana. Ma la mamma continuava a parlare della verità, a dire quanto fosse irresponsabile lasciare le cose come stavano. Lei era... non so.» Mi ha guardata, i suoi occhi erano freddi, come quando fissava Louise, e ha detto: «Julia, sapresti tutto, se solo avessi parlato con lei».

«Lena, mi dispiace. Mi dispiace per tutto questo, ma ancora non capisco perché...»

«Lo sai perché sono certa che mia madre si è suicidata? Hai idea di come faccio a saperlo?» Ho scosso la testa. «Perché il giorno in cui è morta avevamo litigato. È iniziata per una stupidaggine, ma poi siamo finite a parlare di Katie, come sempre. Ho urlato, le ho detto che era una pessima madre, che se fosse stata un buon genitore ci avrebbe aiutate, avrebbe aiutato Katie, e che se lo avesse fatto non sarebbe successo nulla di tutto questo. E lei mi ha detto che aveva *provato* ad aiutare Katie, che l'aveva incontrata una sera sul tardi, mentre rientrava a casa a piedi, e si era fermata per offrirle un passaggio. Mi ha raccontato che Katie era sconvolta e non aveva voluto confessarle il motivo e la mamma le aveva detto: *Non devi affrontare tutto da sola. Io posso aiutarti.* E: *Anche tua madre e tuo padre possono aiutarti*. Quando le ho chiesto perché non me lo avesse raccontato prima, non mi ha risposto. Le ho domandato quando era successo, e lei ha detto che era la sera del solstizio, il 21 giugno. Quella sera Katie è andata al fiume. Senza volerlo, è stata la mamma a darle il colpo di grazia. E, allo stesso modo, è stata Katie a dare il colpo di grazia alla mamma.»

Sono stata assalita da un'ondata di tristezza, tanto forte che ho temuto di cadere dalla sedia. Nel, è vero? Alla fine, quindi, ti sei buttata, e lo hai fatto perché ti sentivi in colpa ed eri disperata. Disperata perché non c'era nessuno a cui potevi rivolgerti: non a tua figlia, arrabbiata e sofferente, e certamente non a me, perché sapevi che se mi avessi chiamata io non avrei risposto. Eri disperata, Nel? Ti sei buttata?

Sentivo che Lena mi osservava, e sapevo che vedeva la mia vergogna, vedeva che alla fine c'ero arrivata, avevo capito che era anche colpa mia. Però non sembrava trionfante, o soddisfatta, sembrava soltanto stanca.

«Non ho detto niente alla polizia perché non volevo che tutti lo venissero a sapere. Non volevo che la incolpassero, più di quanto non facciano già. Non lo ha fatto con intenzione. E anche lei ha sofferto abbastanza, non credi? Stava male per le ragioni sbagliate, perché non è stata colpa sua. Né sua, né mia.» Mi ha rivolto un accenno di sorriso, triste. «Non è stata colpa tua. Né di Louise o di Josh. Non è stata colpa nostra.»

Ho provato ad abbracciarla, ma lei mi ha respinta. «No» ha detto. «Per favore, io...» Non ha finito la frase. Ha sollevato il mento. «Ho bisogno di stare da sola per un po'. Esco a fare due passi.»

L'ho lasciata andare.

Nickie

Nickie fece come lei e sua sorella si erano dette, andò a parlare con Lena Abbott. Faceva meno caldo, un accenno di autunno anticipato, così si avvolse in una giacca nera, infilò i fogli nella tasca interna e si avviò al mulino. Quando arrivò, però, scoprì che non era da sola, e lei non aveva voglia di vedere nessuno. Soprattutto dopo quello che aveva detto la Whittaker, che a lei interessavano soltanto i soldi e sfruttare la sofferenza altrui. Era stata profondamente ingiusta. Non era mai stata sua intenzione... Se solo la gente ascoltasse. Rimase un po' là fuori, a guardare, ma le facevano male le gambe, aveva la testa piena di brusii, così si voltò e si incamminò verso casa sua. C'erano giorni in cui si sentiva la sua età, in certi altri, invece, si sentiva quella di sua madre.

Non aveva la forza di affrontare quella giornata, la battaglia che aveva davanti. Tornata nella sua stanza, si appisolò sulla poltrona, e quando si svegliò pensò di aver visto Lena dirigersi verso il fiume, ma forse era stato un sogno, o una premonizione. In seguito, molto più tardi, nel buio, la vide con chiarezza, la ragazza che attraversava la piazza come un fantasma, un fantasma con una meta, per come andava spedita. Nickie sentì lo spostamento d'aria al suo passaggio, l'energia che si sprigionava dal suo corpo, che arrivava fin lassù nella sua stanzetta buia, la sollevava e le strappava qualche anno di dosso. Quella ragazza aveva una missione da compiere. Quella ragazza aveva il fuoco dentro, era una ragazza pericolosa. Di quelle a cui è meglio non mettere i bastoni tra le ruote.

Vedendo Lena in quello stato, Nickie ricordò se stessa alla sua età; le venne voglia di alzarsi in piedi e ballare, di ululare alla luna. Be', forse era un po' vecchia per le danze, ma, dolore o non dolore, decise che quella notte sarebbe andata giù al fiume. Voleva sentirle vicine, tutte le donne che portano guai, tutte le ragazze che portano guai, pericolose e piene di vita. Voleva sentirle, immergersi nel loro spirito.

Prese quattro aspirine e afferrò il bastone, poi scese pian piano le scale, con cautela, uscì dalla porta sul retro e si infilò nella viuzza dietro i negozi. Attraversò la piazza zoppicando, diretta al ponte.

Le sembrò di metterci molto. Ci metteva molto a fare qualsiasi cosa, ormai. Quando sei giovane nessuno ti avverte, nessuno ti dice che diventerai così lento, e che tu stesso sarai infastidito dalla tua lentezza. In realtà, probabilmente lei avrebbe dovuto prevederlo, pensò, e rise tra sé, nel buio.

Nickie ricordava gli anni in cui era lesta, un levriero. In quel periodo, anni addietro, lei e la sorella facevano le corse vicino al fiume, risalendolo. Sfrecciavano, con la gonna che finiva per infilarsi nelle mutandine, sentendo ogni sasso e ogni crepa del terreno sotto le suole delle scarpe da ginnastica di tela. Erano inarrestabili, loro due. In seguito, molto tempo dopo, più vecchie e un po' più lente, si incontravano nello stesso posto, a monte del fiume, e passeggiavano insieme, a volte per chilometri, spesso in silenzio.

Era stato durante una di quelle camminate che avevano visto Lauren, seduta sui gradini del cottage di Anne Ward, con una sigaretta in mano e la testa appoggiata alla porta. Jeannie aveva gridato per richiamare la sua attenzione, e quando si era voltata verso di loro le sorelle avevano visto che aveva la guancia rossa come il cielo al tramonto. «È un diavolo, il suo uomo» aveva commentato Jeannie.

Come si suol dire, parli del diavolo e spuntano le corna.

228

Mentre Nickie era lì, a ricordare la sorella, con i gomiti appoggiati sulla pietra fredda del ponte e il mento tra le mani, gli occhi fissi sull'acqua, lo aveva sentito. Lo aveva sentito prima di vederlo. Non aveva pronunciato il suo nome, ma forse il bisbiglio di Jeannie lo aveva evocato, il Satana della città. Nickie aveva girato la testa e lui era lì, camminava verso di lei dal lato orientale del ponte, il bastone in una mano, una sigaretta nell'altra. Nickie sputò a terra, come faceva sempre, e pronunciò la sua invocazione.

Di solito si limitava a quel gesto, ma quella sera – chissà perché, forse sentiva lo spirito di Lena, o di Libby, o di Anne o di Jeannie – lo sfidò. «Non manca molto, ormai» disse.

Patrick si fermò. La guardò come se fosse sorpreso di vederla. «Che cosa?» ringhiò. «Cos'hai detto?»

«Ho detto che non manca molto, ormai.»

Patrick mosse un passo verso di lei, e Nickie sentì lo spirito risollevarsi, furibondo, salire dalla pancia al petto e arrivare alla bocca. «Negli ultimi tempi mi parlano.»

Patrick fece un gesto con la mano, come per scacciarla, e farfugliò qualcosa che lei non capì. Continuava a camminare, ma lo spirito non voleva starsene zitto. Gridò: «Mia sorella! Tua moglie! Anche Nel Abbott! Tutte loro parlano con me. E lei aveva capito che razza di persona sei, vero? Nel Abbott?».

«Piantala, vecchia pazza!» sbraitò Patrick. Fece per avvicinarsi, soltanto una finta, e Nickie sobbalzò. Lui scoppiò a ridere e si voltò di nuovo. «La prossima volta che la senti,» urlò, dandole le spalle, «saluta tua sorella da parte mia.»

Jules

Ero in cucina e aspettavo che Lena tornasse a casa: l'avevo chiamata al cellulare, le avevo lasciato dei messaggi in segreteria. Ero agitata, e nella mia testa tu mi rimproveravi perché non ero andata a cercarla, come tu eri venuta a cercare me. Non raccontiamo la nostra storia nello stesso modo, io e te. Lo so, perché ho letto le tue parole: *Quando avevo diciassette anni, ho salvato mia sorella dal fiume.* Fuori dal contesto, verrebbe da definirti "eroica". Non dicevi come ci ero finita, nel fiume, né della partita, del sangue o di Robbie.

Né dell'acqua. *Quando avevo diciassette anni, ho salvato mia sorella dal fiume*, scrivi, ma hai una memoria decisamente selettiva, Nel! Sento ancora la tua mano sulla nuca, ricordo ancora di aver lottato contro di te, l'agonia dei polmoni senz'aria, il panico raggelante quando, nonostante il torpore dato dall'alcol, dalla stupidità e dalla disperazione, capii che stavo per affogare. Tu mi tenevi ferma, Nel.

Non per molto. Cambiasti idea. Dopo avermi afferrato il collo con il braccio, mi trascinasti verso la sponda, ma io ho sempre saputo che una parte di te voleva lasciarmi lì.

Mi dicesti di non parlarne mai, me lo facesti promettere, *per il bene della mamma*, e io l'ho rimosso. Credo di aver sempre pensato che un giorno, in un futuro molto lontano, quando fossimo state vecchie e tu fossi cambiata, e ti fossi pentita, allora lo avremmo affrontato. Avremmo parlato di quello che era successo, di quello che avevo fatto io e che avevi fatto tu, di quello che avevi detto e di come avevamo finito per odiarci. Ma tu non hai mai detto che ti dispiaceva. E non mi hai mai spiegato come avevi potuto trattare me, la tua sorellina, in quel modo. Non sei mai cambiata, e ora sei morta e io mi sento come se mi avessero strappato il cuore dal petto.

Ho una voglia disperata di rivederti.

Ho aspettato Lena finché, vinta dalla stanchezza, sono andata a letto.

Da quando sono tornata in questo posto ho fatto molta fatica a dormire e ho parecchio sonno arretrato. Sono collassata, entravo e uscivo dai sogni, finché non ho sentito aprirsi la porta al piano di sotto, i passi di Lena sulle scale. L'ho sentita entrare nella sua camera e accendere la musica, a volume abbastanza alto perché giungesse anche a me la voce di una donna che cantava:

That blue-eyed girl
said 'No more',
and that blue-eyed girl
became blue-eyed whore.[1]

Un po' alla volta, mi sono riaddormentata. Quando mi sono svegliata, la musica continuava, la stessa canzone, a volume più alto.

Volevo che smettesse, lo volevo disperatamente, ma ho scoperto che non riuscivo ad alzarmi dal letto. Mi sono chiesta se ero davvero sveglia, perché se ero sveglia cos'era quel peso sul petto, che mi stava schiacciando? Non riuscivo a respirare, non riuscivo a muovermi, ma sentivo quella donna che continuava a cantare.

---

1 *La ragazza dagli occhi blu / ha detto: «Basta», / e quella ragazza dagli occhi blu / è diventata la troia dagli occhi blu.*

Little fish big fish, swimming in the water –
Come back here man, gimme my daughter.[2]

Di colpo, il peso si è sollevato e io mi sono alzata, furibonda. Inciampando, sono uscita nel corridoio e ho urlato a Lena di abbassare il volume. Ho afferrato la maniglia e spalancato la porta della sua stanza. Non c'era nessuno. Luci accese, finestre aperte, sigarette nel posacenere, un bicchiere vicino al letto vuoto. La musica sembrava sempre più alta, la mia testa rimbombava e mi faceva male la mandibola, e continuavo a urlare, anche se non c'era nessuno. Ho trovato la base dell'iPod e l'ho strappata dalla parete e alla fine, alla fine, tutto quello che riuscivo a sentire era il rumore del mio respiro e del sangue che mi pulsava nelle orecchie.

Sono tornata nella mia stanza e ho telefonato di nuovo a Lena; non ricevendo risposta, ho provato con Sean Townsend, ma la chiamata è finita in segreteria. Di sotto, la porta era chiusa e tutte le luci erano accese. Sono andata da una stanza all'altra e le ho spente, una alla volta, incespicando come se fossi ubriaca, come se fossi drogata. Mi sono distesa sulla panca sotto la finestra, dove mi mettevo a leggere con la mamma, dove ventidue anni prima il tuo ragazzo mi aveva violentata, e mi sono addormentata di nuovo.

Ho sognato che l'acqua saliva. Ero di sopra, nella camera dei miei genitori. Ero sdraiata sul letto, con Robbie al mio fianco. Fuori pioveva a dirotto, il fiume continuava a crescere, e in qualche modo io sapevo che il piano inferiore si stava allagando. Prima lentamente, soltanto un rivolo d'acqua che filtrava sotto lo stipite della porta, poi più in fretta, porte e finestre spalancate, acqua sporca che si riversava dentro la casa, lambendo le scale. Non so come, vedevo il soggiorno immerso in un verde torbido, il fiume reclamava la casa, l'acqua era arrivata al collo del cane di Goya che però non era più un animale

---

2 *Pesci piccoli, pesci grandi che nuotate nell'acqua. / Vieni qui, tu, e restituiscimi mia figlia.*

dipinto, era vero. Gli occhi erano bianchi e spalancati per il terrore, stava lottando per sopravvivere. Ho provato ad alzarmi, a scendere di sotto per salvarlo, ma Robbie non mi lasciava andare, mi tirava i capelli.

Mi sono svegliata di soprassalto, terrorizzata da quell'incubo. Ho guardato il cellulare, erano le tre del mattino. Sentivo qualcosa, qualcuno che si muoveva all'interno della casa. Lena era rientrata. Grazie a Dio. L'ho sentita scendere le scale, le infradito sbattevano contro la pietra. Si è fermata, incorniciata dallo stipite della porta, la luce alle sue spalle illuminava la sua figura.

Ha iniziato ad avvicinarsi. Stava dicendo qualcosa, ma non la sentivo e ho visto che non indossava le infradito, indossava i tacchi che si era messa per il funerale, e lo stesso vestito nero, che era bagnato fradicio. I capelli erano appiccicati alla faccia, la pelle era grigia, le labbra azzurrognole. Era morta.

Mi sono svegliata, ansimante. Il cuore mi martellava nel petto, la panca era bagnata di sudore. Mi sono seduta, ero confusa. Ho guardato i dipinti di fronte a me, mi sembrava che si muovessero e ho pensato: *Sto ancora dormendo, non riesco a svegliarmi, non riesco a svegliarmi*. Mi sono data un pizzicotto più forte che potevo, mi sono conficcata le unghie nella carne dell'avambraccio e ho visto i segni reali, ho sentito un dolore reale. La casa era buia e silenziosa, tranne per il mormorio tranquillo del fiume. Ho chiamato il nome di Lena.

Sono corsa di sopra e lungo il corridoio; la porta della sua camera era socchiusa e la luce accesa. Tutto era esattamente come l'avevo lasciato qualche ora prima, il bicchiere d'acqua, il letto sfatto, il posacenere intatto. Lena non era a casa. Non era rientrata. Se n'era andata.

Terza parte

LUNEDÌ, 24 AGOSTO
Mark

Erano le due del mattino passate quando arrivò a casa. Il volo da Malaga era atterrato in ritardo, e poi lui aveva perso il biglietto del parcheggio e gli ci erano voluti quarantacinque esasperanti minuti per ritrovare l'auto.

Adesso, fermo davanti casa, desiderò di averci messo ancora più tempo. Anzi, avrebbe voluto non aver mai recuperato la macchina ed essere stato costretto a dormire in albergo. Sarebbe stato risparmiato almeno per un'altra notte. Perché quando si era accorto, nell'oscurità, che tutte le finestre della sua casa erano in frantumi, aveva capito che non avrebbe più dormito, quella notte come nessun'altra a venire. Il riposo era finito, la tranquillità demolita. Era stato tradito.

Inoltre, si rammaricò di non essere stato più freddo, più calcolatore, di non essersi comportato diversamente con la sua donna. Così, quando fossero venuti a cercarlo, avrebbe potuto dire: «Io? Sono appena tornato dalla Spagna. Quattro giorni in Andalusia con la mia fidanzata. La mia bella ragazza, una professionista, di *ventinove* anni».

Ma non avrebbe fatto alcuna differenza, vero? Non sarebbe importato quello che avrebbe detto o fatto, o come aveva vissuto la sua vita fino a quel momento: lo avrebbero crocifisso, in ogni caso. Alla stampa, alla polizia, alla scuola, alla comunità non sarebbe importato che lui non fosse un pervertito con precedenti per molestie alle ragazzine. Non sarebbe importato che lui si era innamorato, e che fosse ricambiato. La reciprocità dei loro sentimenti sarebbe stata ignorata: la maturità di Katie, la sua serietà, la sua intelligenza, la sua *volontà*, nessuna di quelle cose avrebbe avuto importanza. Avrebbero visto soltanto la sua età, ventinove anni, e quella di lei, quindici, la metà, e gli avrebbero distrutto la vita.

Era nel cortile davanti casa, in piedi, fissava le finestre coperte da assi di legno e singhiozzava. Se ci fosse rimasto qualcosa da fracassare, lo avrebbe rotto lui stesso in quel momento. Era lì sull'erba e la malediceva, malediceva il giorno in cui le aveva messo gli occhi addosso per la prima volta, a lei così tanto più bella delle sue amiche, sciocche e supponenti. Malediceva il giorno in cui si era avvicinata languida alla cattedra, dondolando i fianchi morbidi con grazia e il sorriso sulle labbra, e gli aveva domandato: «Signor Henderson, posso chiederle di aiutarmi con una cosa?». Il modo in cui si era piegata in avanti, verso di lui, abbastanza vicina perché Mark potesse annusare la sua pelle pulita, senza alcun profumo artificiale. All'inizio era rimasto sorpreso e arrabbiato, aveva pensato che lei stesse giocando. Che volesse stuzzicarlo. Non era forse stata lei a iniziare? E allora perché era rimasto lui, da solo, a pagarne le conseguenze? Era lì in piedi, sull'erba, le lacrime agli occhi, il panico che gli riempiva la gola, e odiava Katie, odiava se stesso, odiava lo stupido casino in cui si era cacciato e dal quale ormai non vedeva alcuna via d'uscita.

Cosa fare? Entrare in casa, fare i bagagli e andarsene? Fuggire? La sua mente era annebbiata: andare dove, e come? Lo stavano già tenendo d'occhio? Doveva essere così. Se avesse prelevato denaro, se ne sarebbero accorti? Lo avrebbero bloccato se avesse cercato di uscire di nuovo dal paese? Immaginava la scena, il funzionario del controllo passaporti che guardava la sua fotografia e prendeva il telefono, uomini in divisa che lo trascinavano via dalla coda dei vacanzieri, gli sguardi curiosi sui loro volti. Osservandolo, avrebbero capito che cos'era? Non un trafficante di droga, non un terrorista, no: doveva essere qualcos'altro. Qualcosa di peggio. Fissò le finestre della casa, vuote e coperte dalle assi di legno, e pensò che fossero all'interno, che lo stessero aspettando lì, che avessero già frugato tra le sue cose, i suoi libri e le sue carte, che avessero già rivoltato la casa alla ricerca delle prove di ciò che aveva fatto.

E non avrebbero trovato niente. Nutriva un debolissimo barlume di speranza. Non c'era nulla da trovare. Né lettere d'amore, né fotografie nel computer, nessuna prova di alcun tipo che lei avesse mai messo piede in casa sua (le lenzuola eliminate da tempo, le stanze pulite, disinfettate, strofinata via ogni minima traccia di lei). Quali indizi avevano, a parte i deliri di un'adolescente vendicativa? Un'adolescente che aveva provato lei stessa a ottenere i suoi favori ed era stata clamorosamente respinta. Nessuno sapeva, nessuno sapeva davvero cosa c'era stato tra lui e Katie, e nessuno doveva saperlo. Nel Abbott era cenere, la parola di sua figlia non valeva molto di più.

Strinse i denti e cercò le chiavi nella tasca, poi fece il giro intorno alla casa e aprì la porta sul retro.

Lei gli fu addosso prima che avesse il tempo di accendere la luce, a malapena una presenza corporea, solo fauci oscure, denti e unghie. La respinse, ma lei tornò alla carica. Quale altra scelta aveva? Quale scelta gli aveva lasciato?

Adesso c'era il sangue sul pavimento e lui non aveva tempo per ripulirlo. Si stava facendo giorno. Doveva andare.

Jules

È arrivata quasi all'improvviso. Un'epifania. Un momento ero terrorizzata e in preda al panico, e quello dopo non lo ero più, perché sapevo. Non dove fosse Lena, ma *chi* fosse. Quindi potevo iniziare a cercarla.

Ero seduta in cucina, confusa, stordita. I poliziotti se n'erano andati, erano tornati al fiume per continuare le ricerche. Mi avevano detto di non muovermi, nel caso. Nel caso fosse tornata. Continui a chiamare, dicevano, tenga il telefono acceso. *Capito, Julia? Tenga il telefono acceso.* Mi parlavano come se fossi una bambina.

Non potevo biasimarli, credo, perché erano stati lì a farmi domande alle quali non ero in grado di rispondere. Sapevo quando avevo visto Lena l'ultima volta, ma non quando era stata in casa l'ultima volta. Non sapevo cosa indossava quando era uscita; non ricordavo cosa indossasse quando l'avevo vista l'ultima volta. Non riuscivo a distinguere il sogno dalla realtà: la musica era reale o me l'ero immaginata? Chi aveva chiuso la porta a chiave, chi aveva acceso le luci? I poliziotti mi guardavano con sospetto e delusione: perché l'avevo lasciata andare, se era così turbata dopo la discussione con Louise Whittaker? Come avevo fatto a non seguirla, a non consolarla? Vedevo le occhiate che si scambiavano, il giudizio non espresso. Che razza di tutore sarà questa donna?

Anche tu eri nella mia testa, e mi rimproveravi. *Perché non l'hai seguita, come io ho seguito te? Perché non l'hai salvata, come io ho salvato te? Quando avevo diciassette anni, ho salvato mia sorella dal fiume.* Nel, quando avevi diciassette anni mi hai spinta in acqua e mi tenevi ferma. (Quella vecchia lite, avanti e indietro: tu hai detto, io ho detto, tu hai detto, io ho detto. Non ce la facevo più, non volevo più litigare.)

Ecco dov'era. Nel ronzio della stanchezza, nell'emozione malata della paura, ho visto qualcosa, ho intravisto qualcosa che si muoveva, un'ombra appena fuori dalla mia visuale. *Sono stata davvero io*, hai chiesto, *a spingerti in acqua?* Sei stata tu o è stato Robbie? O è stata opera di entrambi?

Il pavimento sembrava oscillare, mi sono aggrappata al bancone della cucina per restare in piedi. *Opera di entrambi.* Ero senza fiato, di nuovo quell'oppressione al petto, come se stessi per avere un attacco di panico. Mi aspettavo che il mondo scolorisse, ma non è successo. Ero ancora in piedi, continuavo a respirare. *Opera di entrambi.* Sono corsa alle scale, come un fulmine le ho salite e sono entrata nella tua camera, ed eccola lì! Quella fotografia di te e Lena, dove lei sorrideva come un predatore: quella non sei tu. Quello non è il tuo sorriso. È il *suo*. È di Robbie Cannon. Lo rivedo, quel sorriso rivolto a me mentre lui è sdraiato sul tuo corpo e ti spinge le spalle giù, nella sabbia. Ecco chi è lei, chi è Lena. È opera di entrambi. Lena è tua e sua. Lena è figlia di Robbie Cannon.

Jules

Ero seduta sul letto, la foto incorniciata nella mia mano. Tu e lei mi sorridevate, riempiendo i miei occhi di lacrime calde e luccicanti, e finalmente ho pianto per te, come avrei dovuto fare al funerale. Ho ripensato a lui quel giorno, al modo in cui aveva guardato Lena: avevo del tutto frainteso quello sguardo. Non era da predatore, ma da *padrone*. Lui non la guardava come una ragazza da sedurre e possedere. Lena apparteneva già a lui. Era forse venuto per lei, per riprendersi ciò che era suo di diritto?

Non è stato difficile trovarlo. Suo padre era stato il proprietario di una catena di concessionarie di lusso, in tutto il Nord-Est. L'azienda si chiamava Cannon Cars. Non esisteva più, era fallita da anni, ma ce n'era una versione più piccola, più triste e modesta a Gateshead. Aveva un sito web mal progettato, con una foto di lui nella home page, da quel che vedevo, una foto scattata un po' di tempo prima. Meno panciuto, sul suo viso ancora qualche traccia del ragazzo bello e crudele che era stato.

Non ho chiamato la polizia, perché ero sicura che non mi avrebbero ascoltata. Ho preso le chiavi dell'auto e sono partita. Mentre lasciavo Beckford, mi sentivo quasi soddisfatta di me stessa: avevo capito, stavo prendendo il controllo della situazione. E più mi allontanavo dalla città, più mi sentivo forte, la nebbia della stanchezza si diradava, il corpo si scioglieva. Avevo fame, una fame atavica, e mi gustavo quella sensazione; mi sono morsa l'interno della guancia e ho avvertito il sapore di ferro. Una vecchia parte di me, un relitto furioso e temerario, era tornata in superficie; immaginavo di scagliarmi contro di lui, di azzannarlo. Ero un'amazzone che lo faceva a brandelli.

L'officina si trovava in una zona degradata della città, sotto le arcate della ferrovia. Un posto sinistro. Una volta lì, non mi sentivo più tanto coraggiosa. Mi tremavano le mani quando cambiavo marcia o mettevo la freccia, il sapore in bocca era di bile, non di sangue. Cercavo di concentrarmi su quello che dovevo fare – trovare Lena, portarla in salvo –, ma tutte le mie energie erano prosciugate dallo sforzo di cacciare indietro ricordi che non avevo lasciato riaffiorare per metà della mia vita, ricordi che adesso riemergevano come pezzi di legno trasportati dalla corrente.

Ho parcheggiato dall'altra parte della strada. C'era un tizio fuori dall'officina, che fumava una sigaretta: un ragazzo, non era Cannon. Sono scesa dall'auto, con le gambe che mi tremavano ho attraversato la strada per parlare con lui.

«È possibile vedere Robert Cannon?» ho chiesto.

«Hai bisogno per la macchina?» ha ribattuto, indicando l'auto dietro di me. «Puoi anche portarla dentro...»

«No, non sono venuta per questo. Devo parlare con... Lui c'è?»

«Non sei qui per la macchina? È in ufficio» ha detto, poi ha sollevato la testa per indicare un punto alle sue spalle. «Puoi entrare, se vuoi.»

Ho dato un'occhiata allo spazio buio e cavernoso e mi si è contratto lo stomaco. «No,» ho detto, con il tono più fermo che sono riuscita a mantenere, «preferirei parlargli qui fuori.»

Il ragazzo ha stretto le labbra, poi ha lanciato la sigaretta, fumata a metà, in strada. «Come vuoi» ha detto, ed è entrato.

Mi sono messa la mano in tasca e mi sono accorta che il telefonino era nella borsa, rimasta sul sedile dell'auto. Mi sono voltata per raggiungerla, consapevole che se lo avessi fatto non sarei ritornata, se mi fossi trovata al sicuro nell'abitacolo avrei perso del tutto il mio coraggio, avrei messo in moto e me ne sarei andata.

«Cosa posso fare per te?» Mi sono bloccata. «Bellezza, volevi qualcosa?»

Mi sono girata e lui era lì, ancora più brutto di come l'avevo visto il giorno del funerale. Il volto era appesantito e abbacchiato, il naso viola, solcato da vene blu che coprivano anche le guance, come l'estuario di un fiume. La sua andatura era familiare, avvicinandosi ondeggiava da una parte all'altra come una nave. Mi ha fissata con attenzione. «Ti conosco?»

«Sei Robert Cannon?» ho chiesto.

«Sì» ha risposto. «Sono Robbie.»

Per una frazione di secondo, mi ha fatto pena. È stato il modo in cui ha pronunciato il suo nome, usando ancora il diminutivo, Robbie, un nome da bambino, il nome di un ragazzino che corre nel giardino sul retro e si arrampica sugli alberi. Non è il nome di uno sfigato in sovrappeso, un fallito che gestisce un'officina dall'aspetto losco in una zona schifosa della città. Si è avvicinato e mi è arrivata una zaffata di lui, odore corporeo e alcol, e qualsiasi pietà è svanita mentre il mio corpo ricordava la sensazione del suo, che mi schiacciava fino a togliermi il fiato.

«Senti, tesoro, ho molto da fare» ha detto.

Ho stretto i pugni. «Lei è qui?» ho chiesto.

«Lei *chi*?» Ha aggrottato le sopracciglia, poi ha alzato gli occhi al cielo e ha cercato le sigarette nella tasca dei jeans. «Cazzo, non sarai mica un'amica di Shelley? Perché l'ho già detto al suo tipo, non vedo quella troietta da settimane, quindi se è per questo puoi anche tornartene da dove sei venuta, capito?»

«Lena Abbott» ho risposto, la mia voce era poco più di un sussurro. «È qui?»

Si è acceso la sigaretta. Dietro gli occhi scuri e spenti, qualcosa si è acceso. «Stai cercando... chi? La figlia di Nel Abbott? Tu chi sei?» Si è guardato intorno. «E perché pensi che la figlia di Nel sia qui?»

Non stava fingendo. Era troppo stupido per fingere, lo vedevo bene. Non sapeva dove fosse Lena. Non sapeva chi fosse. Mi sono girata per andarmene. Più rimanevo, più domande si sarebbe fatto. Più mi sarei scoperta.

«Aspetta.» Mi ha appoggiato una mano sulla spalla, e io mi sono voltata di scatto, scansandolo.

«Stai calma» ha detto, poi ha alzato le mani e si è guardato intorno, come se aspettasse i rinforzi. «Cosa sta succedendo? Tu sei...» Mi ha fissata intensamente. «Io ti ho vista... eri al funerale.» Alla fine ci è arrivato. *«Julia?»* Il suo volto si è sciolto in un sorriso. «Julia! Accidenti. Non ti avevo riconosciuta...» Mi ha squadrata, dalla testa ai piedi. «Julia. Perché non hai detto niente?»

Mi ha offerto una tazza di tè. Sono scoppiata a ridere, non riuscivo a fermarmi, ridevo così tanto che mi scendevano le lacrime e lui mi guardava, all'inizio ha ridacchiato con me, finché la sua allegria incerta si è esaurita ed è rimasto lì a fissarmi, confuso e sbigottito.

«Che sta succedendo?» ha chiesto di nuovo, infastidito.

Mi sono asciugata gli occhi con il dorso della mano. «Lena è scappata» ho detto. «L'ho cercata dappertutto, ho pensato che forse...»

«Be', lei non è *qui*. Perché mai hai pensato che fosse venuta da me? Non conosco quella ragazza, la prima volta che l'ho vista è stata al funerale. Sono rimasto sconvolto, a essere sincero. Assomiglia così tanto a Nel.» Cercava di assumere un'espressione che sembrasse addolorata. «Quando ho saputo la notizia, mi è dispiaciuto. Davvero, Julia.» Ha provato a toccarmi di nuovo, ma io mi sono spostata. Si è avvicinato di un passo. «Io... non ci posso credere che sei proprio tu! Sei cambiata così tanto.» Un sorriso malevolo si è allargato sul suo viso. «Non so come ho fatto a dimenticarmene» ha detto in tono sommesso, abbassando la voce. «Ho raccolto la tua ciliegina, vero, ragazza?» Rideva. «È passato tanto tempo.»

Ho raccolto la tua ciliegina. Un'immagine allegra, da picnic. E le ciliegie, dolci sulle labbra, buone e succose: lontane anni luce dalla sua lingua viscida nella mia bocca e dalle sue dita luride che si aprivano un varco dentro di me, con forza. Mi veniva da vomitare.

«No, Robbie» ho precisato, ed ero sorpresa da quanto fosse chiara la mia voce, alta, ferma. «Tu non hai raccolto la mia ciliegina. Tu mi hai violentata.»

Il sorriso è svanito dal suo volto devastato. Si è guardato alle spalle, poi mi si è avvicinato di nuovo. L'adrenalina mi faceva girare la testa, il mio respiro era più veloce, ho stretto i pugni e sono rimasta ferma dov'ero. «Io cosa?» ha sibilato. «Ma che cazzo...? Io non ho mai... io non ti ho *violentata*.»

L'ha sussurrato, *violentata*, come se temesse che qualcuno potesse sentirci.

«Avevo tredici anni» ho obiettato. «Ti ho detto di fermarti, piangevo, io...» Ho dovuto interrompermi perché sentivo le lacrime riempirmi la gola, annegare la mia voce, e non volevo piangere davanti a quel bastardo.

«Piangevi perché era la prima volta per te,» ha detto, il tono basso, suadente, «perché ti faceva un po' male. Non hai mai detto che non volevi. Non hai mai detto di no.» Poi, a voce più alta, categorica: «Puttanella bugiarda, non hai mai detto di no!». Si è messo a ridere. «Potevo avere tutto quello che volevo, non te lo ricordi? Metà delle ragazze di Beckford mi veniva dietro, con le mutandine bagnate. Mi facevo tua sorella, che era la più figa di tutte. Credi davvero che avessi bisogno di violentare una cicciona come te?»

Lui ci credeva. Vedevo che credeva a ogni parola che usciva dalla sua bocca, e quella è stata la mia vera sconfitta. Per tutto quel tempo, lui non si era mai sentito in colpa. Non aveva mai provato il minimo rimorso, perché, nella sua testa, quello che aveva fatto non era uno stupro. Dopo tutto quel tempo, lui era ancora convinto di aver fatto un favore alla cicciona.

Mi sono allontanata. Lo sentivo venirmi dietro, alle mie spalle, e imprecare sottovoce. *Sei sempre stata pazza, vero? Lo sei sempre stata. Non ci posso credere che sei venuta qui a dire queste stronzate, a dire che...*

Mi sono fermata di colpo, a pochi metri dall'auto. *Non ti è piaciuto, almeno un po'?* Qualcosa non mi tornava. Se Robbie non riteneva di avermi violentata, allora perché avresti dovuto pensarlo tu? Di cosa parlavi, Nel? Che cosa mi stavi chiedendo? *Che cosa* doveva essermi piaciuto, almeno un po'?

Mi sono girata. Robbie era fermo dietro di me, con le mani lungo i fianchi, grosse come bistecche, la bocca aperta. «Lei lo sapeva?» gli ho chiesto.

«Che cosa?»

«Nel lo sapeva?» gli ho urlato.

Ha arricciato le labbra. «Nel sapeva cosa? Che ti avevo scopata? Stai scherzando, vero? Immagina come avrebbe reagito se le fossi andato a dire che mi ero fatto la sua sorellina subito dopo aver finito con lei...» Si è messo a ridere. «Le ho raccontato la prima parte, che ci avevi provato, che eri ubriaca e appiccicosa, che ti eri strusciata e mi guardavi con quel faccione triste, e mi imploravi, *per favore*. Eri come un cagnolino, ti avevamo sempre tra i piedi, ci fissavi, ci spiavi, anche quando eravamo a letto insieme. Ti piaceva guardare, vero? Pensavi che non ce ne fossimo accorti, eh?» Rideva. «E invece sì. Ti prendevamo in giro, dicevamo che eri una piccola pervertita, una cicciona triste, che non era mai stata baciata né toccata, e a cui piaceva guardare la sorella figa che ci dava dentro.» Ha scosso la testa. «*Violentata?* Non farmi ridere! Tu volevi un po' di quello che si prendeva Nel, lo hai fatto capire molto chiaramente.»

Mi sono vista, seduta sotto gli alberi, in piedi davanti alla stanza, ferma a guardare. Aveva ragione, io li spiavo, ma non con desiderio o con invidia, bensì per una specie di malsana fascinazione. Li guardavo con gli occhi di una bambina, perché è questo che ero. Ero una ragazzina che non voleva vedere quello che stavano facendo a sua sorella (era così che sembrava, sembrava sempre che le stessero facendo qualcosa), ma non riusciva a distogliere lo sguardo.

«Le ho detto che ci avevi provato e che poi eri scappata via piangendo quando ti avevo respinta, e lei ti è venuta a cercare.»

Le immagini si sono riproposte di colpo nella mia mente: il suono delle tue parole, il calore della tua rabbia, la pressione delle tue mani che mi tengono sott'acqua e poi mi afferrano e mi trascinano a riva.

Stupida, stupida cicciona, che cosa hai fatto? Che cazzo stavi cercando di fare?

Oppure era: *Stupida stronza, cosa stavi facendo?*

E poi: *Lo so che ti ha fatto del male, ma cosa ti aspettavi?*

Ho raggiunto l'auto, ho cercato le chiavi con le mani che mi tremavano. Robbie era ancora dietro di me, continuava a parlare. «Sì, scappa pure, troia bugiarda! Non hai mai pensato che la ragazza fosse qui, vero? Era una scusa, giusto? Sei venuta per me. Ne vuoi un altro assaggino?» Lo sentivo sghignazzare mentre si allontanava, e lanciava la stoccata finale dall'altra parte della strada. «Non se ne parla neanche, tesoro, non questa volta! Avrai anche perso un sacco di chili, ma resti comunque brutta come la fame.»

Ho messo in moto la macchina, si è accesa, poi il motore si è spento. Imprecando, l'ho riavviato e sono partita sbandando lungo la strada, ho spinto il piede sull'acceleratore, per allontanarmi il più possibile da lui e da quello che era successo, e sapevo che mi sarei dovuta preoccupare per Lena, ma non riuscivo a pensarci, perché l'unico pensiero che avevo in testa era: *Tu non lo sapevi.*

Tu non sapevi che lui mi aveva violentata.

Quando hai detto: *Mi spiace che lui ti abbia fatto del male* intendevi che ti dispiaceva che mi fossi sentita rifiutata. Quando hai detto: *Ma cosa ti aspettavi?* intendevi che era ovvio che mi avrebbe respinta, ero soltanto una bambina. E quando mi hai chiesto: *Non ti è piaciuto, almeno un po'?* non ti riferivi al sesso, ma stavi parlando dell'acqua.

Il velo era caduto. Ero stata cieca e ottusa. Tu non lo sapevi.

Ho accostato al lato della strada e ho iniziato a singhiozzare, il mio corpo era scosso da quella scoperta tremenda e orribile: tu non lo sapevi. Per tutti questi anni, Nel. Per tutti questi anni ti ho attribuito la crudeltà più feroce, e cosa avevi fatto per meritartelo? Cosa hai fatto per meritartelo? Per tutto questo tempo io non ti ho ascoltata, non ti ho mai ascoltata. E in quel momento mi sembrava impossibile non aver visto, non aver capito che quando mi avevi domandato: *Non ti è piaciuto, almeno un po'?* stavi parlando del fiume, di quella notte al fiume. Volevi sapere come ci si sente ad abbandonarsi all'acqua.

Ho smesso di piangere. Nella mia testa, tu mormoravi: *Adesso non è il momento, Julia*, e ho sorriso. «Lo so» ho detto a voce alta. «Lo so.» Non me ne importava più niente di quello che pensava Robbie, non mi interessava se aveva passato tutta la vita a raccontare a se stesso di non aver fatto nulla di male; è quello che fanno gli uomini come lui. E a chi importa cosa ha pensato lui! Lui non significava nulla per me. Quella importante eri tu, quello che sapevi e non sapevi, e io per tutta la vita ti avevo punita per qualcosa che non avevi fatto. E ormai non posso più chiederti scusa.

Tornata a Beckford, ho fermato la macchina sul ponte, ho sceso gli scalini coperti di muschio e ho camminato lungo il sentiero del fiume. Era primo pomeriggio, l'aria si stava rinfrescando e si stava alzando un po' di vento. Non era la giornata migliore per una nuotata, ma avevo aspettato così tanto e volevo essere lì, con te. Ormai era l'unico modo per sentirti vicina, l'unica cosa che mi era rimasta.

Mi sono tolta le scarpe, restando in jeans e maglietta. Poi ho iniziato a camminare, un passo dopo l'altro. Ho chiuso gli occhi, ho sussultato mentre i piedi affondavano nel fango freddo, ma non mi sono fermata. Ho continuato a camminare, e quando l'acqua si è richiusa sopra la mia testa mi sono resa conto, attraverso il terrore, che mi piaceva. Mi piaceva davvero.

Mark

Il sangue filtrava dalla fasciatura che aveva intorno alla mano. Non era stato bravissimo a medicarla e, per quanto ci provasse, non poteva fare a meno di stringere il volante con troppa forza. Gli faceva male la mascella, un dolore intenso, impressionante, che gli pulsava dietro gli occhi. La morsa era tornata, stretta intorno alle tempie; sentiva il sangue affluirgli alla testa scorrendo nelle vene, e gli sembrava quasi che il cranio iniziasse a creparsi. Per due volte aveva dovuto fermare la macchina sul ciglio della strada per vomitare.

Non sapeva da che parte fuggire. Dapprima si era diretto a nord, di nuovo verso Edimburgo, ma a metà strada ci aveva ripensato. Potevano aspettarsi che andasse in quella direzione? Ci sarebbero stati posti di blocco all'ingresso della città, la torcia puntata in faccia, mani brusche che lo trascinavano fuori dalla macchina, voci poco rassicuranti che gli dicevano che il peggio, quello vero, doveva ancora arrivare? Era tornato indietro e aveva cambiato strada. Non riusciva a riflettere con quel dolore che gli stava spaccando la testa. Doveva fermarsi, respirare, pianificare le sue mosse. Lasciò la strada principale e si diresse verso la costa.

Tutto ciò che aveva temuto stava per accadere. Vedeva il futuro dipanarsi davanti a lui e quelle immagini tremende continuavano a riproporglisi nel cervello: la polizia alla porta, i giornalisti che gli urlano le domande mentre viene portato via, la testa avvolta in una coperta, verso un'automobile. Finestre riparate, solo per essere mandate di nuovo in frantumi. Vili insulti sui muri, escrementi nella cassetta della posta. Il processo. Oddio, il processo. La faccia dei genitori mentre Lena lancia le sue accuse, le domande della corte: quando e dove e quante volte? La vergogna. La condanna. La galera. Tutte le cose di cui aveva avvertito Katie, tutto quello che avrebbe dovuto affrontare. Non sarebbe sopravvissuto. Glielo aveva detto che non sarebbe sopravvissuto.

Quel venerdì sera di giugno non si aspettava di vederla. Lei doveva andare a un compleanno, un impegno al quale non si era potuta sottrarre. Mark ricordava di aver aperto la porta, provando quell'ondata di piacere che sentiva ogni volta che la vedeva, prima di avere il tempo di accorgersi dell'espressione del suo viso. Agitata, sospettosa. Quel pomeriggio qualcuno lo aveva visto con Nel Abbott, nel parcheggio della scuola. Di cosa avevano discusso? Perché aveva parlato con Nel?

«Qualcuno mi ha *visto*? Chi?» Era divertito, credeva che lei fosse gelosa.

Katie si era girata dall'altra parte, si era passata la mano sulla nuca, come faceva ogni volta che era nervosa o a disagio. «K? Cosa c'è?»

«Lei lo *sa*» aveva detto Katie a voce bassa, senza guardarlo, e il pavimento si era spalancato, facendolo precipitare nel vuoto. Le aveva afferrato un braccio, l'aveva costretta a girarsi per guardarlo in faccia. «Credo che Nel Abbott lo sappia.»

E allora era venuto fuori tutto, tutte le cose sulle quali aveva mentito, le cose che gli aveva tenuto nascoste. Lena ne era al corrente da mesi, e anche il fratello di Katie.

«Cristo! Cristo, Katie, come hai potuto non dirmelo? Come hai potuto... Cristo!» Non aveva mai alzato la voce con lei, vedeva che era spaventata, che era terrorizzata e sconvolta, eppure non era riuscito a fermarsi. «Hai idea di cosa mi faranno? Lo sai cosa cazzo significa finire in galera per pedofilia?»

251

«Ma tu non sei un pedofilo!» aveva gridato.

L'aveva afferrata di nuovo (avvampava ancora per la vergogna, al ricordo). «Sì che lo sono! È esattamente quello che sono! È questo che mi hai fatto diventare!»

Le aveva chiesto di andarsene, ma lei si era rifiutata. Lo aveva pregato, implorato. Gli aveva giurato che Lena non avrebbe mai parlato. Lena non avrebbe mai detto niente a nessuno. *Lei mi vuole bene, non mi farebbe mai del male.* Aveva convinto Josh che era finita, che in realtà non era mai successo nulla, che non c'era niente di cui preoccuparsi, che se si fosse fatto sfuggire qualcosa avrebbe soltanto spezzato il cuore ai loro genitori. Ma Nel?

«Non sono neppure sicura che lo sappia» gli aveva spiegato Katie. «Lena ha detto che *potrebbe* aver origliato qualcosa...» Aveva abbassato la voce, e lui aveva capito dall'angolazione del suo sguardo che stava mentendo. Non le credeva, non credeva a niente di quello che aveva detto. Quella ragazza bellissima, che lo aveva incantato e ammaliato, non era più affidabile.

Era finita, le aveva detto, guardando il viso di lei distorcersi, liberandosi mentre Katie cercava di abbracciarlo, respingendola, prima con gentilezza e poi con maggiore fermezza. «No, ascolta, ascoltami! Non *posso* più vederti, non in questo modo. Mai più, capisci? È finita. Non è mai successo. Non c'è niente tra noi, non c'è mai stato niente tra noi.»

«Mark, non dire così, per favore!» Singhiozzava talmente forte da non riuscire a respirare, e a lui si era spezzato il cuore. «Ti prego, non dire così. Io ti amo...»

Lui aveva vacillato, si era lasciato abbracciare, si era lasciato baciare, aveva sentito che la sua risolutezza stava scemando. Il corpo di lei premeva contro il suo, e d'un tratto lui aveva avuto una chiara visione di altri corpi che premevano contro il suo, non uno soltanto, ma parecchi: corpi maschili che si strofinavano contro il suo corpo picchiato, spezzato, violentato; aveva visto questo e l'aveva spinta via con forza.

«No! No! Ti rendi conto di quello che hai combinato? Mi

hai *rovinato* la vita, lo capisci? Quando questa storia verrà fuori, quando quella stronza andrà alla polizia, perché *ci andrà*, la mia vita sarà finita. Lo sai cosa fanno a quelli come me in prigione? Lo sai, vero? Pensi che potrò sopravvivere? Non ce la farò. La mia vita sarà *finita*.» Aveva visto la paura e il dolore sul viso di lei e aveva detto ancora: «E sarà tutta colpa tua».

Quando avevano ripescato il suo corpo dall'acqua, Mark si era punito. Per giorni, era riuscito a stento ad alzarsi dal letto, eppure aveva dovuto affrontare il mondo, era dovuto andare a scuola, guardare la sedia vuota, affrontare il dolore dei suoi amici e dei genitori e non mostrare nulla del suo. A lui, che l'amava più di tutti, non era consentito piangere per Katie come lei avrebbe meritato. E non poteva piangere come avrebbe meritato anche *lui*, perché sebbene si fosse punito per le cose che le aveva detto in un momento di rabbia, sapeva che non era davvero colpa sua. Niente di ciò che era successo era colpa sua: come poteva esserlo? Come si può controllare di chi ci si innamora?

Mark sentì un tonfo e sobbalzò, sterzò finendo in mezzo alla strada e poi sterzò di nuovo per tornare in carreggiata, ma andò a finire sulla ghiaia del cordolo. Controllò lo specchietto retrovisore. Credeva di aver colpito qualcosa, ma non c'era niente, solo l'asfalto vuoto. Fece un bel respiro e strinse di nuovo il volante, trasalendo perché aveva urtato la fasciatura. Accese la radio e alzò il volume al massimo.

Non sapeva ancora cosa avrebbe fatto con Lena. La prima idea era stata guidare fino a Edimburgo, scaricare la macchina in un parcheggio e prendere un traghetto per il continente. L'avrebbero trovata quasi subito. Be', l'avrebbero trovata, prima o poi. Anche se stava davvero male, doveva continuare a ricordare a se stesso che non era colpa sua. Era stata *lei* ad andare da *lui*, e non il contrario. E quando aveva provato a difendersi, a *respingerla*, lei era tornata alla carica, ancora e ancora, urlando e graffiandolo, con gli artigli sfoderati. Lui era caduto lungo disteso sul pavimento della cucina, e il suo borsone era finito sul pavimento, dall'altra parte della stanza. Dal tascone, come se fosse stato pescato da una divinità con un macabro senso dell'umorismo, era caduto il braccialetto. Il braccialetto che Mark portava con sé da quando lo aveva preso dalla scrivania di Helen Townsend, quell'oggetto che possedeva un potere che lui non aveva capito come sfruttare, era uscito fuori dalla borsa, e ora stava planando sul pavimento della cucina, tra di loro.

Lena lo aveva guardato come se fosse un oggetto extraterrestre. Avrebbe potuto essere un cristallo di kryptonite verde, per come lo aveva fissato. Poi il momento di confusione era passato e lei gli si era fiondata di nuovo addosso, però questa volta impugnava le forbici e i suoi colpi furibondi miravano alla faccia, al collo, con un'intenzione violenta, feroce. Lui aveva alzato le mani per difendersi e lei ne aveva colpita una. La ferita pulsava, rabbiosa, al ritmo forsennato del suo cuore.

Bum, bum, bum. Controllò di nuovo lo specchietto, non c'era nessuno dietro di lui, e affondò il piede sul freno. Sentì un tonfo disgustoso, che lo soddisfò, mentre il corpo di lei sbatteva contro il metallo. Poi il silenzio.

Accostò di nuovo, questa volta non per vomitare, ma per piangere. Per se stesso, per la sua vita distrutta. Piangeva con strazianti singhiozzi di frustrazione e disperazione, battendo la mano destra contro il volante, ancora e ancora, finché non gli fece male quanto la sinistra.

La prima volta che avevano fatto l'amore Katie aveva quindici anni e due mesi. Altri dieci mesi e avrebbe raggiunto l'età del consenso. Sarebbero stati intoccabili, almeno dal punto di vista legale. Avrebbe dovuto lasciare il lavoro, e qualcuno lo avrebbe comunque biasimato, forse lo avrebbero insultato, ma lo avrebbe sopportato. Avrebbero potuto sopportarlo. Dieci maledettissimi mesi! Avrebbero dovuto aspettare. Lui avrebbe dovuto insistere perché aspettassero. Katie era quella che aveva fretta, era lei quella che non poteva stargli lontana, era lei che aveva forzato gli eventi, che voleva farlo suo, questo era innegabile. E poi era morta, e lui avrebbe pagato per tutto.

L'ingiustizia scottava, bruciava la sua carne come un acido, e la morsa continuava a premere, sempre più stretta, e lui voleva soltanto che Dio lo annientasse, che gli aprisse la testa in due così, come per lei, come per Katie, anche per lui sarebbe finito tutto.

Lena

Quando mi sono svegliata ho avuto paura, non sapevo dov'ero. Non vedevo niente. Era buio pesto. Ma dal rumore, dal movimento e dalla puzza di benzina, ho capito che mi trovavo dentro un'automobile. La testa mi faceva malissimo, e anche la bocca, era caldo e si soffocava e c'era qualcosa che mi affondava nella schiena, qualcosa di duro, come un bullone di metallo. Ho spostato la mano per provare ad afferrarlo, ma era saldato.

Peccato: mi sarebbe proprio servita un'arma.

Ero spaventata, ma sapevo che non potevo permettere alla paura di prendere il sopravvento. Dovevo pensare con lucidità. Con lucidità e in fretta, perché prima o poi l'auto si sarebbe fermata, e allora sarebbe stato o lui o me, e non gli avrei permesso *mai e poi mai* di far fuori Katie *e* la mamma *e* me. Per niente al mondo. Dovevo crederci, dovevo continuare a ripetermelo: sarebbe finita con me viva e lui morto.

Nei mesi successivi alla morte di Katie, avevo pensato a molti modi per farla pagare a Mark Henderson per quello che aveva fatto, ma non avevo mai preso in considerazione l'omicidio. Avevo considerato altre strade: imbrattargli le pareti, fracassare le finestre di casa sua (già fatto!), telefonare alla sua fidanzata e raccontarle tutto quello che Katie mi aveva detto. Quante volte, quando, dove. Quanto gli piaceva chiamarla "la cocca del professore". Avevo pensato di chiedere ai ragazzi più grandi di pestarlo a sangue. Avevo pensato di tagliargli il pisello e farglielo mangiare. Ma non avevo mai pensato di ucciderlo. Non fino a quel giorno.

Come ci ero finita lì dentro? Non potevo credere di essere stata tanto stupida da permettergli di prendere in mano la situazione. Non sarei mai dovuta andare a casa sua, non senza un piano preciso, non senza sapere con esattezza cosa avrei fatto.

Non ci avevo riflettuto prima, ho cominciato a pensarci mentre andavo a casa sua. Sapevo che stava rientrando dalle vacanze, avevo sentito Erin e Sean che ne discutevano. E poi, dopo tutte le cose che mi aveva detto Louise, dopo aver parlato con Julia e aver realizzato che non era colpa mia né della mamma, ho pensato: *È il momento*. Volevo soltanto guardarlo in faccia e farlo sentire un po' in colpa. Volevo che lo ammettesse, che ammettesse quello che aveva fatto e che era sbagliato. Così sono andata da lui, avevo già rotto il vetro della porta sul retro, quindi è stato abbastanza facile entrare.

La casa puzzava di sporco, come se fosse partito senza buttare l'immondizia o qualcosa del genere. Per un po' sono rimasta in cucina e ho usato il telefonino per dare un'occhiata in giro, ma poi ho deciso di accendere la luce perché dalla strada non si vedeva, e anche se i vicini lo avessero notato avrebbero pensato che lui era tornato.

La casa puzzava di sporco perché era sporca. Faceva davvero schifo: piatti da lavare nel lavandino e confezioni di pasti pronti con residui di cibo ancora incrostati dentro, e tutte le superfici ricoperte di unto. E quintali di bottiglie di vino rosso, vuote, nel secchio dei rifiuti. Non era proprio come me l'aspettavo. Dal modo in cui si presentava a scuola, sempre vestito bene e con le unghie pulite e tagliate cortissime, pensavo che fosse un precisino.

Sono andata in soggiorno e ho dato un'occhiata, aiutandomi con la torcia del cellulare; non ho acceso la luce lì perché si sarebbe vista dalla strada. Era una stanza molto ordinaria. Mobili economici, un sacco di libri e cd, neanche una stampa alle pareti. Era ordinaria, sporca e triste.

Il piano di sopra era anche peggio. La camera da letto puzzava. Il letto era sfatto, l'armadio spalancato emanava un cattivo odore, diverso da quello del piano di sotto, di acido e sudore, come un animale malato. Ho aperto la finestra, chiuso le tende e acceso la luce sul comodino. Era in uno stato ancora più pietoso del piano inferiore, sembrava che ci vivesse un vecchio: pareti di un giallo orribile e tende marroni e abiti e carte sul pavimento. Ho aperto un cassetto e c'erano auricolari e tagliaunghie. Nel secondo cassetto c'erano profilattici, lubrificante e manette di peluche.

Mi è venuto un conato. Mi sono seduta sul letto e ho notato che nell'angolo opposto il lenzuolo era sollevato dal materasso, così ho visto una macchia marrone. Ho creduto di vomitare davvero. Era doloroso, fisicamente doloroso, pensare che Katie era stata lì, con lui, in quella stanza orrenda in quella casa schifosa. Ero pronta ad andarmene. In ogni caso, era stata un'idea stupida arrivare lì senza avere un piano. Ho spento la luce e sono scesa di sotto, ero quasi arrivata alla porta quando ho sentito un rumore all'esterno, i passi sul vialetto. Poi la porta si è spalancata e lui era lì. Era brutto, la faccia e gli occhi rossi, la bocca aperta. Gli sono saltata addosso. Volevo strappare gli occhi da quella brutta faccia, volevo sentirlo gridare.

Poi non so cosa è successo. Lui è caduto, credo, io ero in ginocchio e qualcosa ha attraversato il pavimento nella mia direzione. Un pezzo di metallo, una chiave, forse. L'ho preso e ho sentito al tatto che non aveva il bordo seghettato, ma liscio. Un cerchio. Un cerchio d'argento con il gancetto di onice nera. Lo rigiravo nella mano. Sentivo il ticchettio rumoroso dell'orologio della cucina e il respiro di Mark. «Lena» ha detto, e io ho sollevato lo sguardo e ho visto che era spaventato. Mi sono alzata. «Lena» ha ripetuto, e mi si è avvicinato. Stavo sorridendo, perché con la coda dell'occhio avevo visto un oggetto di un colore argentato, un oggetto appuntito, e sapevo esattamente cosa avrei fatto. Avrei fatto un gran respiro e sarei rimasta ferma, avrei aspettato finché lui non avesse detto il mio nome un'altra volta, e allora avrei preso le forbici che erano appoggiate sul tavolo della cucina e gliele avrei conficcate in quel fottuto collo.

«Lena» ha detto ancora, e ha allungato una mano verso di me, e tutto è successo in un attimo. Ho afferrato le forbici e mi sono lanciata su di lui, ma è più alto di me, e aveva le braccia sollevate, devo averlo mancato, vero? Perché lui non è morto, sta guidando e io sono chiusa qui dentro con un bernoccolo sulla testa.

Mi sono messa a urlare, stupidamente, perché, siamo seri, chi mi poteva sentire? Capivo che l'auto filava a tutta velocità, ma io urlavo comunque. *Fammi uscire, fammi uscire, stupido bastardo!* Battevo i pugni sul cofano di metallo, urlavo con tutto il fiato che avevo in corpo, e poi di colpo, *bang!* L'auto si è fermata e io sono andata a sbattere contro il bordo del bagagliaio, e allora mi sono messa a piangere.

Non era soltanto per il dolore. Per qualche motivo, continuavo a pensare alle finestre che avevamo fracassato, io e Josh, a quanto si sarebbe arrabbiata Katie. Avrebbe odiato quella situazione, tutto quanto: avrebbe odiato il fatto che suo fratello fosse stato costretto a dire la verità dopo mesi di bugie, avrebbe odiato vedere me in quello stato, ma soprattutto avrebbe odiato quelle finestre rotte, perché erano la cosa che temeva. Finestre rotte e PEDOFILO scritto sui muri e gli escrementi nella cassetta della posta e i giornalisti sul marciapiede e la gente che gli sputa addosso e lo prende a cazzotti.

Piangevo per il dolore e piangevo perché stavo male per Katie, perché sapevo che quella storia le avrebbe spezzato il cuore. *Sai una cosa, Katie?* Mi ritrovavo a sussurrarle, come una pazza, come Julia che borbotta da sola, nel buio. *Mi dispiace. Mi dispiace davvero, perché questo non è quello che lui si merita. Adesso posso dirlo, perché tu non ci sei più e io sono nel bagaglio della sua automobile, con la bocca sanguinante e una ferita alla testa, e posso affermarlo con certezza: Mark Henderson non merita di essere perseguitato o picchiato. Merita di peggio. So che ne eri innamorata, ma lui non ha rovinato la vita soltanto a te: l'ha rovinata anche a me. Lui ha ucciso mia madre.*

Erin

Quando è arrivata la telefonata ero nell'ufficio sul retro, con Sean. Una tizia giovane, pallida, dall'aria sconvolta, si è affacciata alla porta. «Signore, ce n'è un'altra. L'hanno vista dal promontorio. Era in acqua, una giovane donna.» Dall'espressione della sua faccia, ho temuto che Sean stesse per vomitare.

«Non può essere» ho detto. «Ci sono agenti dappertutto, com'è possibile che ce ne sia un'altra?»

Quando siamo arrivati c'era una folla di gente sul ponte e i poliziotti facevano del loro meglio per farli rimanere lì. Sean si è messo a correre e io l'ho seguito, pestando il terreno sotto gli alberi. Ero tentata di rallentare, di fermarmi. L'ultima cosa al mondo che avevo voglia di vedere era quella ragazza che veniva tirata fuori dall'acqua.

Ma non era lei, era Jules. Quando siamo arrivati era già in salvo sulla riva. C'era un rumore strano nell'aria, come il cicaleccio di una gazza. Ci ho messo un po' a capire che veniva da lei, da Jules. Stava battendo i denti. Tremava dalla testa ai piedi, i vestiti inzuppati le aderivano al corpo magro da far pietà, rannicchiato su se stesso come una sedia a sdraio pieghevole. L'ho chiamata per nome e lei mi ha guardata, gli occhi iniettati di sangue mi attraversavano, come se non riuscisse a concentrarsi, come se non avesse registrato chi ero. Sean si è tolto la giacca e gliel'ha appoggiata sulle spalle.

Balbettava, sembrava in trance. Non ci ha detto una parola, forse non si è nemmeno accorta della nostra presenza. Era seduta, tremante, fissava l'acqua nera, le sue labbra si muovevano come quando aveva visto sua sorella all'obitorio, senza emettere suoni ma con decisione, come se stesse discutendo con un interlocutore invisibile.

Il sollievo, se così si può dire, è durato solo qualche minuto, prima che arrivasse una nuova crisi. Gli agenti che erano andati a dare il benvenuto a Mark Henderson di ritorno dalle vacanze avevano trovato la casa vuota. E non soltanto vuota, insanguinata: c'erano segni di colluttazione in cucina, macchie di sangue sul pavimento e sulle maniglie, e la macchina di Henderson non si trovava da nessuna parte.

«Cristo» ha detto Sean. «Lena.»

«No» ho gridato, cercando di convincere me stessa oltre che lui. Ripensavo alla conversazione che avevo avuto con Henderson il giorno prima della sua partenza per le vacanze. C'era qualcosa in lui, un che di debole. Di ferito. Non c'è niente di più pericoloso di un uomo così. «No. C'erano degli agenti piantonati a casa sua, lo stavano aspettando, non può avere...»

Sean stava scuotendo la testa. «No, non c'erano. Non erano lì. Ieri sera c'è stato un brutto incidente sulla A68 e servivano tutti gli agenti disponibili. Così sono state riallocate le risorse. Non c'era nessuno a casa di Henderson fino a stamattina.»

«Cazzo. *Cazzo*.»

«Già. Lui è rientrato, ha visto le finestre in frantumi ed è saltato alla conclusione corretta. Ovvero che Lena Abbott ci abbia detto qualcosa.»

«E poi? È andato a casa sua, l'ha rapita e l'ha portata nel suo appartamento?»

«E come diavolo faccio a saperlo?» ha ribattuto Sean. «È colpa nostra. Avremmo dovuto tenere sotto controllo la casa, e anche Lena... È colpa nostra se è sparita.»

Jules

Il poliziotto, non uno di quelli che avevo già incontrato, voleva entrare in casa con me. Era un ragazzo, forse venticinque anni, ma il viso da cherubino, senza un filo di barba, lo faceva sembrare ancora più giovane. Era gentile, però ho insistito perché se ne andasse. Non volevo rimanere da sola in casa con un uomo, non importa quanto innocuo.

Sono andata di sopra e mi sono preparata un bagno. Acqua, acqua dappertutto. Non avevo molta voglia di essere di nuovo immersa, ma non mi veniva in mente un modo migliore per scacciare il freddo dalle ossa. Mi sono seduta sul bordo della vasca, mi mordevo il labbro per fermare il battito dei denti, il cellulare in mano. Continuavo a chiamare il numero di Lena, ripetutamente, continuavo a sentire il suo messaggio allegro, la voce piena di una luce che non ho mai sentito quando parla con me.

Non appena la vasca è stata piena a metà, mi sono chinata per entrarci, digrignando i denti per il panico, il battito del cuore che aumentava mentre il mio corpo affondava. Va tutto bene, va tutto bene, va tutto bene. L'avevi detto tu. Quella notte, quando eravamo qui dentro insieme, quando mi versavi l'acqua calda sulla pelle, quando mi confortavi. *Va tutto bene*, dicevi. *Va tutto bene, Julia. Va tutto bene.* Non era vero, ovviamente, ma tu non lo sapevi. Tu credevi soltanto che avessi avuto una giornata tremenda, che fossi stata presa in giro, umiliata e rifiutata da un ragazzo che mi piaceva. E alla fine, con un gesto anche troppo melodrammatico, ero andata al fiume e mi ci ero tuffata.

Eri arrabbiata perché pensavi che lo avessi fatto per farti star male, per metterti nei guai. Perché la mamma volesse più bene a me, ancora più di quanto me ne volesse già. E respingesse te. Perché sarebbe stata colpa tua, vero? Tu mi avevi trattata male, e tu dovevi badare a me, e tutto era successo mentre ero sotto la tua tutela.

Ho chiuso il rubinetto con l'alluce e mi sono lasciata andare nella vasca: le spalle immerse, il collo, la testa. Ascoltavo i suoni della casa, distorti, attutiti, resi irriconoscibili dall'acqua. Un tonfo improvviso mi ha costretta a tirarmi su, nell'aria fredda. Ho ascoltato. Niente. Mi immaginavo le cose.

Ma quando mi sono immersa di nuovo ho sentito distintamente un cigolio sulle scale, passi, lenti e cadenzati, lungo il corridoio. Mi sono seduta con la schiena dritta, aggrappandomi al bordo della vasca. Un altro cigolio. Una maniglia che girava.

«Lena?» ho chiamato, la mia voce sembrava infantile, stridula e sottile. «Lena, sei tu?»

Il silenzio, in risposta, mi risuonava nelle orecchie e mi sembrava di sentire delle voci.

La tua voce. Un'altra delle tue telefonate, la prima. La prima dopo la nostra lite alla veglia funebre, dopo quella terribile domanda. Non era passato molto tempo, una settimana, forse due, quando mi avevi chiamata nel cuore della notte e avevi lasciato un messaggio. Eri in lacrime, le parole biascicate, la tua voce appena udibile. Mi avevi detto che stavi per tornare a Beckford, per incontrare un vecchio amico. Avevi bisogno di parlare con qualcuno e io ero inutile. All'epoca non ci avevo pensato. Non mi importava.

Solo adesso ho capito e, nonostante il tepore dell'acqua, ho sentito un brivido corrermi lungo il corpo. Per tutto quel tempo io ti avevo accusata, ma sarebbe dovuto essere il contrario. Eri tornata per incontrare un vecchio amico. Cercavi consolazione perché io ti avevo respinta, perché non volevo parlare con te. Ed eri andata da *lui*. Ti avevo delusa e ho continuato a deluderti. Ero seduta con le braccia strette intorno alle ginocchia, il dolore che tornava, a ondate: ti avevo delusa, ti avevo ferita, e mi uccideva il fatto che tu non abbia mai saputo il perché. Hai passato tutta la vita a cercare di capire perché ti odiavo così tanto, e io non avrei dovuto fare altro che dirtelo. Tutto quello che dovevo fare era rispondere quando chiamavi. E adesso era troppo tardi.

C'è stato un altro rumore, più forte: un cigolio, qualcosa che raschiava. Non me l'ero sognato. C'era qualcuno in casa. Mi sono tirata fuori dalla vasca e mi sono vestita, più tranquillamente che potevo. *È Lena*, mi sono detta. *È lei. È Lena*. Sono entrata con cautela nelle stanze al piano di sopra, ma non c'era nessuno, e da ogni specchio il mio volto terrorizzato si faceva beffe di me. *Non è Lena. Non è Lena*.

Doveva essere lei, ma dov'era? Forse in cucina, doveva essere affamata: sarei scesa di sotto e l'avrei trovata con la testa infilata nel frigorifero. Ho sceso le scale in punta di piedi, ho attraversato il corridoio, sono passata davanti alla porta del soggiorno. E lì, con la coda dell'occhio, l'ho vista. Un'ombra. Una sagoma. Qualcuno seduto sulla panca sotto la finestra.

Erin

Tutto era possibile. Quando senti rumore di zoccoli, cerca i cavalli, ma non *escludere* le zebre. Non immediatamente. È per questo motivo che, mentre Sean portava Callie a dare un'occhiata a casa di Henderson, io sono stata spedita a parlare con Louise Whittaker del "chiarimento" che aveva avuto con Lena, appena prima che la ragazza scomparisse.

Quando sono arrivata dai Whittaker, è venuto ad aprire Josh, come al solito. E, come sempre, sembrava preoccupato di vedermi. «Cos'è successo?» ha chiesto. «Avete trovato Lena?»

Ho scosso la testa. «Non ancora. Ma sta' tranquillo...»

Si è girato, le spalle basse. L'ho seguito in casa. Ai piedi delle scale si è voltato verso di me. «Lei è scappata per colpa della mamma?» ha domandato, le sue guance sono arrossite un po'.

«Perché me lo chiedi, Josh?»

«La mamma l'ha fatta star male» ha replicato, amareggiato. «Adesso che la mamma di Lena non c'è più, lei incolpa Lena di tutto. È stupido. È colpa mia quanto sua, ma lei la incolpa di tutto. E adesso Lena è sparita.» La voce è diventata più stridula. «Lei è sparita.»

«Josh, con chi stai parlando?» ha gridato Louise, dal piano di sopra. Suo figlio l'ha ignorata, così le ho risposto io. «Sono io, signora Whittaker. Il sergente Morgan. Posso salire?»

Louise indossava una tuta da ginnastica grigia che aveva visto giorni migliori. I capelli erano raccolti, il volto pallido. «Ce l'ha con me» ha detto, a mo' di saluto. «Per via della scomparsa di Lena. Pensa che sia colpa mia.» L'ho seguita sul pianerottolo. «Lui incolpa me, io incolpo Nel, io incolpo Lena, e così via, senza fine.» Mi sono fermata sulla soglia della camera da letto di Katie. La stanza era completamente vuota, il letto sfatto, l'armadio svuotato. Le pareti color glicine mostravano le cicatrici dell'adesivo Blu-Tack strappato frettolosamente. Louise mi ha rivolto un sorriso stanco. «Può entrare. Ho quasi finito qui dentro.» Si è inginocchiata e ha ripreso il compito che dovevo aver interrotto, ovvero inscatolare libri. Mi sono accovacciata al suo fianco per aiutarla, ma prima che riuscissi a raccogliere il primo volume mi ha messo una mano sul braccio, con forza. «No, grazie. Preferisco occuparmene da sola.» Mi sono alzata. «Non voglio sembrare maleducata,» ha ripreso «ma non voglio che altre persone tocchino le sue cose. È sciocco, vero?» ha chiesto, guardandomi, con gli occhi che luccicavano. «Voglio che soltanto lei le abbia toccate. Voglio che rimanga qualcosa di lei, sulla copertina dei libri, sulle coperte, sulla sua spazzola...» Si è fermata per prendere fiato. «Non ho fatto grandi progressi, a quanto pare. Andare avanti, superare il dolore, ricominciare a vivere...»

«Non credo che ce lo si aspettasse da lei» ho detto, con gentilezza. «Non...»

«Non ancora? Questo vorrebbe dire che a un certo punto succederà. Ma quello che la gente sembra non capire è che io non voglio smettere di sentirmi come mi sento adesso. Come potrei provare qualcosa di diverso? La mia tristezza è accettabile. Ha... il giusto peso, mi schiaccia quel tanto che basta. La mia rabbia è pulita, mi sostiene. Bene...» Ha sospirato. «Però mio figlio pensa che io sia responsabile della scomparsa di Lena. A volte mi chiedo se pensa anche che abbia spinto Nel Abbott giù dallo strapiombo.» Ha tirato su con il naso. «A ogni modo, mi ritiene responsabile per Lena. Per il fatto che sia rimasta così. Senza madre. Sola.»

Ero in mezzo alla stanza, con le braccia attentamente incrociate, cercando di non toccare nulla. Come se fossi stata sulla scena di un delitto, e non volessi contaminarla.

«È senza madre,» ho detto «ma è anche senza padre? Lei crede davvero che Lena *non abbia idea* di chi sia suo padre? Sa se lei e Katie ne hanno mai parlato?»

Louise ha scosso la testa. «Sono quasi certa che non lo sappia. O almeno è quello che Nel ha sempre sostenuto. Io pensavo che fosse strano. Come molte delle scelte genitoriali di Nel, non soltanto strano, ma irresponsabile; voglio dire, se ci fosse un problema genetico, una malattia, qualcosa del genere? E comunque non sembrava giusto nei confronti di Lena, non dare a un figlio neppure la possibilità di conoscere suo padre. Se la si torchiava, e quando eravamo in buoni rapporti io la torchiavo, raccontava che era stata la storia di una notte, un tizio che aveva conosciuto appena era arrivata a New York. Sosteneva di non sapere il suo cognome. Quando in seguito ci ho ripensato, ho capito che doveva essere una bugia, perché avevo visto una fotografia di Nel durante il trasloco nel suo primo appartamento a Brooklyn, e la maglietta era aderente alla pancia già gonfia.»

Louise ha smesso di impilare libri. Ha scosso la testa. «Quindi, in questo senso, Josh ha ragione. Lei *è* sola. Non ha parenti, a parte la zia. Che io abbia mai sentito nominare, almeno. Per quanto riguarda i fidanzati...» Ha sorriso con tristezza. «Una volta Nel mi disse che andava a letto soltanto con uomini sposati perché erano discreti, non esigenti e le lasciavano vivere la sua vita. Le sue relazioni rimanevano private. Sono certa che frequentasse degli uomini, ma non ne parlava. Ogni volta che la vedevamo in giro, era sola. Sola o con sua figlia.» Ha sospirato. «L'unico uomo al quale Lena è mai sembrata vagamente affezionata è Sean.» È arrossita leggermente mentre pronunciava il suo nome, e si è girata dall'altra parte, come se avesse detto qualcosa che non doveva dire.

«Sean Townsend, intende? Davvero?» Lei non ha replicato. «Louise?» Si è alzata per prendere un'altra pila di libri dallo scaffale. «Louise che cosa sta dicendo? Che c'è qualcosa di... *sconveniente* tra Sean e Lena?»

«Oddio, no!» Ha fatto una risatina. «Non con Lena.»

«Non con Lena? Allora con... Nel? Mi sta dicendo che c'era qualcosa tra lui e Nel Abbott?»

Louise ha stretto le labbra e si è voltata dall'altra parte, in modo da impedirmi di leggere la sua espressione.

«Perché, vede, sarebbe molto scorretto. Indagare sulla morte sospetta di qualcuno con cui lui aveva avuto una relazione, sarebbe...»

Cosa sarebbe? Non professionale, non etico, motivo di licenziamento? No, lui non lo avrebbe mai fatto. Non è possibile che possa averlo fatto, né che possa avermelo tenuto nascosto. Avrei visto qualcosa, notato qualcosa, giusto? Così ho ripensato all'impressione che mi aveva fatto la prima volta che lo avevo visto, in piedi sulla riva dello Stagno con Nel Abbott ai suoi piedi, la testa china come se stesse pregando per lei. Gli occhi umidi, le mani tremanti, l'espressione assente, la tristezza. Ma era per sua madre, vero?

Louise continuava a sistemare i libri nelle scatole, in silenzio.

«Mi ascolti» ho ripreso, alzando la voce per attirare la sua attenzione. «Se lei è al corrente di una relazione di qualche tipo tra Sean e Nel, allora...»

«Non è quello che ho detto» ha replicato, guardandomi dritto negli occhi. «Non ho detto niente del genere. Sean Townsend è un brav'uomo.» Si è alzata. «Adesso ho molto da fare, sergente. Credo sia il caso che lei se ne vada, ora.»

Sean

Gli agenti della Scientifica hanno riferito che la porta era stata lasciata aperta. Non solo non era chiusa a chiave, ma era aperta. Mentre entravo, le mie narici sono state assalite da un odore ferroso. Callie Buchan era già sul posto, stava parlando con i colleghi. Mi ha chiesto qualcosa, ma non la stavo ascoltando perché mi sforzavo di sentire qualcos'altro: il piagnucolio di un animale.

«Shhh!» ho detto. «Ascolta!»

«Signore, hanno perquisito la casa» ha detto Callie. «Non c'è nessuno.»

«Ha un cane?» le ho chiesto. Lei mi ha guardato senza capire. «C'è un cane, un animale in casa? Qualche segno di un animale?»

«No, nessuno, signore. Perché lo chiede?»

Ho ascoltato di nuovo, ma il suono era sparito e io ero rimasto con una sensazione di déjà-vu. Avevo già visto questa scena, avevo già fatto tutto questo, avevo sentito un cane piagnucolare, avevo attraversato una cucina sporca di sangue, sotto la pioggia battente.

Però non pioveva, e non c'erano cani.

Callie mi fissava. «Signore? Qui c'è qualcosa.» Ha indicato un oggetto sul pavimento, un paio di forbici su una macchia di sangue. «Non è soltanto un graffio, vero? Cioè, forse non è sangue arterioso, ma non promette niente di buono.»

«Gli ospedali?»

«Niente, per ora, nessuna segnalazione di nessuno dei due.» Il suo cellulare è squillato ed è uscita per rispondere alla chiamata.

Sono rimasto fermo, immobile nella cucina, mentre due agenti della Scientifica lavoravano in silenzio, a pochi passi da me. Ho visto uno di loro prendere con le pinzette una lunga ciocca di capelli biondi che era rimasta impigliata contro lo spigolo del tavolo. Ho sentito un'improvvisa ondata di nausea, la bocca si è riempita di saliva. Non potevo crederci: avevo visto scene peggiori, di gran lunga peggiori, e non avevo battuto ciglio. Non era così? Non ero forse entrato in cucine molto più insanguinate di quella?

Mi sono toccato il polso con il palmo dell'altra mano e mi sono accorto che Callie mi stava parlando di nuovo, la sua testa che spuntava dallo stipite della porta. «Signore, permette una parola?» L'ho seguita fuori e lei mi ha aggiornato sulle novità, mentre mi toglievo i sovrascarpe di plastica. «Quelli della Stradale hanno trovato l'auto di Henderson» ha detto. «Cioè, non l'hanno proprio *trovata*, ma hanno visto la sua Vauxhall rossa due volte nei filmati.» Ha controllato il taccuino. «Cioè, è un po' strano, perché la prima immagine, appena dopo le tre del mattino, lo mostra sull'A68, diretto a nord verso Edimburgo, mentre un paio di ore dopo, alle cinque e quindici, era diretto a sud sull'A1, appena fuori Eyemouth. Quindi forse ha... scaricato qualcosa?» Si è liberato di qualcosa, voleva dire. Di qualcosa o di qualcuno. «O sta cercando di confonderci?»

«Oppure ha cambiato idea sul posto migliore dove scappare» ho detto. «O è nel panico.»

Lei ha annuito. «E quindi corre da una parte all'altra come un pollo senza testa.»

Non mi piaceva quell'immagine, non volevo che lui, né nessun altro, perdesse la testa. Lo volevo calmo. «È possibile vedere se c'era qualcun altro in macchina, qualcuno sul sedile del passeggero?» le ho chiesto.

Lei ha scosso il capo e stretto le labbra. «No. Ovviamente...» Ha lasciato la frase in sospeso. Ovviamente, non voleva dire che non c'era un'altra persona in macchina. Voleva dire soltanto che l'altra persona non era su uno dei sedili.

Di nuovo, quella strana sensazione di essere già stato lì, un frammento di memoria che non sentivo mia. Ma come poteva essere di qualcun altro? Doveva far parte di una storia raccontatami da chissà chi. Una donna seduta di traverso in macchina, una donna che sta male, ha le convulsioni, la bava alla bocca. Non era una gran storia, non ricordavo il resto, sapevo soltanto che ripensarci mi faceva venire la nausea. L'ho accantonata.

«Newcastle mi sembrerebbe il posto più ovvio» ha ripreso Callie. «Voglio dire, se sta scappando. Aerei, treni, traghetti: da lì può arrivare dappertutto. Ma la cosa strana è che, dopo l'avvistamento delle cinque del mattino, non hanno più niente, quindi può essersi fermato, oppure è uscito dalla strada principale. Potrebbe aver preso percorsi secondari, addirittura la strada costiera...»

«Non ha una ragazza?» ho chiesto, interrompendola. «Una donna di Edimburgo?»

«La sua famosa fidanzata» ha ribattuto Callie, inarcando le sopracciglia. «Be', sì, ci abbiamo già pensato. Si chiama Tracey McBride, è stata prelevata stamattina. Gli agenti la stanno portando a Beckford per fare due chiacchiere. Però, giusto per avvertirla, la nostra Tracey sostiene di non vedere Mark Henderson da un sacco di tempo. Quasi un anno, dice.»

«Cosa? Ma non sono appena andati in vacanza insieme?»

«È quello che ha detto Henderson quando ha parlato con il sergente Morgan, ma Tracey afferma di non averlo più visto, neppure in cartolina, da quando l'ha mollata, lo scorso autunno. L'ha lasciata all'improvviso, dicendole che aveva perso la testa per un'altra.»

Tracey non sapeva chi fosse quella donna né cosa facesse. «E nemmeno volevo saperlo» mi ha detto, in tono secco. Era seduta nell'ufficio sul retro del commissariato, un'ora più tardi, e stava bevendo un tè. «Ero... ero distrutta, davvero. Un attimo prima stavo scegliendo l'abito da sposa e quello dopo lui mi ha detto che non poteva più stare con me perché aveva incontrato l'amore della sua vita.» Ha sorriso, con tristezza, e si è passata le dita tra i capelli, scuri e corti. «Da allora, l'ho tagliato fuori. Ho cancellato il suo numero, gli ho tolto l'amicizia, le solite cose. Potreste dirmi, per favore, se gli è successo qualcosa? Nessuno vuole spiegarmi cosa diavolo sta succedendo.»

Ho scosso la testa. «Mi dispiace, ma non sappiamo molto, al momento. A ogni modo, non crediamo che sia ferito. Dobbiamo trovarlo, abbiamo bisogno di parlare con lui di una cosa. Lei non sa dove potrebbe andare, se volesse fuggire? Genitori, amici in zona...?»

Ha aggrottato le sopracciglia. «Non c'entra niente con quella donna che è morta? Ho letto sul giornale che ce n'è stata un'altra, una o due settimane fa. Voglio dire... lui non... non era *quella* la donna con cui usciva, vero?»

«No, no. Non ha niente a che fare con questo.»

«Ah, okay.» Sembrava sollevata. «Be', sarebbe stata un po' vecchia per lui, no?»

«Perché lo dice? Gli piacevano donne più giovani?»

Tracey pareva confusa. «No, cioè... cosa intendete per *più giovani*? Quella donna aveva, credo, più di quarant'anni, no? Mark non ne ha ancora trenta, quindi...»

«Certo.»

«Davvero non potete dirmi che cosa sta succedendo?» ha insistito.

«Mark è mai stato violento con lei, ha mai avuto scatti di rabbia, cose del genere?»

«Cosa? Oddio, no. Mai.» Si è appoggiata allo schienale, perplessa. «Qualcuno lo ha accusato di qualcosa? Perché lui non è così. È un egoista, non c'è dubbio, ma non è una cattiva persona, non in quel senso.»

L'ho riaccompagnata alla macchina, dove gli agenti la aspettavano per riportarla a casa, chiedendomi in quale senso, allora, Mark Henderson fosse una cattiva persona. E se fosse riuscito a convincersi che il fatto di essere innamorato lo avrebbe assolto.

«Ha chiesto dove potrebbe essere andato» ha ripreso ancora Tracey, quando siamo arrivati alla macchina. «È difficile dirlo, senza sapere nulla del contesto, ma mi è venuto in mente un posto. Noi... be', mio padre, ha una piccola casa, sulla costa. Io e Mark ci andavamo spesso nel fine settimana. È abbastanza isolato, non c'è nessuno intorno. Mark diceva sempre che era il posto perfetto per scappare.»

«È disabitato, questo posto?»

«Non è molto usato. Di solito lasciavamo la chiave all'esterno, sotto un vaso, ma quest'anno abbiamo scoperto che qualcuno l'aveva usata senza chiedere il permesso, abbiamo visto tazze sporche in giro, immondizia nel cestino e cose del genere, quindi abbiamo smesso.»

«Quando è successo l'ultima volta? L'ultima volta che qualcuno l'ha usata senza chiedere?»

«Oddio, è passato un sacco di tempo. Aprile, forse? Sì, in aprile. Le vacanze di Pasqua.»

«E dove si trova esattamente?»

«A Howick» ha detto. «È un paesino molto piccolo, non c'è molto da fare lì. È sulla costa, non lontano da Craster.»

Lena

Quando mi ha fatto uscire dal bagagliaio si è scusato. «Mi dispiace, Lena, ma cos'altro avrei potuto fare?» Mi sono messa a ridere e lui mi ha ordinato di smettere, ha stretto i pugni e io ho pensato che stesse per picchiarmi di nuovo, così ho obbedito.

Eravamo in una casa sul mare: una casa isolata, sul promontorio, con un giardino e un muro e uno di quei tavoli da pub, di quelli che si mettono all'esterno. Sembrava chiusa, non c'era anima viva in giro. Da dove mi trovavo, non vedevo altri edifici in nessuna direzione vicino a noi, solo il sentiero che passava di fianco, che non era neanche una strada vera e propria. E nemmeno sentivo niente, nessun rumore di traffico, nulla del genere, soltanto i gabbiani e le onde sugli scogli.

«Quassù urlare è inutile» ha detto, come se mi avesse letto nel pensiero. Poi mi ha presa per un braccio, mi ha portata verso il tavolo e mi ha dato un fazzolettino perché mi pulissi la bocca.

«Non ti succederà niente» ha detto.

«Davvero?» ho chiesto, ma lui ha distolto lo sguardo.

Per molto tempo siamo rimasti seduti lì, fianco a fianco, con la sua mano ancora sul mio avambraccio, la stretta che pian piano si allentava, mentre il suo respiro si faceva più regolare. Non mi sono divincolata. Sarebbe stato stupido reagire. Non subito. Ero spaventata, sotto il tavolo le gambe tremavano forsennatamente e non riuscivo a farle smettere. Però, a dire il vero, mi sembrava che fosse una buona cosa, che fosse utile. Mi sentivo forte, come mi ero sentita quando mi aveva trovata in casa sua e avevamo lottato. Sì, okay, aveva vinto lui, ma soltanto perché non gli avevo dato subito il colpo di grazia, soltanto perché non ero sicura di quello che stavo affrontando. Era stato solo il primo round. Se pensava di avermi sconfitta, avrebbe avuto una brutta sorpresa.

Se avesse saputo come mi sentivo, quello che avevo passato, non credo che mi avrebbe afferrato il braccio. Credo che sarebbe scappato a gambe levate.

Mi sono morsa forte il labbro. Ho sentito il sangue fresco sulla lingua e mi è piaciuto, era buono. Mi piaceva il sapore metallico, mi piaceva sentire il sangue in bocca, qualcosa da sputargli addosso. Al momento giusto. Avevo così tante cose da chiedergli, ma non sapevo da dove iniziare, così ho detto: «Dove lo tenevi?». Dovevo sforzarmi molto per mantenere la voce ferma e non permettere che si spezzasse o tremasse o sembrasse incerta o gli mostrasse che avevo paura. Lui non ha risposto, così gli ho domandato di nuovo: «Dove tenevi il suo braccialetto? Perché non l'hai buttato via? O non gliel'hai lasciato al polso? Perché l'hai preso?».

Mi ha tolto la mano dal braccio. Non mi guardava, aveva gli occhi fissi sul mare. «Non lo so» ha risposto, con voce stanca. «In tutta onestà, non so davvero perché l'ho preso. Un'assicurazione, credo. Un tentativo disperato. Qualcosa da usare contro qualcun altro...» Di colpo si è zittito e ha chiuso gli occhi. Non capivo di cosa stesse parlando, ma ho avuto una sensazione, come di aver aperto qualcosa, un'opportunità. Mi sono allontanata da lui, di pochissimo. Poi un po' di più. Ha riaperto gli occhi, ma non ha fatto nulla, continuava a fissare l'acqua, il volto inespressivo. Sembrava esausto. Sconfitto. Come uno che ha perso tutto. Mi sono allontanata ancora, scivolando sulla panca. Potevo mettermi a correre. Sono davvero veloce, quando serve. Ho dato un'occhiata al sentiero dietro la casa. Avevo una buona probabilità di sfuggirgli se mi fossi diretta subito oltre il sentiero, al di là del muro di pietra e in mezzo ai campi.

Se lo avessi fatto, non avrebbe potuto seguirmi in macchina, e io avrei avuto una possibilità.

Non l'ho fatto. Anche se sapevo che poteva essere la mia ultima speranza, sono rimasta lì. Alla fin fine, ho pensato, era meglio morire sapendo che cosa era successo a mia madre piuttosto che restare viva e continuare a chiedermelo per sempre, senza scoprirlo mai. Dubitavo che sarei stata in grado di sopportarlo.

Mi sono alzata. Lui non si è mosso, mi ha osservata mentre mi spostavo dall'altra parte del tavolo e mi sedevo di fronte a lui, costringendolo a guardarmi in faccia.

«Lo sai che ho creduto che lei mi avesse abbandonata? La mamma. Quando l'hanno trovata e sono venuti a dirmelo, ho pensato che fosse stata una sua scelta. Ho pensato che avesse deciso di farla finita perché si sentiva colpevole di quanto era successo a Katie o perché si vergognava, oppure... non lo so, forse soltanto perché l'acqua esercitava su di lei un richiamo molto più forte di me.»

Non ha detto niente.

«Lo credevo davvero!» Ho urlato più forte che potevo e lui è sobbalzato. «Pensavo che mi avesse abbandonata! Lo capisci come ci si sente? E adesso scopro che non era vero. Lei non ha scelto niente. Tu l'hai presa. Tu me l'hai portata via, proprio come ti sei preso Katie.»

Lui mi ha sorriso. Ho ricordato che lo trovavamo affascinante e mi è venuto il voltastomaco. «Io non ti ho portato via Katie» ha obiettato. «Katie non era tua, Lena. Lei era mia.»

Volevo urlare e graffiargli la faccia. *Lei non era tua! Non lo era! Non lo era!* Mi sono conficcata le unghie nella mano, più forte che potevo, mi sono morsa il labbro e ho sentito di nuovo il sapore del sangue, e ho ascoltato le sue giustificazioni.

«Non ho mai creduto di essere uno di quegli uomini che si innamorano delle ragazzine. Mai. Pensavo che le persone così fossero ridicole. Vecchi sfigati, che non sapevano trovarsi una donna della loro età.»

Mi sono messa a ridere. «Esattamente» ho detto. «Pensavi bene.»

«No, no.» Ha scosso la testa. «Non è vero. Non è così. Prendi me. Non ho mai avuto problemi a trovarmi una donna. Ci provano in continuazione. Adesso fai no con la testa, ma lo hai visto. Cristo, ci hai provato anche tu.»

«Col cazzo.»

«Lena...»

«Pensi davvero che io volessi te? Sei un *illuso*. Era un gioco, era...» Mi sono fermata. Come fai a spiegare una cosa così a un uomo come lui? Come fai a spiegargli che non aveva niente a che fare con lui ma era una cosa tra noi due? Che, almeno per me, era un gioco tra me e Katie, una cosa che facevamo insieme. Le persone che prendevamo di mira erano interscambiabili. Non significavano niente per noi.

«Lo sai cosa vuol dire avere un aspetto fisico come il mio?» gli ho chiesto. «Cioè, lo so che tu pensi di essere figo o qualcosa del genere, ma non hai idea di cosa significhi essere come *me*. Lo sai quanto è facile per me convincere gli altri a fare quello che voglio, e metterli a disagio? Tutto quello che devo fare è guardarli in un certo modo, o avvicinarmi, o infilarmi le dita in bocca e succhiarle, e li vedo arrossire o eccitarsi o reagire nei modi più diversi. È quello che stavo facendo con te, deficiente. Ti prendevo per il culo. Io non *volevo* te.»

Ha sbuffato e gli è scappata una risatina, poco convinta. «Va bene, okay» ha detto. «Sarà come dici tu, Lena. E allora che cosa *volevi*? Quando hai minacciato di tradirci, quando ti sei messa a urlare a squarciagola, tanto che tua madre ha sentito, che cosa volevi?»

«Volevo... volevo...»

Non potevo dirgli cosa volevo, perché quello che volevo era che le cose tornassero com'erano. Volevo tornare al periodo in cui io e Katie eravamo inseparabili, quando trascorrevamo insieme ogni ora di ogni giorno, quando nuotavamo nel fiume e nessuno ci guardava, e il nostro corpo era soltanto nostro. Volevo tornare a prima che ci venisse in mente quel gioco, a prima che ci rendessimo conto di quello che potevamo fare. Però lo volevo soltanto *io*. Katie no. A Katie piaceva essere guardata. Per lei, il gioco non era solo un gioco, era di più. Proprio all'inizio, quando lo avevo appena scoperto e avevamo litigato, lei mi aveva detto: «Lena, tu non sai come ci si sente. Riesci a immaginarlo? Avere qualcuno che ti desidera così follemente da rischiare tutto per te, davvero, tutto quanto. Il lavoro, la fidanzata, la *libertà*. Tu non capisci come ci si sente».

Avvertivo lo sguardo di Henderson su di me, aspettava che continuassi. Avrei voluto riuscire a dirglielo, a dimostrargli che a lei non piaceva soltanto lui, ma il potere che esercitava su di lui. Avrei voluto riuscirci, per cancellargli quell'espressione dalla faccia, quella che diceva che lui la conosceva e io no, non quanto la conosceva lui. Ma non ho trovato le parole, e comunque non sarebbe stato del tutto vero, perché nessuno poteva negare che Katie lo amasse.

Ho sentito un dolore dietro gli occhi, una fitta acuta che mi ha avvertita che stavo per mettermi a piangere di nuovo, così ho guardato a terra, perché non volevo che lui vedesse i miei occhi pieni di lacrime, e l'ho scorto, proprio lì tra i miei piedi: un chiodo. Era grosso, lungo almeno una decina di centimetri. Ho spostato un po' il piede e l'ho appoggiato sulla punta, poi ho premuto in modo da sollevare l'altra estremità.

«Lena, tu eri soltanto gelosa» ha detto Henderson. «È questa la verità, no? Lo sei sempre stata. Credo che tu fossi gelosa, di tutti e due. Di me, perché lei aveva scelto me, e di lei, perché io avevo scelto lei. Nessuno di noi ti aveva voluta. E così ce l'hai fatta pagare. Tu e tua madre, tu...»

L'ho lasciato parlare. Gli ho lasciato sparare le sue stronzate da illuso, e non me ne importava niente che avesse torto su tutto, perché l'unica cosa su cui volevo concentrarmi era la punta di quel chiodo, che avevo sollevato con il piede. Ho infilato la mano sotto il tavolo. Mark ha smesso di parlare.

«Non ti saresti mai dovuto mettere con lei» ho detto. Guardavo dietro di lui, alle sue spalle, cercando di distrarlo. «Lo sai. Non puoi non saperlo.»

«Lei era innamorata di me, e io ero innamorato di lei, perdutamente.»

«Tu sei un adulto!» ho detto, continuando a fissare lo spazio dietro di lui. Ha funzionato: per un attimo si è guardato alle spalle, e io ho fatto scivolare il braccio tra le gambe, allungando le dita. Metallo freddo nella mia stretta, ho raddrizzato la schiena, mi sono preparata. «Pensi davvero che sia importante quello che provavi per lei? Eri il suo insegnante. Avevi il doppio dei suoi anni. Eri tu quello che doveva fare la cosa giusta.»

«Lei era innamorata di me» ha ripetuto, con l'aria da cane bastonato. Ridicolo.

«Era troppo giovane per te» ho replicato, stringendo il gambo del chiodo nel pugno. «Lei era *troppo* per te.»

Mi sono scagliata contro di lui, ma non sono stata abbastanza veloce. Mentre mi alzavo in piedi, la mano si è impigliata sotto il tavolo, per un istante. Mark è balzato verso di me, mi ha presa per il braccio sinistro e mi ha dato uno strattone con tutta la sua forza, facendomi finire in mezzo al tavolo.

«Cosa stai facendo?» È saltato in piedi, senza mollare la presa, e mi ha trascinata su un fianco, girandomi il braccio dietro la schiena. Urlavo per il dolore. «Cosa credevi di fare?» ha gridato, spingendomi il braccio verso l'alto e aprendomi il pugno con le dita. Ha preso il chiodo e mi ha sbattuta sul tavolo, con una mano mi teneva per i capelli, il suo corpo sopra il mio. Sentivo la punta di metallo graffiarmi la gola, il suo peso sopra di me, come lei doveva averlo sentito quando stavano insieme. Il vomito mi è salito in gola, ho sputato e ho detto: «Lei era troppo per te! Lei era troppo per te!». L'ho ripetuto, ancora e ancora, finché mi ha schiacciata lasciandomi senza fiato.

Jules

Il suono di uno scatto. *Clic* e poi un sibilo, *clic* e sibilo, poi: «Ah. Eccoti qua. Mi sono accomodata, spero che non ti dispiaccia».

La vecchia, quella con le ciocche di capelli viola e l'eyeliner nero, quella che sostiene di essere una sensitiva e va in giro sputando e imprecando contro le persone, quella che avevo visto il giorno prima litigare con Louise Whittaker davanti casa, era seduta sulla panca sotto la finestra, dondolava i polpacci gonfi avanti e indietro.

«Certo che mi dispiace!» ho detto a voce alta, cercando di non farle capire che mi ero spaventata, che avevo ancora paura di lei, per quanto fosse stupido e ridicolo. «Mi dispiace, e anche tanto. Che ci fa qui?» *Clic* e sibilo, *clic* e sibilo. L'accendino, l'accendino d'argento con le iniziali di Libby incise sopra, era nella sua mano. «Quello è... Dove l'ha preso? È l'accendino di Nel!» Ha scosso la testa. «Sì! Come ha fatto ad averlo? È entrata qui dentro, a rubare? Ha...»

Ha fatto un gesto con la mano grassoccia e piena di gioielli pacchiani. «Okay, calmati, va bene?» Mi ha sorriso, svelando i denti sporchi e ingialliti. «Siediti. Siediti, Julia.» Ha indicato la poltrona di fronte a sé. «Vieni qui con me.»

Ero talmente sconcertata che ho obbedito. Ho attraversato la stanza e mi sono seduta davanti a lei, mentre si sistemava sulla panca. «Non è mica comoda, vero? Potresti imbottirla ancora un po'. Anche se qualcuno potrebbe obiettare che ho già abbastanza imbottitura di mio!» Ha ridacchiato per la sua battuta.

«Cosa vuole?» le ho chiesto. «Perché ha l'accendino di Nel?»

«Non è di Nel, non è di *Nel*, capito? Guarda qui.» Ha indicato l'incisione. «Qui, hai visto? *LS*.»

«Sì, lo so. LS, Libby Seeton. Ma non appartiene a Libby, no? Non penso che producessero questo tipo di accendini nel XVII secolo.»

Nickie ha ridacchiato. «Non è di Libby! Credevi che LS fossero le iniziali di Libby Seeton? No, no, no! Questo accendino era di Lauren. Lauren Townsend. Il suo cognome da nubile era Slater.»

«Lauren Slater?»

«Proprio così! Lauren Slater, da sposata Lauren Townsend. La mamma del tuo ispettore.»

«La madre di Sean?» Pensavo al bambino che saliva i gradini, il bambino sul ponte. «La Lauren del racconto è la mamma di Sean Townsend?»

«Esatto. Gesù! Non sei una tipa molto sveglia, eh? E non è un *racconto*, capito? Non è soltanto un racconto. Lauren Slater sposò Patrick Townsend. Ebbe un figlio che amava con tutto il cuore. Era tutto perfetto. Però poi, così vogliono farci credere gli sbirri, è andata ad ammazzarsi!» Si è chinata in avanti e mi ha sorriso. «Non è molto verosimile, no? Io lo dissi anche allora, ovviamente, ma nessuno mi sta mai a sentire.»

Davvero quel bambino era Sean? Quello sui gradini, quello che vide, o non vide, a seconda della versione, sua madre cadere? Era tutto vero, e non soltanto qualcosa che ti eri inventata, Nel? Lauren era quella che aveva l'amante, quella che beveva troppo, quella eccessiva, la cattiva madre. Era questa la sua storia? Lauren era quella di cui avevi scritto: *Beckford non è un luogo di suicidi. Beckford è il luogo in cui liberarsi delle donne che portano guai.* Cos'è che stavi cercando di dirmi?

Nickie stava ancora parlando. «Vedi?» ha detto, puntandomi il dito contro. «Vedi? È questo che intendo. Nessuno mi sta a sentire. Sei seduta lì e io sono qui di fronte a te e non mi stai neppure ascoltando!»

«La ascolto, davvero. È che... non capisco.»

Ha brontolato qualcosa. «Be', se mi ascoltassi, capiresti. Questo accendino,» *clic* e sibilo «questo apparteneva a Lauren, capito? Dovresti chiederti perché tua sorella ce l'aveva lassù tra le sue cose...»

«Lassù? Quindi lei è entrata in casa! Lo ha preso lei... è stata lei? È entrata in bagno? Ha scritto qualcosa sullo specchio?»

«Stammi a sentire!» Si è alzata. «Lascia stare, questo non è importante.» Si è avvicinata, si è chinata in avanti e ha azionato di nuovo l'accendino, la fiamma tremolava tra noi due. Lei odorava di caffè bruciato e di rose appassite. Mi sono appoggiata allo schienale, lontana dal suo odore di vecchia.

«Lo sai per cosa lo ha usato?» ha chiesto.

«Per cosa l'ha usato chi? Sean?»

«No, stupida.» Ha alzato gli occhi al cielo e si è di nuovo sistemata sulla panca, che scricchiolava terribilmente sotto di lei. «Patrick! Il vecchio. Non lo usava mica per accendersi le sigarette! Dopo la morte della moglie, ha preso tutte le sue cose, i suoi vestiti, i dipinti, e tutto quello che lei possedeva, e ha messo tutto sul retro e l'ha bruciato. Ha bruciato ogni cosa. E questo» ha azionato l'accendino per l'ultima volta «è quello che ha usato per accendere il fuoco.»

«Okay» ho detto, la mia pazienza era giunta al limite. «Ma io non ho ancora capito. Per quale motivo ce l'aveva Nel? E perché lei gliel'ha preso?»

«Domande, domande» ha ribattuto Nickie, con un sorriso. «Bene. Quanto al perché ce l'ho io, avevo bisogno di qualcosa di suo, no? Per parlare con lei come si deve. Prima sentivo la sua voce forte e chiara, ma... lo sai. A volte le voci vengono zittite, vero?»

«Non ne ho idea» ho risposto, con freddezza.

«Ma dai! Tu non mi credi? Non dirmi che non hai mai parlato con i morti.» Ha riso, come se la sapesse lunga, e ho sentito un formicolio alla testa. «Mi serviva qualcosa per evocarla. Tieni!» Mi ha dato l'accendino. «Puoi riprendertelo. Avrei potuto venderlo. Avrei potuto rubare altri oggetti e farci due soldi, tua sorella possedeva un po' di cose di valore, gioielli e altro, no? Ma non l'ho fatto.»

«Molto generoso da parte sua.»

Ha sorriso. «Passiamo alla prossima domanda: perché tua sorella aveva quell'accendino? Be', non lo so per certo.»

La frustrazione ha avuto la meglio. «Ma davvero» ho sghignazzato. «Non era in grado di parlare con gli spiriti? Non è la sua specialità?» Mi sono guardata intorno. «Lei è qui adesso? Perché non glielo chiede direttamente?»

«Non è così facile, sai?» ha obiettato, offesa. «Ho provato a evocarla, ma si è zittita.» Magari mi stava prendendo per i fondelli. «Non c'è bisogno di essere così sprezzante. Io voglio solo aiutarti. Sono venuta per dirti che...»

«E allora *me lo dica*!» ho gridato. «Sputi il rospo!»

«Stai calma!» ha urlato di rimando, il labbro inferiore sporgente, il mento tremolante. «Te lo stavo dicendo, se solo tu mi ascoltassi. L'accendino è di Lauren, e Patrick è stato l'ultimo ad averlo. E questa è la cosa importante. Non so perché ce l'aveva Nel, ma è proprio questo il punto, capisci? Gliel'ha preso, forse, oppure è stato lui a darglielo. Comunque sia, è questo ciò che conta. È Lauren la chiave. Tutto questo, la tua Nel, non ha niente a che vedere con la povera Katie Whittaker né con quel cretino di insegnante né con la mamma di Katie o con chissà cos'altro. Ha a che fare con Lauren e Patrick.»

Mi sono morsa il labbro. «Ma cosa c'entrano loro?»

«Be'...» Si è spostata sulla panca. «Lei stava scrivendo i racconti sulle donne, giusto? E per quello di Lauren ha scritto la storia raccontata da Sean Townsend perché, in fin dei conti, si ritiene che lui sia stato un testimone, no? Quindi lei credeva che lui le avesse detto la verità, e perché non avrebbe dovuto?»

«E perché avrebbe dovuto mentire? Cioè, mi sta dicendo che Sean ha mentito su quanto è successo a sua madre?»

Lei ha stretto le labbra. «Hai mai conosciuto il vecchio? È un diavolo d'uomo. Un diavolo, e non in senso buono.»

«Quindi Sean ha mentito riguardo alla morte di sua madre perché ha paura di suo padre?»

Nickie si è stretta nelle spalle. «Non ne sono sicura. Ma ecco quel che so: il racconto che Nel ha sentito, la prima versione, quella in cui Lauren scappa di notte, inseguita dal marito e dal figlio, non era vero. Io gliel'avevo detto. Perché, vedi, la mia Jeannie, mia sorella, era lì in quel momento. Lei era lì. Quella notte...» Di colpo si è infilata la mano nella giacca e ha iniziato a frugare. «Il fatto è che ho raccontato a Nel la storia della nostra Jeannie e lei l'ha scritta.» Ha estratto un fascio di carte. Ho allungato la mano per toccarle, ma lei se le è riprese.

«Ancora un momento» ha detto. «Devi capire che questa» ha agitato i fogli verso di me «non è tutta la storia. Perché anche se gliel'avevo raccontata tutta, lei non ha voluto scriverla per intero. Una donna testarda, tua sorella. Che è una delle ragioni per cui mi piaceva così tanto. È stato allora che abbiamo avuto il nostro piccolo diverbio.» Ha cambiato ancora posizione, dondolando le gambe con maggior vigore. «Le ho parlato di Jeannie, che all'epoca era una poliziotta.» Ha tossito rumorosamente. «Jeannie non credeva che Lauren fosse finita in acqua senza che qualcuno ce l'avesse spinta, perché stavano capitando un sacco di altre cose, sai? Lei sapeva che il marito di Lauren era un demonio, che la riempiva di ceffoni e metteva in giro voci su di lei che incontrava un bell'uomo al cottage di Anne Ward, anche se nessuno ha mai visto nemmeno l'ombra di quell'uomo. Si ipotizzò che questo fosse il motivo, capisci? Il tizio con cui se la faceva era sparito, l'aveva lasciata e lei era sconvolta, così si è buttata.» Nickie ha sventolato una mano verso di me. «Idiozie. Con un bimbo di sei anni a casa? Idiozie.»

«Be', a dire il vero,» ho commentato «credo che lei sappia che la depressione è una cosa complicata...»

«Shhh!» Mi ha zittita con un gesto della mano. «Non c'era nessun *bell'uomo*. Nessuno che sia mai stato visto qui intorno.

Potresti chiederlo alla mia Jeannie, se non fosse che è morta da un sacco di tempo. E tu hai capito chi è stato a farla fuori, giusto?»

Quando finalmente ha smesso di parlare, ho sentito il mormorio dell'acqua nel silenzio. «Sta dicendo che Patrick ha ammazzato sua moglie e che Nel lo sapeva? Sta dicendo che l'ha scritto?»

Nickie ha schioccato la lingua, era innervosita. «No! Non è questo che intendo. Ha scritto *alcune* cose, ma non *altre*, ed è per questo che abbiamo litigato, perché lei era felicissima di scrivere le cose che Jeannie mi aveva detto quando era ancora viva, ma non quelle che Jeannie mi ha raccontato da morta. Il che non ha alcun senso.»

«Be'...»

«Non ha alcun senso. Ma tu devi ascoltarmi. E se non vuoi stare a sentire me...» ha detto, allungandomi le pagine «puoi ascoltare tua sorella. Perché lui è stato la loro rovina. In qualche modo. Patrick Townsend è stato la rovina di Lauren, ed è stato la rovina della nostra Jeannie e, se non mi sto sbagliando, lo è stato anche della tua Nel.

Lo Stagno delle Annegate

Ancora Lauren, 1983

Lauren uscì a piedi, diretta al cottage di Anne Ward. In quei giorni ci andava molto spesso: era tranquillo, come nessun altro luogo a Beckford. Sentiva una strana affinità con la povera Anne. Anche lei era intrappolata in un matrimonio senza amore, con un uomo che la odiava. Lì, Lauren poteva nuotare, fumare, leggere senza essere disturbata da nessuno. Quasi sempre.

Una mattina c'erano due donne che passeggiavano. Le riconobbe: erano la poliziotta, Jeannie, una robusta agente dalla faccia rossiccia, e sua sorella, Nickie, quella che parlava con i morti. A Lauren piaceva Nickie. Era una donna spiritosa e sembrava gentile. Anche se era una truffatrice.

Jeannie la chiamò e Lauren la salutò agitando la mano, con un gesto che, nelle sue intenzioni, avrebbe dovuto scoraggiare le due donne. Normalmente si sarebbe avvicinata per fare due chiacchiere. Ma aveva il volto pesto e non aveva voglia di dare spiegazioni.

Andò a farsi una nuotata. Sapeva che stava facendo tutto per l'ultima volta: un'ultima passeggiata, un'ultima sigaretta, un ultimo bacio sulla fronte pallida di suo figlio, un ultimo (penultimo) tuffo nel fiume. Mentre scivolava sott'acqua, si chiedeva se sarebbe stato esattamente così, se avrebbe sentito qualcosa. Si chiedeva dov'era finita tutta la sua combattività.

---

*Fu Jeannie ad arrivare al fiume per prima. Era al commissaria-
to a osservare il temporale quando era arrivata la chiamata: Patrick Townsend, terrorizzato, confuso, urlava qualcosa alla radio
riguardo a sua moglie. Sua moglie e lo Stagno delle Annegate.
Quando Jeannie arrivò là, il bambino era sotto gli alberi, con la
testa sulle ginocchia. All'inizio pensò che stesse dormendo, ma
quando lui sollevò lo sguardo vide i suoi occhi, neri e spalancati.*

*«Sean» disse, togliendosi la giacca e mettendogliela sulle spal-
le. Lui era pallidissimo e tremava, il pigiama era fradicio, aveva i
piedi scalzi incrostati di fango. «Cos'è successo?»*

*«La mamma è nell'acqua» rispose. «Devo rimanere qui finché
lui non ritorna.»*

«Chi? Tuo padre? Dov'è tuo padre?»

*Sean liberò un braccio esile dalla giacca e indicò un punto alle
spalle di Jeannie, e lei vide Patrick che si trascinava verso la riva,
il respiro rotto in singhiozzi, il viso stravolto dalla sofferenza.*

*Jeannie andò da lui. «Signore, io... L'ambulanza sta arrivando,
sarà qui tra quattro minuti...»*

*«Troppo tardi» disse Patrick, scuotendo la testa. «Sono arriva-
to troppo tardi. È morta.»*

*Arrivarono gli altri: paramedici e agenti, e uno o due ufficiali.
Sean si era alzato; con la giacca di Jeannie che lo copriva come un
mantello, si era avvinghiato al padre.*

«Puoi riportarlo a casa?» le disse uno degli altri poliziotti.

*Il bambino iniziò a piagnucolare. «No, vi prego. Non voglio.
Non voglio andare.»*

*Patrick disse: «Jeannie, puoi portarlo da te? È spaventato e
non vuole tornare a casa».*

*Poi si inginocchiò nel fango, abbracciò il figlio, gli accarezzò la
testa e gli sussurrò qualcosa nell'orecchio. Quando si tirò su, il
bambino sembrava calmo e obbediente. Diede la mano a Jeannie
e si incamminò al suo fianco, senza voltarsi indietro.*

*Tornata al suo appartamento, Jeannie tolse a Sean gli indu-
menti bagnati. Lo avvolse in una coperta e gli preparò un toast al*

formaggio. Sean mangiò, in silenzio e con attenzione, chino sul piatto per non far cadere le briciole. Quando ebbe finito chiese: «La mamma starà bene?».

Jeannie si mise a sparecchiare. «Sean, sei abbastanza al caldo?»

«Sto bene.»

Jeannie preparò due tazze di tè e aggiunse due cucchiaini di zucchero a testa. «Vuoi raccontarmi cos'è successo?» domandò, e lui scosse la testa. «No? Come hai fatto ad arrivare giù al fiume? Eri tutto pieno di fango.»

«Siamo andati in macchina, ma io sono caduto sul sentiero» disse.

«Okay. Allora è stato il tuo papà a portarti là, in macchina? O è stata la mamma?»

«Siamo andati tutti insieme.»

«Tutti quanti?»

La faccia di Sean si raggrinzì. «Quando mi sono svegliato c'era il temporale, era molto forte, e c'erano rumori strani in cucina.»

«Che tipo di rumori strani?»

«Come... come un cane, quando è triste.»

«Come un piagnucolio?»

Sean annuì. «Ma noi non ce l'abbiamo un cane, perché io non ho il permesso. Papà dice che non lo curerei come si deve, e quindi sarebbe un'altra cosa da fare per lui.» Bevve un po' di tè e si asciugò gli occhi. «Non volevo rimanere da solo a causa del temporale. Così papà mi ha messo in macchina.»

«E la mamma?»

Ha aggrottato le sopracciglia. «Be'. Lei era nell'acqua e io ho dovuto aspettare sotto gli alberi. Non devo parlare di questo.»

«Sean, cosa vuoi dire? Cosa significa che non devi parlare di questo?»

Scosse la testa e si strinse nelle spalle, e non disse altro.

Sean

Howick, vicino a Craster. Non soltanto la storia si ripeteva, si divertiva anche a prendermi in giro. Non è lontano da Beckford, poco più di un'ora di macchina, ma non ci vado mai. Non vado in spiaggia e nemmeno al castello, e non sono mai stato a mangiare le famose aringhe del famoso affumicatoio. Era una cosa di mia madre, era un desiderio di mia madre. Mio padre non mi ci ha mai portato, e io non ci vado mai.

Quando Tracey mi ha detto dov'era la casa, dove sarei dovuto andare, mi sono emozionato. Mi sono sentito in colpa. Mi sono sentito come quando pensavo al regalo di compleanno che mi aveva promesso mia madre, e che io avevo rifiutato perché preferivo la Torre di Londra. Se non fossi stato così ingrato, se le avessi detto che volevo andare con lei alla spiaggia, al castello, sarebbe rimasta? Le cose sarebbero andate diversamente?

Quel viaggio mai fatto fu uno dei numerosi argomenti sui quali mi arrovellai dopo la morte di mia madre, quando tutto il mio essere era consumato dallo sforzo di costruire un mondo nuovo, una realtà alternativa nella quale lei non era dovuta morire. Se avessimo fatto la gita a Craster, se avessi messo in ordine la mia camera quando me lo chiedeva, se non avessi sporcato la cartella appena comprata quando ero andato al fiume a nuotare, se avessi ascoltato mio padre e non gli avessi disobbedito così spesso. O, in seguito, mi chiedevo cosa sarebbe successo se invece non avessi ascoltato mio padre, se gli avessi disobbedito, se quella notte fossi rimasto in piedi fino a tardi invece di andare a letto... In quel caso sarei stato in grado di convincerla a non andare?

Nessuno dei miei scenari alternativi serviva allo scopo, e alla fine, dopo alcuni anni, ero arrivato a capire che non c'era niente che avrei potuto fare. Quello che mia madre voleva non era che io facessi qualcosa, era che qualcun altro facesse, o non facesse, qualcosa: quello che voleva era che l'uomo di cui era innamorata, l'uomo che incontrava di nascosto, l'uomo con il quale tradiva mio padre, non la lasciasse. Quell'uomo era invisibile, senza nome. Era un fantasma, il nostro fantasma: il mio e di mio padre. Lui ci dava un perché, ci dava un po' di sollievo: *non era colpa nostra*. (Era colpa di lui, o di lei, di entrambi, la mia madre infedele e il suo amante. Noi non avremmo potuto fare nulla di meglio, lei non ci amava abbastanza.) Lui ci dava la forza di alzarci la mattina, la forza di andare avanti.

E poi è arrivata Nel.

La prima volta che si è presentata a casa ha chiesto di mio padre. Voleva parlargli della morte della mamma. Quel giorno lui non c'era e nemmeno io, così ha parlato con Helen, che non le ha prestato molta attenzione. «Non solo Patrick non parlerà con lei,» le aveva detto, «ma neppure apprezzerà l'intrusione. E nemmeno Sean. Nessuno di noi. È una questione privata. E appartiene al passato.»

Nel l'ha ignorata e ha avvicinato lo stesso papà. La sua reazione l'aveva colpita. Non era arrabbiato, come lei si aspettava; non le aveva detto che era troppo doloroso parlarne, che non ce la faceva a ripercorrere di nuovo tutto quanto. Le aveva detto che non c'era niente di cui parlare. Non era successo niente. Ecco cosa le aveva detto. Non era successo niente.

Così alla fine lei è venuta da me. Era piena estate. Avevo partecipato a una riunione al commissariato di Beckford e quando ero uscito l'avevo trovata appoggiata alla mia auto. Indossava un vestito così lungo che spazzava il terreno, sandali di cuoio ai piedi abbronzati, con lo smalto azzurro sulle unghie. L'avevo già vista in giro: era bellissima, difficile non notarla. Ma fino ad allora non l'avevo mai vista da vicino. Non mi ero mai accorto di quanto fossero verdi i suoi occhi, di come la facessero sembrare *diversa*. Come se non appartenesse a questo mondo, di certo non a questa città. Era come un animale esotico.

Mi aveva riferito ciò che mio padre le aveva detto, che *non era successo niente*, e mi aveva chiesto: «È quello che pensa anche lei?». Le avevo detto che lui non intendeva quello, non intendeva che non era successo niente. Voleva dire soltanto che non aveva senso parlarne, che ormai era acqua passata. Ci eravamo lasciati tutto alle spalle.

«Be', è ovvio» aveva risposto lei, sorridendomi. «E lo capisco, ma sto lavorando a questo progetto, sa, un libro e forse una mostra, e io...»

«No» le avevo detto. «Cioè, lo so che cosa sta facendo, ma io, noi, non possiamo farne parte. È disonorevole.»

Si era irrigidita ma non aveva perso il sorriso. «*Disonorevole?* Che strana parola da usare. Che cosa c'è di disonorevole?»

«È disonorevole per noi» avevo replicato. «Per lui.» (Per noi o per lui, non ricordo quale delle due avevo detto.)

«Ah!» Il sorriso le era scomparso dalla faccia, sembrava confusa, preoccupata. «No. Non è... no. Non è disonorevole, dubito che ci sia ancora qualcuno che la pensa così, lei non crede?»

«*Lui* sì.»

«La prego,» aveva detto «non vuole parlare con me?»

Credo di averle voltato le spalle, perché lei mi aveva messo la mano sul braccio. Io l'avevo guardata e avevo visto gli anelli d'argento sulle dita, il braccialetto al polso e le unghie con lo smalto azzurro, sbeccato. «La prego, signor Townsend. Sean, è da molto tempo che voglio parlare con te di questo argomento.»

Stava di nuovo sorridendo. Il suo modo di parlarmi, diretto e intimo, mi ha reso impossibile rifiutare. Ho capito subito che ero nei guai, che lei era un guaio, il tipo di guaio che avevo aspettato per tutta la mia vita da adulto.

Avevo acconsentito a raccontarle ciò che ricordavo della notte in cui era morta mia madre. Avevo detto che l'avrei incontrata a casa sua, al mulino, ma le avevo chiesto di non parlarne con nessuno, perché avrebbe turbato mio padre, e mia moglie. Alla parola *moglie* aveva sussultato e aveva sorriso di nuovo, ed entrambi avevamo capito come sarebbe andata a finire. La prima volta che ci siamo visti per parlare, non abbiamo parlato affatto.

Così sono dovuto tornare. Continuavo ad andare da lei e continuavamo a non parlare. Trascorrevo con lei un'ora, a volte due, ma quando me ne andavo mi sembrava che fossero passati giorni. A volte mi preoccupavo di aver perso la cognizione del tempo. Mi capita, di tanto in tanto. Mio padre dice che *mi assento*, come se fosse qualcosa che faccio di proposito, che posso controllare, ma non è così. Mi succede da sempre, fin dall'infanzia: un momento sono qui, e un attimo dopo non ci sono. Non lo faccio intenzionalmente. A volte, quando mi assento, me ne rendo conto e riesco a tornare indietro. L'ho imparato da solo tanto tempo fa: mi tocco la cicatrice sul polso. Di solito funziona. Non sempre.

All'inizio non ce la facevo a raccontarle la storia. Lei mi pressava, ma era piacevolmente facile distrarla. Fantasticavo che lei si stesse innamorando di me e che ce ne saremmo andati, io, lei e Lena, ci saremmo sradicati, avremmo lasciato la città, lasciato il paese. Fantasticavo che finalmente avrei potuto dimenticare. Fantasticavo che Helen non avrebbe pianto per me, che in breve tempo si sarebbe messa con un altro, più adatto alla sua incrollabile bontà. Fantasticavo che mio padre sarebbe morto nel sonno.

Lei mi ha tirato fuori la storia un pezzetto alla volta, ma era chiaro che era delusa. Non era la storia che voleva sentire. Lei voleva il mito, il racconto dell'orrore, voleva il bambino che aveva visto. Ormai avevo capito che l'incontro con mio padre era stato l'antipasto: dovevo essere io il piatto principale. Dovevo essere io il cuore del suo progetto, perché era da lì che era partito, da Libby e poi da me.

Mi convinceva a raccontarle cose che non volevo dirle. Sapevo che avrei dovuto interrompere quella storia, ma non ci riuscivo. Sapevo di essere stato risucchiato da qualcosa di cui non sarei stato in grado di liberarmi. Sapevo che stavo diventando imprudente. Avevamo smesso di vederci al mulino perché le vacanze scolastiche stavano per iniziare e Lena era spesso a casa. Andavamo al cottage, nonostante fosse rischioso, ma non c'erano alberghi a Beckford, dove altro saremmo potuti andare? Non mi è mai passato per la testa che avrei dovuto troncare quella relazione: in quel momento sembrava impossibile.

Mio padre fa le sue passeggiate all'alba, quindi non ho idea del perché fosse lì quel pomeriggio. Ma c'era, e ha visto la mia macchina: ha aspettato tra gli alberi finché Nel se n'è andata e dopo mi ha picchiato. Con un pugno mi ha sbattuto a terra, poi mi ha preso a calci nelle costole e sulle spalle. Io mi sono rannicchiato, mi proteggevo la testa, come mi hanno insegnato. Non ho reagito, perché sapevo che si sarebbe fermato solo una volta che io avessi raggiunto il limite.

Poi mi ha preso le chiavi e ha guidato fino a casa. Helen era furibonda: prima con mio padre, per avermi ridotto in quello stato, e poi con me, dopo che lui le aveva spiegato il motivo. Non l'avevo mai vista davvero arrabbiata, non in quel modo. Soltanto dopo aver assistito alla sua collera fredda e terrificante, ho iniziato a immaginare cosa sarebbe stata in grado di fare, come si sarebbe vendicata. Immaginavo che avrebbe fatto le valigie e se ne sarebbe andata, che avrebbe dato le dimissioni dalla scuola. Ci sarebbe stato uno scandalo pubblico e sarei rimasto in balia dell'ira di mio padre. Era questo il tipo di vendetta che pensavo si sarebbe presa. Ma mi sbagliavo.

Lena

Ansimavo. Ho inspirato più aria che potevo e gli ho rifilato una gomitata tra le costole. Lui si è divincolato, ma mi teneva ancora ferma. Il suo alito caldo sul viso mi faceva venire il vomito.

«Lei era troppo per te» continuavo a ripetere. «Era troppo per te, troppo perché tu la toccassi, troppo perché tu te la scopassi... Pezzo di merda, lei è *morta* per causa tua! Non so come fai, come fai ad alzarti ogni mattina, come fai ad andare al lavoro, a guardare sua madre negli occhi...»

Lui mi ha graffiato il collo con il chiodo, ho chiuso gli occhi e aspettato. «Tu non hai idea di quanto ho sofferto» ha detto. «Non ne hai idea.» Poi mi ha presa per i capelli, li ha tirati forte e di colpo ha mollato la presa, così ho sbattuto la testa contro il tavolo, e non ho potuto evitarlo. Ho iniziato a piangere.

Mark mi ha lasciata e si è alzato. Ha indietreggiato di alcuni passi e ha fatto il giro del tavolo, in modo da vedermi meglio. Stava lì a guardarmi, e io desideravo più di ogni altra cosa che la terra si spalancasse e mi inghiottisse. Qualsiasi cosa era meglio che farmi vedere piangere da lui. Mi sono tirata su. Frignavo come una bambina che ha perso il ciuccio e lui ha iniziato a dire: «Smettila! Smettila, Lena. Non piangere così. Non piangere». Era strano, perché anche lui piangeva, e continuava a ripetere: «Smettila di piangere, Lena, smettila di piangere».

Ho smesso. Ci guardavamo, entrambi avevamo il viso sporco di lacrime e moccio, lui aveva ancora il chiodo in mano e ha detto: «Non l'ho fatto io. Quello che tu credi. Non ho torto un capello a tua madre. Ci ho pensato. Ho pensato di farle ogni genere di cose, ma non l'ho fatto».

«Invece sì che l'hai fatto» ho ribattuto. «Hai il suo braccialetto, tu...»

«Lei è venuta da me» mi ha interrotta. «Dopo la morte di Katie. Ha detto che dovevo raccontare la verità. Per il bene di Louise!» Si è messo a ridere. «Come se gliene fregasse qualcosa. Come se gliene fregasse di qualcuno. Lo so perché voleva che dicessi tutto. Si sentiva *in colpa* per aver messo strane idee in testa a Katie, si sentiva responsabile e voleva che qualcun altro si prendesse la colpa. Quella stronza egoista voleva scaricare tutto su di me.» Lo guardavo rigirarsi il chiodo tra le mani e immaginavo di saltargli addosso, prenderlo e infilarglielo in un occhio. Avevo la bocca secca. Mi sono leccata le labbra e sapevano di sale.

Lui continuava a parlare. «Le ho chiesto di darmi un po' di tempo. Le ho assicurato che avrei parlato con Louise, dovevo soltanto schiarirmi le idee su cosa dirle, e come spiegarglielo. L'ho convinta.» Ha guardato il chiodo nelle sue mani, poi di nuovo me. «Vedi, Lena, io non ho avuto bisogno di farle nulla. Il modo per trattare le donne come lei, come tua madre, non è la violenza. Basta colpirle nella loro vanità. Ne ho conosciute altre come lei, in passato, donne mature, che hanno superato i trentacinque, e sentono che la bellezza le sta abbandonando. Hanno bisogno di sentirsi volute, desiderate. Puoi sentire l'odore della disperazione a miglia di distanza. Sapevo quello che dovevo fare, anche se il pensiero mi faceva accapponare la pelle. Dovevo portarla dalla mia parte. Ammaliarla. Sedurla.» Ha fatto una pausa e si è passato il dorso della mano sulla bocca. «Ho pensato che avrei potuto scattarle qualche fotografia. Comprometterla. Minacciare di umiliarla. Ho pensato che forse allora mi avrebbe lasciato in pace, mi avrebbe lasciato al mio dolore.» Ha sollevato il mento. «Questo era il mio piano. Poi però è arrivata Helen Townsend, e io non ho dovuto fare nulla.»

Ha gettato il chiodo di lato. L'ho visto rimbalzare sull'erba e finire contro il muro.

«Di cosa stai parlando?» ho chiesto. «Cosa vuoi dire?»

«Te lo dirò. Lo farò. Ma...» Ha sospirato. «Lena, tu sai che io non voglio farti del male. Non ho mai voluto farti del male. Ho *dovuto* colpirti quando mi hai aggredito, a casa mia, non mi hai lasciato altra scelta. Ma non lo farò mai più. A meno che tu non mi costringa. Capito?» Non ho replicato. «Ecco cosa voglio che tu faccia. Devi tornare a Beckford, dire alla polizia che sei fuggita, che hai fatto l'autostop, quello che vuoi. Non mi importa cosa racconterai, però devi dire loro che hai mentito sul mio conto. Che ti sei inventata tutto. Confesserai di esserti inventata tutto perché eri gelosa, perché eri fuori di te dal dolore, o forse soltanto perché sei una stronzetta maligna che ama stare al centro dell'attenzione... Non mi interessa quello che dirai. Okay? Purché tu dica loro che hai mentito.»

Gli ho lanciato un'occhiata. «E perché dovrei farlo? Sul serio, per quale cazzo di motivo? E comunque, è troppo tardi. È stato Josh a parlare, non sono stata io a...»

«E allora di' loro che Josh ha mentito. Che sei stata tu a costringerlo. E devi convincere anche Josh a ritrattare la sua storia, so che puoi farlo. E credo proprio che lo farai, perché se lo farai non solo non ti farò alcun male, ma...» si è infilato la mano nella tasca dei jeans e ha tirato fuori il braccialetto «ti dirò quello che devi sapere. Tu fai questa cosa per me, e io ti dirò quello che so.»

Mi sono avvicinata al muro. Gli davo le spalle, e stavo tremando: sapevo che avrebbe potuto aggredirmi, che, se avesse voluto, avrebbe potuto sopraffarmi. Ma non pensavo che volesse farlo. Era evidente. Lui voleva scappare. Ho toccato il chiodo con la punta della scarpa. La sola vera domanda era: glielo avrei permesso?

Mi sono girata per affrontarlo, con la schiena contro il muro. Ho ripensato a tutti gli errori stupidi che avevo commesso fino ad allora. Non ne avrei fatto un altro. Ho finto di avere paura, di essergli grata. «Me lo prometti?... Mi farai tornare a Beck-ford? Ti prego, Mark... me lo prometti?» Ho finto di essere sollevata, ho finto di essere disperata, ho finto di essere pentita. Lui ci è cascato.

Si è seduto e ha appoggiato il braccialetto davanti a sé, in mezzo al tavolo.

«Questo l'ho trovato» ha detto, senza giri di parole, e a me è scappato da ridere.

«L'hai trovato? Tipo nel fiume, dove la polizia ha cercato *per giorni?* Non mi prendere in giro.»

È rimasto seduto tranquillo per un secondo, poi mi ha guardata come se mi odiasse più di chiunque altro al mondo. Il che, probabilmente, era vero. «Mi vuoi ascoltare o no?»

«Ti ascolto.»

«Sono andato nell'ufficio di Helen Townsend» ha ripreso. «Stavo cercando...» Sembrava a disagio. «Qualcosa di suo. Di Katie. Volevo... qualcosa. Qualcosa da tenere con me...»

Tentava di farmi sentire dispiaciuta per lui.

«E quindi?» Non funzionava.

«Cercavo la chiave dello schedario. Ho guardato nel cassetto della scrivania di Helen e l'ho trovato.»

«Hai trovato il braccialetto di mia madre nella scrivania della signora Townsend?»

Lui ha annuito. «Non chiedermi come ha fatto a finire lì dentro. Ma se lei ce l'aveva addosso quel giorno, allora...»

«La signora Townsend...» ho ripetuto, stupidamente.

«Lo so che non ha alcun senso» ha detto.

Invece ce l'aveva. O, quantomeno, poteva averlo. Non l'avrei mai creduta capace. È una vecchia stronza bacchettona, è vero, ma non avrei mai immaginato che fosse capace di fare del male a qualcuno, fisicamente.

Mark mi fissava. «Mi sta sfuggendo qualcosa, vero? Cosa aveva fatto? A Helen... Cosa le aveva fatto tua madre?»

Non ho risposto. Ho distolto lo sguardo da lui. Una nuvola ha coperto il sole, e ho avuto freddo, come quel mattino a casa sua, freddo dentro e fuori, freddo dappertutto. Sono andata verso il tavolo e ho preso il braccialetto, me lo sono fatto scivolare sulle dita e l'ho messo al polso.

«Bene. Adesso te l'ho detto. Ti ho aiutata, vero? Ora tocca a te.»

Toccava a me. Sono tornata verso il muro, mi sono inginocchiata e ho preso il chiodo. Mi sono girata per affrontarlo.

«Lena...» Dal modo in cui ha pronunciato il mio nome, dal suo respiro, rapido e veloce, ho capito che era spaventato. «Io ti ho aiutata. Io...»

«Tu pensi che Katie si sia annegata perché temeva che io l'avrei tradita, o perché temeva che mia madre l'avrebbe tradita, che qualcuno potesse tradirvi entrambi e tutti lo avrebbero saputo, e lei si sarebbe trovata in un mare di guai, e i suoi genitori ne sarebbero stati distrutti. Ma sai che non è così, vero?» Ha abbassato la testa, le mani afferravano il bordo del tavolo. «Tu sai che non è questo il motivo. Il motivo è che lei aveva paura di quello che poteva capitare a te.» Continuava a fissare il tavolo, non si era mosso. «Lo ha fatto per te. Si è uccisa per te. E tu cosa hai fatto per lei?» Le sue spalle hanno iniziato a tremare. «Che cosa hai fatto? Hai mentito, l'hai rinnegata completamente, come se lei non contasse niente per te, come se fosse un'estranea. Non credi che meritasse di meglio?»

Con il chiodo in mano, mi sono avvicinata al tavolo. Lo sentivo mormorare, mormorare e dire che gli dispiaceva. «Mi dispiace, mi dispiace, mi dispiace» ripeteva. «Perdonami. Che Dio mi perdoni.»

«Ormai è un po' tardi» ho detto. «Non credi?»

Sean

Ero a metà strada quando è iniziato a piovere, una pioggerellina leggera che all'improvviso si è trasformata in un acquazzone. Si vedeva malissimo e ho dovuto procedere a passo d'uomo. Uno degli agenti che avevamo mandato a Howick ha chiamato, l'ho messo in vivavoce.

«Qui non c'è niente» ha detto. La linea era disturbata.

«Niente?»

«Nessuno. C'è un'auto, una Vauxhall rossa, ma di lui nessuna traccia.»

«Lena?»

«Nessuna traccia di entrambi. La casa è chiusa. Stiamo cercando. Continuiamo a cercare...»

La macchina è lì, ma loro non ci sono. Significa che devono essere a piedi, da qualche parte, ma perché a piedi? L'auto si è rotta? Se lui è arrivato alla casa e ha scoperto che non poteva entrare, che non poteva rifugiarsi lì dentro, perché non forzare la serratura e fare irruzione? Non sarebbe stato meglio che... *correre*? A meno che qualcuno fosse passato a prenderli... Un amico? Qualcuno disposto ad aiutarlo? Qualcuno potrebbe averlo soccorso, se lo avesse visto in difficoltà con la macchina, ma era un insegnante, non un criminale incallito, facevo fatica a credere che avesse il genere di amici che si lasciano coinvolgere in un rapimento.

E non sapevo se quel pensiero mi faceva stare peggio o meglio. Perché se Lena non era con lui, allora avrebbe potuto essere ovunque. Nessuno l'aveva vista da quasi ventiquattr'ore. Solo quello bastava a gettarmi nel panico. *Dovevo* portarla in salvo. In fondo, avevo già deluso sua madre.

In seguito all'episodio con mio padre, avevo smesso di vedere Nel. Non avevo più trascorso un momento da solo con lei fino a dopo la morte di Katie Whittaker, e in quel caso non avevo avuto scelta. Dovevo interrogarla, a causa del suo collegamento con Katie, per via di sua figlia, stando alle accuse che Louise andava sbandierando ai quattro venti.

L'avevo sentita in qualità di testimone. Il che, ovviamente, era contrario all'etica professionale – come poteva essere definita buona parte della mia condotta dell'anno precedente –, ma da quando mi ero invischiato con Nel sembrava che fosse inevitabile. Non c'era niente che potessi fare al riguardo.

Rivederla mi aveva addolorato molto, perché mi ero reso conto quasi subito che la Nel di prima, quella che mi aveva sorriso in modo così sincero, che mi aveva preso il braccio, che mi aveva stregato, non esisteva più. Non era sparita, ma si era allontanata, richiusa in un'altra se stessa, una donna che non conoscevo. Le mie fantasticherie – una vita con lei e Lena, senza Helen – sembravano terribilmente infantili. La Nel che mi ha aperto la porta quel giorno era una donna diversa, enigmatica e irraggiungibile.

Durante l'interrogatorio, è venuto fuori il suo senso di colpa, ma era qualcosa di confuso, indefinito. Nel era ancora impegnata nel suo lavoro, insisteva a dire che il progetto dello Stagno delle Annegate non aveva niente a che fare con la tragedia di Katie, eppure era chiaro che si sentiva in qualche modo coinvolta, le sue frasi iniziavano tutte con *Avrei dovuto*, oppure *Avremmo dovuto*, o ancora *Non mi ero accorta di*. Ma *cosa* avrebbe dovuto fare, di *cosa* non si era accorta, non siamo arrivati a chiarirlo. Sapendo ciò che so adesso, posso soltanto immaginare che si sentisse in colpa per la faccenda di Henderson, che sapesse, o sospettasse, qualcosa, eppure non aveva fatto nulla.

Dopo l'interrogatorio, l'ho lasciata al mulino e sono andato al cottage. L'ho aspettata, speranzoso più che eccitato. Era passata la mezzanotte quando è arrivata: un po' brilla, in lacrime, sull'orlo di una crisi di nervi. Più tardi, all'alba, quando ormai eravamo entrambi esausti, siamo scesi al fiume.

Nel era agitata, quasi delirante. Parlava della verità con il fervore di uno zelota, diceva di essere stanca di raccontare storie, di volere soltanto la verità. La verità, tutta la verità, nient'altro che la verità. «Dovresti saperlo, no?» le ho detto. «A volte, in casi come questi, non c'è nessuna verità da scoprire. Non sapremo mai cosa pensava Katie.»

Lei ha scosso la testa. «No, non è soltanto questo, non è soltanto...» Ha afferrato la mia mano con la sinistra, con la destra tracciava cerchi nel terreno. «Perché,» ha sussurrato, senza guardarmi in faccia «perché tuo padre tiene questo posto? Perché se ne occupa con tanta cura?»

«Perché...»

«Se questo è il posto in cui veniva tua madre, se è il posto in cui lo tradiva... perché, Sean? Non ha senso.»

«Non lo so» ho risposto. Anch'io mi ero fatto la stessa domanda, ma non avevo mai chiesto nulla a mio padre. Noi non parliamo di queste cose.

«E quell'uomo, il suo *amante*: perché nessuno sa come si chiamava? Perché nessuno lo ha mai visto?»

«Nessuno? Solo perché io non l'ho visto, Nel...»

«Nickie Sage mi ha detto che nessuno sapeva chi fosse.»

«Nickie?» Non sono riuscito a trattenere una risata. «Tu parli con Nickie? E *ascolti* Nickie?»

«Perché tutti ignorano quello che dice?» ha gridato. «Perché è vecchia? Perché è brutta?»

«Perché è *matta*!»

«Certo» ha borbottato tra sé. «Sono tutte matte.»

«Dai, Nel! È una truffatrice! Sostiene di parlare con i morti!»

«Sì.» Le sue dita scavavano più a fondo nel terreno. «Sì, è un'imbrogliona, ma questo non significa che tutto quello che esce dalla sua bocca sia falso. Saresti sorpreso, Sean, se sapessi quante delle cose che dice hanno tutta l'aria di essere vere.»

«Nel, lei è capace di leggere a freddo. E con te non si è dovuta nemmeno impegnare troppo. Sa cosa vuoi da lei, cosa vuoi sentirti dire.»

Nel è rimasta in silenzio. Le sue dita hanno smesso di muoversi, poi ha sussurrato, in un sibilo: «E come mai Nickie pensava che io volessi sentirmi dire che tua madre è stata assassinata?».

Lena

Non c'era spazio per il senso di colpa. Tutto lo spazio era occupato dal sollievo, dal dolore, da quella strana leggerezza che provi quando ti risvegli da un incubo e ti rendi conto che non era reale. Ma in quel caso non era nemmeno così: l'incubo era ancora reale. La mamma non era tornata. Ma almeno non aveva scelto lei di andarsene. Non aveva scelto di abbandonarmi. Qualcuno se l'era presa, e saperlo mi era d'aiuto, perché significava che potevo fare qualcosa al riguardo, per lei e per me. Avrei fatto tutto ciò che era in mio potere per assicurarmi che Helen Townsend pagasse.

Correvo lungo il sentiero che costeggiava il litorale, con il braccialetto della mamma chiuso intorno al polso. Ero terrorizzata che potesse scivolarmi tra gli scogli e finire in mare. Volevo mettermelo in bocca per tenerlo al sicuro, come fanno i coccodrilli con i loro piccoli.

Correre sul sentiero sdrucciolevole era pericoloso, perché sarei potuta cadere, ma al tempo stesso era sicuro: avevo una visuale ampia, in tutte le direzioni, quindi sapevo che non c'era nessuno alle mie spalle. Ovviamente, non c'era nessuno alle mie spalle. Non veniva nessuno.

Non veniva nessuno, a prendermi, ad aiutarmi. E non avevo con me il cellulare, non avevo idea se fosse rimasto a casa di Mark o nella sua auto o se lui lo avesse preso e buttato via, e comunque in quel momento non potevo chiederglielo, no?

Non avevo spazio per il senso di colpa. Dovevo concentrarmi. A chi potevo rivolgermi? Chi mi avrebbe aiutata?

Ho intravisto davanti a me alcuni edifici, e ho iniziato a correre più veloce, più che potevo. Mi sono convinta che avrei trovato qualcuno che avrebbe saputo cosa fare, qualcuno che avrebbe avuto tutte le risposte.

Sean

Il telefono ha vibrato nella custodia, riportandomi al presente.

«Signore?» Era il sergente Morgan. «Dove si trova?»

«Sulla strada per la costa. E tu? Louise aveva qualcosa da dire?»

C'è stata una lunga pausa, così lunga che ho pensato che non mi avesse sentito.

«Louise aveva qualcosa da dire a proposito di Lena?»

«Be'... no.» Non sembrava molto convinta.

«Che succede?»

«Senta, ho bisogno di parlare con lei, ma non voglio farlo al telefono...»

«Cosa c'è? Si tratta di Lena? Parla subito, Erin, non farmi perdere tempo.»

«Non è urgente. Non riguarda Lena. È...»

«Per l'amor di Dio, se non è urgente, allora perché mi hai chiamato?»

«Devo parlarle al suo rientro a Beckford. Subito» ha detto. Il tono era freddo e arrabbiato. «Ha capito?» Ha chiuso la comunicazione.

Mentre la pioggia diminuiva di intensità, ho accelerato lungo le stradine tortuose e strette, fiancheggiate da alte siepi. Provavo di nuovo quella sensazione di smarrimento, come se mi trovassi sulle montagne russe, con la testa resa leggera dall'adrenalina. Ho oltrepassato in velocità un arco di pietra, poi la strada ha iniziato a scendere e a risalire verso la cima di un pendio, ed eccolo lì: un piccolo porto, le barche dei pescatori che andavano su e giù, al ritmo della marea impaziente.

Il paese era tranquillo, forse per via del maltempo. Dunque quella era Craster. La macchina ha rallentato senza che mi rendessi conto di aver frenato. Mentre accostavo per parcheggiare, pochi passanti coraggiosi si avventuravano tra le pozzanghere, avvolti in lunghi impermeabili simili a tende da campeggio. Ho seguito una coppia di ragazzi che correvano per cercare riparo e ho trovato un bar con un gruppo di pensionati radunati intorno al loro tè. Ho mostrato le fotografie di Lena e Mark, ma non li avevano visti. Hanno detto che avevano già risposto ad alcuni poliziotti in divisa, meno di mezz'ora prima.

Mentre tornavo alla macchina, sono passato davanti all'affumicatoio dove mia madre aveva promesso di portarmi a mangiare le aringhe. Ho provato a ricordare il suo volto, come facevo ogni tanto, ma non ci riuscivo mai. Volevo rivivere la sua delusione quando le avevo detto che non volevo andarci, immagino. Volevo provare quel dolore, il suo dolore di allora, il mio dolore attuale. Ma la memoria era troppo confusa.

Ho percorso in macchina il chilometro scarso che mancava a Howick. La casa era abbastanza facile da trovare: era l'unica, appollaiata in equilibrio precario sul promontorio, con vista sul mare. Come mi avevano anticipato, c'era una Vauxhall rossa parcheggiata sul retro. Il bagagliaio era aperto.

Mentre mi trascinavo fuori dall'auto, con i piedi pesanti per la paura, uno degli agenti mi si è avvicinato per aggiornarmi: dove stavano cercando, che cosa avevano trovato. Stavano parlando con la guardia costiera. «Il mare è molto agitato, se sono finiti in acqua, è possibile che siano stati trascinati via in pochissimo tempo» ha detto. «Ovviamente non sappiamo quando sono arrivati qui né...» Mi ha accompagnato alla macchina e ho dato un'occhiata al bagagliaio. «Vede,» ha ripreso «sembra che qualcuno sia stato chiuso qui dentro.» Ha indicato una macchia di sangue sul tappetino, un'altra sul lunotto. Una ciocca di capelli era rimasta impigliata nella chiusura, identica a quella nella cucina.

Mi ha mostrato il resto della scena: c'erano macchie di sangue sul tavolo da giardino, sul muro, su un chiodo arrugginito. L'avevo delusa, come avevo deluso mia madre. No: sua madre. L'avevo delusa come avevo deluso sua madre. Ho sentito di nuovo quella sensazione di estraniamento, di perdita del contatto con la realtà, e poi: «Signore? Abbiamo ricevuto una chiamata. Un negoziante del paese più vicino, lungo la costa. Dice che c'è una ragazza bagnata fradicia e un po' malconcia, non sa dove si trova e gli ha chiesto di avvertire la polizia».

Fuori dal negozio c'era una panchina e lei era seduta lì, con la testa appoggiata alla parete e gli occhi chiusi. Era avvolta in un giaccone verde, troppo grande per lei. Quando ho accostato ha aperto gli occhi.

«Lena!» Sono saltato fuori dall'auto e sono corso da lei. «Lena!» Era pallida come un fantasma, a parte la macchia di sangue sulla guancia. Non ha detto nulla, si è rannicchiata sulla panchina come se non mi avesse riconosciuto, come se non avesse idea di chi fossi. «Lena, sono io. Lena. Va tutto bene, ci sono qua io.»

Ho capito che c'era qualcosa che non andava quando ho visto che non cambiava espressione, quando ho allungato una mano verso di lei e si è rannicchiata ancora di più. Mi aveva visto bene, non era sotto shock e sapeva chi ero. Sapeva chi ero e aveva paura di me.

D'improvviso, mi ha fatto riaffiorare alla mente qualcosa, un'espressione che avevo visto una volta sul viso di sua madre, e anche sulla faccia di quella poliziotta, Jeannie, quando mi aveva riaccompagnato a casa. Non solo paura, ma qualcos'altro. Paura e sbigottimento, paura e orrore. Mi ha ricordato lo sguardo che mi è capitato di rivolgere a me stesso, quando ho fatto l'errore di guardare i miei occhi riflessi nello specchio.

Jules

Dopo che Nickie se n'è andata, sono salita nella tua camera. Il letto era disfatto, così mi sono avvicinata all'armadio e ho tirato fuori una delle tue giacche, di cashmere color caramello, morbida e più preziosa di qualsiasi capo che potrò mai sognare di possedere. Me la sono messa e avevo ancora più freddo di quando ero in acqua. Sono rimasta sdraiata sul tuo letto a lungo, troppo rigida e troppo stanca per muovermi, come se stessi aspettando che le mie ossa si riscaldassero, che il sangue riprendesse a circolare, che il cuore ricominciasse a battere. Aspettavo di sentirti nella mia testa, ma tu eri muta.

Ti prego, Nel, pensavo, ti prego, parla con me. Ho detto che mi dispiaceva. Ho immaginato la tua risposta glaciale: *Per tutto questo tempo, Julia. L'unica cosa che volevo era parlare con te.* E poi: *Come hai potuto pensare una cosa simile di me? Come hai potuto pensare che avessi fatto finta di niente di fronte a uno stupro, che avrei potuto prenderti in giro?* Non lo so, Nel. Mi dispiace.

Visto che non riuscivo ancora a sentire la tua voce, ho cambiato registro. Parlami di Lauren, allora. Parlami di quelle donne che portano guai. Parlami di Patrick Townsend. Dimmi tutto quello che hai cercato di dirmi. Ma tu non hai detto una parola. Mi sembrava quasi di sentire il tuo silenzio imbronciato.

Il telefono ha suonato, ho visto sul display il nome di Erin Morgan. Per un attimo, mi è mancato il coraggio di rispondere.

Cosa avrei fatto se fosse successo qualcosa a Lena, come avrei potuto espiare gli errori che avevo commesso, se anche lei fosse morta? Ho risposto, con la mano che tremava. E invece no! Il cuore ha ripreso a pompare, facendo affluire sangue caldo alle mie membra. Lei era salva! Lena era salva. L'avevano trovata. La stavano riportando a casa.

Mi è sembrata un'eternità, ore e ore, prima di sentire una portiera sbattere all'esterno e riuscire a svegliarmi, balzare in piedi, togliermi la tua giacca e correre giù per le scale. Erin era già lì, in fondo ai gradini, guardava Sean che aiutava Lena a scendere dalla sua auto.

Aveva una giacca da uomo sulle spalle, il viso pallido e sporco. Ma era tutta intera. Era salva. Stava bene. Soltanto quando ha alzato gli occhi e ho incrociato il suo sguardo, ho capito che mi sbagliavo.

Camminava con cautela, appoggiava i piedi con cura, e io sapevo cosa si provava. Si stringeva le braccia intorno al corpo, per proteggersi; quando Sean ha allungato una mano per guidarla dentro casa, lei ha sobbalzato. Ho pensato all'uomo che l'aveva rapita, alle sue inclinazioni. Mi è venuto da vomitare, ho sentito di nuovo il sapore dolciastro della vodka con il succo d'arancia, ho sentito l'alito caldo sul mio viso, la pressione delle dita insistenti sulla mia carne morbida.

«Lena» ho detto, e lei mi ha salutata con un cenno del capo. Ho visto che quello che pensavo fosse terriccio sul suo viso in realtà era sangue, uscito dalla bocca e dal mento. Ho cercato di prenderle la mano, ma lei si è stretta ancora più forte, così l'ho seguita su per le scale. Nel corridoio, siamo rimaste in piedi, l'una di fronte all'altra. Ha lasciato cadere la giacca per terra. Mi sono chinata a raccoglierla, ma Erin è stata più veloce di me. L'ha presa e passata a Sean e si sono scambiati qualcosa, uno sguardo che non ho saputo decifrare, sembrava di rabbia.

«Dov'è lui?» ho sibilato a Sean. Lena si era chinata sul lavandino, beveva direttamente dal rubinetto. «Dov'è Henderson?»

Sentivo la necessità, semplice e selvaggia, di fargli del male, a quell'uomo che aveva un ruolo così importante e ne aveva abusato. Volevo stringerlo tra le mani, farlo a pezzi, fargli quello che si meritano gli uomini come lui.

«Lo stiamo cercando» ha risposto. «I nostri agenti lo stanno cercando.»

«Cosa significa che lo state cercando? Lei non era con lui?»

«Sì, ma...»

Lena era ancora china sul lavandino, a bere.

«L'avete portata all'ospedale?» ho chiesto a Sean.

Lui ha scosso la testa. «Non ancora. Lena ha fatto intendere, molto chiaramente, che non voleva andarci.»

C'era qualcosa nel suo viso che non mi piaceva, stava nascondendo qualcosa.

«Ma...»

«Non c'è bisogno che vada in ospedale» ha detto Lena, tirandosi su e asciugandosi la bocca. «Non sono ferita. Sto bene.»

Mentiva. Conoscevo perfettamente quel tipo di bugie, perché le avevo dette anch'io. Per la prima volta, ho visto in lei me stessa, non te. La sua espressione era di paura e sfida: si teneva stretto il suo segreto, quasi fosse uno scudo. Pensi che ti farà meno male, che l'umiliazione sarà più lieve, se nessun altro può vederlo.

Sean mi ha afferrata per un braccio e mi ha presa in disparte. Con molta calma, ha detto: «È stata irremovibile, ha voluto passare prima da casa. Non possiamo obbligarla a farsi visitare contro la sua volontà. Ma dovresti portarla in ospedale. Prima possibile».

«Sì, certo. Ma non ho ancora capito perché non lo avete preso. Dov'è lui? Dov'è Henderson?»

«Se n'è andato» ha detto Lena, comparendo al mio fianco. Le sue dita sfioravano le mie: erano fredde, come quelle di sua madre l'ultima volta che le avevo toccate.

«Andato dove?» ho chiesto. «Che cosa vuol dire che se n'è andato?»

Lei non mi ha guardata in faccia. «Se n'è ándato e basta.»

Townsend ha inarcato un sopracciglio. «I nostri agenti lo stanno cercando. La sua macchina è ancora lì, non può essersi allontanato molto.»

«Lena, dove pensi che sia diretto?» ho chiesto, tentando di incrociare i suoi occhi, ma lei continuava a evitare di guardarmi.

Sean ha scosso la testa, con espressione rassegnata. «Ci ho provato» ha detto, a voce bassa. «Non vuole parlare. Credo che sia esausta.»

Le dita di Lena si sono chiuse intorno alle mie, il suo respiro è diventato un sospiro profondo. «Sì. Voglio soltanto riposarmi. Sean, possiamo farlo domani? Adesso ho un disperato bisogno di dormire.»

I poliziotti se ne sono andati, promettendo che sarebbero tornati perché Lena avrebbe dovuto rilasciare una dichiarazione formale. Li ho guardati incamminarsi verso l'auto di Sean. Quando Erin è salita dal lato del passeggero, ha sbattuto la portiera così forte che ho temuto potesse mandare in frantumi i finestrini.

Lena mi ha chiamata dalla cucina.

«Sto morendo di fame» ha detto. «Mi prepari di nuovo gli spaghetti al ragù, come quel giorno?» Il tono della sua voce, la sua dolcezza erano nuovi; era una sorpresa, come il tocco della sua mano.

«Ma certo. Te li faccio subito.»

«Grazie. Io vado di sopra, devo farmi la doccia.»

Le ho messo una mano sul braccio. «No, Lena. Non puoi. Prima devi andare in ospedale.»

Lei ha scosso la testa. «No, davvero, non sono ferita.»

«Lena.» Non riuscivo a guardarla in faccia mentre lo dicevo. «Devi farti visitare prima di fare la doccia.»

Lei è sembrata confusa, per un attimo, poi ha abbassato le spalle, ha chinato la testa e mi si è avvicinata. Mio malgrado, sono scoppiata in lacrime. Mi ha abbracciata. «Va tutto bene» mi ha assicurato. «Va tutto bene, va tutto bene.» Come avevi detto tu, quella notte dopo l'acqua. «Lui non mi ha toccata, non in quel senso. Non era così. Tu non capisci, lui non era, come dire, un assatanato, o robe del genere. Era solo un poveretto, un vecchio patetico.»

«Oh, grazie a Dio!» ho detto. «Grazie a Dio, Lena!» Siamo rimaste così, strette l'una all'altra, per un po', finché io non ho smesso di piangere e ha iniziato lei. Singhiozzava come una bambina, il suo corpicino esile sembrava sfaldarsi, mi è scivolata dalle braccia ed è finita sul pavimento. Mi sono inginocchiata accanto a lei e ho provato a prenderle la mano, ma era stretta a pugno.

«Andrà tutto bene» le ho detto. «In qualche modo, sarà così. Mi prenderò cura di te.»

Mi ha guardata, senza dire nulla; sembrava incapace di parlare. Invece, ha allungato la mano e ha aperto le dita, svelando il tesoro che racchiudevano: un braccialetto d'argento con il gancetto di onice. E a quel punto ha ritrovato la voce.

«Non si è buttata» ha detto, con gli occhi che scintillavano. La temperatura nella stanza mi è sembrata precipitare di botto. «La mamma non mi ha abbandonata. Non si è buttata.»

Lena

Sono rimasta sotto la doccia per un sacco di tempo, con l'acqua più calda che riuscivo a sopportare. Volevo scorticarmi la pelle, volevo lavar via tutto il giorno precedente, e la notte e la settimana e il mese. Volevo lavar via *lui*, la sua casa sporca e i suoi pugni e il suo tanfo, il suo alito, il suo sangue.

Julia è stata gentile con me quando sono tornata. Non fingeva, era davvero felice che fossi a casa, ed era preoccupata per me. Aveva paura che mi avesse *violentata*, forse lo considerava una specie di pervertito che non riesce a tenere le mani a posto quando vede una ragazzina. Devo riconoscergli questo, su una cosa aveva ragione: la gente non capisce quello che c'era tra lui e Katie, non lo capirà mai.

(C'è una piccola parte di me, un po' contorta, che vorrebbe credere in una vita dopo la morte, in cui loro due possano ritrovarsi e vivere la loro storia, e lei essere finalmente felice. Per quanto odi quell'uomo, mi piace pensare che, in qualche modo, Katie possa ancora essere felice.)

Quando mi sono sentita pulita, o almeno il più pulita possibile, sono andata in camera e mi sono seduta sul davanzale, perché è lì che riesco a concentrarmi meglio. Mi sono accesa una sigaretta e ho riflettuto su cosa fosse meglio fare. Avrei voluto chiederlo alla mamma, avrei davvero tanto voluto chiederlo a lei, ma mi faceva male anche solo pensarci, rischiavo di rimettermi a piangere, e a cosa le sarebbero servite le mie lacrime?

Non sapevo se raccontare a Julia quello che Mark mi aveva confessato. Non potevo essere certa che avrebbe fatto la cosa giusta.

Forse sì. Quando le avevo detto che la mamma non si era buttata, mi aspettavo che mi dicesse che mi sbagliavo o che ero pazza o qualcosa del genere, invece lei lo aveva accettato. Senza fare domande. Come se lo sapesse già. Come se lo avesse sempre saputo.

Non sapevo nemmeno se le stronzate che Mark mi aveva raccontato erano vere, anche se era una cosa piuttosto strana da inventare. Perché puntare il dito contro la signora Townsend, quando c'erano persone molto più ovvie da accusare? Come Louise, per esempio. Ma forse lui si sentiva già abbastanza in colpa nei confronti dei Whittaker, dopo tutto quello che aveva fatto loro.

Non sapevo se aveva mentito o era stato sincero, ma in ogni caso si meritava quello che gli avevo detto, quello che gli avevo fatto. Si era meritato tutto quello che aveva avuto.

Jules

Quando Lena è tornata di sotto, con il viso e le mani pulite, si è seduta a tavola e ha mangiato, con voracità. Poi, quando ha sorriso e mi ha ringraziata, ho rabbrividito. Ora che lo avevo visto, non potevo fingere il contrario. Lena aveva il sorriso di suo padre.

(Cos'altro, mi domandavo, aveva di suo?)

«C'è qualcosa che non va?» ha chiesto Lena, all'improvviso. «Mi stai fissando.»

«Scusami» ho risposto, arrossendo. «Sono soltanto... sono felice che tu sia a casa. Sono felice che tu stia bene.»

«Anch'io.»

Ho esitato un attimo prima di continuare. «Lo so che sei stanca, ma ho bisogno di farti qualche domanda, Lena, su quello che è successo oggi. Sul braccialetto.»

Si è voltata verso la finestra. «Sì. Lo so.»

«Ce l'aveva Mark?» Ha annuito. «E tu gliel'hai preso?»

Ha sospirato. «Me lo ha dato lui.»

«Perché te l'ha dato? Ma, soprattutto, perché ce l'aveva lui?»

«Non lo so.» Si è girata a guardarmi, i suoi occhi erano inespressivi, impenetrabili. «Mi ha detto di averlo trovato.»

«Trovato? Dove?» Lei non rispondeva. «Lena, dobbiamo andare alla polizia, dobbiamo dirglielo.»

Si è alzata e ha messo il piatto nel lavello. Voltandomi la schiena, ha detto: «Abbiamo fatto un accordo».

«Un accordo?»

«Che lui mi avrebbe dato il braccialetto della mamma e mi avrebbe lasciata tornare a casa,» mi ha spiegato «se io avessi detto alla polizia di aver mentito su lui e Katie.» La sua voce era stranamente leggera, mentre trafficava con i piatti.

«E lui ha creduto che tu lo avresti fatto?» Ha sollevato le esili spalle fino alle orecchie. «Lena. Dimmi la verità. Tu pensi... Tu credi che sia stato Mark Henderson a uccidere tua madre?»

Si è girata e mi ha guardata. «Sto dicendo la verità. E non ne ho idea. Mi ha detto di averlo preso nell'ufficio della signora Townsend.»

«Helen Townsend?» Lena ha annuito. «La moglie di Sean? La preside della tua scuola? Ma perché ce l'aveva lei? Non capisco...»

«Nemmeno io» ha detto, a voce bassa. «Proprio non riesco a capire.»

Ho preparato il tè e ci siamo sedute insieme al tavolo, bevendo in silenzio. Tenevo in mano il braccialetto di Nel. Lena sedeva rilassata, con la testa abbassata, che ciondolava visibilmente davanti a me. Ho allungato una mano e le ho sfiorato le dita.

«Sei distrutta. Dovresti andare a letto.»

Lei ha annuito e mi ha guardata, gli occhi socchiusi. «Vieni con me, per favore? Non voglio stare da sola.»

L'ho seguita su per le scale e poi nella tua stanza, non nella sua. Si è sdraiata sul tuo letto, ha posato la testa sul cuscino e poi ha dato un colpetto con la mano allo spazio vicino a lei.

«Quando ci siamo trasferite qui,» ha detto «non riuscivo a dormire da sola.»

«Tutti quei rumori?» ho chiesto, mentre mi sistemavo vicino a lei e coprivo entrambe con la tua giacca.

Ha annuito. «Tutti quei cigolii e i lamenti...»

«E i racconti spaventosi di tua madre?»

«Già. Venivo qui e dormivo vicino a lei, tutte le notti.»

Ho sentito un nodo in gola, un ciottolo. Non riuscivo a deglutire. «Anch'io lo facevo, con la mia mamma.»

Si è addormentata. Sono rimasta accanto a lei, guardavo il suo volto, che nel sonno era *esattamente* come il tuo. Volevo toccarla, accarezzarle i capelli, qualche gesto materno, ma temevo di svegliarla, spaventarla o fare qualcosa di sbagliato. Non avevo idea di come si facesse a essere una madre. Non mi ero mai presa cura di un bambino in tutta la mia vita. Ho rimpianto di non averne mai parlato con te, avresti potuto dirmi cosa fare, cosa sentire. Mentre lei era sdraiata vicino a me, credo di aver provato tenerezza, ma la provavo anche per te e per nostra madre, e quando lei ha spalancato gli occhi verdi e li ha fissati su di me ho avuto un fremito.

«Perché mi guardi sempre in quel modo?» ha sussurrato, quasi sorridendo. «È davvero strano.»

«Scusami» ho detto, e mi sono girata dall'altra parte.

Ha fatto scivolare le dita tra le mie. «Va bene» ha commentato. «Strano va bene. Strano può essere una buona cosa.»

Siamo rimaste sdraiate, fianco a fianco, con le dita intrecciate. Ho sentito il suo respiro rallentare, farsi più rapido e poi rallentare di nuovo.

«Sai, la cosa che non capisco» ha bisbigliato «è come mai la odiavi così tanto.»

«Io non...»

«Non lo capiva neanche lei.»

«Lo so» ho detto. «Lo so che non capiva.»

«Stai piangendo» ha sussurrato, allungando una mano per toccarmi il viso. Ha asciugato le lacrime sulla mia guancia.

Gliel'ho detto. Tutte le cose che avrei dovuto dire a te, le ho raccontate a tua figlia. Le ho detto come ti avevo delusa, come avevo creduto le cose peggiori di te, come mi ero permessa di incolparti.

«Ma perché non gliel'hai detto? Perché non le hai raccontato quello che era successo davvero?».

«Era difficile...» ho risposto, e l'ho sentita irrigidirsi accanto a me.

«Difficile come? Quanto poteva essere difficile?»

«Nostra madre stava morendo. I nostri genitori stavano molto male e non volevo fare qualcosa che avrebbe peggiorato la situazione.»

«Ma... lui ti aveva *stuprata*» ha protestato. «Sarebbe dovuto finire in galera.»

«Io non la vedevo in quel modo. Ero molto giovane. Ero più piccola di te, e non soltanto di età. Ero ingenua, del tutto inesperta, sciocca. Non si parlava di consenso, come fate oggi voi ragazze. Io pensavo...»

«Pensavi che quello che ti aveva fatto fosse normale?»

«No, però non credo di averlo visto per quello che era. Per quello che era davvero. Per me lo stupro era una cosa di cui è capace un criminale, uno che ti salta addosso in un vicolo nel cuore della notte, uno che ti punta un coltello alla gola. Non pensavo che fossero in grado di farlo anche i ragazzini. Non gli studenti come Robbie, i bei ragazzi, quelli che escono con le ragazze più carine della città. Non pensavo che potessero violentarti nel soggiorno di casa tua, o che dopo ti parlassero e ti chiedessero se ti era piaciuto. Pensavo di aver fatto qualcosa di sbagliato, di non aver fatto capire abbastanza chiaramente che non volevo.»

Lena è rimasta zitta per un po', ma quando ha parlato di nuovo, la sua voce era più forte, più incalzante. «Va bene, al momento magari ci sta che non volessi dire niente, ma dopo? Perché in seguito non ne hai parlato con lei?»

«Perché ho frainteso» ho provato a spiegarle. «L'ho giudicata male. Credevo che lei sapesse ciò che era successo quella notte.»

«Credevi che lei lo sapesse e non avesse fatto *nulla*? Come hai potuto pensare una cosa simile?»

Come facevo a spiegarlo? Che avevo messo insieme le tue parole – le parole che mi avevi detto quella sera e quelle che mi avevi detto in seguito: *Non ti è piaciuto, almeno un po'?* – e mi ero raccontata una storia che aveva senso per me, che mi permetteva di andare avanti con la mia vita senza dover affrontare quello che era accaduto davvero.

«Pensavo che lei avesse scelto di proteggere lui» ho sussurrato. «Credevo che avesse preferito lui a me. Non potevo accusarlo, perché non riuscivo nemmeno a *pensare* a lui. Se lo avessi accusato e avessi pensato a lui, lo avrei reso reale. E quindi... mi sono concentrata su Nel.»

La voce di Lena era diventata fredda. «Non ti capisco. Non capisco le persone come te, che scelgono sempre di incolpare la donna. Se ci sono due persone che stanno facendo qualcosa di sbagliato, e una di loro è una donna, è sempre colpa sua, vero?»

«No, Lena, non è così, non...»

«Sì, invece. Come quando qualcuno tradisce, perché la moglie se la prende sempre con l'altra? Perché non se la prende con il marito? È lui che l'ha tradita, è lui quello che ha giurato di amarla e proteggerla e bla bla bla, finché morte non li separi. Perché non è *lui* quello che viene spinto giù da un maledetto strapiombo?»

MARTEDÌ, 25 AGOSTO

Erin

Sono uscita presto dal cottage e sono andata a correre a monte del fiume. Volevo allontanarmi da Beckford, schiarirmi le idee, ma, anche se l'aria era stata ripulita dalla pioggia e il cielo era di un azzurro tenue e perfetto, la nebbia nella mia testa era sempre più scura e torbida. In quel posto non c'era niente che avesse senso.

Il giorno prima, quando io e Townsend avevamo lasciato Jules e Lena al mulino, ero così nervosa e così incazzata con lui che avevo tirato fuori quella storia proprio lì, in macchina. «Che cosa c'era esattamente tra lei e Nel Abbott?»

Aveva schiacciato il freno con tanta forza che per un attimo mi sono vista sfondare il parabrezza. Eravamo nel bel mezzo della strada, ma Sean non sembrava neanche essersene accorto. «Cos'hai detto?»

«Vuole accostare?» avevo chiesto, controllando lo specchietto retrovisore, ma lui non pareva averne intenzione. Ero stata davvero una stupida a sbottare in quel modo, senza introdurre l'argomento, senza tastare il terreno.

«Stai mettendo in dubbio la mia etica professionale?» Aveva uno sguardo che non gli avevo mai visto prima, una durezza con la quale non mi ero ancora scontrata. «Allora? È così?»

«Mi è stato suggerito» avevo detto, mantenendo un tono di voce neutro. «Qualcuno ha insinuato...»

«*Insinuato*?» Sembrava incredulo. Una macchina dietro di

noi aveva suonato il clacson e Sean aveva spostato il piede sull'acceleratore. «Qualcuno ha insinuato qualcosa, dunque? E tu hai ritenuto opportuno interrogarmi al riguardo?»

«Sean, io...»

Eravamo arrivati nel parcheggio davanti alla chiesa. Aveva accostato, si era sporto verso di me e aveva aperto la portiera. «Erin, hai visto il mio stato di servizio?» aveva chiesto. «Perché io ho visto il tuo.»

«Signore, non intendevo mancarle di rispetto, ma...»

«Scendi dalla macchina.»

Avevo avuto appena il tempo di chiudere la portiera che era già ripartito sgommando.

Quando sono arrivata in cima al pendio a nord del cottage, ero già senza fiato. Mi sono fermata per fare una pausa. Era ancora presto, nemmeno le sette, la vallata era tutta per me. Perfetta, placida. Ho fatto un po' di stretching per le gambe e mi sono preparata alla discesa. Sentivo di aver bisogno di correre, di volare, di stancarmi. Non era quello il modo migliore per fare chiarezza?

Sean aveva reagito come un colpevole. O come un uomo ferito. Un uomo la cui onestà fosse stata messa in discussione senza alcuna prova. Ho aumentato il passo. Quando aveva tirato in ballo il nostro stato di servizio, aveva segnato un punto: il suo era impeccabile; io avevo evitato per un pelo di essere silurata per aver avuto una relazione sul posto di lavoro, con una persona più giovane. Stavo correndo velocissima, a perdifiato, giù per il pendio, con gli occhi fissi sul sentiero, le ginestre una macchia sfocata ai lati del mio campo visivo. Ha un impressionante record di arresti, e gode del massimo rispetto da parte dei colleghi. Come ha detto Louise, è un brav'uomo. Sono inciampata con il piede destro su un sasso del sentiero e ho fatto un bel volo. Sono caduta nella polvere, faticavo a respirare, non avevo più aria nei polmoni. Sean Townsend è un brav'uomo.

Ce ne sono tanti in giro. Mio padre era un brav'uomo. Era

un ufficiale rispettato. Questo non gli impediva di gonfiare me e i miei fratelli come zampogne, quando perdeva le staffe, ma tant'è. Quando mia madre si era lamentata con uno dei suoi colleghi perché lui aveva rotto il naso al più piccolo dei miei fratelli, lui le aveva detto: «Tesoro, esiste una sottile linea blu e mi sa che è meglio se non la superi».

Mi sono rimessa in piedi e mi sono scrollata la terra di dosso. Sarei potuta star zitta. Sarei potuta rimanere dalla parte giusta della linea blu, avrei potuto non considerare le insinuazioni di Louise e le loro implicazioni, infischiarmene dei possibili legami personali tra Sean e Nel Abbott. Ma se lo avessi fatto, avrei ignorato l'evidenza che quando c'è di mezzo il sesso, c'è un movente. Lui aveva un buon motivo per sbarazzarsi di Nel, e anche sua moglie ce l'aveva. Ho ripensato alla faccia di Helen, il giorno in cui ero andata a scuola per parlarle, alle cose che aveva detto su Nel, su Lena. Che cosa disprezzava così tanto? La sua *insistente, affettata manifestazione di disponibilità sessuale?*

Ho raggiunto la fine della discesa, correndo tra le ginestre; il cottage era a poche centinaia di metri e ho visto che c'era qualcuno fuori. Una persona robusta, con la schiena curva e indosso una giacca scura. Non era Patrick e neanche Sean. Mentre mi avvicinavo ho capito che era la vecchia dark, la *sensitiva*, Nickie Sage, quella matta come un cavallo.

Si era appoggiata alla parete del cottage, aveva il volto paonazzo. Sembrava sul punto di avere un infarto.

«Signora Sage!» ho urlato. «Si sente bene?»

Mi ha guardata, respirava a fatica, ha sollevato il cappello floscio di velluto che era sceso fino alle sopracciglia. «Sto bene,» ha detto «anche se era da molto tempo che non camminavo così tanto.» Mi ha squadrata dalla testa ai piedi. «Sembra che tu ti sia rotolata nel fango.»

«Già,» ho replicato, provando inutilmente a spazzare via la terra che mi si era appiccicata addosso «ho fatto un bel capitombolo.» Lei ha annuito, poi ha cercato di rimettersi in cammino, sentivo il rantolo dei polmoni. «Vuole entrare e sedersi?»

322

«Lì dentro?» Ha sollevato la testa in direzione del cottage. «No, grazie.» Si è allontanata dall'entrata. «Lo sai cos'è successo lì dentro? Lo sai cos'ha fatto Anne Ward?»

«Ha ucciso suo marito» ho risposto. «E poi si è annegata, proprio qui, nel fiume.»

Nickie ha scrollato le spalle e si è avviata verso la sponda del fiume. L'ho seguita. «Secondo me, è stato più un esorcismo che un omicidio. Lei si è liberata dello spirito maligno che si era impossessato di quell'uomo. Lo spirito ha lasciato il suo corpo, ma non ha abbandonato questo posto, vero? Fai fatica a dormire lì dentro?»

«Be', ecco... io...»

«Non mi sorprende. Non mi sorprende affatto. Avrei potuto avvisarti, non che tu mi avresti ascoltata. Questo posto è malefico. Perché credi che Townsend lo abbia tenuto, e se ne occupi come se fosse il suo posto speciale?»

«Non ne ho idea» ho detto. «Pensavo che lo usasse come capanno per la pesca.»

«La pesca!» ha esclamato, quasi non avesse mai sentito niente di più stupido in tutta la sua vita. «La pesca!»

«Be', io l'ho visto pescare qui intorno, quindi...»

Nickie ha brontolato qualcosa e mi ha zittita con un gesto della mano. Eravamo arrivate sul bordo dell'acqua. Punta contro tacco e tacco contro punta, ha liberato i piedi, gonfi e chiazzati, dalle scarpe senza lacci. Ne ha messo uno nell'acqua e ha reagito con una risatina soddisfatta. «L'acqua è fresca qui, vero? Pulita.» Immersa fino alle caviglie, ha chiesto: «Sei andata a trovarlo? Townsend? Gli hai chiesto di sua moglie?».

«Di Helen?»

Si è girata a guardarmi, con un'espressione di disprezzo. «La moglie di Sean? Quella Helen, con la faccia da cane bastonato? Cosa c'entra lei? È interessante come la vernice che si asciuga. No, quella che ti interessa è la moglie di Patrick. Lauren.»

«Lauren? La Lauren che è morta trent'anni fa?»

«Esatto, la Lauren che è morta trent'anni fa! Tu pensi che i morti non contino? Pensi che i morti non parlino? Dovresti sentire le cose che hanno da raccontare.» Ha camminato ancora un po' nel fiume, si è chinata in avanti per bagnarsi le mani. «È qui, è qui che Anne venne a sciacquarsi le mani, proprio così, guarda, però lei non si fermò...»

La mia attenzione stava scemando. «Devo andare, Nickie, vado a farmi la doccia e a lavorare. È stato un piacere parlare con lei» ho detto, e mi sono girata per andarmene. Ero a metà strada quando lei mi ha chiamata.

«Tu pensi che i morti non parlino? Dovresti ascoltare, potresti sentire qualcosa. È Lauren che stai cercando, è lei che ha dato inizio a tutto quanto!»

L'ho lasciata al fiume. Il mio piano era andare da Sean sul presto; pensavo che, se mi fossi presentata a casa sua e gli avessi offerto un passaggio al lavoro, lo avrei avuto a mia disposizione per almeno quindici minuti. Non sarebbe potuto scappare né avrebbe potuto buttarmi fuori dalla macchina. Ed era meglio che parlare con lui al commissariato, dove ci sarebbero state altre persone.

La casa dei Townsend non è lontana dal cottage. Seguendo il fiume, saranno cinque chilometri al massimo, ma non c'è una strada diretta, bisogna prima entrare in città e poi tornare indietro, quindi sono arrivata che erano le otto passate. Troppo tardi. Non c'erano auto nel cortile: lui era già uscito. La cosa più logica, lo sapevo, era fare inversione e andare in ufficio, ma la voce di Nickie e anche quella di Louise continuavano a ronzarmi in testa, così ho pensato di verificare se, per caso, Helen non fosse in casa.

Non c'era. Ho bussato alla porta più volte senza ottenere risposta. Stavo tornando alla macchina quando mi è venuto in mente di provare alla porta accanto, dove abitava Patrick Townsend. Di nuovo nessuna risposta. Ho sbirciato dalla finestra ma non si vedeva molto, solo una stanza buia e apparentemente vuota. Sono tornata all'ingresso e ho bussato di nuovo. Niente.

Ma quando ho provato ad abbassare la maniglia, la porta si è aperta, e mi è sembrato un invito a entrare.

«C'è nessuno?» ho gridato. «Signor Townsend? C'è nessuno?» Silenzio. Sono entrata nel soggiorno, un ambiente spartano con i pavimenti di legno scuro, le pareti nude; l'unica concessione alla decorazione erano alcune foto incorniciate sulla mensola del camino. Patrick Townsend in divisa, prima nell'esercito poi in polizia, e numerose foto di Sean da bambino e da ragazzo, un sorriso impacciato all'obiettivo, la stessa posa e la stessa espressione in tutti gli scatti. C'era anche una foto di Sean e Helen il giorno del loro matrimonio, davanti alla chiesa di Beckford. Lui era bello e giovane, ma sembrava triste. Lei era uguale a oggi, forse un pochino più magra. Aveva l'aria più felice di lui e sorrideva timida, nonostante il vestito orrendo.

Sulla credenza di legno, di fronte alla finestra, c'erano altre cornici che contenevano certificati, encomi, attestati, un monumento ai successi del padre e del figlio. Per quel che vedevo, non c'erano fotografie della madre di Sean.

Sono uscita dal soggiorno e ho chiamato di nuovo. «Signor Townsend?» La voce riecheggiava nell'ingresso. Quella casa sembrava disabitata eppure era pulitissima, non c'era nemmeno un granello di polvere sul battiscopa o sulla ringhiera. Ho salito le scale fino al pianerottolo. C'erano due camere da letto, adiacenti, arredate con la stessa semplicità del soggiorno al piano di sotto, sebbene chiaramente abitate. Tutte e due, a quanto potevo notare. Nella camera principale, che aveva un'ampia finestra affacciata sulla vallata e sul fiume, c'erano le cose di Patrick: scarpe nere lucidate vicino al muro, i vestiti appesi nell'armadio. In quella adiacente, accanto al letto singolo, perfettamente rifatto, c'era una sedia sulla quale era appoggiata una giacca, che ho riconosciuto essere quella che Helen indossava il giorno in cui l'avevo interrogata a scuola. E nel guardaroba c'erano altri vestiti: neri, grigi, blu scuro e informi.

Il mio cellulare ha emesso un suono, che è sembrato assordante nel silenzio funereo di quella casa. Avevo perso una chiamata, c'era un messaggio in segreteria. Era di Jules. «Sergente Morgan,» stava dicendo, con tono solenne, «ho bisogno di parlarle. È piuttosto urgente. Sto venendo da lei. Io... devo parlarle da sola. Ci vediamo al commissariato.»

Mi sono infilata il telefonino in tasca. Sono tornata nella stanza di Patrick e ho dato un'altra occhiata veloce in giro, ai libri sugli scaffali, al cassetto vicino al letto. Lì dentro c'erano altre vecchie fotografie: Helen e Sean insieme, che pescavano vicino al cottage, Helen e Sean appoggiati alla nuova auto, orgogliosi del loro acquisto, Helen davanti alla scuola, fiera e al tempo stesso un po' a disagio, Helen in cortile, con un gatto in braccio, Helen, Helen, Helen.

Ho sentito un rumore, uno scatto, il suono di un chiavistello sollevato, poi lo scricchiolio delle tavole del pavimento. Ho rimesso a posto le fotografie in fretta e furia, ho chiuso il cassetto e sono tornata sul pianerottolo, senza far rumore. E lì mi sono bloccata. Ai piedi delle scale c'era Helen, che mi fissava. Nella mano sinistra teneva un coltello da cucina e stringeva la lama così forte che c'era del sangue che gocciolava sul pavimento.

Helen

Helen non aveva idea del perché Erin Morgan si aggirasse per la casa di Patrick come se fosse sua, ma al momento era più preoccupata del sangue sul pavimento. A Patrick piaceva avere la casa pulita. Prese uno straccio dalla cucina e iniziò a sfregare, ma altro sangue continuava a gocciolare dal profondo taglio che aveva sulla mano.

«Stavo affettando le cipolle» disse al sergente, a mo' di spiegazione. «Mi ha spaventata.»

Non era del tutto vero, perché aveva smesso di tagliare le cipolle quando aveva visto l'auto accostare. Con il coltello in mano, era rimasta ferma a guardare Erin che bussava, per poi dirigersi verso la casa di Patrick. Sapeva che lui non c'era, quindi pensava che se ne sarebbe andata subito. Ma poi si era ricordata che quella mattina, quando era uscita, non aveva chiuso la porta a chiave. Così, con il coltello ancora in mano, aveva attraversato il cortile per andare a controllare.

«È abbastanza profondo» le fece notare il sergente. «Deve disinfettarlo e bendarlo bene.» Erin l'aveva raggiunta di sotto ed era in piedi mentre Helen era accovacciata a pulire il pavimento. Che diritto aveva, quella poliziotta, di starsene lì, nella casa di Patrick, come se nulla fosse?

«Si infurierebbe se vedesse una macchia del genere» disse Helen. «Gli piace la pulizia. Da sempre.»

«E lei... *fa le pulizie* per lui?»

Helen le lanciò un'occhiata in tralice. «Gli do una mano. Fa quasi tutto da solo, ma sta invecchiando. E non vuole che le cose cambino. La sua defunta moglie» continuò, guardando Erin, «era una *sciacquetta*. Sono parole sue. Un termine fuori moda. Non si può dire *sgualdrina*, vero? È politicamente scorretto.»

Si alzò, mettendosi di fronte a Erin, con lo straccio sporco di sangue teso davanti a sé. Il dolore alla mano era caldo e intenso, quasi come una bruciatura, con lo stesso effetto cauterizzante. Non sapeva più di chi dovesse aver paura, o per cosa dovesse sentirsi in colpa, esattamente, ma sapeva di dover trattenere Erin lì, per scoprire che cosa voleva. Trattenerla lì per un po', possibilmente finché Patrick non fosse rientrato, perché era certa che lui avrebbe voluto parlarle.

Helen ripulì il manico del coltello con lo straccio. «Posso offrirle una tazza di tè, sergente?»

«Molto gentile» replicò Erin, ma il sorriso allegro sparì dal suo viso quando vide che Helen chiudeva la porta d'ingresso e faceva scivolare la chiave in tasca, prima di entrare in cucina.

«Signora Townsend...» fece per dire Erin.

«Lo prende zuccherato?» la interruppe Helen.

Il modo per affrontare le situazioni come quella era non assecondare il gioco dell'altra persona. Glielo avevano insegnato anni di trattative nel settore pubblico. Non fare ciò che gli altri si aspettano da te, li metterai subito in difficoltà e, come minimo, guadagnerai un po' di tempo. Quindi Helen, anziché arrabbiarsi ed essere indignata perché quella donna era entrata in casa loro senza permesso, si stava mostrando gentile.

«Lo avete trovato?» chiese a Erin mentre le porgeva una tazza di tè. «Mark Henderson... Si è fatto vivo?»

«No» replicò Erin. «Non ancora.»

«La macchina sulla costa e nessuna traccia di lui, da nessuna parte.» Sospirò. «Il suicidio può essere un'ammissione di colpa, vero? È quello che sembrerà. Che pasticcio.» Erin annuì. Era nervosa, Helen lo vedeva, continuava a lanciare occhiate alla porta, mentre si frugava in tasca. «Sarà terribile per la scuola, per la nostra reputazione. La reputazione di tutta la città, macchiata di nuovo...»

«È per questo che disprezzava così tanto Nel Abbott?» chiese Erin. «Perché con il suo lavoro macchiava la reputazione di Beckford?»

Helen si accigliò. «Sì, quello è uno dei motivi. Era un pessimo genitore, mi creda, e ha mancato di rispetto sia a me sia alle regole e alle tradizioni della nostra scuola.»

«Era una sgualdrina?» domandò Erin.

Helen scoppiò a ridere, sorpresa. «Come ha detto, scusi?»

«Mi chiedevo se, per usare il termine che lei definisce politicamente scorretto, pensava che Nel Abbott fosse una sgualdrina. Ho sentito che andava a letto con alcuni uomini, qui in città...»

«Non ne so nulla» replicò Helen, ma aveva il volto in fiamme, e sentiva di aver perso il vantaggio. Si alzò, andò dall'altro lato del bancone e prese il coltello da cucina. In piedi davanti al lavandino, si mise a sciacquare il sangue dalla lama.

«Io non posso affermare di conoscere dettagli della vita privata di Nel Abbott» disse, senza perdere la calma. Sentiva che il sergente la stava osservando, le guardava il volto, le mani. Avvertiva il rossore estendersi al collo, al petto, il suo corpo la tradiva. Cercò di mantenere un tono di voce leggero. «Ma non sarei sorpresa di sapere che era una donna promiscua. Era sempre in cerca di attenzioni.»

Voleva che quella conversazione finisse. Voleva che il sergente uscisse dalla loro casa, voleva che Sean fosse lì, e Patrick. Sentiva l'urgenza di scoprire le carte, di confessare i suoi peccati e ottenere la confessione degli altri. Erano stati commessi alcuni errori, inutile negarlo, ma i Townsend erano una famiglia per bene. Erano brave persone. Non avevano nulla da temere. Si girò per affrontare il sergente, con il mento alzato e l'espressione più sprezzante che riuscì a sostenere, ma le mani le tremavano così tanto che pensò che il coltello potesse sfuggirle. Eppure non aveva nulla da temere, non era così?

Jules

La mattina ho lasciato Lena nel letto di sua madre, ancora profondamente addormentata. Le ho scritto un messaggio per dirle che la aspettavo al commissariato alle undici, per la deposizione. C'erano cose che dovevo fare prima, conversazioni che era meglio tenere tra adulti. Ormai dovevo pensare da genitore, da madre. Dovevo proteggerla, impedire che le facessero ancora del male.

Ho guidato fino al commissariato, fermandomi a metà strada per fare uno squillo a Erin e avvertirla del mio arrivo. Volevo essere sicura di parlare proprio con lei, e che saremmo state da sole.

Perché non è lui *quello che viene spinto giù da un maledetto strapiombo?* Lena parlava di Sean Townsend, la sera prima. Era saltato fuori tutto, che Sean si era innamorato di Nel e, secondo Lena, anche Nel di lui, un pochino. Era finita da tempo, Nel aveva detto che «le cose avevano fatto il loro corso», anche se Lena non le aveva creduto. A ogni modo, Helen doveva averlo scoperto, doveva essersi vendicata. Era il mio turno di essere indignata: perché Lena non aveva detto niente prima? Lui era incaricato delle indagini sulla morte di Nel, era del tutto inopportuno.

«Era innamorato di lei» aveva detto Lena. «E questo non fa di lui la persona più adatta a cercare di scoprire che cosa le è successo?»

330

«Ma Lena, non capisci che...»

«Julia, Sean è una brava persona. Come potevo dire qualcosa? Sarebbe finito nei guai, e proprio non se lo merita. È un brav'uomo.»

Erin non aveva risposto al telefono, così le avevo lasciato un messaggio e avevo proseguito per il commissariato. Quando ho parcheggiato l'ho richiamata, ma di nuovo lei non ha risposto, quindi ho deciso di aspettarla. Dopo mezz'ora ho pensato di entrare comunque. Se Sean fosse stato lì, mi sarei inventata una scusa, avrei fatto finta di credere che la deposizione di Lena era stata fissata per le nove e non per le undici. Mi sarei fatta venire in mente qualcosa.

Lui non c'era, a quanto pareva. Non c'era nessuno dei due. Il tizio all'ingresso mi ha detto che l'ispettore Townsend sarebbe stato a Newcastle tutto il giorno, e che non era sicuro di dove si trovasse il sergente Morgan, ma senz'altro sarebbe arrivata da un momento all'altro.

Sono tornata in macchina. Ho preso il braccialetto dalla tasca, lo avevo infilato in un sacchetto di plastica per proteggerlo. Per proteggere qualunque cosa ci fosse sopra. Le probabilità che ci fosse un'impronta digitale o qualche traccia di dna intrappolata tra le sue maglie erano poche, ma era meglio di niente. Poche era una possibilità. Poche era un tentativo di risposta. Nickie ha detto che sei morta perché avevi scoperto qualcosa su Patrick Townsend; Lena che sei morta perché ti eri innamorata di Sean, e lui ti ricambiava, e Helen Townsend, la gelosa e vendicativa Helen, non poteva sopportarlo. Da qualunque parte mi giravo, vedevo i Townsend.

In senso metaforico. In senso letterale, ho visto Nickie Sage, che incombeva nello specchietto retrovisore. Attraversava il parcheggio a fatica, dolorante e lenta, la faccia rossa sotto un grande cappello floscio. Ha raggiunto il retro della mia auto e si è appoggiata, sentivo il suo respiro ansimante attraverso il finestrino aperto.

«Nickie.» Sono scesa dall'auto. «Va tutto bene?» Non ha risposto. «Nickie?» Vista da vicino, sembrava più morta che viva.

«Ho bisogno di un passaggio» ha farfugliato. «Sono in piedi da ore.»

L'ho aiutata a salire in macchina. I vestiti erano bagnati di sudore. «Nickie, dove diavolo è stata? Cosa stava facendo?»

«Ho camminato» ha detto in un rantolo. «Fino al cottage dei Ward. Ascoltavo il fiume.»

«Lo sa, vero, che il fiume scorre proprio davanti alla porta di casa sua?»

Ha scosso la testa. «Non lo stesso fiume. Voi pensate che sia tutto uguale, invece cambia. Lassù possiede uno spirito diverso. A volte devi viaggiare per sentire la sua voce.»

Ho svoltato a sinistra appena prima del ponte, in direzione della piazza. «È qui, vero?» Lei ha annuito, era ancora in debito d'ossigeno. «Forse dovrebbe farsi accompagnare da qualcuno, la prossima volta che ha voglia di viaggiare.»

Si è appoggiata allo schienale del sedile e ha chiuso gli occhi. «Ti stai offrendo volontaria? Non pensavo che ti saresti trattenuta da queste parti.»

Una volta arrivate al suo appartamento, siamo rimaste sedute in macchina per un po'. Non avevo il coraggio di farla scendere e costringerla a salire le scale subito, così stavo a sentirla mentre mi diceva perché dovevo rimanere a Beckford, perché era meglio per Lena restare vicina all'acqua, perché non avrei più sentito la voce di mia sorella se me ne fossi andata.

«Nickie, io non credo a tutte queste cose» ho obiettato.

«Ma certo che ci credi» ha replicato, piccata.

«Va bene.» Non volevo discutere. «Allora, è andata al cottage dei Ward? È il posto dove abita Erin Morgan, vero? Non è che per caso l'ha vista?»

«Sì, l'ho vista. Era uscita a correre, lì intorno. Poi è scappata da un'altra parte, probabilmente è andata a puntare il dito contro la persona sbagliata. Continua a insistere con Helen Townsend, quando le ho detto che non è di Helen che dovrebbe preoccuparsi. Nessuno mi sta a sentire. Ho detto *Lauren*, non *Helen*. Ma nessuno mi ascolta.»

Mi ha dato l'indirizzo dei Townsend. L'indirizzo e un avvertimento: «Se il vecchio pensa che tu sappia qualcosa, ti farà del male. Devi essere astuta». Non le ho detto del braccialetto, e neppure che era lei, e non Erin, ad aver puntato il dito contro la persona sbagliata.

Erin

Helen continuava a guardare la finestra, come se fosse in attesa di veder comparire qualcuno.

«Aspetta che torni Sean, vero?» ho chiesto.

Ha scosso la testa. «No. Perché dovrebbe tornare? È a New-castle, a parlare della storiaccia di Henderson con i pezzi grossi. Sicura di non saperlo?»

«Non me l'ha detto» ho risposto. «Dev'essergli sfuggito.» Ha inarcato le sopracciglia, per mostrare la sua perplessità. «A volte vive nel suo mondo, non trova?» ho continuato. Ha inarcato ancora di più le sopracciglia. «Non che questo interferisca con il suo lavoro, ma a volte...»

«La smetta» mi ha interrotta, irritata.

Era impossibile decifrarla, passava dalla cortesia all'esaspe-razione, dal nervosismo all'aggressività; un momento era arrab-biata, quello dopo angosciata. Quella donna insignificante e scialba seduta davanti a me mi agitava, mi spaventava, perché non avevo idea di quale sarebbe stata la sua prossima mossa: mi avrebbe offerto un'altra tazza di tè o mi avrebbe accoltellata?

Di colpo, ha spinto la sedia all'indietro, con i piedi puntati sul pavimento, si è alzata ed è andata alla finestra. «È uscito da un sacco di tempo» ha detto, a voce bassa.

«Chi? Patrick?»

Mi ha ignorata. «La mattina esce a passeggiare, ma di solito non sta fuori così a lungo. Non sta bene. Io...»

«Vuole andare a cercarlo?» ho chiesto. «In tal caso potrei venire con lei.»

«Va a quel cottage quasi tutti i giorni» ha ripreso, parlando come se io non fossi lì, come se non mi avesse sentita. «Non so perché. È lì che Sean la portava. È lì che loro... Okay, non lo so. Non so cosa fare. Non so nemmeno più qual è la cosa giusta.» Aveva chiuso la mano destra a pugno, un fiore rosso era sbocciato sulla fasciatura, che prima era bianca.

«Ero così felice quando Nel Abbott è morta» ha detto. «Lo eravamo tutti. È stato proprio un sollievo. Ma è durato poco. È durato poco. Perché adesso non posso fare a meno di chiedermi se, morendo, quella donna non ci abbia soltanto causato altri guai.» Finalmente si è girata a guardarmi. «Perché è venuta qui? E, per favore, non mi dica bugie, perché oggi non sono dell'umore adatto.» Si è passata la mano sulla bocca e il sangue le ha macchiato le labbra.

Ho cercato il telefono in tasca e l'ho tirato fuori. «Temo di dover andare, adesso» ho detto, alzandomi lentamente. «Ero passata per parlare con Sean, ma visto che non è in casa...»

«Non è che lui viva nel suo mondo, sa» ha proseguito, e ha fatto un passo a sinistra, mettendosi tra me e il passaggio verso la porta. «Ha dei vuoti di memoria, ma non è questo il caso. No, se non le ha detto che sarebbe andato a Newcastle, è perché non si fida di lei e, se lui non si fida, non sono sicura che dovrei farlo io. Glielo chiedo per l'ultima volta,» ha detto «perché è venuta qui?»

Ho annuito, sforzandomi di rilassare le spalle e mantenere la calma. «Glielo ripeto, volevo parlare con Sean.»

«Di cosa?»

«Di un'accusa per presunte irregolarità nell'indagine» ho risposto. «In merito alla sua relazione con Nel Abbott.»

Helen si è avvicinata e ho sentito una fitta di adrenalina scalciarmi le budella, facendomi venire la nausea. «Ci saranno delle conseguenze, vero?» mi ha chiesto, un sorriso triste sul volto. «Come potevamo pensare che non ce ne sarebbero state?»

«Helen. Ho soltanto bisogno di sapere...»

Ho sentito la porta sbattere e sono arretrata in fretta, aumentando la distanza tra noi due, mentre Patrick entrava nella stanza.

Per un attimo siamo rimasti tutti e tre in silenzio. Lui mi guardava, gli occhi fissi nei miei, la mandibola serrata che pulsava, mentre si toglieva la giacca e la appoggiava sullo schienale della sedia. Poi ha rivolto la sua attenzione a Helen. Ha visto la mano sporca di sangue e si è subito agitato.

«Cos'è successo? Ti ha fatto qualcosa? Tesoro...»

Helen è arrossita e io ho sentito una fitta alla bocca dello stomaco. «Non è niente» si è affrettata a rispondere. «Non è stata lei. Mi sono distratta mentre tagliavo le cipolle...»

Patrick ha guardato l'altra mano, il coltello ancora nel pugno. Con delicatezza, glielo ha sottratto. «Cosa ci fa qui?» ha chiesto, rivolto alla nuora.

Helen ha piegato la testa, ha guardato il suocero, poi me e di nuovo lui. «Sta facendo domande,» ha risposto «su Nel Abbott.» Ha deglutito. «Su Sean. Sulla sua condotta professionale.»

«Devo chiarire una cosa: è la procedura. Riguarda lo svolgimento delle indagini.»

Patrick non sembrava interessato. Si è seduto al tavolo senza degnarmi di un'occhiata. «Lo sai» ha detto a Helen «perché l'hanno trasferita qui? Ho chiesto in giro, ho ancora qualche conoscenza, ovviamente, e ho parlato con uno dei miei vecchi colleghi di Londra, il quale mi ha riferito che questa simpatica poliziotta è stata rimossa dal suo incarico presso la polizia di Londra perché aveva sedotto un collega più giovane. E non un collega qualsiasi, una donna! Te lo immagini?» La sua risata sprezzante si è trasformata in una tosse violenta, da fumatore. «Ed eccola qui, a dare la caccia al tuo signor Henderson, quando lei è colpevole dello stesso, identico reato. Un abuso di potere per la propria gratificazione sessuale. E lei ha ancora un lavoro.» Si è acceso una sigaretta. «E poi viene qui a fare domande sulla condotta professionale di mio figlio!»

Alla fine mi ha guardata. «Avrebbero dovuto sbatterti fuori dalla polizia, ma visto che sei una donna, *lesbica* per giunta, sei riuscita a cavartela. È questo che chiamano *parità*.» Rideva. «Ci pensi a cosa sarebbe successo se fossi stata un uomo? Se Sean fosse stato beccato a letto con uno dei suoi agenti più giovani, sarebbe stato cacciato su due piedi.»

Ho chiuso le mani a pugno perché smettessero di tremare. «E se invece suo figlio fosse andato a letto con una donna che è stata trovata morta?» ho chiesto. «Cosa pensa che sarebbe successo, in quel caso?»

Si è mosso in fretta, per un uomo della sua età. Si è alzato, facendo cadere la sedia, e mi ha stretto la mano intorno alla gola in meno di un secondo. «Attenta a quel che dici, brutta troia» ha sibilato, soffiando fumo acre sulla mia faccia. Gli ho dato uno spintone al petto e mi ha lasciata andare.

Ha fatto un passo indietro, con le braccia lungo i fianchi, i pugni stretti. «Mio figlio non ha fatto nulla di sbagliato» ha detto, a voce bassa. «Quindi, se gli crei problemi, ragazzina, io ne creerò a te. Hai capito? Ti torneranno indietro con gli interessi.»

«Papà» è intervenuta Helen. «Basta. La stai spaventando.»

Si è girato verso la nuora con un sorriso. «Lo so, tesoro. È quello che voglio.» Mi ha guardata e ha sorriso, di nuovo. «Per alcune di loro, è l'unico linguaggio che capiscono.»

Jules

Ho lasciato l'auto sul lato della stradina che porta alla casa dei Townsend. Non era necessario, c'era un sacco di spazio per parcheggiare, ma sentivo che era meglio così. Mi sembrava di essere in una missione segreta, come se dovessi prenderli di sorpresa. Il relitto temerario, quella parte di me che era riemersa il giorno in cui avevo affrontato il mio stupratore, era tornato. Con il braccialetto in tasca, sono entrata nel cortile battuto dal sole, impettita e risoluta. Ero lì in nome di mia sorella, a sistemare le cose per lei. Ero determinata. Non avevo paura.

Non ho avuto paura finché Patrick Townsend non ha aperto la porta, il volto stravolto dalla rabbia, un coltello in mano.

«Cosa vuoi?» mi ha chiesto.

Mi sono allontanata di un paio di passi. «Io...» Stava per sbattermi la porta in faccia e io ero troppo terrorizzata per dire quello che dovevo dire. *È stato la rovina di sua moglie*, mi aveva detto Nickie, *e anche di tua sorella*. «Io stavo...»

«Jules?» Una voce mi ha chiamata. «È lei?»

Era una scena strana. Helen era lì, con la mano e la faccia macchiate di sangue, e c'era anche Erin, che fingeva malamente di avere il controllo della situazione. Mi ha salutata con un sorriso esagerato. «Cosa ci fa qui? Dovevamo incontrarci al commissariato.»

«Sì, lo so, io...»

«Sputa il rospo» ha biascicato Patrick. Mi sentivo la pelle andare a fuoco, il respiro farsi affannoso. «Voi Abbott! Cristo, che famiglia!» Aveva alzato la voce e ha sbattuto il coltello sul tavolo della cucina. «Mi ricordo di voi, sai? Eri obesa da giovane, vero?» Si è girato verso Helen. «Era una cicciona schifosa. E i genitori! Patetici!» Si è voltato di nuovo verso di me, mi tremavano le mani. «Immagino che la madre fosse giustificata, perché stava morendo, ma qualcuno avrebbe dovuto controllarle. Tu e tua sorella facevate quello che volevate, ho ragione? E guarda come siete cresciute bene! Quella era mentalmente instabile e tu... be', tu cosa sei? Tonta?»

«Basta così, signor Townsend» si è intromessa Erin. Mi ha preso il braccio. «Andiamo al commissariato, su. Dobbiamo raccogliere la deposizione di Lena.»

«Ah sì, la ragazza. Quella farà la stessa fine di sua madre, ha lo stesso aspetto volgare, la bocca provocante, una di quelle facce che vorresti prendere a schiaffi...»

«Lei passa un bel po' di tempo a pensare a quello che farebbe alla mia nipote adolescente, vero?» gli ho chiesto, a voce alta. «Le pare una cosa appropriata?» La mia rabbia si era destata di nuovo, e ha colto Patrick di sorpresa. «Allora? Ci ho visto giusto? Vecchio schifoso.» Mi sono girata verso il sergente Morgan. «In realtà, non sono ancora pronta ad andarmene» ho detto. «Ma sono felice che lei sia qui, Erin. Credo che sia opportuno, perché non sono venuta per parlare con *lui,*» ho sollevato la testa in direzione di Patrick «bensì con lei. Con lei, signora Townsend.» Con la mano tremante, ho preso il sacchetto di plastica dalla tasca e l'ho piazzato sul tavolo, vicino al coltello. «Volevo chiederle quando ha tolto questo braccialetto dal polso di mia sorella.»

Helen ha sgranato gli occhi e ho capito che era colpevole.

«Jules, da dove arriva questo braccialetto?» mi ha chiesto Erin.

«Da Lena. Lo ha avuto da Mark Henderson. E lui lo ha preso da Helen. Che, a giudicare dal suo sguardo, l'ha tolto a mia sorella prima di ammazzarla.»

Patrick ha iniziato a ridere, una risata potente e falsa, pareva che abbaiasse. «Lo ha preso da Lena, che lo ha preso da Mark, che lo ha preso da Helen, che lo ha trovato sotto un cazzo di albero di Natale! Mi dispiace, tesoro.» Si è scusato con Helen. «Perdonami il francesismo, ma questo è proprio ciarpame!»

«Era nel suo ufficio, vero, Helen?» Ho guardato Erin. «Ci saranno le impronte, tracce di dna, giusto?»

Patrick ha ridacchiato di nuovo, ma Helen sembrava scossa. «No, io...» ha detto alla fine, i suoi occhi passavano da me a Erin al suocero. «Era... No.» Ha fatto un respiro profondo. «L'ho trovato» ha mormorato. «Ma non sapevo... non sapevo che fosse suo. L'ho... l'ho soltanto tenuto. Volevo portarlo all'ufficio degli oggetti smarriti.»

«Helen, dove lo ha trovato?» ha chiesto Erin. «Era a scuola?»

La donna ha lanciato un'occhiata a Patrick e poi di nuovo al sergente, come se stesse valutando la credibilità della sua bugia. «Io penso che... sì, è andata così. E... non sapevo di chi fosse, quindi...»

«Mia sorella lo portava sempre» ho detto. «Ci sono incise le iniziali di mia madre. Mi riesce un po' difficile credere che lei non abbia capito cosa fosse, e che potesse essere importante.»

«Non ci sono arrivata» si è giustificata Helen, ma la sua voce era debole e stava arrossendo.

«Ma certo che non lo sapeva!» ha gridato Patrick, all'improvviso. «È ovvio che non sapeva di chi fosse né da dove arrivasse.» Le si è avvicinato e le ha messo una mano sulla spalla. «Helen ha trovato il braccialetto nella sua macchina perché ce lo avevo lasciato io. Una dimenticanza da parte mia. Stavo per buttarlo via, volevo farlo, ma... sto diventando un po' smemorato. Sono diventato smemorato, vero, cara?» Helen non ha fiatato, non si è mossa. «L'ho lasciato in macchina» ha ripetuto lui.

«Va bene» ha detto Erin. «E lei dove lo aveva preso?»

Ha guardato me mentre rispondeva. «E dove pensi che l'abbia preso, idiota? L'ho strappato dal polso di quella puttana prima di buttarla giù.»

Patrick

La amava da molto tempo, ma mai così tanto come nel momento in cui si era precipitata a difenderlo.

«Non è questo che è successo!» Helen si alzò in piedi. «Non è... No! Non prenderti la colpa per questo, papà, non è *questo* che è successo! Tu non hai... tu non hai nemmeno...»

Patrick le sorrise e allungò una mano. Lei la prese e lui l'attirò a sé. Era morbida, ma non debole, e la sua modestia, la semplicità di cui non si vergognava erano molto più eccitanti di qualsiasi frivola bellezza. In quel momento ne era commosso, sentiva il sangue destarsi, la pompa del suo vecchio cuore indebolito.

Nessuno parlava. La sorella piangeva in silenzio, mormorava parole senza emettere alcun suono. Il sergente guardò lui, poi Helen, un lampo di astuzia negli occhi.

«Voi due siete...?» Scosse la testa, aveva perso le parole. «Signor Townsend, io...»

«Avanti, forza!» D'un tratto era impaziente, voleva disperatamente fuggire dall'evidente imbarazzo della donna. «Per l'amor del cielo, sei un ufficiale di polizia, fai quello che devi fare.»

Erin trasse un respiro profondo e gli si avvicinò. «Patrick Townsend, la dichiaro in arresto per l'omicidio di Danielle Abbott. Lei ha il diritto di rimanere in silenzio...»

«Sì, sì, sì, va bene» disse, stancamente. «Lo so, lo so bene, mio Dio. Le donne come te non sanno mai quando è il caso di chiudere il becco.» Poi si girò verso Helen. «Ma tu, tesoro, tu lo sai. Tu sai quando parlare e quando stare zitta. Tu dici la verità, ragazza mia.»

Lei iniziò a piangere, e lui, più di ogni altra cosa, desiderava stare al suo fianco, nella stanza al piano di sopra, per l'ultima volta, prima di essere portato via. La baciò sulla fronte e le disse addio, poi seguì il sergente fuori dalla porta.

Patrick non era mai stato un tipo incline al misticismo, né alle sensazioni di pancia o ai presagi, ma, a essere onesti, l'aveva sentita arrivare. La resa dei conti. La fine dei giochi. L'aveva sentita molto prima che recuperassero il cadavere freddo di Nel Abbott dall'acqua, ma l'aveva scambiata per un sintomo dell'età. Di recente, la testa gli aveva giocato un bel po' di scherzi, aveva rafforzato il colore e il suono dei vecchi ricordi e aveva sfocato i contorni di quelli nuovi. Sapeva che era l'inizio dell'addio definitivo, che sarebbe stato divorato dall'interno, dal nocciolo al guscio. Perlomeno poteva essere grato di aver avuto il tempo di chiudere i conti in sospeso, di riprendere il controllo. Era, lo capiva in quel momento, l'unico modo per portare in salvo qualcosa della vita che avevano costruito, anche se era consapevole che non tutti sarebbero stati risparmiati.

Quando lo fecero accomodare nella stanza degli interrogatori del commissariato di Beckford, pensò subito che l'umiliazione fosse più di quanto avrebbe potuto sopportare, ma la sopportò. Ciò che rese tutto più facile, scoprì, era la sorprendente sensazione di sollievo. Voleva raccontare la sua storia. Se era destino che saltasse fuori, allora sarebbe stato lui a raccontarla, finché gliene era concesso il tempo, finché la sua mente ancora gli apparteneva. Era più che semplice sollievo, era orgoglio. Per tutta la vita, una parte di lui aveva voluto dire che cosa era successo la notte in cui Lauren era morta, ma non era riuscita a farlo. Lui l'aveva tenuta a bada, per amore di suo figlio.

Parlò con frasi brevi e semplici. Fu molto chiaro. Espresse l'intenzione di rendere una confessione completa per gli omicidi di Lauren Slater, nel 1983, e Danielle Abbott, nel 2015.

Ovviamente, con Lauren fu più facile. Era una storia lineare. Avevano litigato in casa. Lei lo aveva aggredito e lui si era difeso, e nella colluttazione lei era rimasta ferita in modo grave, troppo seriamente per essere salvata. Quindi, nel tentativo di risparmiare la verità al figlio, e, lo aveva ammesso, anche di evitarsi una condanna penale, l'aveva portata al fiume in macchina, aveva trascinato il suo corpo sul promontorio e l'aveva buttata giù nell'acqua, ormai senza vita.

Il sergente Morgan aveva ascoltato in silenzio, ma a quel punto lo fermò. «Signor Townsend, suo figlio era con lei in quel momento?» chiese.

«Lui non vide nulla» replicò Patrick. «Era troppo piccolo, e troppo spaventato, per capire che cosa stava succedendo. Non ha visto sua madre ferita, e non l'ha vista cadere.»

«Non ha visto che lei la buttava giù dallo strapiombo?»

Ci volle tutta quanta la sua forza per non saltare dall'altra parte del tavolo e picchiarla. «Lui non ha visto *niente*. Ho dovuto farlo salire in macchina perché non potevo lasciare un bambino di sei anni in casa da solo durante un temporale. Se avessi dei figli, lo capiresti. Lui non ha visto nulla. Era confuso, e così gli ho raccontato... una versione della verità che avesse senso per lui. Che lui potesse capire.»

«Una versione della verità?»

«Gli raccontai una storia: è quello che si fa con i bambini, con le cose che non sono in grado di comprendere. Gli ho raccontato una storia che potesse accettare, e che avrebbe reso vivibile la sua vita. Non lo capisci?» Per quanto si sforzasse, non poteva fare a meno di alzare la voce. «Non volevo lasciarlo da solo, è chiaro? Sua madre era morta, e se io fossi andato in prigione cosa gli sarebbe successo? Che tipo di vita avrebbe avuto? Sarebbe stato dato in affido. Ho visto cosa succede ai bambini che crescono così, non ce n'è nemmeno uno che non ne sia uscito guasto e corrotto. Io l'ho protetto» disse Patrick, gonfiando il petto per l'orgoglio. «Per tutta la vita.»

La storia di Nel Abbott fu, inevitabilmente, più complicata da raccontare. Quando aveva scoperto che aveva parlato con Nickie Sage e aveva preso sul serio le sue accuse riguardo Lauren, si era allarmato. Non sarebbe andata alla polizia, no. A lei non interessava la giustizia o cose del genere, lei voleva soltanto rendere sensazionale la sua inutile arte. Ciò che lo preoccupava era che lei potesse dire a Sean qualcosa che lo avrebbe sconvolto. Di nuovo, stava proteggendo suo figlio. «È quello che fanno i padri» sottolineò. «Anche se forse tu non sai di cosa parlo. Mi hanno detto che il tuo era un ubriacone.» Sorrise a Erin Morgan, guardandola trasalire quando il colpo andò a segno. «Mi hanno riferito che aveva un bel caratterino.»

Disse che si era organizzato per incontrare Nel Abbott una sera, sul tardi, per parlare delle accuse.

«E lei è venuta a incontrarla sul promontorio?» La Morgan era incredula.

Patrick sorrise. «Tu non l'hai conosciuta. Non hai idea di quanto fosse grande la sua vanità, la sua presunzione. Tutto ciò che ho dovuto fare è stato suggerirle che le avrei fatto rivivere esattamente quello che era successo tra me e Lauren. Le avrei fatto vedere come si erano svolti gli eventi terribili di quella notte, proprio lì, nel luogo in cui erano accaduti. Le avrei raccontato la storia come non era mai stata raccontata prima, e lei sarebbe stata la prima ad ascoltarla. A quel punto, dopo averla portata là sopra, è stato un gioco da ragazzi. Lei aveva bevuto, il suo equilibrio non era stabile.»

«E il braccialetto?»

Patrick si spostò sulla sedia e si impose di guardare il sergente Morgan dritto negli occhi. «C'è stata un po' di lotta, l'ho afferrata per un braccio mentre lei cercava di divincolarsi. Il bracciale le è sfuggito dal polso.»

«Lei glielo ha strappato: è questo che mi ha detto prima, ricorda?» Guardò gli appunti. «Lei lo ha "strappato dal polso di quella puttana"?»

Patrick annuì. «Sì. Ero arrabbiato, lo ammetto. Ero arrabbiato per il fatto che lei continuasse a vedere mio figlio, minacciando il suo matrimonio. Lo aveva sedotto. Anche il più forte e il più onesto degli uomini può finire tra le grinfie di una donna che gli si concede in quel modo...»

«In quale modo?»

Patrick digrignò i denti. «Con quella sorta di abbandono sessuale che difficilmente potrebbe trovare a casa propria. È triste, lo so. Capita. Ero arrabbiato per questo. Il matrimonio di mio figlio è molto solido.» Patrick vide che il sergente Morgan inarcava il sopracciglio e, di nuovo, dovette raccogliere tutte le sue forze. «Ce l'avevo con lei. Le ho strappato il braccialetto dal polso. Sono stato io a spingerla.»

Quarta parte

SETTEMBRE
Lena

Credevo di non voler lasciare questo posto, e invece non riesco a guardare il fiume ogni giorno, attraversarlo per andare a scuola. Non voglio nemmeno più andarci a nuotare, lì dentro. E comunque adesso fa troppo freddo. Domani partiamo per Londra, ho quasi finito di fare le valigie.

La casa verrà affittata. Io non volevo. Non volevo che degli estranei abitassero nelle nostre stanze e riempissero i nostri spazi, ma Jules ha detto che se non lo facciamo potrebbero arrivare degli occupanti abusivi, oppure le cose potrebbero iniziare a cadere a pezzi e non ci sarebbe nessuno a prendersene cura, e non mi piaceva nemmeno questa idea. Così ho acconsentito.

Sarà ancora mia. La mamma l'ha lasciata a me, e quando compirò diciotto anni (o ventuno, o qualcosa del genere) sarà mia a tutti gli effetti. E io vivrò di nuovo qui. So che lo farò. Tornerò quando non mi farà più così tanto male e non vedrò lei dappertutto.

Ho paura di andare a Londra, ma comincio ad abituarmi al pensiero. Jules (non Julia) è davvero strana, sarà sempre strana. È scombinata. Ma anch'io sono un po' stramba e scombinata, quindi forse andremo d'accordo. Ci sono delle cose che mi piacciono di lei. Cucina e si preoccupa per me, mi sgrida perché fumo, mi costringe a dirle dove vado e quando sarò di ritorno. Come fanno le mamme degli altri.

A ogni modo, sono felice che saremo soltanto noi due, nessun marito e, credo, nessun fidanzato o cose simili, e almeno dove andrò a scuola nessuno saprà chi sono e altre cose della mia vita. Puoi ricostruire te stessa, ha detto Jules, e ho pensato che fosse un po' strano perché, per dire, cosa c'è di sbagliato in me? Ma ho capito cosa intendeva. Mi sono tagliata i capelli e sembro diversa, e quando andrò nella nuova scuola di Londra non sarò la ragazza carina che non piace a nessuno, sarò una come tante.

Josh

Lena è passata a salutare prima di partire. Si è tagliata i capelli corti. È ancora carina, ma non quanto prima. Le ho detto che mi piacevano di più quando erano lunghi e lei ha riso e ha detto che ricresceranno. Ha detto: «Saranno di nuovo lunghi la prossima volta che mi vedrai» e mi ha fatto sentire meglio perché almeno lei pensa che ci vedremo di nuovo, cosa di cui io non ero sicuro, visto che andrà a Londra e noi nel Devon, e non saremo proprio vicini. Lei però ha insistito che non è così lontano, solo cinque ore o giù di lì, e tra qualche anno lei avrà la patente e verrà a prendermi, e vedremo in quale guaio riusciremo a cacciarci.

Siamo rimasti nella mia camera per un po'. Era strano perché non sapevamo cosa dirci. Le ho chiesto se aveva novità e lei ha fatto una faccia vaga, sembrava che non capisse, e io ho precisato «Sul signor Henderson» e lei ha scosso la testa. Non sembrava che volesse parlarne. Sono girate parecchie chiacchiere, a scuola dicono che lei lo ha ucciso e lo ha buttato in mare. Io penso che siano stupidaggini, ma anche se non lo fossero non potrei biasimarla.

Lo so che Katie sarebbe stata molto triste se fosse successo qualcosa al signor Henderson, ma lei non lo sa, vero? Non esiste la vita dopo la morte. Quello che conta sono le persone che restano, e a me pare che le cose siano migliorate. Mamma e papà non sono felici, ma stanno meglio, sono diversi da prima.

Sollevati, forse? Come se non dovessero più farsi domande sul perché. Hanno qualcosa che possono indicare e dire: «Ecco, questo è il motivo». *Qualcosa a cui aggrapparsi*, così dicono, e io lo capisco, anche se per me, credo, nulla di tutto questo avrà mai un senso.

Louise

Le valigie erano in macchina, gli scatoloni erano stati etichettati e appena prima di mezzogiorno avrebbero consegnato le chiavi. Josh e Alec stavano facendo un giro veloce di Beckford, per i saluti, ma Louise era rimasta a casa.

Alcuni giorni erano migliori di altri.

Louise era rimasta per dire addio alla casa dove sua figlia aveva vissuto, l'unica che avrebbe mai conosciuto. Aveva dovuto dire addio alle tacche sull'armadio sotto le scale con cui aveva misurato l'altezza di Katie, allo scalino di pietra, in giardino, dove era caduta e si era fatta male al ginocchio, facendole prendere coscienza per la prima volta che sua figlia non sarebbe stata eternamente perfetta, e che il suo corpo avrebbe riportato segni, ferite e cicatrici. Aveva dovuto dire addio alla sua camera, dove lei e la figlia si erano sedute a chiacchierare mentre Katie si asciugava i capelli con il phon e si metteva il rossetto e le diceva che sarebbe andata da Lena, più tardi, e c'erano problemi se rimaneva lì a dormire? Quante volte, si domandava, era stata una bugia?

(La cosa che la teneva sveglia la notte – una delle cose – era il pensiero di quel giorno al fiume, quando si era così emozionata, così commossa vedendo le lacrime di Mark Henderson mentre le faceva le condoglianze.)

Lena era passata a salutare e aveva portato con sé il manoscritto di Nel, le fotografie, gli appunti, una chiavetta usb con tutti i file del computer. «Ne faccia quello che vuole» aveva detto. «Li bruci, se crede. Io non voglio vederli mai più.» Louise era felice che Lena fosse andata a trovarla, e ancora più felice che quella fosse l'ultima volta che la vedeva. «Pensa che potrà perdonarmi?» le aveva chiesto. «Potrà mai riuscirci?» E Louise aveva risposto di averlo già fatto, il che era una bugia, detta per gentilezza.

La gentilezza era il suo nuovo progetto. Sperava che potesse avere un effetto più benevolo della rabbia, sulla sua anima. E in ogni caso, anche se sapeva che non avrebbe mai potuto perdonare Lena – per aver nascosto la verità, per aver mantenuto il segreto, per il solo fatto di esistere mentre sua figlia non c'era più –, non riusciva nemmeno a odiarla. Perché se c'era una cosa chiara, almeno una, una sola cosa inconfutabile in tutto quell'orrore, quella era l'amore di Lena per Katie.

DICEMBRE

Nickie

Le valigie di Nickie erano pronte.

In città la situazione era più tranquilla. Era sempre così con l'arrivo dell'inverno, ma molte persone se n'erano andate. Patrick Townsend stava marcendo in cella (ah!) e suo figlio era scappato in cerca di un po' di pace. Buona fortuna a lui. Il mulino era vuoto. Lena Abbott e la zia si erano trasferite a Londra. Anche i Whittaker erano partiti, a quanto pareva la casa era rimasta sul mercato meno di una settimana, poi erano arrivati dei tizi con una Range Rover, tre figli e un cane.

Anche nella sua testa la situazione era più tranquilla. Jeannie non parlava a voce alta come prima e, quando lo faceva, era più una chiacchierata che un'invettiva. In quei giorni, Nickie si ritrovò a passare meno tempo seduta alla finestra a guardare fuori e più tempo a letto. Era molto stanca e le gambe le facevano male più che mai.

Stava partendo per la Spagna, per due settimane di sole. Riposo e svago, ecco di cosa aveva bisogno. Il denaro era arrivato come una sorpresa: diecimila sterline dall'eredità di Nel Abbott, lasciate a una certa Nicola Sage di Marsh Street, Beckford. Chi lo avrebbe mai pensato? Ma Nickie, forse, non avrebbe dovuto sorprendersi più di tanto, perché Nel era davvero l'unica ad averla mai ascoltata. Povera anima! Ecco cosa ne aveva ricavato.

Erin

Ci sono tornata poco prima di Natale.

Non saprei dire perché, se non che ho sognato il fiume quasi ogni notte, e ho pensato che tornare a Beckford potesse esorcizzare il demone.

Ho lasciato la macchina vicino alla chiesa e ho passeggiato verso nord, dallo Stagno su per il promontorio, accanto ad alcuni mazzi di fiori avvolti nel cellophane, ormai appassiti. Ho camminato fino al cottage. Era cadente e triste, le tende erano tirate e la porta era sporca di vernice rossa. Ho provato ad abbassare la maniglia, ma era chiuso a chiave, così mi sono voltata e ho calpestato l'erba ghiacciata fino al fiume, che era azzurro e silenzioso, con la foschia che si alzava come un fantasma. Il mio respiro era bianco e si condensava nell'aria davanti a me, le orecchie mi facevano male per il freddo. Mi sarei dovuta mettere un cappello.

Sono venuta al fiume perché non avevo altri posti dove andare, e nessuno con cui parlare. La persona che avrei davvero voluto vedere era Sean, ma non riuscivo a trovarlo. Mi hanno detto che si è trasferito in un posto chiamato Pity Me ("Compatiscimi"), nella contea di Durham: sembra un nome inventato, ma non lo è. La città esiste, lui però non c'era. L'indirizzo che mi hanno dato si è rivelato quello di una casa vuota con un cartello AFFITTASI all'esterno.

Ho chiamato persino la prigione di Frankland, dove Patrick

passerà il resto dei suoi giorni, ma mi hanno riferito che il vecchio non ha ricevuto nemmeno una visita da quando è lì.

Volevo chiedere a Sean qual è la verità. Ho pensato che a me avrebbe potuto dirla, adesso che non è più nella polizia. Ho pensato che avrebbe potuto spiegare come ha fatto a vivere in quel modo e se, quando si presumeva che stesse indagando sulla morte di Nel Abbott, sapeva già di suo padre. In effetti era probabile. Ha protetto suo padre per tutta la vita, dopotutto.

Nemmeno il fiume ci ha dato risposte. Quando, un mese fa, un pescatore ha estratto un cellulare dal fango in cui erano affondati i suoi stivali di gomma, ci avevo sperato. Ma il telefono di Nel Abbott non ci ha detto nulla che non avessimo già dedotto dal tabulato delle chiamate. Se c'erano fotografie incriminanti, immagini in grado di spiegare ciò che era rimasto inspiegato, non avevamo modo di ottenerle: il telefonino non si accendeva neppure, era morto, i pezzi intasati e corrosi dal limo e dall'acqua.

Dopo la partenza di Sean, erano rimaste una montagna di scartoffie da sistemare, un'inchiesta da chiudere, domande senza risposta su ciò che lui sapeva e da quando, e perché cazzo l'intera faccenda era stata gestita così male. E non soltanto il caso di Nel, ma anche Henderson: come aveva fatto a sparirci da sotto il naso senza lasciare traccia?

Per quanto riguardava me, continuavo a pensare all'ultimo interrogatorio di Patrick, alla storia che aveva raccontato. Il braccialetto di Nel strappato dal polso, Patrick che la afferra per un braccio. La lotta sullo strapiombo prima che lui la spinga. Ma non c'erano lividi nei punti in cui lui sosteneva di averla stretta, nessun segno sul polso dove le aveva strappato il braccialetto, nessun indizio di una qualsiasi lotta. E il gancetto del braccialetto era intatto.

Lo avevo fatto presente, all'epoca, ma dopo tutto quello che era successo, dopo la confessione di Patrick e le dimissioni di Sean e lo scaricabarile e l'insabbiamento generale, nessuno era dell'umore adatto per ascoltarmi.

Mi sono seduta vicino al fiume, con una sensazione che avevo già avuto altre volte: che tutto quanto, la storia di Nel, la storia di Lauren e anche quella di Katie fossero incomplete, non finite.

Non avevo visto davvero tutto quello che c'era da vedere.

Helen

Helen aveva una zia che viveva poco fuori Pity Me, a nord di Durham. Aveva una fattoria, e Helen ricordava di averle fatto visita una volta, in estate, di aver dato da mangiare pezzetti di carota agli asinelli e di aver raccolto le more nelle siepi. La zia non c'era più, e lei non sapeva se la fattoria esistesse ancora. La città era più scialba e povera di come la ricordava e non c'erano asinelli da nessuna parte, solo un villaggio piccolo e anonimo, dove nessuno faceva caso a lei.

Si era trovata un lavoro per il quale era troppo qualificata e un appartamentino al piano terra, con il cortile sul retro. Era esposto al sole, nel pomeriggio. Appena arrivati in città, avevano affittato una casa, ma era durata poche settimane e una mattina lei si era svegliata e Sean se n'era andato, così aveva restituito le chiavi al proprietario e si era messa a cercarne un'altra.

Non aveva provato a chiamarlo. Sapeva che non sarebbe tornato. La loro famiglia si era ormai smembrata, sarebbe successo comunque senza Patrick. Era lui il collante che li teneva uniti.

Anche il suo cuore era andato in pezzi, in modi a cui non le piaceva pensare. Non era andata a trovare Patrick. Sapeva che non avrebbe dovuto neanche essere dispiaciuta per lui: aveva ammesso di aver ucciso la moglie e assassinato Nel Abbott a sangue freddo.

No, non a sangue freddo. Non era corretto. Helen sapeva che Patrick vedeva le cose o bianche o nere, e credeva – credeva sinceramente – che Nel Abbott fosse una minaccia per la loro famiglia, per la loro unità. Lo era. E così era passato all'azione. Lo aveva fatto per Sean. E per lei. Non è proprio a sangue freddo, giusto?

Ma ogni notte faceva lo stesso incubo: Patrick che teneva la sua gattina sott'acqua. Nel sogno, gli occhi di lui erano chiusi, sigillati, mentre quelli della gattina erano aperti, e quando l'animale, lottando, aveva girato la testa verso di lei, aveva visto che erano verdi e luminosi, proprio come quelli di Nel Abbott.

Dormiva male e si sentiva sola. Alcuni giorni prima aveva guidato per una trentina di chilometri fino al vivaio più vicino per comprare un cespuglio di rosmarino. E quel giorno sarebbe andata al centro per animali abbandonati di Chester-le-Street a scegliersi un gatto.

GENNAIO
Jules

È strano sedersi a fare colazione ogni mattina con una te quindicenne. Non sa stare a tavola, come te, e come te alza gli occhi al cielo, quando glielo faccio notare. Si siede con i piedi incrociati sotto il sedere, le ginocchia ossute che spuntano dai lati, proprio come facevi tu. Ha la stessa espressione sognante quando si perde ad ascoltare la musica, o nei suoi pensieri. Non mi dà retta. È ostinata e irritante. Canta in continuazione, anche se è stonata, proprio come la mamma. Ha la risata di nostro padre. Mi bacia sulla guancia tutte le mattine, prima di andare a scuola.

Non posso farmi perdonare da te per i miei errori: il mio rifiuto di ascoltarti, l'ardore nel pensare il peggio di te, il non averti aiutata quando eri disperata, l'aver fallito nel provare almeno a volerti bene. Non potendo più fare niente per te, la mia espiazione dovrà essere un atto di maternità. Molti atti di maternità. Non sono riuscita a essere una sorella per te, ma proverò a essere una madre per tua figlia.

Nel mio piccolo e ordinato appartamento di Stoke Newington, lei porta lo scompiglio ogni giorno. Ci vuole un enorme sforzo di volontà per non farmi prendere dall'ansia e dal terrore di fronte al caos. Ma ci provo. Ricordo la versione temeraria di me stessa che era riemersa il giorno in cui avevo affrontato il padre di Lena; vorrei che quella donna ritornasse. Vorrei avere più di quella donna in me, più di te in me, più di Lena. (Quando Sean Townsend mi diede un passaggio a casa, il giorno del tuo funerale, mi disse che ero come te e io lo negai, sostenendo che ero il tuo esatto contrario. Ne ero orgogliosa. Ora non lo sono più.)

Cerco di godere della vita che ho con tua figlia, dal momento che è l'unica famiglia che ho e che avrò mai. Mi godo la sua presenza, e mi consolo con questo: l'uomo che ti ha uccisa morirà in prigione, tra non molto tempo. Sta pagando per ciò che ha fatto a sua moglie, a suo figlio e a te.

Patrick

Patrick non sognava più la moglie. Ora faceva un altro sogno, in cui quel giorno a casa sua si svolgeva in maniera diversa. Invece di confessare al sergente, prendeva il coltello dal tavolo e glielo conficcava nel cuore, e quando aveva finito con lei passava alla sorella di Nel Abbott. L'eccitazione montava finché, finalmente appagato, estraeva il coltello dal petto della sorella e alzava lo sguardo, e lì c'era Helen a fissarlo, con le lacrime che le rotolavano giù per le guance e il sangue che gocciolava dalle mani.

«Papà, non farlo» diceva. «La stai spaventando.»

Quando si svegliava, era sempre alla faccia di Helen che pensava, alla sua espressione affranta mentre diceva loro ciò che aveva fatto. Era grato di non aver dovuto assistere alla reazione di Sean. Quella sera, quando suo figlio era tornato a Beckford, aveva già reso la sua confessione. Sean era andato a fargli visita una volta, quando era in custodia preventiva. Non credeva che sarebbe tornato ancora, il che gli spezzava il cuore, perché tutto quello che aveva fatto, le storie che aveva raccontato e la vita che aveva costruito, lo aveva fatto per Sean.

Sean

Non sono quello che credo di essere.

Non ero quello che credevo di essere.

Quando le cose hanno iniziato ad andare in pezzi, quando io stesso ho iniziato ad andare in pezzi, con Nel che diceva cose che non avrebbe dovuto dire, ho tenuto il mondo insieme ripetendomi: *Le cose sono come sono, come sono sempre state. Non possono essere diverse.*

Io ero il figlio di una madre suicida e di un brav'uomo. Quando ero il figlio di una madre suicida e di un brav'uomo, sono diventato ufficiale di polizia, ho sposato una donna rispettabile e responsabile e ho vissuto una vita rispettabile e responsabile. Era semplice. E chiaro.

Avevo qualche dubbio, ovviamente. Mio padre mi aveva detto che, dopo la morte della mamma, non avevo parlato per tre giorni. Ma io avevo un ricordo, o almeno credevo fosse un ricordo, nel quale parlavo con la dolce e tenera Jeannie Sage. Quella sera mi aveva portato a casa sua, vero? Ci eravamo seduti a mangiare un toast al formaggio. Le avevo detto che eravamo andati al fiume in macchina, tutti insieme. *Tutti insieme?* mi aveva chiesto. *Tutti e tre?* Avevo pensato che era meglio non dire nulla, perché non volevo che le cose si mettessero male.

Credevo di ricordare che eravamo in macchina tutti e tre, ma mio padre mi convinse che si era trattato di un incubo.

In quell'incubo, non era stato il temporale a svegliarmi, erano state le urla di mio padre. Anche mia madre gridava, si dicevano cose tremende. Lei: *Fallito, animale*; lui: *Troia, puttana, inadatta a fare la madre.* C'era stato un suono secco, uno schiocco. Poi altri rumori. E a un tratto nessun rumore.

Solo la pioggia, il temporale.

Poi una sedia che grattava sul pavimento, la porta sul retro che si apriva. Nell'incubo, io scendevo le scale lentamente e mi fermavo fuori dalla cucina, trattenendo il respiro. Sentivo di nuovo la voce di mio padre, più bassa, ora quasi un mormorio. Qualcos'altro: un cane, piagnucolava. Ma noi non avevamo cani. (Nell'incubo, mi chiedevo se i miei genitori stessero litigando perché la mamma aveva portato a casa un cane randagio. Era il tipo di cose che lei faceva.)

Nell'incubo, quando mi sono accorto di essere solo in casa, sono corso fuori, e i miei genitori erano lì, stavano salendo in auto. Stavano andando via, mi stavano abbandonando. Ero terrorizzato, mi sono fiondato alla macchina urlando e mi sono arrampicato sul sedile posteriore. Mio padre mi ha trascinato fuori, imprecava e sbraitava. Mi sono aggrappato alla maniglia, scalciavo, sputavo, e gli ho morso la mano.

Nell'incubo, eravamo in tre dentro la macchina: mio padre guidava, io ero seduto dietro e la mamma era sul sedile davanti, non era seduta per bene ma appoggiata alla portiera. Quando abbiamo affrontato una curva stretta, lei si è spostata, la testa ciondolava sulla destra e così l'ho vista, ho visto il sangue sui capelli e sul lato del viso. Vedevo che cercava di parlare, ma non capivo quello che diceva, le parole suonavano strane, come se stesse parlando in una lingua che non capivo. Anche la sua faccia era strana, la bocca contorta, gli occhi rovesciati all'indietro, bianchi. La lingua penzolava fuori dalle labbra come quella di un cane; dall'angolo della bocca colava saliva rosa e schiumosa. Nell'incubo, lei si allungava verso di me, mi toccava la mano e io ero terrorizzato, mi rannicchiavo sul sedile e mi aggrappavo alla portiera, cercando di stare il più lontano possibile da lei.

«Tua madre che allunga le braccia per toccarti... È stato un incubo, Sean» mi ha detto mio padre. Non era vero. «È come quella volta che hai detto che ti ricordavi di aver mangiato le aringhe a Craster, con me e la mamma, ma avevi soltanto tre mesi. Hai detto che ti ricordavi l'affumicatoio, ma solo perché avevi visto una fotografia. È la stessa cosa.»

Aveva senso. Non mi suonava giusto, ma almeno aveva senso.

Quando avevo dodici anni, ho ricordato qualcos'altro: ho ricordato il temporale, la mia corsa sotto la pioggia, ma questa volta mio padre non stava salendo in macchina, stava caricando mia madre. La aiutava a sedersi sul sedile di fianco al guidatore. Era un'immagine molto chiara, non pareva appartenere all'incubo, la qualità del ricordo sembrava diversa. Io ero spaventato, ma era un altro tipo di terrore, meno viscerale di quello che avevo provato quando mia madre si era allungata verso di me. Quel ricordo mi turbava, così ne ho parlato a mio padre.

Lui mi ha slogato la spalla sbattendomi contro il muro, ma è stato quello che è successo dopo a colpirmi. Ha detto che doveva darmi una lezione, così ha preso un coltello da pesce e mi ha fatto un taglio sul polso. Era un avvertimento. «Questo è per farti ricordare» ha detto. «Così non te lo dimenticherai più. Se lo farai, la prossima volta sarà diverso. Taglierò per l'altro verso.» Ha appoggiato l'estremità della lama sul polso destro, alla base del palmo, e ha trascinato la punta lentamente verso il gomito. «Così. Non voglio parlarne più, Sean. Lo sai. Ne abbiamo già parlato abbastanza. Non nominiamo tua madre. Quello che ha fatto è disonorevole.»

Mi ha parlato del settimo cerchio dell'inferno, dove i suicidi sono trasformati in cespugli spinosi e le Arpie li mangiano. Gli ho chiesto che cos'erano le Arpie, e lui ha detto: «Tua madre era una di loro». Non mi era chiaro: lei era il cespuglio di spine, o l'Arpia? Pensavo all'incubo, a lei dentro la macchina, che si protendeva verso di me, la bocca aperta e la bava mista a sangue che gocciolava dalle sue labbra. Non volevo che lei mi mangiasse.

Quando il polso è guarito, ho scoperto che la cicatrice era

molto sensibile, e anche utile. Ogni volta che mi estraniavo, bastava toccarla e mi riportava quasi sempre in me.

C'è sempre stata una specie di faglia lì, dentro di me, tra la mia comprensione di quello che sapevo essere accaduto, di quello che credevo di essere e che pensavo fosse mio padre, e uno strano, sfuggente senso di inesattezza. Come i dinosauri che non sono menzionati nella Bibbia: era qualcosa che non aveva senso e che io sapevo che doveva esserci. Doveva esserci, perché mi era stato detto che tutte quelle cose erano vere, sia Adamo ed Eva *sia* i brontosauri. Negli anni ci sono stati sporadici spostamenti, e io sentivo tremare la terra sopra la faglia, ma il terremoto non è arrivato finché non ho incontrato Nel.

Non subito. All'inizio si trattava di lei, di noi due insieme. Lei aveva accettato, con un po' di delusione, la storia che le avevo raccontato, la storia che io sapevo essere vera. Ma dopo la morte di Katie, Nel era cambiata. La morte di Katie l'aveva trasformata. Aveva cominciato a parlare sempre più spesso con Nickie Sage, e non credeva più a quello che le avevo raccontato. La storia di Nickie era molto più coerente con la sua visione dello Stagno delle Annegate, il luogo che lei aveva evocato, un posto di donne perseguitate, di emarginate, di disadattate, che non rispettavano gli editti del patriarcato, di cui mio padre era l'incarnazione. Mi aveva detto di essere convinta che mio padre avesse ucciso mia madre e la linea di faglia si era allargata; tutto aveva cominciato a spostarsi, e più si spostava, più ritornavano a me strane visioni, prima sotto forma di incubi e poi di ricordi.

Lei ti trascinerà a fondo, mi aveva ammonito mio padre quando aveva scoperto di me e Nel. Lei ha fatto molto più di questo. Lei mi ha smontato pezzo per pezzo. Se le avessi dato retta, se avessi creduto alla sua storia, non sarei più stato il figlio sfortunato di una madre suicida e di un rispettabile padre di famiglia, sarei stato il figlio di un mostro. E ancora di più, peggio di così: sarei stato il bambino che aveva visto sua madre morire e non aveva detto nulla, sarei stato il ragazzino, l'adolescente, l'uomo che aveva protetto l'assassino di sua madre, che aveva vissuto con il suo assassino, e gli aveva voluto bene.

Era molto difficile essere quell'uomo.

La notte in cui lei è morta, ci eravamo incontrati al cottage, come avevamo fatto in passato. Io avevo perso me stesso. Lei voleva davvero che io arrivassi alla verità, diceva che mi avrebbe liberato da me stesso, da una vita che non volevo. Ma pensava anche al suo tornaconto, alle cose che aveva scoperto, a quello che avrebbero significato per lei, per il suo lavoro, per la sua vita, per il suo posto. Questo, più di ogni altra cosa: il suo posto non era più un luogo di suicidi. Era il luogo in cui liberarsi delle donne che portano guai.

Eravamo tornati verso la città a piedi. Lo facevamo da quando mio padre ci aveva scoperti al cottage, non parcheggiavo più l'auto lì davanti, ma la lasciavo in città. Lei era stordita dall'alcol e dal sesso, nonché dal nuovo senso della sua missione. «Devi ricordare» mi ha detto. «Devi andare là, guardare e ricordare, Sean. Ricordare come è successo. Adesso. Di notte.»

«Pioveva» le ho fatto notare. «Stava piovendo quando lei è morta. Non era sereno come stanotte. Dovremmo aspettare la pioggia.»

Lei non voleva aspettare.

Ci siamo fermati sul promontorio e abbiamo guardato giù. «Nel, da qui non vedo niente» ho detto. «Io non ero qui. Ero tra gli alberi, laggiù, non vedevo nulla. Lei era sul ciglio dello strapiombo, mi voltava le spalle.»

«Ha urlato?» mi ha chiesto. «Quando è caduta, l'hai sentita urlare?»

Ho chiuso gli occhi e l'ho vista nell'auto, che si allungava verso di me, e io volevo allontanarmi da lei. Mi sono tirato indietro, ma lei continuava ad avvicinarsi e io volevo spingerla via. Con le mani sulla schiena di Nel, l'ho spinta via.

Ringraziamenti

La sorgente di questo particolare fiume non è facile da trovare, ma il mio primo ringraziamento non può che andare a Lizzy Kremer e Harriet Moore, che mi hanno fornito idee insolite e opinioni forti, impegnative liste di libri da leggere e un sostegno inesauribile.

Trovare la sorgente era una cosa, ma seguire il corso del fiume è stato ben altra. Grazie ai miei eccezionali editor, Sarah Adams e Sarah McGrath, per avermi aiutata a trovare la via. E grazie anche a Frankie Gray, Kate Samano e Danya Kukafka per il supporto editoriale.

Grazie a Alison Barrow, senza la cui amicizia e i cui consigli negli ultimi due anni non ce l'avrei mai fatta.

Grazie a Simon Lipskar, Larry Finlay, Geoff Kloske, Kristin Cochrane, Amy Black, Bill Scott-Kerr, Liz Hohenadel, Jynne Martin, Tracey Turriff, Kate Stark, Lydia Hirt e Mary Stone per il loro sostegno e incoraggiamento, per i consigli di lettura e le idee brillanti.

Grazie a Richard Ogle, Jaya Miceli e Helen Yentus per le bellissime ed evocative copertine.

Grazie a Alice Howe, Emma Jamison, Emily Randle, Camilla Dubini e Margaux Vialleron per tutto il lavoro svolto affinché questo libro possa essere letto in decine di lingue diverse.

Grazie a Markus Dohle, Madeleine McIntosh e Tom Weldon.

Grazie a James Ellson, che ha fatto parte della polizia di

Manchester, per i suoi consigli professionali e alla professoressa Sharon Cowan della Edinburgh Law School; inutile dire che qualsiasi imprecisione su aspetti legali e procedurali è da addebitare interamente a me.

Grazie alle sorelle Rooke di Windsor Close per una vita di amicizia e ispirazione.

Grazie al signor Rigsby per i consigli e le critiche costruttive.

Grazie a Ben Maiden per avermi tenuta con i piedi per terra.

Grazie ai miei genitori, Glynne e Tony, e a mio fratello Richard.

Grazie a tutti gli amici che mi hanno sopportata con pazienza.

E grazie a Simon Davis, per tutto.

Finito di stampare presso ELCOGRAF S.p.A.
Stabilimento di Cles (TN)